沙 宁

[俄] 阿尔志跋绥夫 ◎著　郑振铎 ◎译

吉林出版集团股份有限公司

图书在版编目（CIP）数据

沙宁 /（俄罗斯）阿尔志跋绥夫著；郑振铎译. —
长春：吉林出版集团股份有限公司，2017.11（2022.5重印）
　书名原文：Shannin
　ISBN 978-7-5581-3075-5

　Ⅰ. ①沙… Ⅱ. ①阿… ②郑… Ⅲ. ①长篇小说—俄
罗斯—近代 Ⅳ. ① I512.44

中国版本图书馆 CIP 数据核字（2017）第 259713 号

沙　宁

著　　者	［俄］阿尔志跋绥夫
译　　者	郑振铎
策划编辑	杜贞霞
责任编辑	滕　林
封面设计	老　刀
开　　本	650mm×960mm　1/16
字　　数	276 千
印　　张	23
版　　次	2018 年 4 月第 1 版
印　　次	2022 年 5 月第 2 次印刷
出版发行	吉林出版集团股份有限公司
电　　话	总编办：010-63109269
	发行部：010-63109269
印　　刷	三河市京兰印务有限公司

ISBN 978-7-5581-3075-5　　　　　　　　　　　定价：58.00 元
版权所有　侵权必究

目　录

译　序 …………………………………………………… 1
第一章 …………………………………………………… 15
第二章 …………………………………………………… 20
第三章 …………………………………………………… 34
第四章 …………………………………………………… 45
第五章 …………………………………………………… 58
第六章 …………………………………………………… 67
第七章 …………………………………………………… 74
第八章 …………………………………………………… 79
第九章 …………………………………………………… 87
第十章 …………………………………………………… 91
第十一章 ………………………………………………… 106
第十二章 ………………………………………………… 111
第十三章 ………………………………………………… 121
第十四章 ………………………………………………… 132
第十五章 ………………………………………………… 142
第十六章 ………………………………………………… 150
第十七章 ………………………………………………… 162
第十八章 ………………………………………………… 169
第十九章 ………………………………………………… 171

第二十章	183
第二十一章	191
第二十二章	196
第二十三章	201
第二十四章	208
第二十五章	215
第二十六章	229
第二十七章	232
第二十八章	237
第二十九章	251
第三十章	257
第三十一章	264
第三十二章	275
第三十三章	284
第三十四章	291
第三十五章	297
第三十六章	306
第三十七章	313
第三十八章	316
第三十九章	330
第四十章	332
第四十一章	337
第四十二章	343
第四十三章	345
第四十四章	350
第四十五章	356
第四十六章	360
后　记	363

译 序

《沙宁》（Sanine）的出版，使阿志巴绥夫（Michael Artzibashef）在世界文坛上得到了不朽的地位。菲尔普斯（W. L. Phelps）说："在最近五年所出版的俄国小说中，阿志巴绥夫的《沙宁》，虽不是最伟大的，却是最'刺激的'。虽然在《沙宁》中，有两个男人自杀了，两个女子被毁坏了，然而他的刺激，却不在于事实方面，而在于它的思想。……自革命失败①以来，俄国便有一种显著的反动，反对那在不同的时间占据于俄国文学中的三种伟大的思想：屠格涅甫的宁静的悲观主义，托尔斯泰的基督教的无抵抗的宗教及最普通的俄国式的无意志的哲学。在革命之前，高尔基即已表白出那反抗的精神；……而实远在于阿志巴绥夫之后，阿志巴绥夫……在创造他的英雄沙宁上，已经到达了道德的虚无主义的极边。"阿志巴绥夫的这种极边的道德的虚无主义，在俄国立刻引起了可惊怕的喧声，一部分的批评家觉得他的思想的危险，都极力地攻击他。然而因了这种喧声，却引起了俄国以外的不少的人的注意，最初是德国的读者热烈地欢迎了它，然后，是法国、意大利、丹麦、匈牙利以至日本都有了《沙宁》的译本了，然后，连最守旧的最中庸的英国人也在谈着它了。因为《沙

---

① 这次的革命，即俄国京城的一千九百〇五年的革命，其结果是失败。

沙 宁

宁》的读者的众多，于是它的作者阿志巴绥夫的生平便有许多人渴欲知道；这是实在的，一个读者对于一种作品发生兴趣时，未有不欲明白作者的生平的，尤其是《沙宁》的读者。当其读完了此书时，未有不掩卷想道："这种无畏的道德的虚无主义怎么会发生的呢？作者究竟是怎样的一个人呢？"

一个人的生平，最好是让他自己说出来，因为这是最翔实的记载。阿志巴绥夫曾应了他的一个朋友的要求，写了一封叙述他自己的生平的信：

我于一千八百七十八年生于南部俄罗斯的一个小镇中。在我的名字和我的世系上我是一个鞑靼人，但不是纯种，因为在我的血管里是流俄国人、法国人、佐治亚人及波兰人的血液。我的祖先中，有一个人是我所引为骄傲的，就是著名的波兰革命领袖加赛斯哥（Koseinsko），我的外曾祖。我的父亲是一个小地主，一个退职的官吏；我的母亲在我三岁的时候，就因肺病死去，遗留给我以一个肺结核病的遗产。在一千九百〇七年之前，我的病还不深，但即在那个时候，这肺结核病也并不让我平安，因为它滋变了各种的疾病。

我进了省里的一个中学校；但因我从童年就对于图画有极深锐的兴趣，在十六岁的时候，便离了这个学校，进一个艺术学校。我是非常贫穷的；我住在龌龊的顶阁上，没有充足的食物，尤其不好的，是我没有充足的金钱去买我的主要的用品——颜料与油布，所以我便不能成为一个艺术家；不得不去画些讽刺画，写些短论和滑稽故事给各种廉价的报纸以求生活。

在一千九百〇一年的时候，我偶然地写了我的第一

译 序

篇小说《巴莎·杜麦拿夫》，一件实事和我自己的对于腐败的学校的憎恶，供献了那个题材。大家简直想象不出一个俄国的中学校是什么样子。无数的学生的自杀（到现在，此种现状仍旧继续着），可以做它的对于俄国青年的教育价值的一个证据。一个最著名的俄文杂志，答应刊登《巴沙·杜麦拿夫》，但它却竟不得出现，因为那时的检阅官绝对地禁止有表示学校生活非快乐的文字的披露。因此，这篇小说便不能在恰当的时期刊布出来，直到了几年以后，它才在小说集中发表出来。我以后所写的许多东西都更遇到那种的运命。然而这篇小说对于我却有很好的结果；它引起了编辑者的注意，同时且激励了我更去做别的东西。我放弃了成为一个艺术家的梦，换取了我的对于文学的皈依。这是很痛苦的；就在现在，我每看见图画还不能不动情。我爱彩色实甚于文字。

继着《巴莎·杜麦拿夫》之后，我又写了两三篇小说，这些小说引起了一个小杂志的编辑者米洛留薄夫（Mirolubov）的兴趣。我的最初介绍入文学的团体，是应感谢他的。在那时以前，我不曾到编辑室里过，但常常由邮局寄出我的小说。这是因为我想象他们是我所崇敬的，奉祀文学的寺宇。现在，我们生活在不同的时代，俄国也有了不同的风俗；广告与势力占据了文学的世界。然而米洛留薄夫他自己虽然不写什么文字，他的名字却将留它的符记在俄国文学史上。他是旧的理想的，自己牺牲派的文学的最后的摩希甘[①]，这一派的文

[①] 摩希甘（Mohican）即美洲印第安人之一族派，前居于 Connecticut 及纽约东部，现在几已灭绝。

沙　宁

学在这里现在已被商业的兴趣所推倒，正如在西欧一样，他的能力，他的智慧，他的对于他的工作的感受与一国感人的人格的奇异的天才使他的小杂志（定阅一年，仅需一个卢布）成为一个最著名的出版物之一，而从文学的一点看来，它实超出所有别的大本的高价的杂志之上。我们的近代文学的最伟大的代表者——高尔基、安特列夫、科卜林以及其他——都投稿在它里面。这个杂志现在已停版，因为米洛留薄夫即在革命的最黑暗的时期，也不愿如所有别的人所做的，把它的标准弄低。米洛留薄夫他自己也因政府的追捕不得不逃避于国外。

我和他认识，在我个人是莫大的重要。我之成为一个著作家，所应感谢于他者极多；虽然我在那个时候完全没有人知道，而且很年轻，他却任我为他的杂志的副编辑，使我生活较易。米洛留薄夫是一个生来的编辑者，他教导我也喜爱这个职业；这个职业，我在他的杂志已停版以后还在从事，时而编辑这个杂志，时而编辑那个杂志。我曾帮助了许多青年作家，他们现在正成为知名的，我视此为我的功绩之一。

在这个时候，就是说在一千九百〇三年的时候，我写作《沙宁》。……在写了（《沙宁》之后，但却在它发表之前，那就是说在一千九百〇四年的时候，我写了好几篇的小说，如《旗手哥洛洛薄夫》《狂入》《妻》《伊凡兰特的死》等。最后的一篇小说使我有名。在一千九百〇五年里，血的革命开始，长久困恼我从我所以为"我的"——无政府个人主义的宣传。我写了许多篇小说叙写革命的心理与模式。在这些小说中，我所喜欢

译　序

的是《朝影》与《血痕》二篇。我必须说的是，在这些革命的故事里，我写出我所信的，而因此竟受了各方面的攻击。在黑党①方面把我算进革命的思想的发源者之中，他们之一，竟判决我死刑；至于急进派的报纸呢，却又在攻击我，因为我不承认党派的界限，不敬重革命的政治家，继续发生的事件，证明我在许多地方是对的，当时，不管我的对于自由的主义的热心，却不以为在每一个运动的领袖中曾看见一个圣人，也不相信人民的革命的预备已经成熟。

在这个时候，我为煽动的目的而写的许多东西都被籍没入官，我自己也被控诉，但一千九百〇五年之末的革命的暂时成功，把我从刑罚中救出。……

我的发展是很强烈地受到托尔斯泰的影响的，虽然我决不赞同他的"对恶人的无抵抗"的见解。在艺术方面，他战胜了我，我觉得我的作品不以他的作品为模本，是很困难的事。杜思退益夫斯基及柴霍甫在某一程度上，也有一部分的伟大影响，而嚣俄和歌德也常常在我的眼前。这五个名字便是我的教师及文学上的先生们的名字。

这里的人常常以为尼采对于我有很大的影响。这使我很惊奇，最简单的理由便是我并不曾读过尼采，我对于这个显赫的思想家不表同情，一半在他的思想，一半在他作品的浮夸的外表，我一开始读他的书便不再读下去，我与马克思·史的奈（Max stirner）更为相近，更为了解。

---

① 黑党指俄国政府党。

沙 宁

自一九一七年以后,多数党对待阿志巴绥夫很不好;他们将《沙宁》,还有他的别的作品,都列入禁书目录之中。最后,在一九二三年便将他逐出于俄国之外。他之所以执持着反对多数党的态度,当然是不足为奇的。有一个时期,他在华沙(Warsaw)的俄国报馆中做着政治论文。他的名望,在俄国是一落千丈,差不多没有什么人更提起过他。有一部分的人,虽提起他,也只当他是俄国文学史上的一个怪杰,其来无踪,其去无迹,却并不以为是一个第一流的重要的作家。

后来,他双目盲了,很可怜地生活在国外,没有人注意到他,没有人想念到他。在一九二七年,他无声无息地病死了。除了一封简短的电报,报告他本国的人说,作《沙宁》的小说家阿志巴绥夫于某日死于某地之外,再也没有一点别的动静。他的晚年可算是极凄楚悲凉之至的了。

在他的许多作品里,如一线穿珠的红线似的把他们穿结在一处的,是他的无政府的个人思想与他的厌世思想。这两种思想都是因他的身体的虚弱与久病而产生出来的。他因为病弱之故,便发生了一种无端的忧闷,觉得人世于他是无可恋慕的,是毫无生气的,是毫无趣味的,因此便发生了他的厌世思想。同时,他又因此发生了反动,便是因他自己的病废,而梦想着壮健的超人,梦想着肉体的享乐;他们——超人们以身体的健全与壮美,享受人世间的一切美,一切乐,而超出于一切平凡的人之上,蔑视人间的一切道德、习惯、法律、信仰以及其他束缚,而独往独来,凭着自己的本能,自己的愿望去做一切事;只要自己所要做的,便不顾一切地直截地做去。但即在这超人的无政府的个人主义的思想里,他的灰色的憎厌人间的思想也还如浓浓的液体渗透在里面。他的英雄沙宁厌憎他同车的人,他想道:"人是怎样一个卑

译　序

鄙的东西呀！"他想离开他同车的人，离开火车中愚蒙的空气，只要一瞬间也可以，于是毫不回想的双足站在月台踏板上，跳下车去。火车如雷似的冲过他的身边，他落在柔而湿的地上。他笑着，站了起来，车尾的红灯在远处闪耀着。他满足了，快活地笑叫道："那是好的！"这是沙宁，是他所创造的英雄！至于阿志巴绥夫他自己呢，他是病弱的；他既厌憎他同车的人，他周围的人，却不能如他的英雄沙宁似的自由地跳下车去；这使他更苦闷，同时使他更赞颂、更想慕他的理想的超人。

但在实际生活上，他虽不能追逐于他的英雄沙宁之后，而在他的作品里他却直捷叙说出他所信的、他所感的、他所想慕的、他所梦到的一切；他以他的大胆无畏的精神，叙述出他的锐敏的觉感所见到、所想象到的残虐恐怖的影像，叙述出人类的最赤裸的性欲的本能。他运用他的纯熟的文字上的技能表白出他的尖刻的观察与真切的想象。他是第一个用最坦白的态度去描写人的性欲冲动的，又是第一个用最感动人的，真切的文字去描写"革命党"与革命时代的。他的作品的新奇的内容与动人的描写捉住了一切的读者，使他们惊骇得连呼吸都暂住了。他实是最深刻的写实主义的作家。

他如屠格涅甫之写出十九世纪中叶的俄国的时代思潮，写出了二十世纪最初的革命时代的俄国。他的《革命的故事》《人间之潮流》及《工人绥惠略夫》都是"革命的故事"，而《沙宁》则反映了革命失败后的青年的热烈的个人思想与行动——虽然《沙宁》的写作在革命以前，而这种反映只是偶然的遇合。在这一方面，阿志巴绥夫的作品在俄国思想史上又有了极大的价值。而《沙宁》的重要尤有超于此者。

《沙宁》的重要在于：它是表白出人间的永久不熄的，且将永久继续的一种情欲的，是代表了永久而且永将占据于人类的心

沙 宁

里的强烈的个人思想的。他自己说,《沙宁》不过是一种典型,"这一种典型,在纯粹的形态上虽然还新鲜而且稀有,但这精神却寄宿在新俄国的各个新的、勇的、强的代表者之中。"① 实则这一种精神,岂但"寄宿在新俄国的各个新的、勇的、强的代表者之中",实乃寄宿在全人类的各个新的、勇的、强的代表者之中。在这一面,《沙宁》便成了一部最好的表白无政府个人主义的书,而被列到"不朽之作"的里面去了。《沙宁》之能引起全世界的注意即在于此;我之所以译此书的大原因,也即在于此。

关于《沙宁》,阿志巴绥夫在上举的给他朋友的一封信里也有几段话;作者自己的表白,自然是较别的人的一切批评更可注意:

> 在这个时候,就是说在一九〇三年的时候,我写作了(《沙宁》)。这个事实为俄国的许多批评家顽固地隐蔽着;尤其甚的是,他们想劝诱公众,以为《沙宁》是一千九百〇七年的反动的出产物,我是跟随了现代俄国文学的流行的趋势的。但在实际上,这部小说早已在一千九百〇三年的时候给两个杂志的编辑者及许多著名的作家所读过。此书之所以不能在那时出版,又是因为检阅官的权力与出版家的懦怯。这是一件很有趣的事,这篇小说,因为它的意义而被《Sooreminny Mios》月刊所拒绝,而过了几年以后,这个同一的月刊又要求我把它给他们发表了。这样,《沙宁》的出现,便迟缓了五年。这对于它非常有害:在它出版的时候,文学被淫秽的,甚至讲同性爱的作品的川流所泛滥,我的小说不免与这

---

① 这一段文字,鲁迅君曾译出,现在借用他的译文。他的译文见他译的《工人绥惠略夫》的"译序"上。

译　序

些作品同受评判。

　　这部小说,被青年人极有趣味地接受了,但许多批评家却反对它。这也许一部分用这部小说的思想趋向可以解释;但无疑的,他们是大大地受了我的扶助我们的文学后进,而同时又离开"文学的司令官们"而独自站立着的情境的影响,于是我渐渐地觉得我自己是反对所有有势力的文学团体的。我是一个顽固的写实主义者,一个托尔斯泰与杜思退益夫斯基派的信徒,然而今日呢,正是完全不熟悉的,所称为堕废派的在俄国占得了上风,但不是说与我反对。……后来革命终止了。社会冲跑到文学方面,而它,如果不在质上,即在量上,受到了一种新的激动力。那个曾拒绝我的《沙宁》的月刊的编辑者,记忆起它,便第一次把它发表出来。它激起了几乎是空前的辩论,如屠格涅甫的《父与子》出版的时候一样。有的人赞赏这部小说远过于它所应得的,有的人却痛斥它,以为它是诬谤青年的。但我可以不夸张地断言:没有一个人在俄国肯真实地去深求这部小说的意义,赞颂者与斥责者都同样地偏于一面。

　　你也许很有兴趣知道我自己对于(《沙宁》)的意见,我要告诉你的是,我不以它为一部伦理的小说或一部青年时代的毁谤作品。《沙宁》是个人主义的辩解;小说中的这个英雄是一种典型,这一种典型,在纯粹的形态上虽然还新鲜而且稀有,但这精神却寄在新俄国的各个新的、勇的、强的代表者之中。许多的模仿者并没有领会了我的意义,急急地把《沙宁》的成功,转成为他们自己的利益;他们大大地侮害我,他们充满文学界以淫秽的、龌龊的作品,因此,在读者的眼中,贬落我

沙　宁

所要在《沙宁》中表白的意义。

许多批评家硬要把我列在一班《沙宁》的第二等的模仿者之流——他们陈列了他们的市场上畅销的货物——说尽了一切的侮辱的话。直到了近来，《沙宁》越过战线，而被译成德国、法国、意大利、波希米、保加利亚、丹麦的文字（日本也译了一部分）①，于是在批评家中才能听到别的声音。俄国常常是屈服于外国的意见之前的。

《沙宁》的重要的内容是如此，书中的英雄沙宁，青年时代就离了家庭而出与世界及人类相接触。没有一个人保护他或指导他；于是他的灵魂便完全自由、完全独立地发展起来，正如田野中一株树一样。他的嘴角现着微微的讥笑的表现，对于一切人都以冷酷的、讥嘲的、淡漠的态度，无论是对于他母亲与他妹妹的热烈的欢迎，或是对于世俗以为任何重大的事，都是以这个态度与他们相周旋，使受之者莫知所措。他的美貌的妹妹名丽达，被一个庸俗的军官所毁坏。后来她发现她自己的怀孕，便羞愤不堪，想要自杀。这是世间一般妇女的最通行的处置这事的方法。但她哥哥沙宁讥笑地劝她道："但是你死了又有什么用呢？世界上繁华满目，阳光是普照的，逝去的水是长流的。你死了以后，世上人知道你怀孕，便与你不相干了么？可见你不是为怀孕而死，乃是为怕世人的嘲辱而死。……且你所怕也不过是几个亲近的人罢了，你所不认识的人，你不见得怕他。和你亲近的人听见这事，自然是要惊疑的；但他们说什么，不过是说你没有正式结婚就有了性交罢了……你要知道，这班奴才们都是毫无知识的，

---

① 现在日本已有了《沙宁》的全译本，东京新潮社出版。

译 序

只有贪酷卑污的心思……"于是她的生命便被他救了回来。沙宁对于这事，并不如世俗之人一样，因此便去恨那个官吏。他看得这种事很轻。世俗的议论、道德的束缚、社会的制裁又算得了什么！性交不过是人类的最自然的本性之一，无所谓耻辱；至于与何人性交，更没有什么干系。于是他便想也与他妹妹相爱，他爱悦她的美丽。但是她始终是一个世俗的人，没有沙宁那样的勇气去把她自己在习惯道德的束缚底下解放了。后来，沙宁对于那个毁坏他妹妹的官吏，处处表示轻蔑。——这要再声明一下，他的轻蔑，乃由是看这军官是一个庸愚的俗人，并不因他妹妹的受侮之故——这位军官，受了他的这样的轻蔑，便要与他决斗。这也是世俗处置这事的最流行的方法。两个军官受委托到沙宁那里，告诉他要求决斗的话。在沙宁的人生哲学里，决斗也与宗教、道德或其他坏的习惯一样的无聊的。于是他以坚决的冷淡的态度，拒绝这个要求。这样的拒绝决斗的事，是世俗所最以为不齿的，所最以为惊骇的。这两个使者惊异得无法可想；他们愤怒了，想对待他如一个无赖的人，但又无用。沙宁告诉他们说，他不欲决斗，因为他不愿取那位军官的性命，并且他自己的生命也不愿冒险；但如果那位军官要在街上对他行一点身体上的袭击时，他便要当场痛打他一顿。于是这两个使者被沙宁的"非习俗"的态度所迷惑，只得取消了决斗之约而回。其后，那位军官在街上遇见了沙宁，被沙宁冷静而轻蔑的眼光所激怒，伸出鞭子打过去，立刻，他脸上受到沙宁的有力的可怕的打击。一个朋友把他送到他的寓所里，他在那里自杀了。从世俗的见解上看来，只有这条路是留给这位军官走的了。

《沙宁》中除了这一位英雄以外，最可注意的人物便是犹里；他是一位典型的俄国人，受到高等教育而缺乏意志的青年。他同一切的俄国人一样，犹疑不决。他想从书本中寻找出一种人生的

沙 宁

哲学,一种指导的原理,但是无效。他对于宗教已经没有信仰了,他的以前的对于政治自由的热忱是冷却了,但是他没有一种指导的思想又不能生活。他的身体又虚弱。他妒忌,同时又轻蔑沙宁的喜悦的力量。最后,他不能逃出他自己思想的困惑,便自杀了。他的朋友们在他墓上举行葬礼,其中的一人蠢蠢地去请沙宁说几句话。沙宁呢,他是常常直说他所想到的话的,这时便走了出来,废去一切演说的俗例,只说了下面的一句话:"现在世界上又少了一个庸愚的人了。"于是那些朋友们大怒,沙宁遂离了城市,坐了火车到乡间去。他在火车上,又厌憎同车的人,便走到月台(车上的月台),立在脚踏板上,跳下车去。现在围绕他的一切是如此的自由,如此的广漠。沙宁深深地呼吸了一下,于是他举步向曙光所出处前进;当东方的光明第一次射到他的视线上时,沙宁觉得他是在向前转运;向前去迎朝阳。

《沙宁》在此便告终止了。

《沙宁》的艺术,是很可赞美的,它可以代表阿志巴绥夫的艺术的成绩。在他平平淡淡地率直地写出的文字中,我们读到却感到一种婉曲的秀美的动人的描写;他是无所讳忌地描写人间的兽的方面的丑恶,却一点也不使读者起一种无理之感,读来极为自然。

大约是六点钟,太阳仍旧是煌耀地照射着,但在花园中,已经有微弱的绿影了。空气中充满了光明,与温暖,与和平。……

西米诺夫扬起他的帽子,开了门。他的足声与他的咳嗽声渐渐地隐弱了,然后一切都沉静。犹里转身回家。所有他在短短的半个钟头以前觉得光明、美丽、静谧的——那月光、那繁星的天空、那接触着银色的美的

译　序

白杨树、那神秘的影子——所有这一切，现在都死了，冷而可怕，如一个广漠的、惊人的坟墓。

　　到了家，他轻轻地走到自己房里，开了窗向花园中望去。在他生平的第一次，他回想到所有占据他的一切，回想到他曾为之表现出如此的热诚，如此的不自私的，实在乃非正当的重要的东西。于是他想，如果他有一天，像西米诺夫一样，快要死了，他对于人类并没有因他的努力而变为更快乐的事必不觉得忧闷，对于他一生的理想并不曾实现过的事，必不觉得悲苦。唯一的忧苦就是他必须死去，必须丧失了视觉、意识与听觉，在有时间去尝尝生命所能产出的一切愉乐之前。

　　在从河面上来的清朗寒冷的空气中，杂着火枪的青烟，有一种奇异的愉快气味，且在渐渐黑暗下来的风景里，快乐地射击，带着喜悦的力量闪射出。受伤的野禽，当它们落下来时，映衬着淡蓝色的天空，描绘出秀美的曲线，而天空现在正闪耀着最初出现的微淡的星光。犹里觉得非常得有力与愉快。好像他并不曾参与于如此有趣、如此快乐的事里一样。野禽现在飞起来的更少了，更黑暗下去的黄昏使猎者更难于瞄准。

　　在以上随意举出的几个例里，我们已可看出阿志巴绥夫的描写的能力。

　　有许多人说，这部小说中的英雄沙宁，不过是一种主义的"人格化"，不过是一种"典型"，正如屠格涅甫的《父与子》中的巴札洛甫一样，并不是一个生人，在这一方面，未免缺乏"真实"的精神。这一层缺陷，我们是不必为阿志巴绥夫讳言的。凡一切宣传什么理想、什么主义的文艺作品，差不多都有此病，同不仅《沙

沙 宁

宁》为然。不过《沙宁》的叙写的艺术的精练，却能使我们忘记了这一个缺陷；读《沙宁》正如读阿志巴绥夫的其他的纯粹客观的写实作品《朝影》《医生》等一样，同毫不觉得它的人物的牵强与不真实，其全部的叙写，更带着极深刻的写实精神。在这一方面，《沙宁》之介绍，对于现在中国的文艺界便又有了一层的必要；现在我们的文艺界正泛滥了无数的矫揉的非真实的叙写的作品；尖锐的写实作品的介绍实为这个病象的最好的药治品。

我所译的这部小说，是根据 Percy Pinkerton 的英译本重译的，我的俄文程度几等于零，所以不能直接从阿志巴绥夫所写的原文译出。这对于《沙宁》的艺术上的好处，也许是很有损害的。但我已请了耿济之先生来担负用俄文原本校改我的译文的责任。因此，我的译文，想不至与原文相差很远。

一九二八年十二月二十七日

作本文时，曾参考了下面的几篇文字：

一、Gilbert Cannan's Preface to Percy Pinkerton's Translation of Sanine.

二、Moissoye J. Olgin's A Guide to Russian Literature, PP. 265—269.

三、M. Artzibashef's autobiographical letter, Introduction of Percy Pinkerton's Translation of "The Millionaire".

四、William Lyon Phelp's Essays on Russia Novelists, PP. 248—261.

五、升曙梦的《露国现代的思潮与文艺》；第三三七页至第三八三页。

六、D. S. Mirsky's Contemporary Russian Literature, PP. 139—141.

第一章

在法拉狄麦·沙宁的一生里,那个重要的时期,就是性格受第一次所接触的世界与众人的影响,而形成的时期,他并不住在家中与他父母同过。没有一个人保护他或指导他;他的灵魂遂完全自由,完全别致地发达起来,恰如一株生在田野中的树。

他离开家庭有许多年了,当他归来时,他的母亲和他的妹妹丽达几难得认识他。他的身材,他的声音及他的仪态变化得很少,然而有一些异样的新的东西,成熟在他的内心里,脸上照耀出一种新的神情。他到家的时候正是黄昏辰光,他安然走进房里,好像他五分钟以前才离开那里一样。当他站立在那里,高大、美貌、阔肩,他的冷静的脸上,在嘴角上带着些微微的轻蔑的表示,毫不显出疲倦或感动的表记,于是他的母亲和妹妹的喧热的问候,竟自己沉静了下去。

他在吃饭,在喝茶时,他的妹妹都坐在对面,凝定地注望着他。她爱他,如许多浪漫的女郎之平常爱她们的离家的兄弟一样。丽达常常想象法拉狄麦成为一种特别的人,其特别是她借着书本的力量自己构造出来的。她绘画出的他的生活,是一种悲剧的奋斗的生活,悲苦而且孤寂,如那些伟大的不可理解的人的生活一样。

"你为什么这样地注望着我?"沙宁微笑地问道。

沙 宁

这种极注意的微笑与搜探到内心的安静的目光成为他平常的表现,但是,说来很奇怪,这种微笑,本是很美丽而动人的,竟使丽达不大喜悦,在她看来,这种微笑似是自己满足,毫不表现出精神的受苦与争斗。她眼望别处,沉默着在那里悄想,然后她像机械般继续一页页地翻转一本书的书页。

饭吃过了,沙宁的母亲,亲爱地拍拍他的头,说道:

"现在,告诉我们你所有的生活,及你所做的事。"

"我所做的事?"沙宁笑着转问了一下,"唔,我吃喝,睡觉;有的时候我去工作;有的时候,我不做什么!"

最初,好像他不愿意说他自己的事,但当他母亲问他这个,问他那个时,他却很高兴地叙述起来。然而,也不知为什么缘故,总觉得他对于他叙述的事完全淡漠无感。他的态度,虽是和善而且亲爱,但却完全没有那种仅只存在于家庭的分子中间的亲切。这种的和善和亲爱,似乎是从他那里,自然地表现出,如一根蜡烛的光明一样,以同等的光辉照射于一切的东西上面。

他们走出去,到了花园的阶边,坐在石级上面。丽达坐在底下的一层石级上离开远些,沉默地听她哥哥说话。她心上觉到冰一般的冷。她的年轻女性的尖锐的本能告诉她,她的哥哥并没有成了如她所想象的人。于是她在他面前,觉得羞怯与不安,好像他是一个陌生的客人。现在是黄昏,微弱的阴影笼罩着他们。沙宁点了一支香烟,烟草的香味混杂在园中的香气里。他告诉他们,生命怎样地在这里那里地颠荡着他;他怎样地常常饥饿,常常做一个流浪人;他怎样地参与于政治争斗之中,又怎样地觉得厌倦了,放弃了这些事。

丽达坐着不动,很注意地静听着,看过去整齐美丽,却带点奇怪,如一般可爱的女郎在春日的黄昏中的形象一样。

他告诉她的话愈多,她愈加相信她为她自己所绘画的如此彩

第一章

色灿烂的这个生活，实在是最简单的，最平庸的。且还有些奇异的东西在它里面。它是什么东西？那她不能决定。无论如何，从她哥哥的情形里看来，它在她看来是非常简单、非常无味、非常庸俗的。显然地，他曾随意地在什么地方住着，随意地做些事情；一天在做工，第二天又无目的地闲懒着；这也是很明白的，他很喜欢喝酒，认识许多女人。在这样的生活后面并不隐着黑暗和不幸的命运，它一点也不像她所想象着的她哥哥所过的生活。他的生活是没有普遍的思想的；他不憎忌任何人；他不为任何人而受苦。他有些话从嘴里进出来，使她也不知为什么觉得简直的不好看。尤其是，当他告诉她，有一次，因为十分穷迫，他竟至不得不自己去缝补他的破裤。

"怎么，你难道会缝补么？"她不觉地问道，带着一种奇异而且耻辱的口气。她想，那是不好看的事，不是男人应做的。

"我起初不会，但用得到的时候我就学会了。"沙宁微笑地回答，猜到他妹妹所感想的心思。

这女郎不注意地耸了耸肩，沉默不言，凝望着园中。这对于她，好像是：梦着日光炫耀，醒来时却在一个灰暗的冷的天空之下。

她母亲也觉得沮丧。这使她想着，她的儿子没有得到那个他在社会上所应得的尊贵的地位。她开始告诉他，事情不能像这样的下去，又说，他以后必须更晓事些。开头她慎重地说着，怕得罪儿子，但是当她看见他一点也不注意她说的话，她便生了气，固执地主张起来，如顽强的老妇人所做的，以为她儿子想恼怒她。沙宁是，也不惊骇，也不烦恼：他似难于明白她所说的话，但他用和爱的不动感情的眼睛望看她并且沉默不言。

然而，当他母亲问道："以后你想怎样生活？"他便也微笑地回答道："呵！无论怎样都可以。"

沙　宁

他的和平坚定的语声与光明而不转瞬的眼光，使一个人觉得，这一句话，虽然他母亲以为没有意思，却于他有一种包括一切的深刻而正确的意义。

马丽亚·依文诺夫娜叹了一口气，停了一会，悲切地说道：

"好的，总之，这是你的事。你已经不是一个小孩子了。你们应该在花园中走走。花园现在看来是这样的美丽。"

"是的，自然！来，丽达，来引导我看花园去。"沙宁对他的妹妹说，"我差不多忘记了它是什么样子了。"

丽达从幻想中醒转，叹了一口气，站起身来。他们并肩走下那条引到朦胧的花园的绿色深处的小路。

沙宁家族的住宅是在镇里的大街上，这镇很小，他们的花园扩张到河边，在河的那面是田野。这住宅是一所古旧的邸屋，两边有损坏的柱子，又有阔的石阶。大的阴沉的花园变成荒芜了；看来好像是沉重的绿云降到地上来。在夜里，似乎为鬼魔游散之地。好像有些凄苦的精灵在林莽中漫步，或不息地在这老屋的龌龊的地板上仆仆往来。在第一层屋，有好几间完全没有人住的房间，铺着褪色的地毯，挂着污秽的窗帏，更显得阴森森的。通过这座花园，只有一条狭隘的小路，路上掷满了枯枝与压死的青蛙。所有中庸宁静的生命只集中在一隅。紧靠着那所大屋，有黄色的沙闪耀着，在整洁的盛开着花的花床之旁，有一张绿色的桌放在那里，桌上在夏天常摆着茶或点心。这一小隅，为简朴和平的生命的呼吸所接触的，正与那所大的荒废的邸宅，已判定了不可避免的毁坏的运命的，成了一个对照。

当那座在他们后面的房屋看不见了时，他们正走在沉静的、不动的、如活物一般沉思着的树林中，沙宁突然把他的手臂围绕着丽达的腰间，以一种奇异的声吐，半狞猛、半温柔地说道：

"你长得正像一位美人！那第一个为你所爱的人将是一个快

第一章

乐的人。"

  他的筋肉如铁的手臂的接触,送了一阵热狂的颤动,经过丽达柔软的身体。羞赧而且战栗,她避开了他,好像是避开了正走近的什么看不见的猛兽一样。

  他们现在到了河边了。芦苇在河中摇摆着,从那里送出一种潮湿的气味。在河的对岸,田野朦胧的在微光里,躺在广漠的天空之下,天空上是照耀最初出来的淡白色的星光。

  沙宁离开丽达几步,拾起一段枯枝,折断为二,把折断的碎枝抛进水中,水面立刻地起了圆圈,立刻又消失了。芦苇点着它们的头,好像在招呼沙宁,当他为它们的朋友一样。

第二章

　　大约是六点钟。太阳仍旧是煌耀地照射着,但在花园中已经有了微弱的绿色的阴影。空气是充满了光明,与温暖,与和平。马丽亚·依文诺夫娜正在做糖果酱,在绿色的菩提树下有一股强烈的滚沸的糖与覆盆子的气味。沙宁整个早晨都在花床上忙着,想方设法把有些受尘土与热气之苦最甚的花救活起来。

　　"你最好是先把野草拔了。"他母亲提议道,她时时经从青色的荡动的炉烟里看望着他,"告诉格隆极卡,她会代你拔去的。"

　　沙宁仰起流汗而高兴的脸来。"为什么?"他说道,同时,他把飘悬到他眉边的头发掠回去,"让它们尽量地生长着吧。我喜欢一切绿的东西。"

　　"你是一个可笑的人!"他母亲说道,同时她耸耸她的两肩,也不知为什么,他的答语竟使她喜欢。

　　"这是你自己可笑。"沙宁以一种完全自信的语气说道。他然后走进屋里去洗手,由屋里出来时,便安适地坐在桌边一张柳条编的靠背椅上。他觉得快乐,心地轻松。绿的树木,太阳的光与青的天空发出鲜亮的光彩进入他心灵里去,使它全部开展着迎接它们,充满着完满的快乐的感觉。他憎厌大城市与他们的纷忙与喧哗。阳光与自由围绕着他;将来的事不使他焦急;因为他决定去承受生命所送给的任何东西。沙宁紧紧地闭上双眼,伸一伸

第二章

腰；他的壮强的筋肉的紧张，给他以快乐的感觉。

一阵和风吹拂着。全个花园似乎在叹息。这处那处，麻雀们唧唧地喧哗地在讲它们的极为重要却不可了解的小生活；而密尔，那只杂色的猎狐狗，耳朵竖着，红的舌头伸吐出来，躺卧在长草上面静听着。绿叶柔和地微语着，它们的圆影在平的沙路上摇动着。

马丽亚·依文诺夫娜为她儿子安静的态度所恼怒。她是爱他的，正同她之爱所有她的孩子们一样，就因为这个缘故，她的心沸腾着，她想欲去醒起他，去伤害他的自尊心，得罪他，只要迫他去注意她的话，承受她的生活的观念。如一个埋在沙中的蚂蚁，她用了一生的每一个时间，去不住地忙着建筑起她家庭的荣达的脆弱的结构。它是一座长久的朴质的单调的邸宅，好像一座兵营或病院，用无数的小砖头建筑起来，而在她那样一个无计划的建筑师看来却组成了生活的壮丽。虽然在实际上，它们不过是琐碎的扰恼，使她包陷在一种困恼或焦切的永久状态里。但是她总以为非如此是无从生活的。

"你以为事情会像这样地下去，以后？"她说道，嘴唇闭压着，假装极注意地看煎果酱的锅子。

"你说'以后'是什么意思？"沙宁问道，然后他打了一个喷嚏。

马丽亚·依文诺夫娜以为他连打喷嚏都是有意去恼她，——虽然这种观念是很可笑的——竟生气得脸色变了。

"这是怎样得好，在这里，和你在一起！"沙宁幻想地说道。

"是的，这不十分坏。"她认为必须要生气，所以冷淡地答着，但是她私自地喜欢她儿子之赞扬这屋与花园，它们对于她都是如终生同在的亲属一般的。

沙宁望着她，然后，思索地说道：

沙 宁

"如果你不拿一些琐屑的事来搅我,那便要更好了。"

这句话以柔和的语气出之,似乎与斗气的话不同,所以马丽亚·依文诺夫娜不知道她到底是恼怒还是喜欢。

"看看你,再去想你当小孩子时,常常很是特异的。"她忧郁地说道,"而现在——"

"而现在?"沙宁快乐地叫道,好像他希望要听什么特别愉快与有趣的事似的。

"现在你比以前更是好了!"马丽亚·依文诺夫娜锐声地说,挥动她的汤匙。

"是的,那是更好!"沙宁笑说道。停了一会,他又续说道:"呵!诺委加夫来了!"

屋外来了一个长大、齐整、美貌的人。他的红色的丝衬衫,紧贴在他的部位方正的身体上,在日光中看来很光亮;他的淡蓝的双眼有一种懒惰、和善的表现。

"你们又在争论了!"他远远里就拉长着同样懒惰和和善的声音说着,"真是的,你们争论些什么?"

"呵,事情是,母亲以为一个希腊人的鼻子(Grecian nose)更适宜我,而我则十分满意于我所已有的那一个。"

沙宁的眼下望着他的鼻子,笑着,握着客人的大而柔软的手。

"那么,我要说了!"马丽亚·依文诺夫娜怒气地高声说道。

诺委加夫高声快乐地笑着;从绿林中来了一个柔和的回响答复他,好像前面有人心里分受着他的快乐似的。

"哈,哈!我知道什么事了!讨论你的将来。"

"什么,你也?"沙宁在滑稽的惊奇里叫道。

"这是你应该做的事。"

"哈!"沙宁叫道,"如果是两个嘴对我一个人进攻,我最好

第二章

是退开了。"

"不,大概我快要离开你们了。"马丽亚·依文诺夫娜说道,她突然地自己恼怒起来。她急急地把果酱的锅从炉上抽下来,匆匆地走进屋里,不向后面看一看。猎狐狗跳了起来,耳朵竖着,看着她走去。然后它用前爪擦擦它的鼻子,再以疑问的眼光,向屋里望着,飞跑到花园深处做自己的事。

"你有烟卷么?"沙宁问道,喜欢他母亲的离开。

诺委加夫懒惰地移动他的巨大的身体一下,拿出一个香烟匣。

"你不应该如此地激恼她。"他以和善的斥责的语气说道,"她是一个老妇人了。"

"我怎样地激怒她呢?"

"唔,你看——"

"你说'唔,你看'这句话是什么意思?这是她,常常来惹我。我永没有向什么人要求什么,所以人也应该离开我,让我独自在着。"

两人都沉默不言了一会。

"唔,事情怎样了,医生?"沙宁问道,这时他凝望着香烟的烟气,幻成奇异的圈升在他头上。

诺委加夫正在想别的事情,并没有立刻回答他。

"很坏。"

"怎么坏法?"

"唉!一切都坏。什么东西都是如此的沉闷,这个小镇使我烦恼得要死。没有一件事情可做。"

"没有一件事情可做?为什么你自己又诉说连呼吸都没有时间!"

"那不是我要说的意思。一个人不能够常常看病,看病在那个以外,还有别样的生活。"

23

沙 宁

"那么，谁阻止你去过那个别样的生活呢？"

"那是一个很复杂的问题。"

"它是怎样的复杂呢？你是一个年轻、美貌、健壮的人，你还希求些什么？"

"在我的意见，那是不满足的。"诺委加夫回答道，带着柔和的讥嘲。

"实在的！"沙宁笑道，"唔，我想他已是十二分的满足了。"

"但是在我还不满足。"诺委加夫说道，他也跟着笑起来。从他的笑声里可以明白，沙宁讲到他的健壮与美貌，使他喜欢，然而又使他觉得羞涩如一个少女，在有人相她做亲事的时候。

"有一个东西是你所需要的。"沙宁深思地说道。

"那是什么东西？"

"一个真正的人生观。你的单调的生活压迫着你；然而，如果有人劝你把这生活完全抛弃了，大阔步地走到广漠的世界里去，你便不敢去做了。"

"我要怎样地走去呢？如一个乞丐么？呵！……"

"是的，竟许如一个乞丐！当我看看你，我想：有一个人因为要使俄罗斯帝国有一部宪法，便让他自己被囚禁在席老塞尔堡①，以送他的余生，丧失了他的一切权利以及他的自由。结局，一部宪法对于他又有什么用？但是，当这是改换他自己厌倦的生活与走到别的地方去寻找新的趣味的问题时，他却立刻问道：'我怎样谋生呢？健壮如我，不会去忧愁。如果我竟不能得我的固定的薪水，日常的牛乳与茶水，我的丝衬衫、硬领子，以及其他的一切么？'这是很奇怪的，照我说来！"

"这里面没有一点奇怪的。第一层，这是关于思想的问题。

---

① 席老塞尔堡（Sllusselburg）是一个禁囚政治犯的所在。

第二章

至于那一方面——"

"唔?"

"唉!怎样去表白出来!"诺委加夫在弹弄他的手指。

"你看你怎样理论!"沙宁插说道,"你立刻就来了闪避的各点。我真不相信你心上对于一部宪法的愿望会比造成你自己大部分的生活的愿望为更强,然而你……"

"这还是问题,也许更强些!"

沙宁烦恼地摇他的手。

"唉!算了吧,如果有人要斫断你的手指,你定要觉得他比斫去别的俄罗斯人的手指痛些。那是事实,是么?"

"或者是一个犬儒主义。"诺委加夫说道,意思是要讥笑,而反成了十分的愚蠢。

"也许的。但是,都是一样的,那是真理。现在,虽然在俄国或在许多别的国里并没有宪法,或并没有一点宪法的影子,然而你之所以厌困者,乃因你自己的不满意的生活,并不是宪法的不存在。如果你说不是如此,那么,你是在说谎。而且还有呢。"沙宁接着说,他的眼中带着快乐的光,"你之所以厌困,还不是生活使你不满意,乃是因为丽达还没有对于你有爱情。现在,不是这样么?"

"你所说的是什么极无意识的话!"诺委加大叫道,他的脸色变得如他的丝衬衫一样的红。他是如此的困扰,在他的平静仁善的眼中竟有了泪点。

"怎么是无意识呢,除了丽达以外,你在全世界能够看见别的东西么?想占有她的愿望,是用大字在你身上从头到脚地写着呢。"

诺委加夫很奇怪地转过身去,开始在小路上来回地急走着。如果不是丽达的兄弟而是别的人对他这样说,也许会深深地使他

沙 宁

痛苦，但关于丽达的话却是出之于沙宁之口，他听来觉得诧异；使他最初的时候，几乎不明白他所要说的意思。

"你知道。"他嗫嚅地说道，"或者你是假装的，或者——"

"或者——什么？"沙宁微笑着问道。

诺委加夫眼望他处，耸耸他的肩，沉默不响。他转想了一下，使他认沙宁为一个不道德的坏人。但是他不能告诉他这个，因为，从他们同在中学的时候，他已常常觉得对他有真诚的爱感，并且，这似乎对诺委加夫是不可能的，就是他会选择一个恶人做他的朋友。他心上的感想立刻是迷乱而且不快。对于丽达的暗示使他痛苦和羞惭，但是因为这位女神是他所崇拜的，他又不能为了沙宁说到她而觉得生气。他使他快乐，然而又使他觉得受伤，好像是一只熊熊炎灼的手捉住了他的心而轻轻地压着他似的。

沙宁沉默不言，在微笑着。他的微笑是注意而和善的。

停了一会，他说道：

"唔，说完你的话；我并不着急！"

诺委加夫仍旧如前地在小路上来回地走着。他显然是受伤了。在这个时候，那只猎狐狗又激动地跑了回来，摩擦着沙宁的膝，好像要使每个人知道它是如何的快乐似的。

"好狗！"沙宁说道，拍拍它。

诺委加夫努力想避去继续辩论，怕沙宁要回归到那个对于他本身是全世界中的有趣味的题目。一切事情，比起想念丽达的一事来，他都觉得无关紧要，空虚而且死闷。

"但——丽达·彼特洛夫娜在什么地方？"他机械地说出那句想问而不敢问的话来。

"丽达么？她在哪里？还不是同着军官们同在林荫路上散步么。每天的这个时候，所有我们的那些少年女郎还不都在那个地

第二章

方可以找到么？"

一层嫉妒的神色阴暗了诺委加夫的脸，同时，他问道：

"怎么像她那样聪明有学问的一个女郎会同这一班空虚头脑的愚人在一起耗费她的时间？"

"呵，我的朋友。"沙宁讪笑着，"丽达是美貌、年轻，而且健壮，正如你一样；并且还许比你多些。因为，她还有你所缺乏的一件——对于一切事的锐敏的愿望。她想知道一切事，她想经验一切事——嘎，她来了！你只要望着她就明白那个了。她不是很美丽么？"

丽达比她哥哥矮些，且更美丽些。温柔联合着成熟的能力给她全个人格以可爱与特出。在她黑色的眼睛中有一种高傲的神气，而她的声音，她所引为自骄的、充实的、音乐的响亮着。她徐徐地走下石阶，走路时微微摇着全身，像一只年轻美丽的牝马，同时机敏地拖起她的灰色的长衣。在她后边，靴声橐橐地响着，来了两个美貌的青年军官，穿着紧紧的骑马裤与光亮的长靴。

"谁是很美丽的？是我么？"丽达问道，这时她充满全个花园以她的可爱的声音、她的可爱的美貌、她的可爱的青春。她把手给诺委加夫，旁瞬了她哥哥一眼，她对于他哥哥的态度，觉得不十分明白，永不知道究竟他是开玩笑还是真实的。诺委加夫紧紧握住她的手，脸上变了极红，眼睛里迸出眼泪来。但他的情绪，丽达并没有注意到，她已惯于感到他的深思的羞涩的视线，而永不曾使她动心。

"黄昏好，法拉狄麦·彼得洛威慈。"那两个军官中的年长的美丽些的一个说道，他坚固、直立如一匹有灵魂的小雄马，同时，他的靴距哗哗地作响。

沙宁认识他是萨鲁定，一个骑马队的上尉，丽达最坚久的崇

沙 宁

慕者之一。其他的一个军官是中尉太那洛夫,他以萨鲁定为理想的军人,努力去模抄他的所做的一切事。他是寡言者,又有些蠢钝,且没有萨鲁定那样美貌。太那洛夫跟着使他的靴距哗哗地作响,但不说什么话。

"是的,你!"沙宁对他妹妹庄重地答道。

"呵,当然我是美丽的,你们还要说是无可形容的美丽呢!"于是,丽达快乐地笑着,坐在一张椅上,眼光又向沙宁望了一下。她举起她的手臂,因此愈显出她胸部的曲线,想把她的帽子脱了,但是,当脱帽时,把一支长的帽针落在沙地上了,她的面网与头发弄得乱了。

"安得留·柏夫洛威慈,请你帮助我!"她清朗地向沉默的中尉叫道。

"是的,她是一个美人!"沙宁唔唔地说道,他正明朗地想着,眼光一刻也不曾离开她。丽达用不信任的眼光重又向她哥哥望了一下。

"我们在这里的全都很美丽。"她说道。

"那是什么话?我们美丽?哈!哈!"萨鲁定笑道,显出他的白而有光的牙齿,"我们只是些不好看的布景,在这布景里更显出你的眩惑的美貌。"

"你真是会说话!"沙宁惊奇地叫道。在他的语气中,有一点讥嘲的影。

"丽达·彼特洛夫娜会使每个人都善于说话。"沉默的太那洛夫说。这时,他想帮助丽达脱去她的帽子,在这样做时,弄乱了她的头发。她假装恼怒起来,却还在那里笑着。

"什么?"沙宁徐徐地说道,"你也变了善于说话的么?"

"呵,让他们这样去吧!"诺委加夫假假地微语着,而心中却私自喜欢着。

第二章

丽达向沙宁蹙蹙眉,她的黑眼睛明白地对他说道:

"不要以为我不会看出这一班是什么人。但是我愿意这样。我并没有比你蠢笨,我知道我所做的事。"

沙宁向她微笑。

最后,帽子脱下来了,太那洛夫慎重地把它放在桌上。

"看!看你对于我所做的是什么,安得留·柏夫洛威慈!"丽达叫道,半抱怨,半俏媚的,"你把我的头发弄得这样的乱,现在我要到屋里去了。"

"我是如此的抱歉!"太那洛夫迷乱地讷讷地说道。

丽达立了起来,拉起裙子,笑着跑进屋去,所有的男人的眼光都跟了她去,当她去了时,他们觉得呼吸得更自由,没有了那种激动的拘束的感觉,这种感觉,男人常常在一个美丽的青年妇人面前经验到。萨鲁定点了一支香烟,很有味地吸着。当他说话时,一个人觉得他是习惯着引人入谈论的,而他所想的却与他所说的话全不相同。

"我正在极力劝丽达·彼特洛夫娜去研究唱歌。具有这种的声音,她的事业是可以担保的。"

"一件好事业,照我说来!"诺委加夫蕴怒地答道,脸望着别处。

"这事业有什么不好呢?"萨鲁定真的惊骇着问道,把香烟离开了他的唇边。

"怎么,一个女伶是什么东西?没有别的,不过是一个娼妇!"诺委加夫答道,带着突然的惹恼。嫉妒使他痛苦;他想到了那个青年女子,她的身体,他所爱的,竟穿了诱惑人的衣服,出现在别的男人们之前,以那种衣服显露她的可爱,用以激起他们的情欲。

"实在的,这话说得太利害了。"萨鲁定答道,抬起他的

沙 宁

眼睫。

诺委加夫的眼光充满了妒忌。他以萨鲁定为那些要夺取他所爱的人的一班人之一；并且，他的美貌使他困恼。

"不，一点也不利害。"他答辩道，"半裸体的在舞台上出现，在一个淫荡的景地里，显露一个人的身体的美，给这些要休息一二点钟的人看，在他们付了钱以后，如他们之对于娼妓似的。这真是一件可爱的事业！"

沙宁说道："我的朋友，每一个妇人在最先有人赏鉴她的身体的美的时候，全都觉得快乐的。"

诺委加夫恼怒地耸耸他的肩。

他说道："这是一种什么愚蠢而粗率的话！"

"无论如何，不管是粗率或否，这却是实情。"沙宁回答道，"丽达在舞台上是最可动人的，我喜欢见她在那个地方。"

虽然其余的人听了他的这个话引起了一种天然的奇异之心，然而他们全体却都觉得不大舒服。萨鲁定想他自己是比其余的人更聪明、更机警，决定这是他的责任，去消灭这个困恼的漠泛的感情。

"那么，你们想女人应该做什么事？去结婚么？去研究一种学问，或是任她的天才消失了？那是一种对于自然的罪过，自然已给了她以它的最美的赐品。"

"呵！"沙宁叫道，带着不虚饰的讥嘲，"到了现在，这种罪过的观念已永不进到我的头脑中了。"

诺委加夫恶意地笑着，但却礼貌十足地向萨鲁定回答道："为什么是一种罪过？一个好母亲或一个女医生是比之一个女伶的价值高过一千倍的。"

"一点也不高！"太那洛夫愤怒地说道。

"你们不觉得这一类的谈话很厌闷么？"沙宁问道。

第二章

萨鲁定的答语消失在一阵骤发的咳嗽中。他们全体实在都以为这种的讨论是厌倦而且非必要的；然而他们全都觉得有些激恼。一阵不快乐的沉默弥漫着。

丽达与马丽亚·依文诺夫娜出现在游廊上。丽达听见了她哥哥的最后的一句话，但是不知道他们说到什么的事。

"你们似乎不一刻就会觉得厌倦！"她笑着叫道，"让我们走下到河边。现在那边是很可爱。"

当她在男人们的前面走过，她的模型的身体微微地摆动，在她的眼中有一种黑暗的神秘的光，似乎在说什么，在答应什么。

"去散散步，到晚餐时回来。"马丽亚·依文诺夫娜说道。

"喜欢的。"萨鲁定叫道。当他把手臂给丽达时，他的靴距橐橐地响着。

"我希望我可以得允许同去。"诺委加夫说道。意思是要讥刺，然而他的脸上带着欲哭的表示。

"有谁阻挡着你呢？"丽达回答道，她在她肩膀上看着他微笑。

"是的，你也去。"沙宁叫道，"我也要同你们一起去，如果她不那样地坚执以我为她的哥哥。"

丽达很奇怪地抖索了一下，顿时有些退缩，迅速地瞬了沙宁一下，同时，她短促地激动地笑了一笑。

马丽亚·依文诺夫娜显然是不高兴了。

丽达走后，她粗钝地叫道："你说话为什么这样懵懂？你总是想做些出奇的事！"

"我实在完全没有想到这样。"沙宁这样的回答。

马丽亚·依文诺夫娜诧异地望着他。她永不能明白她的儿子；她永不能说出什么时候他是在开玩笑或是在说真话，也永不能说出他所思想的与所感到的，至于别的可了解的人呢，他们所

沙 宁

思想的、所感到的都是与她自己很相同的。依照她的观念，一个人是常常被束缚着去说，去感想，去行动，正如与他同社会的及同智慧的地位的其他的人所习惯去说，去感觉，去行动一模一样。她还有一个意见，以为，人们是不仅具有他们天然的性格与特点的，但是，他们必须全被范冶于一个普通模式之中。她自己的环境，使她增加并且坚定这个信仰。她想，教育的意思是要把人类分成两群，那有知识的与那无知识的。无知识的保持他们的个性，引起别人对于他们的蔑视。有知识的则依照所得的教育分为数群，他们的信仰不与他们的个性相应，但与他们所处的地位相应。因此，每一个学生都是一个革命党，每一个官吏都是有产阶级，每一个艺术家都是一个自由思想者；每一个军官都是夸耀计较他们的官级的。然而，如果一个学生变成了一个守旧党，或是一个军官变成了一个无政府主义者，这必须算为最反常的，甚至是不愉快的。至于沙宁，依照他的家世与教育，他应该是与现在的样子完全不同。于是马丽亚·依文诺夫娜觉得，正如丽达、诺委加夫以及所有与他接近的人所觉得的一样，他是失了他们的所望了，她的母亲的本能，立刻看出她儿子对于他所接近的人所生的印象，这使她痛苦。

　　沙宁自觉得这个。他很想安慰她，但不知怎么措手。最初，他想装假，如此可以使她平心静气；然而，他想不出什么来，仅只笑了笑便站了起来，走到屋里去了。他在那里躺在床上想了一会。好像人们意欲把全世界那变成一种兵房，以一束的法则来管治一切的人，立定一个意见以毁泯一切的个性，不然，便使个性降服于一个神秘的、古旧的某种威权之下。他甚至想到基督教与他的运命，但这使他如此的厌倦，他竟熟睡了，直到黄昏变成了夜，他才醒起来。

　　马丽亚·依文诺夫娜望着他们走去，而她也深深地叹了一口

第二章

气,沉入深思之中。她这样地对她自己说,萨鲁定显然地向丽达献殷勤,她希望这事能成为正经的才好。

"丽达已经是二十岁了,而萨鲁定似乎是很好的一个青年人。他们说,他今年要带领他的中队。自然他是负了很重的债——但是,唉!为什么我有那个可怕的梦?我知道这没有什么道理,然而我竟有些不能把它置之于我的头脑之外!"

这个梦就是她在萨鲁定第一次到这家里来时做的。她想,她看见丽达全身穿了白色的,在一片灿烂的开着花的碧绿草地上走着。

马丽亚·依文诺夫娜坐在一个安乐椅上,把头靠在手上,如老妇们所做的,她凝望着渐渐黑暗下来的天空,阴沉的苦恼的思想不休地来,且使她感觉得焦急而且害怕什么似的。

第三章

当其他的人散步回来时,天色已经很黑了。他们的清朗愉快的语音,从幕罩于园中的暮色中透过来。丽达脸色绯红,嬉笑地向她母亲跑去。她从河边带来了冷冰冰的芬香,这冷香迷人的混入了她自己的温馥的青春与美貌的气息在内。她的青春与美貌,因了几个有感情的追求者的伴侣而更高超了,增大了。

她游戏的沿途拖着她母亲,叫道:"晚餐,妈妈,我们要吃晚餐了!同时维克托·赛琪约威慈还要唱歌给我们听呢。"

马丽亚·依文诺夫娜走出预备晚饭时,她心里自己想着,像她爱女丽达那么一个美貌而可爱的女郎,运命一定只会为她储藏着快乐而无他物的。

萨鲁定和太那洛夫向客厅中的钢琴走去,这时丽达是懒懒地靠在游廊上的一张摇椅上面。诺委加夫默默不言,在哒哒作声和游廊地板上来回走着,偷偷地凝窥着丽达的脸部,凝窥着她的坚实而丰满的胸部,凝窥着她的蹬在黄色皮鞋中的小小的双足和她的美致的脚踝。但她却不曾注意到他,也不曾注意到他的窥视,她是那样的为第一次热情的能力和魔力所中呀。她闭了双眼,想着,微笑着。

在诺委加夫的心灵中还存着那个老斗争;他爱上丽达,然而他不能确定她对于他的感情如何。他想,她有时是爱着他的,有

第三章

时却不爱着他。如果他想到"是的"时,这个青年的、纯洁的、成熟的身体似乎是如何容易而愉快地自己投献于他呀。如果他想到"不"时,同样的一个观念便觉得愚傻而且可憎;他恼怒他自己的不端,视他自己为罪人,配不上丽达。

最后,他决定了在地板上走着,在那里预卜起来。

"如果我的右足踏在最后一块地板上时,那么我便去进行;如果我的左足踏上时,那么——"

他简直不敢想到假定事情是这样时,要发生了什么事。

他的左足踏上了最后一块地板上,这使他冒出了一阵冷汗;但他立刻又复苏过来。

"呸!无意识之至!我倒像一个老太婆!现在再来;一,二,三——说到'三'时我将简直地走到她面前,说出来。是的,但我要说什么才好呢?不管他!现在去!一,二,三!不,说个三次!一,二,三!一,二——"

他的脑筋似乎烧着,他的口颤抖着,他的心脏卜卜地跳得那么厉害,连他的膝盖头也在发抖。

丽达叫道:"不要那么响地走着!"她睁开了双眼,"我一点声音也听不见。"

仅在这个时候,诺委加夫方才觉到萨鲁定在唱歌。

这位少年军官选了那个古情诗唱着。

> 我从前爱过了你!你能忘记了么?
> 爱情在我心中还烧灼着呢。

他唱得不坏,但却和少训练的人们所唱的一样:用呼喊和声音的沉着代替表情。诺委加夫觉得萨鲁定所唱的歌一点也没有趣味。

"他唱的什么?是他自己作的一首歌么?"他问道,带着不平

沙 宁

常的恨恶和惹气的神情。

丽达使气地说道:"不,请你不要打搅我们,坐下吧!如果你不喜欢音乐,那么去看看月亮吧!"

正在那个时候,月亮大而圆,红色,刚升出了黑侩侩的树杪。月亮的柔软闪熠的清光触着石阶和丽达的衣服,以及她的沉入深思而微笑着的脸部。在花园里,阴影更浓稠了;他们现在阴沉而混杂,有如一座森林的影子。

诺委加夫叹了一口气,然后冒冒失失地说出来。

"我看你比月亮更好。"他自己想道,"那是一句傻话!"

丽达失声而笑。

她说道:"那么一句粗鲁的赞辞呀!"

诺委加夫恨恨地答道:"我不知道怎样地去说谀辞谄语。"

丽达耸耸肩,使性地说道:"那么,很好,安安静静地坐在那里听着吧。"

> 但你已不再留心到我了,我明白!
> 我为什么要将我的苦恼来使你难过呢?

钢琴的声音如银似的清朗,袅过了绿荫荫的潮润的花园中。月光更觉得明亮了,黑影子更显得清楚了。沙宁跨越过草地,坐在一株菩提树下,正要把一支香烟点着了。正在这时,他突然地停止了,静静地不动的,好像为黄昏的静谧所沉醉了,这种黄昏的静谧,并不为钢琴的弹奏与这个少年的感情的歌声所侵扰,且反更使之完美。

诺委加夫匆促地叫道:"丽达·彼特洛夫娜!"仿佛这个特殊的时间决不能让它失去了似的。

"唔?"丽达机械地问着他,这时她正凝望着花园与高临园上

第三章

的明月，以及尖突的它的银色的平圆面相映的黑色枝叶。

诺委加夫嗫嚅地说道："我已经等了许久了——那就是——我焦急地要有几句话要对你说的。"

沙宁回转头来，要听他说。

丽达心不在焉地问道："说些什么？"

萨鲁定已经唱完了他的歌，隔了一会，又开始唱了起来。他以为他的嗓子是特别美好的，所以很喜欢歌唱。

诺委加夫觉得他自己渐渐地红潮满脸，然后又变得灰白了。他似乎快要发晕过去的样子。

"我——听我说——丽达·彼特洛夫娜——你，愿意嫁给我么？"

他嗫嗫嚅嚅地说出这些话，他当时便觉得这类话完全不应该如此说，在这样的时候还不应该有如此感觉。在他还未说出这些话之前，在他已经明白这是不对，并且立刻就要发生一件十分呆笨而且可笑得无可忍耐的事。

丽达机械地反问道："嫁给谁？"然后她两靥上突现了双朵深殷的红云，从椅上立了起来，仿佛要说话的样子。但她终于一句话也不说，扰恼地将头转过去。月光明亮亮地映照在她的全个身体上。

诺委加夫嗫嚅地说道："我——爱你！"

在他看来，月光不复是明亮亮地照着了；黄昏的空气似乎窒闷着人，而他想，大地似将在他足下裂开了。

"我不知道怎么说法好——但是——不管怎样，我十分十分地爱你！"

（他自己想道："什么，十分十分地？仿佛我是在说着冰忌廉似的。"）

丽达恼乱地在玩着飞落在她手上的一片小树叶。她刚才所听见的话使她无所措手，因为这个完全不是她所预料得到的，而且

37

沙 宁

又是一点也没有用处，反造成她自己与诺委加夫之间一种悲惨而无可挽救的拘束的情势。诺委加夫从她婴孩时代起，便常常地视之为一个亲戚，且是她所喜爱。

"我真的不知道怎么说才好！我永不曾想到这事过。"

诺委加夫在心里感到一种重涩的痛苦，他的心脏仿佛停止跳动了。他脸色十分的苍白，立了起来，拿了他的帽子。

"再见。"他说道，连他自己也听不见他的语声。他的颤抖着的双唇扭曲出一阵无意义的抖索的微笑。

"你去了么？再见！"丽达无所措置地回答，伸出她的手，竭力在不经意地微笑着。

诺委加夫匆匆地握了一握，不曾戴上了帽子便跨过草地，走进园中去了。在树荫中，他忽然立定了，双手用力抓着头发。

"我的天呀！我是注定要过这种不幸的运气的！用枪自杀了吧？不，那是完全无意识的举动！用枪自杀了吧，唉！"

横逸无绪的各种思想闪过他的头脑中。他觉得他乃是世界上最不幸、最鄙贱、最可笑的人。

沙宁本想去叫唤他，但自制了他的冲动，仅仅的微笑着。在他看来，诺委加夫要是因为一个他所想望她的身体、肩膀、胸脯和腿部的妇人并不投身于他怀中而手扯头发，几乎要哭出来，那真是可笑的事。在同时，他又觉得高兴，因为他的美丽的妹妹并不垂青于诺委加夫。

丽达一动不动地留在同一的地位上好久，沙宁用诡怪的好奇心紧盯在她的在月光中的白色的侧影。萨鲁定现在从灯光辉煌的客室中走到游廊上来了。沙宁清清楚楚地听见他的刺马距隐隐的触地声。在客室中，太那洛夫正奏着一曲老式的悲伤的二人旋舞曲，无精打采的声调正浮泛于空中。萨鲁定走近了丽达，用温柔而圆熟的手势揽抱了她的腰部。沙宁能够看见两个身体混合而为

第三章

一个,在朦胧的光中摇动着。

萨鲁定轻语道:"为什么这样地深思着?"他的双眼辉耀着,而他的双唇正触着丽达的秀美玲珑的小耳朵上。丽达又是快活,又是惊怖。如同萨鲁定每次拥抱她时一样,现在她又觉得一种奇异的情感。她知道在知识与教育上,他是远逊于她的,她永不能会服从他;然而在同时,她在她任听她自己为这个强壮美貌的少年所接触着时,又觉到一种愉快而惊忪之感。她似乎在窥望一个神秘的无底的深渊中去胆大地想着:"如果我忽然投下去……我愿意我可以自己投下去!"

她半听不见地低语道:"人家看得见的。"

她虽然并不鼓励他的拥抱,然而她也不闪避开去;此种消极的投身,只有更引动了他。

萨鲁定微语道:"一句话,只要一句话!"这时,他更紧地将她抱着,他血管中穿透着欲念,"你来不来?"

丽达战栗着,他问她这个问题已经不是第一次了,每一次她总觉到奇异的颤抖,使她成为无意志而软弱的人。

"做什么?"她低低地问道,她的眼如做梦似的望着月亮。

萨鲁定不能而且不愿意答她实话,虽然他和那些常同女人来往的男子们一样,在心灵深处早就相信丽达自己也愿意,而且也知道怎么回事,只是害怕罢了。

"做什么?那不过因为我可以接近你,看你,且和你谈话。唉!像这个样子,真是使人痛苦!是的,丽达,你是苦着我呢!现在,你来不来?"

他这样地说着,将她热情地拉近他,他的接触好像熊熊的铁块的接触,送了一阵的战栗到她的肢体中去;她仿佛是被包围在一阵恍惚、如梦、难堪的云雾中。她的柔软成熟的骨骸僵硬了,然后,她向着他倾过去,又喜悦又惊忪地颤抖着。在她四周围的一切东西

沙　宁

都生了一种奇突的变化。月亮不再是一个月亮了,她似乎更近于、更近于游廊的篱架上了,仿佛它正悬在光亮的草地上。花园也不再是她所熟知的那座花园了,它是别一座花园,阴沉而神秘,突然地近于她,且紧围于她的四周。她的头脑眩晕了。她抽身开去,带着奇异的懒气,从萨鲁定的拥抱中自己脱身出来。

"好的。"她艰苦地嗫嚅道。她的双唇苍白而焦燥。

她步履倾侧地从园内重进屋内,她自己觉到有一件东西,可怕,然而却诱惑着她,使她不能抵抗地被拉到一个深渊的边上去。

她反省道:"无意识!完全不是那一回事。我不过开开玩笑而已。这事不过使我有趣,且也使我可乐。"

她这时正对着她房间内的黑漆漆的镜子站着,想要这样地劝说她自己,在这面镜子上她只能见着由灯光明亮的餐室玻璃门上映反过去的她自己的阴影。她慢慢地举起双臂于头上,懒懒地欠伸着,同时注视她自己柔软的身体、腰和宽阔凸起的大腿的行动。

萨鲁定独自留着,挺直地站在那里,伸动他的秀美合格的肢体。他的眼睛半合着,微笑着,而当这时,他的牙齿在他的美髭之下露出。他是惯于有好运道的,在这个情形之下,他预见了在最近的将来,必有一番更大的愉快。他在幻想着丽达的一切娇媚动人的美处,当她投身于他怀中之时。这样的一个图画的热望,引起了他的肉体上的痛楚。

在起初,当他向她追求着时,在以后,当她允许他拥抱她,吻她时,他总是怕她。在她的黑睛中有些奇异而为他不了解的表现,仿佛她一面容他吻抱,一面在秘密地鄙夷着他。在他看来,她是如此的聪慧,如此的与其他妇人的完全不同;他对于其他妇人在亲昵时常觉得自己是显然的高过她们的。他又看她如此的娇

第三章

贵,所以拥抱她时,他竟屏住气息,仿佛在等候受一记耳光,因此竟不敢生想要完全占有她的念头。有的时候,他相信她不过和他玩玩而已,他的地位似乎是很愚蠢、很可笑的。但今天,在得了这次允诺之后,这个允诺是迟疑地半吞半吐地说出来的,好像他所听见过的别的妇人们所说的一样,于是他便突然地确定地感觉到他自己的能力且知道胜利是近了。他知道一切事情正都如他所想望的实现出来。在这个肉欲的期望的意识上还加上了一种幸灾乐祸的心理;这位骄贵纯洁、受教育的女郎将睡在他的身下和别的许多女郎们一样;他将于高兴时用用她,如他从前之使用别的女郎们一样,淫荡鄙污的情景现在他的面前。丽达一丝不挂的,头发披散着,眼光是神秘不可测的,她成了一次残酷淫荡的扰乱的祭神礼的中心人物。突然地,他清清楚楚地看见她躺在地上;他听见鞭打的声音,他在柔软赤裸、顺受的身体上见到一条血红的鞭痕。他的太阳穴急跳着,他要倾侧地退向后去,火星在他眼前跳舞着。一想到这,一切便都变成了肉体上的苦楚。他点了一支香烟,他的手索索地抖着,他的强健的四肢搐搦着,他走进房里。沙宁并没有听见一句话,然而他却看见而且明白了一切,他跟了萨鲁定进屋,心里几乎燃起一种近乎妒忌的感情。

他自己想道:"像他那么样的禽兽们,常常是走好运的。真不知是怎么回事?丽达和他?"

吃晚餐的时候,马丽亚·依文诺夫娜似乎心绪不大好。太那洛夫照旧地一句话也不说。他想,他如果是萨鲁定,且有着那么一位情人,丽达,在爱着他,那是如何的舒服呢。他觉得他或许爱她不像萨鲁定那样,因为萨鲁定是不懂得珍惜这样的幸福的。丽达脸色灰白一声不响,也不望着任何人,萨鲁定快活着,且在警备着,好像猎围时的野兽。沙宁照旧地打着呵欠,食着,且喝着不少的白酒,似乎显然地要去睡觉。但当晚餐毕后,他却声言

沙 宁

不想睡觉，要和萨鲁定一同散步，接着送他回去。现在是近于午夜了，月亮高高地悬照于头上。他们两个向军官的住所走去，几乎是一声不响。沙宁一路上不时地窃望着萨鲁定，心里想着，他要不要当脸击他一记。

"嘿！是的！"他突然地开出口来，这时他们走近萨鲁定的住所了，"在这个世界上有着各式各样的流氓匪徒呢！"

"你说这句话什么意思呢？"萨鲁定问道，扬起他的眉毛。

"那是这样的；指一般而言。流氓乃是最可迷人的东西。"

"你不这样地说吧？"萨鲁定说道，讪笑着。

"当然是这样地说。在全个世界里，没有比你们所称为忠厚长者的人更为讨厌的了。一个忠厚长者是一个什么东西？每一个人都久已熟悉于忠实与道德的行事，所以其中并不含有一点新的东西。这种陈腐的东西，劫去了一个人的一切个性；他的一生便永住在狭窄可厌的道德圈子里了。你不要偷盗，不要说谎话，不要欺诈人，不要犯奸淫。可笑的是，一切生出来的人，都是一个样子的！每个人都尽其所能地偷盗、说谎、欺诈、犯奸淫！"

萨鲁定高傲地抗议道："并不是每个人都这样。"

"是的，是的；每个人！你只要去考察一个人的生活，以求他的罪过。例如，谋叛不忠。因此，当我们为皇帝做完了应做之事之后，我们或安安静静地去睡，或坐下来吃饭时，我们已犯了叛逆不忠之罪了。"

"你说的什么话？"萨鲁定叫道，半蕴着恼怒。

"我们实在是这样。我们付出国税；我们按期在军队中服役，不错的；但这表示我们以战争及不公正害了几百万人，这两宗事本都是我们所厌恶的。我们心平气和地到我们床上去，在这个时候，我们应该匆速地去救那些人，即他们在这个时候乃为我们，及为我们的理想而丧亡的人，我们所食的过于我们实际所需要

第三章

的，而让别的人在挨饿，本来，我们如是有道德的人，我们的一生便要为他们的幸福而尽力的。其余都可以类推。已经够明白的了。现在，一个流氓，一个真实的赤裸裸的流氓，却完全不是这么一回事。先说，他乃是一位绝对的忠实、自然的人物。"

"自然的？"

"当然，他是的。他做的事不过是一个人所自然要做的而已。他看见一件并不属于他的东西，一件他所喜欢的东西，于是，他取了它。他看见一位美貌的妇人，她并不自献于他，于是他设法要得到她，或用强力，或使智计。那是完全自然的，自己满足的愿望与本能乃是人之所以异于禽兽的几个要点中的一个。一个禽兽，兽性愈多者，愈不知道享乐，愈不能够去得到快活。它只欲满足他的需要。我们全都同意，人之创造，并不是为了受苦，受苦并不是人类努力的理想。"

萨鲁定说道："确是如此。"

"那么，很好，享乐乃是人生的目的。天堂是绝对享乐的同义字，而我们的全体，不管如何，也都是梦想着一个地上的天堂的。听说天堂起初就是在地上的。这个天堂的传说，并不是一件可笑的空话，乃是一个象征，一个幻想。"

"不错的。"沙宁隔了一会，又接下去说道，"自然永不会命人去节制自己，而最忠实的人们乃是那些并不隐藏他们的愿望的人，那就是说，那些社会上公认为流氓的人，如——例如，你——那样的人。"

萨鲁定惊诧地跳了退去。

"不错，就是你。"沙宁继续地说下去，佯为不注意到他这行动，"你是世界上最好的人，或是，无论如何，你自己以为他是这样的一个人。现在，来，告诉我，你一生曾遇到更好的一个人么？"

"有的，不少呢。"萨鲁定踌躇地答道。他一点也不明白沙宁

沙 宁

说的是什么意思，也不曾想到，他应该表示喜悦或者恼怒好。

"那么，请你指出他们的名字来。"沙宁说道。

萨鲁定耸耸肩，疑惑着。

沙宁高兴地叫道："呵，你明白了！你自己是好人之中的最好者，我也是的；然而我们两个人却并不反对去偷盗，或说谎，或犯奸淫——至少是不反对去犯奸淫。"

"如何的新奇！"萨鲁定低低地说道，当时他又耸了耸肩。

沙宁问道："你这样想么？"他的口音中带些轻微的恼怒的影子，"唔，我则不然！不错的，流氓，如我所说的，乃是所可想象的最忠实、最有趣的人民，因为他们对于人类卑鄙的束缚，一点也没有概念。我常常觉得，特别地喜欢和一位流氓匪徒握手。"

他立刻握住萨鲁定的手，激烈地摇着，同时双眼并凝视着他的脸上。然后他皱着眉头，用完全别样的低声说道："再见，晚上好。"便离开他走了。

有好几分钟，萨鲁定立在那里完全不动，眼望他离开。他不知道怎么样地去领受像沙宁所发的那种演说；他又迷乱，又不安逸。然后他想到了丽达，他微笑了。沙宁是她的哥哥，他所说的总之实在不错。他开始对于他感觉到一种兄弟的爱好。

"天呀，好一位有趣的人物！"他得意地想道，仿佛沙宁也有点属于他似的，然后他开了门，走过月光照着的天井而到他的卧房去。

沙宁到了家，便脱了衣服，睡到床上去，他想在床上读《柴拉助斯特拉如是说》（*Thus Spake Zarathustra*），这本书是他在丽达的书堆中找到的。但头几页已经够使他触怒，而觉得讨厌，那种浮夸的想象，他一点也不能感动。他唾了一口唾沫，把书抛到一旁，不久便沉沉地熟睡了。

第四章

住在小镇上的尼古拉·耶各洛威慈·史瓦洛格契大佐正在等候他儿子的归来，他儿子是莫斯科高等工业学校的一个学生。

他受着警察的监视，为了他是一个有嫌疑的人物，所以从莫斯科被流遣出来。他们以为他与革命党颇有关联。他的名字是犹里·史瓦洛格契。他早已经写信给他父母，告诉他们以他的被捕，他的六个月的监禁，以及他的被流遣出京城的事，所以他们正预备着他的归来。虽然尼古拉·史瓦洛格契具有别样的见解，视这全部的事仅为儿戏的一种，然他却真心地感到十分的悲伤，因为他十分地喜爱他的儿子，他张开两臂接受他，竭力避免谈到这个困难的问题。犹里坐在三等车厢上，整整地过了两个全天，因为空气的恶劣，以及熏人的臭味，孩提们的号哭，他几乎完全不曾睡眠过。他实实在在的疲倦了，在他见过了他的父亲和他的妹妹鲁美拉（她常被称为丽莱亚）之后，立刻便躺在他的床上，沉沉地睡去。

他直睡到黄昏的时候方才醒来，这时，太阳已经近于地平线了，它的斜射的光线，穿过窗户，抛投玫瑰色的方格子于墙上。在旁屋之中，有一阵调匙与杯子碰触的响声；能够听见丽莱亚的愉快的笑声，还有一个男人的语声，又快乐，又悦耳，他却不晓得是谁。起初，他似乎还觉得自己仍在火车厢里，听着列车上的

沙　宁

喧哗，窗格的震动及隔壁房间里旅客们的声音。但他立刻便记忆起来他现在所在的地方，立刻便坐了起来，直坐在床上。他打了一个呵欠，说道："不错，我在这里。"这时，他皱着眉头，将他的手拂梳穿过他的厚密而刚硬的黑发。

　　于是他又觉得，他是永远不必要归家的。他被允许有选择住处的权利。那么，他为什么又回到他的父母那里来呢？那个理由，他不能解释出来。他相信，或者想要去相信，他所选定的是他脑筋里最先想到的一个地方。但这完全不是那么一回事。犹里永远不曾自谋生计过；他的父亲供给他一切费用；如果自己一个人，一无所能地厕身于陌生的人群的地方，觉得未免害怕。他对于这样的一个感觉，颇见得羞耻，也不甘心自己承认着。然而现在，他却想，他已经铸下一个错误来了。他的父母永不能明白而且赞许那全部的故事，那是很明白的事。并且又来了那个物质的问题，他许多年白用了他父亲的许多钱而一无所得——这全部使一种相互的诚心的直捷的了解，成为不可能的。此外，他两年以来不曾见过这个小镇，他也见得它是可怕的沉闷。在他的眼中，一切小乡村的居民都是心胸狭窄的人，不能够对于那些他所认为人生唯一的真实的重要东西，哲学的与政治的问题，感到兴味，或竟了解它们。

　　犹里下了床，开了窗门，探身于窗外。沿着空墙是一个小小的花圃，盛开着各种红的、黄的、青的、紫的、白的花朵，它活像一个万花筒。在它的后面是一座大而阴暗的园子，这个园子，和这个镇上的所有园子一样，一直延长到河边，这条河被夹在树干之中，如沉呆的玻璃似的发着亮。这是一个恬静清朗的黄昏。犹里觉到一种模糊的颓唐的感觉。他在以石块筑成的大城市中住得太久了，虽然他颇高兴于幻想他是爱好自然的，然而自然在实际上却一点东西也不曾给过他，它不曾给他以安慰，不曾给他以

第四章

和平，也不曾给他以快乐，仅在他的心上引起了一种朦胧的如梦的软弱的愁怀。

"啊哈！你终于起来了！该是时候了。"丽莱亚说道，她走进了房内。

犹里从窗旁走开。

犹里因为念着他的地位的不确定与对于逝去的白日的感伤，心里正在不愉快，见了他妹妹的那么高兴的样子与那么快乐的语声，几乎触起恼来。

他唐突地问道："你为什么事那么高兴？"

"啊，我并不！"丽莱亚叫道，她的眼睛睁大着，同时，她又笑了，正像她哥哥的质问恰恰勾起了她想到了特别可笑的一件事来一样。

"你不是问我为什么那么高兴么？你知道，我没有烦恼过。我没有时间去生些闲杂的恼怒。"

然后，她以一种比较严重的口气，她又接上去说，显然地骄傲于她的最后的话。

"我们生在如此有趣味的时代，还要觉得烦恼，真是一件罪过。我在教着工人们读书，然后，图书馆也耗去了我的好些时间。当你不在家的时候，我们创始了一个民众图书馆，这个图书馆真是办理得不坏。"

在别的时候，这事便将引起犹里的兴趣，但在如今，却有什么事使他感得对于一切都漠不相干。丽莱亚看来很正经的，等候着，如一个小孩子在等候着一样，她的哥哥的称赞。最后，他勉强地低声说道，

"啊！原来如此！"

"有这许多事在做着，你还能叫我烦恼么？"丽莱亚踌躇满意地说道。

沙　宁

"唔，不管怎样，什么事都使我烦恼。"犹里勉强地答道。他假装着不高兴。

"我可以决定地说，你是很不错的。你到了家还没有两个钟头，这个时候还都耗在睡眠之中，然而你已经是觉得烦恼了！"

"这是没有法子，乃是因为上帝的缘故。"犹里答道，语音中略带一点骄倨。他觉得，表示烦恼，比之表示愉快是更显出高超的智慧的。

"因为上帝，真的是！"丽莱亚叫道，讥嘲着，"哈！哈"她假装着打他，"哈！哈！"

犹里并没有觉到他已经快乐起来。丽莱亚的愉快的语声和她对于生的快乐，很快地便驱去了他的烦闷，这个烦闷，在他的想象里是异常的真切深入的。丽莱亚并不相信他的烦闷，所以他的话引不起她的注意。

犹里望着她，微笑地说道，

"我是永不会快活的。"

听了这话，丽莱亚发笑了，仿佛是他说了十分滑稽而有趣的话。

"很好，愁脸的武士，如果你不快乐，你便不快乐好了。不要管它，和我一同来，我要介绍你一位可爱的少年。来！"

她这样地说着，握着了她哥哥的手，笑着引他走去。

"停步！这位可爱的少年是谁？"

"我的未婚夫。"丽莱亚说道，又快活，又羞扰，疾忙地扭过身去，竟把她的外衣吹飘开了。犹里从他父亲和他妹妹的信里，已经知道有一位少年医生，新近到镇上来开业行医，曾对丽莱亚追求着，但他并没有觉出，他们的婚约竟已告了成功。

"你不曾告诉过我这件事呀？"他惊诧地说道。在他看来，觉得十分的可异，美好鲜妍的小丽莱亚，还是一个小孩子，竟已经

第四章

有了一个情人，且不久便要成了一个新娘——一个妻子。这使他心里触起了一种对于他妹妹的怜悯的情绪。犹里将他的手臂搂着丽莱亚的腰部，和她一同走进了餐厅厅内，在灯下之光，耀着一把擦得雪亮的火壶，坐在桌边的，傍着尼古拉·耶各洛威慈而坐的，是一位身体很好的少年，身材型式不像俄国人，肤色如古铜，双眼尖锐明亮。

他站了起来，以真朴友好的样子，迎上犹里。

"介绍我。"

"阿那托尔·巴夫洛威慈·勒森且夫！"丽莱亚说道，带着一种滑稽的庄重的神气。

"我请求你的友谊与宽容。"勒森且夫依次地开玩笑地说。

他们两人带着一种要成为朋友的诚恳的愿望，互相握握手。有一会儿，仿佛他们竟要亲脸。但他们制止住了，仅止交换了坦白和蔼的视线。

"这便是她的哥哥，是不是？"勒森且夫心里诧异地想道，因为他想象身材矮小、白皙、愉快的丽莱亚的哥哥，一定也是一位身材矮小、白皙、愉快的人。不料，犹里恰恰相反，他却是高大、瘦黑的一位，虽然他的美貌和丽莱亚相似，身材也是那样的整齐。

而犹里望着勒森且夫时，他也在心里想道："这个原来便是我的小妹妹、新妍美好如一个春朝的丽莱亚的爱人，他爱上了她；他之爱她正如我自己之爱上别的妇人们一样。"他有一点不敢向丽莱亚和勒森且夫望着，仿佛他怕他们会知道他的这个念头一样。

他们俩觉得各有不少要紧的话要说。犹里心里想要问道：

"你爱丽莱亚么？真挚而切实的么？你如果欺诈了她，真是惨事，也真是可耻的事；她是那么纯洁，那么天真烂漫呀！"

而勒森且夫也要想回答道：

"是的，我深切地爱着你的妹妹，除了爱她之外，谁还会有别的举动么？看，她如此的纯洁、温柔、可爱；她是怎样喜爱着我；她脸上有一个那么娇美的酒窝！"

但他们却都不说出来，犹里默默的，勒森且夫问道：

"你的流遣期间是多少年？"

"五年。"犹里答道。

尼古拉·耶各洛威慈正在厅内走来走去，听见了这些话，便站住了一会，然后，他自己想了一下，又以整齐划一，如一个老兵的步伐，继续地走着。他到了如今，还不详知他儿子被放逐的内情，这个不期而来的消息，如焦雷似的震动着他。

他自己唔唔地说道："这些事闹的是什么鬼？"

丽莱亚明白她父亲的这个举动，她怕闹出事来，想把话头岔开了。

她想道："我真笨，竟忘记了吩咐阿那托尔！"

但勒森且夫却不明白那个真相，丽莱亚邀他喝些茶，他回答了一声之后，便又开始去问犹里。

"你想在现在做些什么事呢？"

尼古拉·耶各洛威慈皱皱眉头，不说什么话。犹里立刻看出他父亲默默不言的意思；他大胆而带着恼怒地答道："一时还没有想到做事。"在他说出这样的一个回答之前，他并没有想到它的结果。

尼古拉·耶各洛威慈问道："你这话什么意思——没有想到做事？"说到这里，他突然地停住，不再说下去了。他并不扬声地说，然在他的意中，明白地带有一种隐藏的憎恶。"你怎么能说这样的一句话呢？仿佛我是常有着把你抱在我颈上的义务似的！你怎么能忘记了我已老了，而这正是你自己去谋自己的生活

第四章

的时候了？我不说什么话。你要怎么过活，便怎么过着好了！但你自己不能明白么？"他的意中包含着这许多话。犹里愈是想到他父亲所想的并不错，他愈是要反抗。

"不错的，不想做什么事！你究竟要我做什么事呢？"他挑拨地说道。

尼古拉·耶各洛威慈正要报以尖酷的斥责，却又默默地不说出来，仅仅耸了耸肩，重复放开整齐的步伐，从厅的这一角走到那一角。他是颇有素养的，不欲在他儿子第一天刚到家便和他斗嘴。犹里双眼发光地望着他，颇不能够禁抑他自己，预备着有一点点的机会便开始着争论。他很明白自己在挑惹着拌嘴，但已不能压住自己固执和恼怒的心情了。丽莱亚几乎要下泪。她恳求似的望望她哥哥，又望望她父亲。勒森且夫最后明白了那个情形，他代丽莱亚十分不安，便很拙笨地换变了另外一个话头。

黄昏缓缓地、闷人地过去了。犹里并不是承认他的错，因为他不同意于他父亲，说政治并不是他分内的事。他以为他父亲不能够明白最简明的事情，他是老而心智不发展。他不知不觉地责备起他的老年和他的陈腐的观念来：它们使他生气。勒森且夫的谈的话头都不能使他感兴趣。他罕得倾听他的话，却以发光的黑眼坚定地望着他父亲。正在晚餐的时光，诺委加夫、伊凡诺夫和西米诺夫三人来了。

西米诺夫是一位有肺痨疾的学生，他好几月来都住在这个镇上，教着学生。他是瘦削、丑貌，看来十分柔弱的人。在他的早熟而老的脸上，活现出死亡将近的鬼影。伊凡诺夫是一个学校教师，一个长发、阔肩、粗俗的人。他们在林荫路上散步，听见了犹里到家的消息，所以同来拜望他。他们一来，这里便高兴得多了。有笑，有谑，在晚餐时，还喝了不少的酒。在喝酒这一方面，伊凡诺夫显出他的能耐来。诺委加夫向丽达求婚失败之后，

沙 宁

过了几天,已略略地心气和平下来。他想丽达之拒绝他,也许是偶然的;实在是他的过失,因为他没有使她预备这一着。但他究竟还怕到沙宁的家里去。所以他渴望能在别的地方,或在街上,或在一个友人的家中,遇到了丽达。在她一方面,她也可怜他,还有点责备她自己,因此她待他便有些过于恳笃,这使诺委加夫又生了希望。

"你们对于这事的意思怎样?"他问道,这时他们全部要走了,"我们且在寺观中举行一次野餐会,如何?"

所言的寺观,位置在离镇不远的一座小山上,是众人常喜去游散的一个地方。又靠近河,沿途的道路又好。

丽莱亚是热心于各种的游戏的,例如游泳、划船、在林中散步等,她第一个热诚地赞成这个意见。

"是的,当然去!当然去!但定在什么时候好呢?"

"啊,为什么不就是明天呢?"诺委加夫说道。

勒森且夫也同样喜悦于有一天的野外的游眺;他问道:"我们还要约谁同去呢?"他想在森林中,他可以抱丽莱亚在臂中,吻她,且感觉到他所切慕的温柔的身体是在近旁。

"等我来看看。我们是六个人。我们可以约夏夫洛夫么?"

"他是谁?"犹里问道。

"啊!他是一位年轻的学生。"

"很好;鲁特美啦·尼古拉夫娜还要约卡莎委娜和亚尔珈·伊文诺夫娜!"

"她们是谁?"犹里又问道。

丽莱亚笑了起来。"你将会晓得的!"她说道,嘴吻着她自己的指尖,神气非常神秘的样子。

"哈,哈!"犹里微笑道,"好的,我们预备着去看我们所将看见的好了!"

第四章

诺委加夫踌躇了一会,带着淡然的神气,说道:

"我们也可以约约沙宁兄妹。"

"啊!我们一定要约丽达。"丽莱亚叫道,并不是因为她特别喜欢这位小姐,是因为她知道诺委加夫的热情,想要使他高兴。她自己对于她自己的恋爱是那么样的快活,她竟也愿意和她相识的一切人也都快活。

"那么我们也将去约那些军官们了。"伊凡诺夫恶意地说道。

"那有什么关系?我们也约了他们吧。人愈多愈快活!"

他们全都站在前门,在明月的光中。

丽莱亚叫道:"好可爱的夜呀!"不知不觉地她更靠近地倚到她情人那边去。她还不愿意他就走。勒森且夫用肘压着她的热的圆臂。

"不错,这是一个奇异的夜!"他答道,这些简单的话中含有一种只有他们俩才能够捉得住的意义。

"啊!你们,和你们的夜!"伊凡诺夫以他沉笨的低声,唔唔地说道,"我是想要睡了,那么,再见吧,先生们!"

他垂头的沿途走了,摇摆他的双臂,好像一个风磨的翼膀。

诺委加夫和西米诺夫跟着也走了,勒森且夫和丽莱亚告别,费了好久时间,假装着谈到野餐会的事。

当他已经告别了时,丽莱业答道:"现在,我们必须大家都说再见,再见了。"然后,她叹了一口气,因为她不愿离开了月光,离开了香柔的夜间空气以及一切她的青春和美貌所想望的东西。犹里想到他父亲还没有睡,恐怕他们如果遇见了,又要惹起免不了的、痛苦的、无益的辩论。

"不!"他说道,他的双眼凝望着河上的微薄的青色雾障,"不!我不想去睡呢。我还要出去走走。"

丽莱亚温柔和善地说道:"随你的便吧。"她伸了伸身体,如

沙 宁

猫似的半闭着眼,对着月光微笑着,走了进去。犹里有几分钟站在那里不动,望着房屋和树枝的黑影,然后向西米诺夫所走的方向走去。

西米诺夫走得还不远,他走得很慢,一咳嗽便弯下身去。他的阴影沿着明月所照的路上跟着他走。犹里不久便追上了他,立刻便觉察出他是怎样的变化了。在晚餐时,西米诺夫有说有笑,比别人格外地起劲,但如今,他一路地走着,阴惨而自蛀,在他的空嗽声中,有一种绝望而惊人的意思,好像他所患着的疾病一样。

"啊!是你!"他说道。语声里有一点恼怒之意,犹里想。

"我还不想睡。如果你愿意,我将伴送你回家。"

"好的,就是那么办吧!"西米诺夫不经意地答道。

犹里问道:"你不冷么?"仅仅因为这个扰人的咳嗽使人不安。

西米诺夫烦恼地答道:"我常常是冷的。"

犹里觉得难过,仿佛他是有意地去点触一个伤痕的所在一样。

"你自离开了大学以后,已经很久了么?"他问道。

西米诺夫并不立刻回答他。

"已经好久了。"他最后答道。

然后,犹里说起大学生们的心理以及什么是他们所认为最主要最合时代的东西。他开始说得简单而淡漠,但渐渐地却情不自禁地热烈起来。

西米诺夫不说一句话,但静听着。

然后犹里悲叹于群众的缺乏革命的精神。可以见出他在深深地为他所说的现象而痛苦。

"你读过白比尔(Bebel)的最近演说么?"他问道。

第四章

西米诺夫答道:"是的,我读过的。"

"那么,你有什么意见要说的么?"

西米诺夫触怒地挥舞着他的有曲柄的手杖。他的影子也同样地动荡着一支长的黑臂,这使犹里想起了一只暴怒的鸷鸟的黑翼。

"我有什么意见要说?"他夺口而出地说道,"我说的是,我快要死了。"

他又挥动他的手杖,他的不祥的阴影又同样地模拟着他的姿态。这一次西米诺夫也注意到它了。

"你看见了么?"他悲苦地说道,"你看,在我背后,站着死亡,他注意着我的一举一动呢。白比尔对我有什么关系?正如一个喋喋好空谈的人,喋喋地谈到这事。然后,有些别的傻子也喋喋地谈到那事。在我看来,全都是一样的!如果我今天不死,我明天也是要死的。"

犹里不曾回答。他觉得纷扰不安,难过着。

西米诺夫继续地说道:"譬如你,你以为这些事是非常重要的,这一切大学中所发生的事,以及白比尔所说的话。但我所想的却是,如果你也和我一样的确切地知道你快要死了,那么,你便将一点也不注意什么白比尔或尼采或托尔斯泰或别的人所说的话有什么意义了。"

西米诺夫说到这里停住了。

月亮依然地光光亮亮地照着,黑影也总跟在他们的足后。

"机体是容易毁坏的……"西米诺夫突然以很不同的语声,薄弱而易怒地,说道,"只要你晓得我是怎样地不愿意死……特别是在如今夜的那么一个光明柔和的夜间。"他转着丑而憔悴的脸,光亮的眼睛,向着犹里,继续地说道,"一切东西都活着,而我却必须死。我确然地觉得,在你看来,那句话是如一句无意

沙 宁

义的句子。'而我却必须死去。'但这句话并不是从一部小说上来的，并不是从一部以'艺术的真实的表现'写出来的著作上来的。我实实在在的是快要死去了，在我看来，这句话并不觉得无意义。总有一天，你也会觉得它们是有意义的。我是快死了，死了，一切都完了！"

西米诺夫又咳嗽了。

"我常常地想着，不久以后，我将在完全黑暗之中，葬在冰冷的泥土里，我的鼻子凹进去了，我的双手腐烂了，在这里，世界上一切都将仍如现在的一样，如我现在还活在世上在走着时一样。你将活在世上，呼吸着这个空气，享受着这个明月，你将走过我所长眠于中，可怕而朽腐的坟墓。你想想看，我还会注意到白比尔或托尔斯泰或一百万个其他的谵语的猴子们么？"这些最后的话，他出之以突然的愤怒的口音。犹里怅懊不已，一点话也回答不出。

"好，再见！"西米诺夫微弱地说道，"我必须进屋了。"

犹里和他握手，觉得深切地怜悯他，他胸部凹进，圆肩，曲柄的手杖挂在他外套的一个纽扣上。他颇想说几句安慰他的话以鼓励起他的希望，但他又觉得这是不可能的。

"再见！"他说道，叹着气。

西米诺夫扬起他的帽子，开了门。他的足声和他的咳嗽渐渐地微弱了。然后。一切都静悄悄的。犹里转身回家。仅在短促的半小时以前，他所觉得光明、美好静谧的一切——月光，星天，触着银色的光彩的白杨树，神秘的阴影——现在这一切全都死了，冷了，可怕得如一所广漠惊人的坟墓。

到了家后，他轻轻地走进他的房里，开了窗户，向园中望着。在他的生平，这是第一次想到，一切占领了他的心上的事件，他为了他们而显示出那样的热忱而毫不自私的，实在并不是

第四章

正当的重要的事件。如果,他这样地想着,有一天,他也像西米诺夫一样,快要死了,他便将不会对于世人没有因为他的努力而更为快乐的事而觉得十分的余憾,也不会对于他一生的理想,并没有实现的事发生悲哀了。他的唯一的悲哀,便将是,在他未享尽生命所给的一切快乐之前,他必须死亡,必须失去了视觉、意识、听觉。

他颇自羞于有这样的一种念头,便用了自制的力量寻找出一个解释来。

"生命是在冲突争斗里面。"

"不错,但到底是为了谁而冲突争斗呢,如果不是为了自己,为了争自己在太阳下的地位?"

内在的一种声音这样地说道。犹里努力要不去听它,而去想想别的事。但他的心却不止不休地转到这个念头上;它竟扰苦他到了落下苦泪来。

第五章

当丽达·沙宁接到了丽莱亚的请帖时,她将这请帖给她哥哥看。她以为他要拒绝不去;但实际上,她很希望着他拒绝不去。她觉得,在明月照着的河上,她将再被拉近萨鲁定,再行经验到又优美、又不宁的感觉,同时她又羞着,怕他知道这是萨鲁定,在所有的人中,他最看不起的便是萨鲁定。

但沙宁却高高兴兴地答应了去。

这一天,极其温暖,天上一丝的云片也没有。不容易望天上看,空气的清洁和金黄色太阳光的闪耀使满天都在抖颤。

"无疑地,那里一定会有些美好的女郎们,你可以和她们相识相识。"丽达机械地说道。

"哈!那不坏!"沙宁说道,"天气也可爱,我们走吧!"

在指定的时间,萨鲁定和太那洛夫驱着属于他们营中的两匹大军马拖着的大马车来了。

萨鲁定叫道:"丽达·彼特洛夫娜,我们正等着你呢。"他穿着白衣,外表十分漂亮,香水洒了很多很多。

丽达穿着一身轻纱的衣服,领子和腰带是玫瑰色的丝绒,她跑下石阶来,向萨鲁定伸出她的双手来。他有一会儿紧握住了她的双手,他的双眼则渴慕地注视着她的身体。

"我们去吧,我们去吧。"她叫道,神情又激动,又纷扰不安，因为她明白那个注视的意义。

不久，马车便迅速地沿着少经人走的跨过青原的路上驰去了。茂草的高叶被弯于车轮之下；新鲜的微风轻触着头发，使绿草向两旁摇荡成浪。在镇外，他们追上了别一部车子，这车子里载的是丽莱亚、犹里、勒森且夫、诺委加夫、伊凡诺夫和西米诺夫。他们拥拥挤挤不舒服，然而大家却都快快活活的，兴致很高。只有犹里，在昨夜同西米诺夫谈话以后，觉得同他有点不合适。他不能明白西米诺夫怎么能够也和别人一样的有说有笑的。在他将一切都告诉了他之后，这种笑乐似乎可怪。"这全是假装的吧。也许他并不怎样有病？"他想道，偷偷地望着西米诺夫。他缩回了这样的一种解释。从两部车子里，活泼地交换着机警与谐谑的话。诺委加夫跳下车来，经由绿草之中，和丽达赛跑着。显然地，他们之间有了一种默契，要表现出极为要好的朋友，因为他们始终是快快活活地互相嘲谑着。

他们现在到了山下了，在山顶上，站着那所寺观，圆屋顶闪闪有光，石墙的颜色是白的。山被林木所蔽，橡树的鬈曲的树顶，看来好像羊毛。在山脚下的岛上，也有好些橡树，宽而平静的河道流着过去。

离开了正道，马匹们在潮湿的膏沃的草地上跑着，车轮划出了几行深痕。有一种泥土与绿草混合的悦人的香气。

在约定的地方，一块草场上，有一个少年学生，两个穿着小俄服装的女郎坐在草上。因为他们最先到，他们正在忙忙碌碌地预备着茶和轻小的点心。

当车子停了时，马匹呼着气，用它们的尾巴拂逐去苍蝇。每个人都跳下车来，为这次的驰车及温美的乡间空气所活泼、所怡悦。丽莱亚和正预备着茶的两位女郎接着响吻，介绍她们给她的哥哥和沙宁，她们羞涩地好奇地看待着他们。丽达忽然地想起，

沙 宁

他们两位男人中间还没有相识呢。她对犹里说道："允许我给你介绍我的哥哥法拉狄麦。"沙宁微笑地握了犹里的手，但犹里则不大注意于他。沙宁觉得每个人都是有趣味的，他喜欢交交新的朋友。犹里则以为在这个世界上很少有人是有趣味的，常常觉得不喜欢遇见不熟的人。伊凡诺夫微识沙宁，他听见过人家谈到他，而觉得高兴。他第一个走到沙宁那边去，和他开始谈着，而西米诺夫则只和沙宁拘礼守文地握了握手。

丽莱亚叫道："经过了这种讨厌的礼式之后，现在我们都可以尽量地自己取乐了。"

起初，大家都有点不自然，因为这一群人中，有不少是彼此完全不相识的。但当他们开始吃着时，男人们喝了几杯白酒，小姐们喝了几口葡萄酒之后，这种拘束便没有了，他们恣意地欢笑着。他们自由不拘地喝着，又有笑，又有嘲谑。有的在跑步，有的则爬上了山边。四周是这样的恬静、光亮，绿林是这样的美好，没有一点忧愁或悲苦的事能够投射它的影子在他们的灵魂上。

勒森且夫脸上潮红，气息不属地说道："如果每个人都像这样地跳跃奔跑，世界上的疾病要消灭了十之九。"

"而且诸种罪恶也都将消失了。"丽莱亚说道。

"啊，说到罪恶，世上一定要更多起来。"伊凡诺夫说道。虽然没有一个人觉得这样的一句话既不机警，又不聪明，然而却引起了大家的哄堂大笑。

正当他们喝茶时，太阳快要西下了。河水闪闪地发光，如黄金似的，温热而红亮的斜光穿过树林而射来。

"现在到船上去！"丽达叫道，她随即撩起她的裙子，跑下河边，"谁先到那边去呢？"

有的人跟了她奔跑，别的人则以比较懒散的足步随在后面，

第五章

在咯咯不绝的笑声中,他们全都登上了一只大的染色的船上。

"开船了吧!"丽达叫道,用着一种发命令的愉快的语声。船荡开了岸,留两条阔痕在后面的水上,这两条水痕成了圈晕,消失在河边了。

"犹里·尼古拉耶威慈,你为什么那么沉默不响的?"丽达问道。

犹里微笑着:"我没有什么话可说。"

"不可能的事!"她答道,可爱地撅着嘴,别转她的头,仿佛她知道一切男人都在鉴赏着她。

"犹里不喜欢谈着无意识的事。"西米诺夫说道,"他要谈的是……"

"一件正经的问题,是不是?"丽达插上去说道。

"看!有一个正经的问题来了!"萨鲁定说道,向岸上指着。

他所指的地方,是很峭的河岸,在一株蓬松的橡树的多瘤的根间,一个人可以看见一个狭洞,黑暗而神秘,半为水藻及绿草所蔽。

"那是什么?"夏夫洛夫问道,他是不熟识这一部分的乡间的。

"一个洞穴。"伊凡诺夫答道。

"哪一种的洞穴呢?"

"鬼晓得!他们说,这洞有一次曾成了造伪币者的窟。他们照常地全数被捕获了。这是很艰难的事业,对不对?"伊凡诺夫说道。

"也许你喜欢,你自己也创始了那一类的事业,铸造着伪做的二十个科比的货币吧?"诺委加夫问道。

"科比么?不是我!卢布,我的朋友,卢布!"

"嘿!"萨鲁定低哦着,耸耸肩膀。他不喜欢伊凡诺夫,他的

沙 宁

诙谐在他看来，都是蠢笨无识的。

"不错的，他们全都被捕了，洞口也被塞了；它渐渐地坍坏了，现在没有一个人到过洞中。在我儿时，我常常地爬到洞里去过。这是一个最有趣味的地方。"

"有趣味么？我倒要这样地想着！"丽达叫道。

"维克托·赛琪约威慈，你要进洞去么？你是勇敢的人中的一个。"她说话时带着奇怪的口气，仿佛现在，在大众面前她想取笑萨鲁定对于他晚间无人时所给予她的那种奇怪而烧炙的趣感加以报复。

"为什么？"萨鲁定问道，他有点恼惑着。

"我去！"犹里叫道，一想到别的人因他显着要去而责难他时，脸上不禁红了。

"这是一个奇异的地方呢！"伊凡诺夫鼓励地说道。

"你也去么？"诺委加夫问道。

"不，我还是停止在这里好些！"

他们听了这话，都笑了。

船驶近了河岸，一阵冷风从洞中吹出，吹过他们的头部。

"看上天的面上，犹里，不要去做这样的一件傻事！"丽莱亚说道，想要劝阻她的哥哥，"实在是傻事！"

"傻事么？当然，这事是的。"犹里微笑地承认着，"西米诺夫，请你给我那支蜡烛，好不好？"

"我在什么地方去寻蜡烛呢？"

"在你后边的篮里有一支呢。"

西米诺夫冷冷地取出那支蜡烛来。

"你真的去么？"一位身材长长，体格很雄伟的女郎问道。丽莱亚叫她做西娜，她的姓是卡莎委娜。

"当然，我要去的。为什么不呢？"犹里答道，竭力要表示完

第五章

全的淡然的样子。他想起当他在做着危险的政治的活动时也曾竭力装做淡然的样子。这个想念也不知为什么使他觉得不愉快。

这洞穴的入口,又潮湿,又黑暗,沙宁向洞中望了一望,叫道:"呸!"在他看来,犹里之冒险进了一个没有趣的危险的地方,仅只为了别的人在望着他做这事,仿佛是荒诞可笑的。犹里竭力不看别人,燃着了蜡烛,心里想念道:"我不是很可笑么,是不是?"但远离了他所意想的嘲笑,他却得到了赞美,特别是从小姐们来的,她们是喜欢着诡奇而又临着惊慌的情形。他等到蜡烛的火焰更明亮了,然后,笑了起来,以避免被别人所笑,在黑暗中不见了。烛光也似乎消失了。他们全都立刻地关心到他的安全,且十分地奇诧着他所要碰见的事。

"当心狼群!"勒森且夫叫道。

"不要紧。我带着手枪呢!"犹里回答道。这声音微弱而奇诡地响着。

犹里缓缓而留心地向前走去。洞的两壁低矮不平,如一个大地室似的湿漉漉的。地下是这样的高低不平,有两次犹里都差不多要跌到一个洞里去。他想,最好还是回转去,或者坐在这里等了一会,那么,他可以说他是走进了很远。

突然地,他听见身后有足步踏在湿泥上的声音,还听见一个人呼吸急促促的。他将烛光高高地举起。

"西妮达·卡莎委娜!"他惊骇地叫道。

"正是她自己!"西娜高兴地答道。这时,她正撩起她的衣服轻轻地跳过一个洞。犹里很喜欢她这个愉快美貌的女郎的进来,他以含笑的眼光欢迎她。

"我们往前走吧。"西娜羞羞地说道。

犹里服从地向前走去。现在,没有危险的一念在扰他了,他特别注意地为他的同伴照路。由棕色的湿泥做成的洞穴的墙一会

沙 宁

儿挡在前面，仿佛露出静默的恐吓态度；一会儿退开着让道，有的地方整个的土堆石堆倒在那里，旁边露出乌黑的深坑。垂悬在深坑上的一堆泥土仿佛像死人一般，并不倒下来，却被不可见的强有力的律法所维系，竟垂在那里丝毫不动弹，似乎有点令人可怕。许多出路全聚汇到一个又大又黑的洞穴里，里面空气非常的严重。犹里在那个洞穴里绕了一个圈，去寻觅出路，摇曳的影儿和在黑暗里显得黯淡的烛光随在他的后面，他看见几条出路，但都被塞住了。在一角上，孤寂的放着几片朽烂的杉木板，看来好像从土里掘出扔在那里的旧棺材的遗物。

"不十分有趣，嗄？"犹里说道，不自觉地低压他的语声。泥块压迫着他。

"啊，真的是！"西娜微语道，她四面的望了一周，她的大眼在灯光中发亮。她很不安，本能地靠近犹里，要他保护。这个，犹里也注意到。他对于他的美好脆弱的同伴，觉得一种奇异的同情。

"好像被活埋了一样。"她继续说道，"我们号叫，但没有人听见我们。"

犹里笑道："当然听不见。"

然后一个突然而来的念头几使他脑筋眩晕。他斜眼望着那微掩着细薄的小俄式衣衫的胸部和斜直的圆肩。他一想到现在她真是在他的掌握中，而且不会被人听见，这念头来得太奇突，竟使他一下里眼睛晕黑起来。但是他立刻自制住，因为他确信强奸妇女是卑鄙的事，而对他是毫无意义的事。所以他不去做那件使他全身欲火烧灼的事，仅只说道：

"假如我们试一试看？"

他的语声颤抖着，他觉得或许西娜能觉察出他的念头。

"试试什么？"她问道。

第五章

"假如我放一枪？"犹里说道，取出他的手枪。

"上窟不会倾倒么？"

"我不知道。"他答道，虽然他确切地觉得不会有事故发生，"你不害怕么？"

"啊，不！放枪吧！"西娜说道，同时，她退了一两步。犹里举起枪，放了一响。火光一闪，一阵浓密的烟云包围着他们，而枪声的回响则缓缓地消失去。

"看，那便是这个样子。"犹里说道。

"我们且归去吧。"

他们转身走回去。但当西娜走在犹里的前面，他看见她的圆而结实的大腿关节时，心上又带回了淫荡的念头，这念头他觉得是很难驱除的。

"我说，西娜·卡莎委娜！"他自己都害怕起自己的声音和问题来，却假装着不经意的态度，"我要问你一个有趣味的心理学上的问题。你和我同到这里来，怎么会心里不觉得害怕？你自己说的，如果我们喊叫着，没有人会听见的……你和我一点也不熟悉呢！"

西娜在黑暗中脸羞得血红，默默地不言。犹里呼吸得急促起来。他觉得非常有趣，同时非常羞惭，他的心情像在悬崖上滑走时所感的一般。最后，她嗫嚅地说道："因为我想，你是正经人。"

"假如你看错了人呢？"犹里反驳道。他心里还是充满着那种浓厚的感觉，他忽然觉得同她这般说话很别致，而且还很美丽。

"那么，我要……投水自杀。"西娜几乎听不见地说道。

这几句话使犹里心里充满了怜悯。他的热情消退了，他突然地觉得安慰了。

"那么一位好好的小女郎！"他想道，真诚地为如此坦白、简朴的贞淑所感动，眼泪不由得在他眼睛里流出来了。

沙 宁

　　西娜骄傲她的回答,感激他的默许,对他微笑着,这时他们回归到洞穴的进口。同时她还不绝地诧异着,不知为什么,他的问题她听来似乎并不觉得逆耳或可羞,且反而觉得十分可悦。

第六章

其余的人在窟口等候了一会儿,以西娜和犹里为题目而肆意地开着各种的玩笑,以后,便各沿着河岸散步着。男人们,燃着了香烟,将火柴抛入水中,凝望着这些火柴在溪面上荡成了大水圈子。丽达手臂弯曲着,轻步而前,一面走着,一面低唱着,她的穿上精美的黄色皮鞋的一双美丽的小足,时时地跳着无心而出的跳舞。丽莱亚折拾花朵,向勒森且夫抛去,以眼光向他抚爱着。

"去喝几杯,你想怎样?"伊凡诺夫问沙宁。

"好主意!"沙宁答道。

他们上了船,开了好几瓶的啤酒,开始喝了起来。

"好不讨厌的纵酒!"丽莱亚叫道,以几束草向他们抛去。

"第一等的材料!"伊凡诺夫吮吮他的嘴唇,说道。

沙宁笑了起来。

他滑稽地说道:"我常常奇怪,人们为什么死死地要反对酒精。据我的意见看来,仅有醉汉乃能如他所应该生活的生活着。"

"那是,像一只畜生!"诺委加夫从河岸上答道。

沙宁说道:"很像,不过,无论如何,一个醉汉所做的事只是他所想做的,如果他想唱歌,他便唱着;如果他想跳舞,他便跳着;他并不把自己的喜欢快乐看做一件可羞的事。"

沙 宁

"有的时候,醉汉却还打架呢。"勒森且夫说道。

"不错,他也要打架,人是不会喝酒的……人是太含恶意了。"

"你喝醉了酒时,你要不要打架的?"诺委加夫问道。

沙宁答道:"不,我醒的时候更还要打架呢,但当我喝醉了时,我乃是一个脾气最好的人,因为我在那时将那些卑鄙龌龊的事都忘记得干干净净了。"

"并不每个人都是那样的。"勒森且夫说道。

"并不大家这样,自然很可惜。"沙宁答道,"不过别人的事,和我也是一点不相干的。"

"不能这么说的!"诺委加夫说道。

"为什么不能这么说?如果这是真实的呢?"

"一个美妙的真实,真的是!"丽莱亚叫道,摇摇她的头。

"无论如何,是我所知道的之中的最美妙者。"伊凡诺夫代沙宁回答。

在高声歌唱着的丽达,突然地停止了,看来很恼怒似的。

"他们似乎一点也不肯赶快呢。"她说道。

"他们为什么应该赶快?"伊凡诺夫答道,"无论什么时候都用不着赶忙。"

"我看西娜倒是一位无畏无憎的女英雄吧?"丽达讥嘲地说道。

太那洛夫的思路在这个当儿胡涂起来了。他失声而笑,然后又显得十分地忸怩不安。丽达的双手放在膝上,很有致地前后荡着,这时便回过头去望他。

"也许他们在那里很快乐。"她说道,耸耸肩。

"不要响!"勒森且夫说道。这时手枪的声音已为他们所听见。

第六章

夏夫洛夫叫道:"那是一声枪声。"

丽莱亚叫道,"那是什么意思?"同时她惊惶地拉住她情人的袖臂。

"不要害怕!如果这是一只狼的话,它们在一年内的这个时候是很驯良的,且决不会袭击两个人的。"勒森且夫想以这样的话去安慰她,但他暗地里却恼怒于犹里的儿戏。

"真是的!"夏夫洛夫叫道,他也同样地着恼了。

"他们来了,他们来了!不要着急!"丽达轻蔑地说道。

现在他们的足声可以听见了,不久工夫,西娜与犹里便由黑暗中出现。

犹里吹熄了烛光,不自在地笑着,因为他不知道他们对他的举动将具如何的态度。他身上满是黄泥,西娜的肩上也带着泥印,因为她的身体在墙壁上摩擦过。

"好吧?"西米诺夫无精打采地说道。

犹里半求恕地说道:"洞里着实有趣。不过通道没有多远。前面被塞住了。我们看见些朽腐的棺材板躺在那里。"

"你们听见我们放枪了么?"西娜问道,双眼发亮。

"我的朋友们。"伊凡诺夫插上去说,"我们把啤酒都喝完了,我们的灵魂是很醉饱了。让我们动身走了吧。"

船到了河流广阔之处时,月亮已经升在天上了。这是一个异常静谧清朗的黄昏。在上与在下,在天空与在河中,金色的星光熠熠地发亮。船只好像是悬挂在两个无底的空间之中。河边的一带黑黝黝的森林带着神秘的样子,一只夜莺在唱着,一切都在静听着,不相信他是一只鸟儿,却当他是一个快乐的、有理性的、有思想的生物。

"真的好!"丽莱亚说,举眼向上,头放在西娜温和的圆肩上。后来大家又不说话,静听了许久。莺声响亮地充满了全树

沙 宁

林，在凝想的河上叫个不绝，直吹到草地上面——草和花在月夜的朦胧里悄悄地凝止着了——又散往远处，向多星而冷清的天上飞去。

"它唱的是什么？"丽莱亚重又询问道，一个手好像无意中掉落到勒森且夫的膝盖上面，掌心朝上仰着，立刻觉得那个坚硬而有力的膝盖抖索了一下，不由得对于自己的举动又喜又惧起来。

"自然唱的是爱情呢！"勒森且夫半嘲谑半正经地回答，一只手轻轻儿合着那个极信任的放在他膝盖上的，温和而柔软的小手掌。

"在这样的夜里是不愿意想起一切好和坏的事的。"丽达说，在回答着自己的心思。她那时正在想她做着可怕而引人的游戏以自娱，究竟是好是坏。她望着萨鲁定，看见他的脸在月光下越发勇毅而美丽，两眼露着乌黑的亮光，顿时感到全身里一种业已熟悉的，甜蜜的松软和可怕的无意志。

"想起的是别种的事情！"伊凡诺夫回答她。

沙宁微笑着，两眼不住地盯住坐在他对面的西娜的高耸的胸部和月光照得发白的美丽的颈脖。

乌黑的、轻微的山影斜倒在小船上面，等到船遗留下一条蔚蓝的银光的水带，重又跳到发亮地方去了，大地上越发显得亮些、宽些、自由些了。

西娜·卡莎委娜脱下了她的大草帽，现在开始在唱着一支俄国的民歌，甜蜜而忧郁，如一切的俄国歌一样。她的声音是一个高级的音调，虽然不很雄壮，却有感人的性质。

伊凡诺夫低语道："很中听！"而沙宁也叫道："可爱！"当她唱完了时，他们全都拍手，拍手的声音在两边黑暗的森林中很诧异地回应着。

丽莱亚叫道："再唱个别的，西诺契加！更妙的是，背一首你自己的诗。"

"那么你又是一位女诗人了?"伊凡诺夫问道,"好上帝到底将多少的韵事赐给一个人!"

"那是一件坏事么?"西娜扰扰不自主地问道。

"不,这是非常的一件好事。"沙宁说道。

"如果一位女郎既有了青春与美貌,她再有了诗歌作什么用,我倒要想知道知道?"伊凡诺夫说道。

"不管他!西诺契加,你且背些诗出来吧!"丽莱亚亲爱而温柔地叫道。

西娜微笑着,微微别过脸去,然后开始以她的清朗而带音乐的语音,背诵着下面的诗句:

> 啊!爱情,我自己的真实的爱情,
> 我将永不对你告诉出这话,
> 我将永不对你告诉出我的燃沸的爱情!
> 但我要的是,闭上了这双含爱的眼,
> 他们会好好地保守着我的秘密。
> 知道它的只是烦恼的日子,
> 只是静谧的青色夜,金色的星儿,
> 只是在夜间微语着的如梦的森林,
> 这些,是的,它们知道,但它们却是哑的;
> 它们不会将我的热爱的秘密泄露了的。

他们又显出非常热诚的样子,全都高声地恭维着西娜,并不是因为她的小诗是一首好诗,但因为这诗恰恰地表达出他们的情绪,且因为他们正全都在想望着爱情和爱情的柔和的忧愁。

"咳,夜呀!咳,昼呀!咳,西娜的光亮的双眼呀!我求你

沙 宁

告诉我,那个有幸福的人是不是我!"伊凡诺夫以一种沉重的声音狂喜地叫道,这使他们全都惊得一跳。

"啊,我能够确实地告诉你,那个人并不是你。"西米诺夫答道。

"咳!不幸的我!"伊凡诺夫懊丧地说道。每个人都笑了。

"我的诗坏不坏?"西娜问犹里道。

他心想这首诗并不新奇,和千百首的同样的作品相仿。但西娜是那么美丽,且以她的那么一对黑漆漆的双眼恳求似的望着他,使他不得不慎重地答复道:

"我觉得它们是异常的可爱与和谐。"

西娜微笑着,她颇诧异于这样的赞美会那么样使她高兴。

"哈!你还没有知道我的西诺契加呢!"丽莱亚说道,"她的一切都是美丽而和谐的。"

"你并不是那么说的吧!"伊凡诺夫叫道。

"是的,我真的是这么说!"丽莱亚坚执地说,"她的声音是美丽而和谐的,她的诗也是这样;她自己是一位美人,即她的名字也是美丽而和谐的。"

"啊!我的天!你此外还能说些什么话!"伊凡诺夫叫道,"但我是很赞同你的意见。"西娜听着这些议论,又喜又慌乱地红着脸。

"是回家的时候了。"丽达猝然地说道。她不高兴听着西娜的被人赞美,因为她以为她自己是远过于西娜的,无论在美貌上、在聪明上、在趣味上。

"你要唱点什么不?"沙宁问道。

"不。"她答道,"我的嗓子不好。"

"确是回家的时候了。"勒森且夫说道,因为他想起了第二天的清晨,他必须到医院的解剖室去。其余的人倒愿意多留一会

第六章

儿。在他们回家的路上，他们是默默的，觉得疲倦而且满意。如前一样的，虽然看不见绿草的高秆被压伏于车轮之下，灰尘不久又复铺在白路上了。荒芜斑白的田野，在明月的微光中，看来是广漠而无际。

第七章

　　三天以后，在黄昏的深时，丽达忧闷疲倦，而心绪沉重地归家来。她非常地厌烦，想到什么地方去，可是往何处，她不知道，却又知道。她到了自己的房里，直挺挺的站着不动，双手握着，眼珠盯在地板上，她在恐怖之中，突然地明白，她和萨鲁定的关系，已走得太远了。因为自那个不可救药的柔弱的奇异时光之后，她第一次觉察到，这个没有头脑的军官有如何的能力在压伏她，虽然他在各方面都比她低下。如果他叫唤她时，她现在必须要去了；她再也不能随她所欲地和他开玩笑，或任他接个吻，或带笑地拒绝他了。现在，如一个奴隶似的，她必须忍耐而服从了。

　　这件事情如何地发生，她已不能明白。如平常一样的，她控制着他，宽容他的爱情的旨趣；一切都是可喜的、有趣的、刺激的，如从前一样。然后到了一个时光，她的全个身体好像在火上烤着，她的脑筋如在一阵云雾中，除了想跳进深渊去的一个狂念之外，一切思想都没有了。土地好像在她足下裂开了；她失去了控制她自己肢体的力量，只觉得有两双巨眼勇敢地凝注在她的眼上。她的全个身体都为热情所战栗、所震撼；她成了泛溢的欲念的牺牲；然而她却再想重行经验到这样的热情的行为。丽达想到这里，她的全身又战栗着；她抬起了肩部，把脸藏在双手中。她

第七章

步履倾侧的，走过房间，开了窗户。有好一会儿，她凝望着恰恰挂在花园之上的明月，在远处的林中，一只夜莺正在歌唱着。悲哀压迫着她。她觉得异常得不好受，她又追悔，又觉得有伤于她的高傲，当她一想到，她已为了一个蠢蠢的无知识的男人而毁坏了她的生命，而她的失足，实是既愚又鄙，且真的是一种意外的事时，将来似是可怕的；但她想要以顽强的夸口，驱逐她的恐惧的预觉。

"哦，我干下了这种事，就是干下了！"她蹙着眉头，用病态的愉快的神情说出这句粗话来，"这一切都是小事！我要这么干的，而我已经干下了；我觉得那么快活——啊，那么快活！而我不求自乐，那是一个傻子。我必须不再想到这事；现在已经是无可补救的了。"

她无精打采地由窗口退回去，动手去脱衣服，让她的衣服从身上滑脱到地板上去。"总之，一个人只能活得一生。"她想道，她的裸出的肩部和手臂与寒冷的夜间空气接触着而有些凛栗，"等到我正式结婚之时，我又有什么所得呢？那对于我又有什么好处呢？还不都是一样么！我还要戚戚地忧虑着做什么呢？"

她立刻地觉得，这一切真的都是小事，明天起一切都完结，而且游戏中她已经得到了一切最好的与最有趣的了，而现在，她如一只鸟那么自由，一个不平凡的快乐而愉美的生活正放在她的前面。

"如果我愿意，我便恋爱着。如果我不愿意，那么，我便不！"丽达轻轻地对她自己唱道，同时想着，她的声音比之西娜·卡莎委娜的着实高明得多了。"啊！一切都是小事，如果我愿意，我便要将我自己给了魔鬼！"她这样的突然地回答她的思想，将她的裸臂举到了头顶，她的胸部颤动着。

"你还没有睡么，丽达？"沙宁的声音在窗外叫道。

沙　宁

丽达惊得一跳，然后，微笑着，取了一个披肩，围在肩上，走近了窗口。

"你真吓得我一跳！"她说道。

沙宁走得近些，双肘靠在窗盘上。他的双眼灼灼的，他的脸在微笑。

"这真是用不着的！"他玩笑似的低语道。

丽达伸着头露出疑问的神情。

"你不围着披肩，看来还要漂亮些。"他低声地有感地说道。

丽达惊诧地望着他，出于本能地将披肩更围得紧些。

沙宁笑了起来。她心里纷扰不安，却也靠在窗盘上，现在她感觉到他的呼吸直触在她的脸颊上。

"你真是一位美人！"他说道。

丽达疾忙地看他一眼，她看出他脸上的神情，不由得惧怕起来。她全身全体的感觉到她的哥哥的双眼正盯在她身上。她惊怖地将眼光转开了。这是那么恐怖，那么憎恶，竟使她的心似乎冰结了。每个男人都是这样地向她盯着，而她是喜欢这种的注视的，但她的哥哥也么样地盯着，那便是太离奇了，太不可能的了。她恢复了精神，微笑道：

"是的，我知道。"

沙宁静静地盯注着她。当她靠在窗盘上时，她的披肩和内衣滑了下去，她的温柔的胸部，有一半可以看得见，月光照在上面，非常的洁白。

"人类常常地在他们与快乐之间筑起了一座长城。"他低低的声音抖动地说道。丽达害怕了。

"你说这话什么意思？"她微声地问道，她的双眼仍然注视在园中不敢与他的眼光接触。在她看来，似乎一件连想也不敢想的事快要发生了。然而无疑地她知道这是什么事。这是一件丑恶

第七章

的,又是一件有趣的事。她的头脑在燃烧着;她的眼光朦朦胧胧的,又恐怖,又好奇的,感觉到热热的呼吸直喷到她的颊上,吹动她的头发,送战栗于她的全身。

"不明白么,像这个事!"沙宁答道,他的声音半吞半吐的。

丽达如触了电似的,抽身退回去,不知道她在做着什么事,她靠过桌面,吹熄了灯。

"是睡的时候了。"她说道,关上了窗户。

灯光熄了之后,窗外似反为明亮,沙宁的身影很清楚地可以看得见,他的身子在月光中显得青青的。他站在为露水所湿的长草中,微笑着。

丽达离开了窗口,机械地坐在她的床上。她四肢颤抖着,不能够集合她的思想,而窗外草地上沙宁的足声,使她的心跳得厉害。

"我要发狂了么?"她憎恶地自己问道,"怎么样的可丑!偶然的一句话,我已经……这是不是狂恋病?我真的是那么不堪,那么坏的人么?我会想到这样的一件事,一定是堕落得很深了!"

她把脸伏在枕上,悲切地哭泣着。

"我为什么哭呢?"她想道,她不明白为什么要哭的理由,但只觉得自己是可怜,被压制,不快活。她的哭,是因为她已经失身给萨鲁定了,是因为她已不再是一位娇贵的纯洁的处女了,是因为他哥哥眼中的那种侮辱的恐怖的注视。从前他不曾像那样地盯视过她。这是因为,她想道,她已经堕落了。

但最悲苦、最烦恼的思想,还是,她现在已经成了一个妇人了,在她年轻、强健、美貌的时代,她的最好的力量,必须为男人而服务,专心致意地欲使他们的满足,而她给他们及她自己的快乐愈大,他们便愈将看不起她。

"他们怎么会这样的?谁给他们以这个权利?我不是和他们

沙 宁

一样的自由么?"她凝视着她房内的可怕的黑暗,自己问道,"我将永不会知道别一个更好的生活么?"

她的全个青年的体格,昂昂地告诉她说,她有从生命中取得一切有趣的、快活的、必需的东西给她的一个权利;她有将属于她自己一人的强健,美妙的身体任意处置的一个权利,但这个观念不久又消失在一种纷乱矛盾的思路的纠纷之中。

第八章

在从前的时候，犹里·史瓦洛格契学过图画，他很喜欢这个工作，所有他的空闲的时间也都专心在图画上。他有过一个时期，想成为一位艺术家，但一则因为没有钱，二则也因为他的政治活动，妨碍了这事，所以现在他只是间时地作着画，当做一种消遣的事，没有任何的特别的目的。

实在的，因为这个缘故，也因为他没有训练，艺术并不曾给过他快活的满意；却给了点烦恼与失望。每当他的工作不能显得成功时，他便成了困恼而失意；反之，如果工作得很满意时，他便又堕入一种阴郁的幻想之中，感到他能力的浪费，既没有给他快乐，又没有给他以成功。犹里对于西娜·卡莎委娜颇有个大大的幻念。他喜爱身体高长、格局合度、声音美妙、眼光浪漫的少年女人们。他想的是，她所以能够吸引他的乃是她的秀丽与她的纯洁的灵魂，其实还不过是因为她的美貌与可欲。然而，他总想自己承认着，在他看来，她的可爱乃是一种精神的，并不是肉体的，这个观念，他以为，乃是比较高尚、比较优美的，虽然燃起他的血液，引动他的欲念的，的的确确是她的这种处女的纯洁与天真。自从他第一次遇见她的那个黄昏之后，他便感得一种朦胧而强烈的愿望，想要玷污她的天真，这一种愿望，诚然是遇见了任何美貌的女人时都要引动的。

沙 宁

现在他的念头是集中在一位美貌的女郎身上了,她是快活的,健全的,充满了生命的愉快的,因此,犹里有了一个观念,想要画一幅"生命"。如许许多多新的观念所常引起的一样,这个观念也引起了他的热忱,在这个情形之下,他相信他的工作是会有一种成功的结果的。

他预备好了油布之后,便开始狂热似的匆匆地工作着,仿佛他是不敢缓慢似的。当他起初以颜色触上了油布,发生出一种和谐而悦人的效力时,他感到了一种愉快的战栗,这幅画似已全部绘就得清清楚楚地立在他的面前。然而,当工作进行前去时,技术上的困难益发地加多,而这些困难,都是犹里所觉得不能够解决的。所有在他的想象中觉得光亮、美丽、强健的,一到了油布上便都成了浅薄而柔弱的了。精绘细描不再能迷住了他,却反使他烦恼失意。在事实上,他是不注意到它们,而开始以一种粗阔苟且的风格去画。因此,这幅画,原来望其成为一幅生命的清朗有力的写真者,却更显然地成了一个俗艳不雅的女性。像这样一幅沉闷的凝固的东西,既不见有什么特创,也不见有什么可爱,他自己这样地想;这是一幅莫克(Moukh)笔绘的真正的模拟品,意思和笔调都是平凡的;如常的,犹里很觉得忧郁不欢。

要不是有什么理由使他似乎羞于哭泣的话,他一定要哭了,一定要把头埋在枕头中,高声地啜泣着了。他极想要向什么人倾吐些话,但却不是关于他自己的无才能的事。他没有去找人谈话,他的眼光悲哀地盯着那幅画上,他心里想道,生命常常是可厌倦、忧闷与柔弱的,对于他个人是并不含有什么有趣的事的。他必须在这个小镇上住上许多年头,这个思想使他觉得害怕。

"唉,这简直是死亡!"犹里想道,他的容色渐变得如冰似的冷。然后他觉得有一个愿望,要去画"死亡"。他握住了一把刀,开始愤愤地去刮他所画的那幅"生命"。他用了那么热忱工作成

第八章

功的东西却要费那么多的困难去刮掉它,这又使他恼怒。颜色并不容容易易被刮去,刮刀滑了开去,两次割着了油布。然后他又见到白垩在油画上是不能作成轮廓的,这又大大地使他麻烦。他拿起了一支画笔,开始以赭色画他的题材的轮廓,然后慢慢地不注意地涂绘上去,垂头丧气、无精打采地绘着。然而他的现在的作品却并没有失败,倒是因了如此的阑珊颓唐的方法,因了沉闷而沉重的色彩设计而得到了成功。原来的"死亡"的观念不久便自行消失了,所以犹里便继续地去绘出"老年",这里绘的是一个瘦削的老妪,在暮色沉沉的时候,沿着一条高低不平的路蹒跚地走着。太阳已经西下了,与铅色的天空相映照的是许多黑暗的十字架的侧影。老妪的多骨的肩部,因负载了一具沉重的黑棺的重量而弯了下来,她的表情,悲苦而失望,她的一足触着了一个开着的坟墓的边上。这是一幅以它的愁苦与阴郁惊人的画。在吃午饭的时候,他们来叫犹里,但他却没有去吃,仍然继续地工作下去。过了一会儿,诺委加夫来了,他要告诉犹里一点事情,但犹里既不听他,更不答他,诺委加夫叹了一口气,坐在沙发上。他喜欢静静地坐着,在默想着一件事。他所以来找犹里,仅仅的因为他一个人坐在家里觉得忧闷悲恼。丽达的拒绝,仍使他难过,他不能决定他究竟是感到悲哀还是感得羞惭。他是一位直率而懒惰的人,所以他到如今还没有听见本地所流行的关于丽达与萨鲁定的闲话。他不是妒忌,但不过忧愁于那个将快乐带给他那么近的梦境的逝去而已。

诺委加夫想,他的生命是一个失败的,但他倒从没有过既是这样,不必生活,不如死去的念头。反之,现在他的生命对于他既已成为一种苦楚,他便想,这是他的责任,要将这个生命献给了别人,抛去了他自己的幸福在一边。他不能够说明它,他只有一个朦朦胧胧的愿望,要抛弃了一切东西,跑到了圣彼得堡,在

沙 宁

那里，重缔与"党"的关系，没头没脑地向死亡冲过去。他觉得这是一个美妙的高尚的思想，他一念到这个美妙的高尚的思想是他自己的思想，便减轻了他的悲哀，且竟使他愉快。他在他自己的眼中，成了宏伟的人物。头上冠着一道光彩灿烂的晕光，而他对于丽达的忧郁的斥责态度几乎感动得他要哭出来。

然后他突然地觉得烦躁起来。犹里还在那里画着，一点也不注意他。诺委加夫懒懒地立了起来，走近了画幅。这幅画还没有完工，因为这个缘故，倒产生出一种有强烈的暗示的印象。犹里尽了他所能做的做去，诺委加夫则以为这是幅奇异的作品，他张开了嘴，以孩提似的赞美，向这位艺术家注视着。

"好！"犹里说道，向后退几步。

他自己以为这是他所看过的最有趣的一幅画，虽然它实在的有很明显的很大的缺点。他不能说出为何他有这个意见，但诺委加夫如果觉得这幅画不好的话，他便要完全感到受伤与恼怒了。然而诺委加夫却出神地低语道：

"非——常的美妙，真的是！"

犹里仿佛觉得他是一个天才，不满意于他自己的作品。他叹了一口气抛下了他的画笔，这笔玷污榻边，他走了开去，一看也不看那幅画。

"啊，我的朋友！"他叫道。他正要向他自己，向诺委加夫表白那种毁灭了他继续工作的快乐的疑惑，因为他觉得，对于现在这一幅有希望的轮廓，他终于不能再有什么增益进去了。然而，他经过了一会儿的反省之后，仅仅的说道：

"这一切都是终于无所用的！"

诺委加夫以为这句话是他的朋友在那里献自己的美，立刻心里就生出自身的悲楚的失意，便自己在心中说道：

"那是实在的。"

第八章

然后，过了一会儿，他问道：

"你说无所用，是什么意思？"

犹里对于这个问道，不能有正确的答复，他默默不言。诺委加夫又观察了那幅画一次，然后躺身在沙发上。

"我在《克莱报》（Krai）上读过你的论文。"他说道，"真是行呀！……"

"去它的吧！"犹里愤怒地答道，然而他不能说明他为何发恼，他正想起了西米诺夫的话，"这些东西有什么用处？它不能够阻止了杀人、盗劫与武力；他们仍将如前的一式一样地做去。空论不能帮助事实。我后悔写这篇东西。……不过被两三个白痴的人所读而已！这有什么用处？总之，这与我有何相干！请问，为什么要将头颅与墙相碰而碰出脑浆来？"

犹里似乎看见他早年的政治活动，经过他的眼前；秘密的聚会、宣传、冒险与失败；他自己的热忱与他那么热心去拯救他们的那些人的那么无情。他在房里走来走去，演着手势。

"那么，做什么事都没有什么意思了。"诺委加夫嗫嚅地说道，他想到了沙宁，又接下去说道：

"个人主义者，你们这一班人都是！"

"不，不对的！"犹里热烈地答道，他受到他过去的回忆及将房中一切东西都幕上一层灰色的黄昏所影响。

"如果我们谈到了人类，如果我们连人类将来期待的最近的前途，还不能确切地估定时，所有我们的努力，宪法和革命，还有什么用处？也许在我们所梦想的这个自由之中即已隐伏了将来的堕落，而人在实现了他的理想之后，将走回去，仍以四肢着地而行着吧？因此，一切都要重新开始。且我如果一切都不顾，而只顾到自己，结果又是怎么样？我于此又有何所得？我所最能够做的，便是以我的天才与成功得到了名誉，被我的低下者的敬仰

沙 宁

所沉醉，那便是说，为我所看不起的那些人所敬仰、所沉醉，而他们的敬仰对于我应该是一无价值的。然后？活下去，活下去，一直到了坟墓，此后再没有别的事了！桂冠这样紧密地附于我的头颅上，竟使我不久便觉得它的可厌了。"

"总要说到他自己！"诺委加夫讥嘲地低语道。

犹里并没有听到他的话，他继续用悲愁和病态的喜悦的神情倾听自己的话语。他觉得他的话有一种美丽的阴郁，它们似乎使他高贵，增高了他的自尊的意识。

"到了最坏的地方，我将要成了一个被误解为天才，一个可笑的梦想者，一种滑稽小说的题材，一个愚蠢的个人，对于任何人都无所用！"

"啊哈！"诺委加夫叫道，他从榻上站了起来，"对于任何人都无所用。那么，你自己承认了那样么？"

"你是如何的荒诞！"犹里叫道，"你乃真的以为我是不知道为何而活，且不知道相信什么的么？如果我相信我的死能够救了世界，我大约要快快活活地走到十字架上去。但我不能相信这事；我所做的什么事，都永远不能改变了历史的进展；再者，我的助力是那么微小，那么不足注意，即使我没有生存在世上，世界也不会受丝毫的影响的。然而我竟为了如此极微至少，不足计量的助力，乃不得不去活着，受苦着，悲哀地等待着死亡的来临。"

犹里并不觉得他现在所谈的是别种话，并不对于诺委加夫，乃是对于他自己的奇异的颓丧的思想回答起来了。突然地，他想起了西米诺夫，便立刻闭口不说下去。一阵冷战直由他的脊梁骨中往下走。

"事实是，我怕那不可免避的事。"他低声地说道，他的双眼笨钝地向逐渐黑暗下来的窗口望着，"我知道这是天然的事，我

第八章

不能够有方法去逃避了它,然而它却是可怕的——可憎恶的!"

诺委加夫虽然内心里为这样的一种叙状的真情实景所惊恐,口里却回答道:

"死亡乃是一种必要的生理学上的现象。"

"真是一个傻子!"犹里想道,同时,他憎恶地叫道。

"我的天!我们的死亡对于别的人有或没有必要,那有什么关系?"

"你的走上十字架的事怎么样?"

"那是不同的一件事。"犹里迟疑地答道。

"你是自己矛盾着呢。"诺委加夫以一种轻微的庇护的口气说道。

这话大大地恼怒了犹里。他将手指梳过他的散乱的黑发,热烈地反驳道:

"我永远不曾自己矛盾过。理由是,如果我秉着我自己的自由意志,我要选择着去死——"

"还不是一个样子的。"诺委加夫继续地固执地说道,以同一的语调出之,"你们这一班人都需要着烟火、赞美,以及其余的此物。这没有什么,只不过是个人主义!"

"便是个人主义又怎么样?那不能变更了事实。"

辩论成了纠缠无绪的结局。犹里觉得,他并没有意思要说那话,但那线索在一瞬之前似乎那么清楚而紧密的,如今却逃去了。他在房里走来走去,努力要制伏他的烦恼,同时他又自言自语道:

"有的时候,一个人要发脾气。在别的时候,一个人能够说得非常清楚,好像句子就放在他眼前一样。有的时刻,我的舌似乎被缚住了,而我自己便说得纷乱无绪。是的,那是常常遇到的。"

沙　宁

　　他们俩全都沉默着。最后犹里停在窗口,拿起他的帽子。
　　"我们出去走走吧。"他说道。
　　"好的。"诺委加夫立地答应了,心里又快活,又苦恼,偷偷地希望着他能够遇见丽达·沙宁。

第九章

　　他们在林荫路上走了一两趟，没有碰到一个认识的人，他们听着照常在花园中演奏着的乐队。他们奏得非常的不高明，音乐粗鄙而不和谐，但在远处听之，乐声却懒散而忧闷。他们碰见的男人们、女人们都是嬉嬉笑笑地闹着，他们的喧哗的愉快似乎与那悲戚的乐声及闷人的黄昏大殊。它触恼了犹里。在林荫路的尽头，沙宁加入他们，热诚喷溢地与他们招呼。犹里不喜欢他，所以谈锋却不畅快。沙宁对于一切他所遇到的人都要笑笑。后来，他们遇见了伊凡诺夫，沙宁和他一同走去了。

　　"你们到哪里去？"诺委加夫问道。

　　"去款待我的朋友。"伊凡诺夫答道，取出一瓶伏特加酒来，得意扬扬地显给他们看。

　　沙宁笑了。

　　在犹里看来，这一瓶伏特加酒和这个笑声似乎是粗鄙下流的。他憎厌地转过身去。沙宁觉到了这情景，但不说什么。

　　"上帝，我谢谢你，使我不像别的人那个样子。"伊凡诺夫讥嘲地叫道。

　　犹里脸红了。"他也在说俏皮话呢！"他想道，当下他轻蔑地耸了耸肩，走了开去。

　　"诺委加夫，坦白无欺的法利赛人，和我们一道来！"伊凡诺

沙 宁

夫叫道。

"为什么?"

"去喝一杯来。"

诺委加夫忧闷地四面望了一望,但没有看见丽达。

"丽达正在家里,忏悔着她的罪过呢!"沙宁笑道。

诺委加夫恼怒地叫道:"真是无意识!我要去看一个病人……"

"那个人儿没有你的帮助也是快要死去的。为了这,我们如没有你的帮助,也会将这一瓶伏特加酒收拾完毕的。"伊凡诺夫说道。

"假如我喝醉了呢?"诺委加夫想道。"好的,我来了。"他说道。

当他们走开了时,犹里远远地能够听见伊凡诺夫的粗率沉重的语声,和沙宁率意的愉快的笑声。他又沿了林荫路而散步着。有两个女子的声音透过黄昏来呼唤他。西娜和学校教师杜博娃正坐在一张凳上。天色渐要黑暗下去,她们的容体几乎辨认得不清楚。她们都穿着黑衣,都没有戴帽子,她们的手里都拿着书。犹里匆匆促促地加入她们。

他问道:"你们从什么地方来?"

"从图书馆里来。"西娜答道。

她的同伴欠了欠身子,让开了一位置给犹里,他原想坐在西娜的身旁,但为了害羞,他却坐到了丑脸的学校教师杜博娃身旁了。

"你为何看来这样的颓丧可怜?"杜博娃问道,皱紧她的薄而干枯的唇片,如她所常做的。

"有什么会使你觉得我是颓丧可怜的?其实不对,我的精神却很活跃着呢。也许,有一点点儿烦闷。"

第九章

"啊，那是因为你没有事情做之故。"杜博娃说道。

"你有很多的事要做么，那么？"

"无论如何，我是没有空闲的时间去哭泣的。"

"我也并没有哭泣，是不是？"

"唔。"杜博娃嘲笑地说道，"你是生气着呢。"

"我的生活。"犹里答道，"使我忘记了欢笑是什么一回事。"

他以如此的悲戚的调子说出这句话来，竟使大家突然地沉默下去。他静默了一会，又含笑起来。

"我的一位朋友告诉我说，我的生活是最可启迪人的。"隔了一会，犹里这样说，其实则没有一个人对他这样说过。

"启迪些什么？"西娜小心地问道。

"为一个怎样的不该去生活的榜样。"

"啊，请你原原本本地都告诉了我们。也许我们得些教训。"杜博娃说道。

犹里每以为他的生活是一个绝对失败的，他自己乃是男人们中间最不幸、最苦恼的一个。在这样的一个信仰里，却具有某一种的悲郁的慰安，对人诉说他自己的生活以及一般人类的事，乃是他的一件乐事。他从不曾对男人们说过这一类的事，他本能地觉得他们是不会相信他的，但对于女人们，特别是年轻美貌的姑娘们，他却总想原原本本地谈到他自己。他很美貌，谈风又好，所以妇人们常常感到为他而生爱怜之心。这一次犹里起初不过是开玩笑，如今却复行跳入他寻常的调子中；他冗长地叙说到他自己的生活。从他自己的描写里见出他是一位异常有能力的一个人，他为环境的力量所压迫、所束缚，为他的党部所不了解，他所以不成为人民的领袖，而仅是寻常为一点小原因被放逐的学生，这错误不在他自己，而在于运命的偶然和人们的愚蠢。犹里像一切异常自己满足的人们一样，完全失于觉察出，所有这一

沙 宁

切,并不能证明他是一位有异常能力的人,有天才的人都是曾为这一类的环境所包围着,为这一类的不幸所磨炼的。他好像以为,只有他一个人乃是一个残忍的运命的牺牲者。因为他谈吐很好,又活泼,又细致,所以他所说的话,便很像是真情实事,女郎们相信他、怜恤他,且同情于他的不幸。乐队还在奏着他们的忧郁而不和谐的音调,黄昏又是阴暗而闷人的,他们三个人便都感到一种悲苦的情调。当犹里停止了谈话时,杜博娃不禁默想起了她自己的沉闷单调的生存,以及已逝去的青春,既没有快乐,又没有恋爱,便低声地问着犹里道:

"告诉我,犹里,自杀的一念也曾横过你的心上过么?"

"你为什么问我这句话?"

"唉,我不知道……"

他们不再说下去。

"你是一个委员么,是不是?"西娜热心地问道。

"是的。"犹里简捷地答道,仿佛是不愿意承认那件事实似的,但其实却是喜欢那么做的,因为他想,对于这位可爱的女郎,他总要显得幻异得有趣味才好。他于是和她们一同走回她们的家,一路上他们说说笑笑。一切的烦闷都消失了。

"他真是一个好人!"西娜说道,当犹里已经走了时。杜博娃摇摇她的手指,恐吓地说道:

"当心,你不要和他谈上了恋爱。"

"什么话!"西娜笑道,虽然心里偷偷地害怕着。

犹里回家时,情绪比较得愉快有希望。他去看看他所已经开始的画幅。这画一点印象也没有给他,他满足地躺下去睡。那夜,他在梦中,看见美貌的妇人们,嬉笑着,勾引着人。

第十章

第二天的傍晚,犹里又到了他遇见西娜·卡莎委娜和她的同伴的那个地方。他整天的高兴地想到昨天傍晚时他和她们的谈话,他希望再能遇见她们,讨论同一的事,且再觉察到西娜和善的眼光中的同样的同情而温柔的视线。

这是一个静谧的黄昏。气候是温热的,略略有些微尘浮泛在街上。除了一两个过路的人之外,林荫路完全是空无游人的。犹里懒慢地沿着路走去,他的眼凝望在地上,他心胸里起了一种懊恼的情感,很生气地摇着头,好像有人侮辱他似的。

"如何的沉闷呀!"他想道,"我做些什么好呢?"

突然,夏夫洛夫,那位学生,活活泼泼地走着,摆着双臂,脸上带着友情的微笑,向他走去。

"嗄,你为什么像这样地旷废时间地走着?"他问道,立刻停止了,给犹里以一只大而强壮的手。

"唉!我沉闷得快死了,一点事也没有。你到哪里去?"犹里问道,以一种疲弱的维护的口气出之。他常常地以这样的态度对夏夫洛夫说话,因为他既是一位从前的革命党的委员之一,所以他看待这一位孩子正如一位初出茅庐的革命家。夏夫洛夫愉快而自满地微笑着。

"我们今天有一个讲演会。"他说道,指着一包花色不同的薄

沙 宁

薄的小册子。犹里机械地取了一册,翻开了它,读着那篇长而干燥的通俗社会问题论文的题目,这些东西,从前他是非常熟悉的,但如今他却很不记得了。

"讲演会在什么地方举行?"他问道,带着同样的略有藐视的微笑,当下将小册子还了夏夫洛夫。

夏夫洛夫答道:"在学校里。"他举的学校名,乃正是西娜·卡莎委娜和杜博娃在那里当教员的一个。犹里想起,丽莱亚有一次曾告诉过他这些讲演的事,但他并不注意。

"我可以和你同去么?"他问道。

"啊,当然的!"夏夫洛夫答道,热心地赞同这个提议。他视犹里为一位真正的革命者,过度地估计他的政治上的能力,对于他又敬重,又有点爱感。

"我对于这种事情很感到趣味。"犹里觉得他必须这样地说,同时他心里很高兴,他现在可以消磨过这个黄昏了,还可以再看见西娜。

"是的,当然的。"夏夫洛夫说道。

"那么,我们走吧。"

他们沿了林荫路很快地走着,过了桥,从桥的两边吹来潮润的空气,他们不久便到了两层楼的学校,许多人已经集合在那里了。

在一个大而黑暗的房里,摆着几行凳子和书桌子,用来映照幻灯的白布隐约可以看见,还有遏止住的笑声。可以看见窗外微光中的树木的黑色的绿枝,丽莱亚和杜博娃正站在窗口。她们高兴地欢迎着犹里。

"你来了,我真是高兴!"丽莱亚说道。

杜博娃热烈地和他握手。

"你们为什么还不开始?"犹里问道。这时他偷偷地四面望

第十章

着,希望能够看见西娜。

"那么西妮达·巴夫洛夫娜不曾到讲演会里来吧?"他显然失望地说道。

在那个时候,一段磷寸在讲台上的讲员桌边燃着了,照出西娜的身体来。这道光射在她美丽新鲜的脸上;她喻快地微笑着。

"我不曾到这些讲演会中来么?"她叫道,同时弯身向着犹里,伸出她的手。他默默不言地高兴地握住了她的手,她微微地倾侧于他的身上,从讲台上跳了下来。他感觉到她的温馥健全的呼吸直逼在他的脸上。

夏夫洛夫说道:"是开会的时候了。"他由隔壁房间里走进来。

校役足步沉重地在屋内走了一转,将几盏大灯逐一地点亮了,立刻屋内便光明起来。夏夫洛夫开了通到甬道的门,高声说道:"请到这里来!"

听讲的人起初是涩缓的,后来便喧哗地拥挤进讲演室来。犹里用好奇心望着他们,他的做一位宣传家的浓厚兴趣被引起来了。听讲者中,有老年人,有青年人,有儿童,没有一个人坐在前排凳子上;但到了后来,前排却为几位犹里不认识的年轻姑娘所占领了;还有一位是肥胖的学校视察员;还有几位是男女初等学校的教师与女教师。其余的听讲席则为穿着土耳其长袍长外衣的人、兵士、农民、妇女,及一大群的穿着有颜色的衬衣及外衣的小孩子所占据。

犹里坐在西娜的身边,正在一张书桌之旁,静听着夏夫洛夫的朗诵;他诵得很镇定,但很坏,题目是关于普遍选举的。他的声音,坚硬而单调,他所读的每一件事都如一行的统计数目。然而每一个人都专心地静听,只除了前排的知识分子。他们不久便不安定起来,且开始互相耳语。这使犹里恼怒起来,他觉得很难

沙 宁

过，夏夫洛夫为何读得那么坏。夏夫洛夫显然是疲倦了，于是犹里对西娜说道：

"假如我代他读完了呢？你以为如何？"

西娜从她的低垂的睫毛之下，投一个和善的眼光给他。

"啊！好的，请你读吧！我愿意你去读。"

"你以为这方便不方便？"他低语道，对她微笑，仿佛她乃是他的同谋者。

"有什么不方便！大家都要喜欢的。"

在一次停顿之间，她将这个意思告诉了夏夫洛夫，他是倦了，且觉察出他自己读得如何得坏，便喜悦地接受了。

"当然！异常愿意！"他叫道，将他的位置让给了犹里。

犹里是喜欢朗诵的，且朗诵得很高明。他不看任何人，走到了讲台上的桌边，开始以一种高朗的和谐的声音读着。他两次低眼向西娜望着，两次都和她的光亮而有表情的眼光相碰。他又愉快，又纷扰地向她微笑着，然后，回眼到他的书上，开始更高声地、更着重地读着。在他看来，似乎他正在做着一件最高妙、最有趣的事。当他读完了时，前排的人拍起掌来。犹里庄严地鞠着躬，当他走下讲台时，他向西娜微笑着，意中仿佛是说，"我做这事是为了你之故。"有些微语的声音，椅子拖嗒嗒地响着，听讲者立起来要走，将椅子都向后推。犹里被人介绍给两位妇人，她们俩都恭维他朗诵得好。然后灯光吹熄了，屋里又黑暗起来。

"非常的感谢你。"夏夫洛夫说道，热烈地和犹里握手，"我愿意我们常常有人像这样地读给我们听。"

讲演乃是他的职务，所以他觉得要感谢犹里，仿佛犹里为他办了一件私事一样，虽然他是以人民的名义致谢于他。夏夫洛夫特别着重于"人民"这个名字。"这里为人民的事业举办得那么少。"夏夫洛夫说道，仿佛他是告诉犹里以一件很大的秘密，"即

第十章

使举办了什么事业,也是只用半副心思不注意地办着的。这是最可怪的事。为了要娱乐一群的沉闷的上等人,几打的第一等名角,歌者及讲演者都被约请了,但是为了人民,一个像我这样的演讲者便已足够了。"夏夫洛夫对他自己的温和的讽刺微笑着,"每个人都很满意了。他们还要些什么?"

杜博娃说道:"那些话是真的。新闻纸上许多行的地位乃专为了伶人们及他们动人的表演而设;念着真令人作呕;至于这里……"

"然而我们做的是如何佳妙的一个工作!"夏夫洛夫自信地说道,这时他正在收集他的小册子在一处。

"神圣的脑筋简单者!"犹里在内心叫道。

然而西娜的人格和他自己的胜利,使他成为宽容和善的人,而且夏夫洛夫的绝对的坦直几使他很感动。

"我们现在到哪里去呢?"杜博娃问道。这时他们已走到了街上。

在街上,天色不像在讲演室里那么黑暗,天上还有几颗星星熠熠地耀着。

"夏夫洛夫和我要到拉托夫家(the Ratoffs)去。"杜博娃说道,"你可以送西娜回家么?"

"很高兴。"犹里说道。

西娜和杜博娃同住在一所小房屋之内;这屋建在一所宏大而像荒地似的花园中。到家去的沿途上,她和犹里谈的都是关于讲演以及她对于他们的印象的事,因此,犹里益发地自信,他已做了一件高明而伟大的事了。当他们到了那所屋前时,西娜说道:

"你不进来坐一会么?"犹里高兴地答应了。她开了门,他们跨越过一方小小的草铺的天井,天井后面便是花园。

"请进花园去,好不好?"西娜笑道,"我本要请你进屋,但

沙 宁

我怕东西都没有整理好，因为我清早便出外了。"

她进了屋，犹里向绿色的芬芳的花园走去。他并不走得很远，他站住了，带着浓厚的好奇心细望着屋旁的黑漆漆的窗户，仿佛有什么事，什么很美丽而神秘的事在窗内发生着。西娜在门口出现了。犹里几乎不认识她了。她换掉了她的黑衣，现在正穿着一身小俄罗斯的衣服，一件薄薄的短的上衣，袖子也很短，系着一条青色裙子。

"我来了！"她微笑地说道。

"我看见了！"犹里答道，带着一种神秘的，只有她一人能够领悟到的神情。

她又微笑着，眼光向旁望着，这时他们正沿了一边是长草，一边是紫丁香的园径走着。树木都很细小，大部分是樱桃树。树的嫩叶，具有一种松香的气味。在园后有一个草地，野花正繁缀于长草之间。

"我们就坐在这里吧。"西娜说道。

他们坐在篱边，篱已经是七零八落的了，夕阳正在逝下，他们的眼光越过草地可以望得见。犹里握住了一枝盛放的紫丁香，一阵露水从枝上淋了下来。

"我要不要对你唱一点什么？"西娜问道。

"啊，好的，请！"犹里答道。

西娜如在那天黄昏的野餐会中一样的深深地呼吸着，当她开始唱"啊，美丽的爱星"时，她的壮健的胸部在薄薄的上衣里面起落得很清楚。她的歌声，纯洁而有情的，浮泛于黄昏的空气中。犹里一动不动地凝望着她，呼吸也减少了。她觉得他的眼睛在她的身上，便闭了她自己的，以更温柔、更热情的声调唱下去。四周围静悄悄的，仿佛万物也都在静听；犹里想起了春天一只夜莺在唱时，林地的神秘的静谧的情形。

第十章

当西娜在一个清朗而提高的声调上停止了时，寂静的空气似乎更为浓厚了。夕阳的光已经暗淡下去了；天色渐暗，且更为广漠。树叶与绿草看不见地颤抖着，跨过草地，经过花园，来了一阵柔和芬芳的微飔；如叹息似的微弱。西娜的双眼，在阴暗中显得亮晶晶的，转向犹里方面。

"为什么一声不响的？"她问道。

"这里是太可爱了些！"他微语道，手又握住了一枝带露的紫丁香。

"是的，是非常的美丽。"西娜如梦地答道。

"实在的，活在世上是很美丽的。"她又加上去说。

一个模糊而不宁的念头横跨过犹里的心上，但它没有形成了任何清楚的式样便又消失了。有人在草场的那一边高声吹嘘了两次，然后一切又都如前的沉寂。

"你喜欢夏夫洛夫么？"西娜突然地问道，她自己的内心也在揶揄着如此的一个显然蠢笨的问题。

犹里觉得一瞬间的妒忌的剧苦，却以略略地努力，严肃地答道："他是一个好人。"

"他是如何专心致意于他的工作呀！"

犹里默默不言。

一阵微茫的青雾从阜场上升起，草在露中显得更为苍白。

"渐渐地潮湿起来了。"西娜说道，微微地战栗着。

犹里不自觉地望着她的圆而柔软的肩膀，立刻感到纷乱不安，而她，觉察了他的注意，虽然她是喜欢他的注视的。

"我们走吧。"

他们歉然地沿了园中的小径而归，在走时，不时地互相轻轻地触碰着。一切四周的东西都似乎黑暗了，荒芜了，而犹里幻想着，现在花园自己的生活是快要开始了，这一个生活是神秘而无

沙 宁

一人知道的。在前面,在树林之中,经过载着露水的草,奇异的阴影不久便要偷偷地来了,而黄昏更深了,语声在绿油油的沉寂的所在低唔着。这个,他对西娜说了,她的黑眼曾偷偷地窥着黑林之中。犹里又想着,如果她突然地脱去她的所有衣服,全身雪白赤裸的,快快活活地经过有露点的草地而向暗林中跑去,这也一点不是什么可怪的事,但觉得美丽而自然的;这也不会扰及油绿阴暗的花园的生活,而只有使这生活格外得完美。这个,他也有意要告诉她,但他不敢说出口来,说出来的只是些关于人民的及演讲的事。但他们的谈话消沉下去了,以后便停止了,仿佛他们只不过耗费了字句似的。因此他们便默默地走到了门口,他们自己微笑着,以他们的肩,触坠了树枝上的露水。每一件东西似乎都是静谧、快活、默思着,如他们自己一样。天井和刚才一样的黑暗而寂静,但外门已经开了,屋内急步的声音可以听得见,还可以听到抽屉的启闭声。

"亚尔珈已经回来了。"西娜说道。

"啊,西娜,是你么?"杜博娃从屋内问道,她的声音里带着些不吉的遭遇的暗示。她脸色苍白而衷心扰乱地出现于门前。

"你到什么地方去了?我正在找你呢。西米诺夫快要死了!"她呼吸急促地说道。

"什么!"西娜叫道,为恐怖所袭击。

"是的,他快死了。他在吐血。阿那托尔·巴夫洛威慈说,他是完了。他们把他抬到医院里去。真是可怕的顷刻间的事。我们正在拉托夫喝着茶,他是那么快活,和诺委加夫辩论着这事那事的。然后,他突然地咳嗽起来,从椅上站起,倾跌不定的,血喷了出来,喷到台布上,喷到一个果酱的小匙上……那血又黑又浓……"

"他自己知道不?"犹里问,带着严肃的趣味。他立刻忆起了

第十章

月光辉煌的一夜，阴郁的影子，与那个微弱破裂的声音，说道："你将活着，你将走过我的坟墓，停步了，而我……"

"是的，他仿佛是知道的。"杜博娃答道，神经质地动着双手，"他对我们全体望着，问道：'什么事？'然后，他从头至踵地颤抖着，说道，'已经到了！'……唉，好不可怕！"

"这是太可怖人了！"

大家都沉默着。

现在天色已经很黑了，天空虽然是很清朗的，然在他们看来是似乎突然地变成了阴暗而忧戚的了。

"死是一件可怕的事！"犹里脸色苍白地说道。

杜博娃叹着气，眼向空处望着。西娜的颔颤抖着，她无意识地微笑着，她不能像别人似的感到那么样的震骇；她还年轻呢，她充满了生气，还不能够注定她的思想于死亡上。在她看来，于一个美丽的夏天的傍晚，如这样正散射着欢乐的，而竟有人受苦，快要死去，这是不可信的，不能想到的。这是出于天然的一种念头，当然地，但为了某种理由，她却觉得这是不对的。她羞于有这样的一种感情，竭力要压伏它，尽量地想表示同情，这一种努力，使她的忧戚仿佛比之她的同伴们还要深切。

"唉！可怜的人！……他怎么样呢？……"

西娜本想问道："他是真的不久便要死去么？"但这话哽在她的喉头，而她便絮絮地问杜博娃以庸愚的不联络的种种问题。

"阿那托尔·巴夫洛威慈说，他的死期不是今天晚上便是明天早晨。"杜博娃以沉重的语声答道。

"我们要去看望他么？"西娜微语道，"或者你们以为我们还是不要去好，我全都不明白。"

这乃是他们三个人心里所同要说出的一个顶重要的问题。他们要去看西米诺夫的死亡么？这是一件对的或是不对的事呢？他

沙　宁

们全都想去，然而又怕看见他们所要见的事。犹里耸了耸肩。

"我们去吧。"他说道，"大约他们不会允许我们进去的，且也许——"

"也许他要见见什么人。"杜博娃加上去说道，她仿佛释然的样子。

"走吧，我们去！"西娜决心地说道。

"夏夫洛夫和诺委加夫都在那里。"杜博娃加说道，仿佛要辩护她自己。

西娜跑进室内去取她的帽子和大衣，然后他们忧戚地走过镇中而到了那座大的灰色的三层楼屋，即西米诺夫躺在那里快要死去的那座医院。

长而穹顶的甬道里是黑漆漆的，有一股热烈的碘酒和石炭酸的气味。当他们经过了疯病部时，他们听见了一个粗暴愤怒的声音，却看不见人。他们感到受伤了，焦急地匆匆向一个小黑窗走去。一个老年的灰白头发的农人，颔下一部长的白须，穿着一件大的前裾，蹬着沉重的长靴，蹀蹀地沿了甬道向着他们走来。

"你们要看什么人？"他立定了问道。

"恰恰抬到这里的一位学生——西米诺夫——今天！"杜博娃嗫嚅地说道。

"请到第六号楼上。"这仆役说道，又向前走去了。他们能够听见他哗啦地吐了一口痰在地上，然后用足将痰抹扫开去。楼上比较光亮清爽；天花板不是穹形的。一扇写着"医生室"的门半开在那里。在这室里，有一盏灯点着，瓶和杯子的相碰声能够听得见。犹里向内望着唤了一声。瓶杯的相触声停止了，勒森且夫走了出来，如常地显得活泼而热心。

"嘎！"他以快乐的声音叫道，显然地他是习见着那种使他的来客忧戚的事实的，"今天是我值班。你们好吧，姑娘们？"然

第十章

而,他立刻蹙着额,以严重的口气接上去说道,"他似乎还不曾醒过来。我们到他那里去吧。诺委加夫和别的人都在那里。"

当他们成单行地沿了清洁空洞的甬道走着时,经过好些大的白门,上面写着黑的数字,勒森且夫说道:

"已经去请一位牧师去了。结局来得那么快,真是可异的事。我被惊骇了。但最近他伤过风,你们知道的,就是因此之故了。我们到了。"

勒森且夫开了一扇白门,走了进去,其他的人以不熟练的样子跟着,在门口竟互相地拥碰住了。

这个房间清洁而阔敞。共有六张床,其中的四张是空的,每一张床上都有一床粗糙的灰色被,整洁地叠着,奇异地给人以一个棺材的暗示。在第五张床上,坐着一位小而形容枯槁的老头子,身上穿着晨衣,他羞涩地望着新来者;在第六张床上,躺在一床同样的粗糙的被单之下的是西米诺夫。在他的身边,身体微微弯侧地坐着的是诺委加夫,伊凡诺夫和夏夫洛夫则站在窗口。他们全都觉得在一个快死的人面前互相握手,仿佛是一件古怪而痛苦的事,然而若不握手,又似乎也同样的不好过,好像这种礼节的免除,他们正是暗示着死亡的将近。有的人互相握手,有的人则制止住了,而同时大家都静静地站住,以严重的好奇心凝注着西米诺夫。

他徐缓地艰难地呼吸着。他看来,离开他们所认识的西米诺夫如何的远呀!实在的,他几乎好像不是活的人了。虽然他的身体,他的四肢都是同样的,他们现在都显得古怪的僵硬,且稀常得难看。那种天然的给予生命与活动于别的人类的身体上的东西,似乎不再具于他的身体上了。有种可怕的东西正在迅速地秘密地在他的不动的身架之内完成了,仿佛在忙着做重要而不可避免的一件工作,他所有的生命全走到那方面去,仿佛在集中注意

沙 宁

于这个工作上,以锐敏、不能表明的兴趣观察着它。

从天花板上悬下来的灯清朗地照在将死者的无生气的容颜上。所有站在那里的人都凝望着它,他们全都屏气停息的,仿佛怕要扰及一种无限严重的事似的;在这样的沉寂之中,病人的咝咝艰苦的呼吸显得可怕的清晰。

门开了,一位胖而矮小的牧师,以短促龙钟的步履进来,和他同来的是他的歌颂赞诗者,一个黑而瘦弱的人。沙宁也和他们同来。牧师轻声地咳嗽着,向医生们及一切在场的人鞠着躬,他们也以过度的礼貌回敬他,然后又全都如前的完全沉寂着。沙宁没有注意到任何人,自己坐在窗口,以高度的好奇心望着西米诺夫以及别的人,因为他想知道病人和在他身边的人实际上所感觉的、所思想的是什么。西米诺夫仍然不动一下,如前地呼吸着。

"他没有知觉,是不是?"牧师和声地问道,不专向某一个人问着。

"是的。"诺委加夫匆匆地答道。

沙宁低语着些愚昧的话。牧师疑问地对他望着,但沙宁却沉默不言,他于是又转过脸去,将他的头发掠平到后面去,穿上他的长服,以高朗柔和的声音开始唱着为死人而设的赞歌。

唱赞歌者的声音是一个低音阶的,粗糙而不入耳,所以当这个歌声升到高高的天花板上时,一句一音都是痛戚的不和谐。赞诗一开始唱,所有的人的眼睛便都恐怖地注定在死人的身上。诺委加夫站得离他最近,他想着,西米诺夫的眼皮在微动了,仿佛那不能见物的眼珠转向唱诗的那个方向去。但在别的人看来,西米诺夫仍是如前地不动一下。

第一下,西娜开始柔和而持久地哭了,她的眼泪直挂下她的年轻美貌的脸部。所有别的人都向她望着,而杜博娃也依次地哭着。男人们的眼中,眼泪也涌起来了,但他们咬紧了牙,竭力将

第十章

它们缩回。每一次赞歌的歌声高了一层，女子们便更纵声地哭着。沙宁皱着眉头，憎恶地耸着肩，他想，如果西米诺夫听见了这哭声，他将如何得不可忍受，而对于健全的平常人，这哭声又是如此的极不愉快。

"不要那么高声地唱！"他厌恶地对牧师说道。

牧师驯服地曲身向前，去听他的话，当他明白了这话时，他却蹙着额，反更高声地唱着。他的同伴对沙宁望着，别的人也都望着他，恐怖而且诧异，仿佛他说了些拂逆人意的话。沙宁以一种姿势表示他的懊恼，但不说什么。

当歌声停止时，牧师包起了在他长服上的十字架，情形较前更为痛苦。西米诺夫躺在那里，如前的僵硬不动。突然地同一的一道思想，可怕，但是不可抵抗的，进入一切人的心上。但愿一切能够快些完结吧！但愿西米诺夫死去了吧！他们既惧又羞地想在压伏这个愿望，交换着怯懦的视线。

"但愿这一切都完结了！"沙宁低声地说道，"怪怕人的，是不是？"

"是的！"伊凡诺夫答道。

他们差不多都是耳语着的，很明白的，西米诺夫是不会听得见，然而所有其余的人却都惊骇了。

夏夫洛夫止想说几句话，但在这个时候，一个新的声音，不可形容的清晰的，正反响在房间，送一阵的战栗于每个人的全身。

"咿—伊——咿！"西米诺夫呻吟道。

仿佛他已得到所要表白的那个意思，他仍继续地发出这个曼长的调子，仅为他的艰苦粗糙的呼吸所间断。

起初，他们觉不到他发生了什么事，但不久西娜、杜博娃和诺委加夫都哭了。牧师缓缓地严肃地重复唱了起来。他的肥胖而

沙 宁

好脾气的脸部显然地表示出同情与感动。几分钟过去了，突然地，西米诺夫中止呻吟了。

"一切都完结了。"牧师低语道。

然后缓缓地，费了好多气力，西米诺夫移动他的紧合着的唇片，他的脸仿佛被一个微笑所紧缩。看着他的人，听见了他的空洞的巫似的语声，从他的胸部的深处发出，仿佛它是从一个棺材盖下面发出来似的。

"蠢蠢的老傻货！"他说道，狠狠地盯着牧师。他的全身颤抖着，他的双眼在眼窝中间发狂地转动着，他全身都伸直着。

他们全都听见这些声音，但没有一个人走动；有一会儿，牧师的胖肥润湿的脸上，消失了忧愁的表情。他焦急地四面望望，但没有碰到一个人的视线。只有沙宁微笑着。

西米诺夫又动了动他的唇片，然而没有声音逃出来，而一边垂下了他的稀而美的髭须。他再伸长他的四肢，见得更长更可怕了。一点声响也没有，也不见一点极轻微的移动。现在没有一个人哭。死的降临较之死的实际的降落尤为可悲，尤为可怕；这是很可怪的，如此恐怖的一幕竟如此简单而迅速地完结了。他们有一会儿立在床边，眼望着已死的瘦骨嶙峋的身体，仿佛他们还望着有什么别的事要发生。他们专心一意地看着诺委加夫合上了死者的双眼，将他的双手交叉在胸前，各自想在心里引起了一种恐怖而怜悯的意识，然后他们沉默地小心地走了出去。甬道里现在已经点上了灯，一切似乎都是如此的熟悉与简单，竟使每个人都呼吸得更为舒畅。牧师第一个走，短促地一步步迈着，他想对少年们说几句安慰的话，叹着气，开始柔声地说道：

"亲爱的，亲爱的！这真是很可悲。如此的一位年轻人。唉！这是很明白的，他死得并没有遗憾。但上帝是怜悯人的，你们知道——"

第十章

"是的,是的,当然的。"夏夫洛夫答道,他走在他的后边,想要表示有礼貌。

"他的家族知道么?"牧师问道。

"我实在不能够告诉你。"夏夫洛夫说道。

他们全都诧异地互相望着,因为这似乎是古怪而不大合礼的,他们竟不能说出西米诺夫的家族是什么人。

"他的妹妹在中学校里,我相信。"西娜说道。

"啊!我知道!好,再见吧!"牧师说道,用肥滚滚的手指微举起他的帽子。

"再见!"他们齐声地说道。

到了街上时,他们叹着气,仿佛被释放了。

夏夫洛夫问道:"我们现在到什么地方去呢?"

经了略略的踌躇之后,他们互相地告别,各走他们自己的路。

第十一章

当西米诺夫看见了血,并感觉到他四周与他身内的可怕的空虚时;当他们扶他起来,抬他开去,使他躺下,代他做了一切事时(这些事是他一生所习惯于做的),然后他知道他是快要死了,他奇怪着为什么他一点也不怕死。

杜博娃说起过她的恐怖,这是因为她自己在恐怖着,她设想,健康的人如果怕死,则快死的人当更怕了。他的铁青的气色,他的狞视的眼睛,乃是失血与弱衰的结果,她和别人都以为是恐惧的表现。但在实际上,这并不是恐惧,同时他对医生所提出的那个"已经到了么?"的问题也决不是恐惧。在一切时候,特别是从他知道他已得到了肺痨病之后,西米诺夫一直是怕死的。在他的病症初起时,他的心境是异常的恐怖着,很像一个被判决死刑而一无特赦希望的人所感到的恐怖一样。在他看来,几乎世界从那一刻起便已仿佛无存了;所有在这世界上,他从前所觉得美好的、愉快的、欢乐的,都已消失了。周绕于他身旁的一切都是要死去了,要死去了的,而每一刻每一秒都可带来某种可怕的、难忍的、惊人的,如一个黑漆漆而张着口的陷阱的东西。他所见的死是如一个陷阱似的广大、无底、而如夜似的阴沉。无论他到什么地方去,无论他做什么事,这个黑漆漆的深坑总是在他的面前;在他的不可穿透的阴郁之中,一切声、一切色、一切感觉都失去了。这是一个极可怕的心

第十一章

境，然而它却经得不长久；当日子过去了，当西米诺夫渐近于死亡了，他对于它却更为辽远、朦胧，而不可捉摸。

每一件周绕于他身旁的东西，声、色、感情还继续是他时常所知道的那样。太阳永远地光辉四照：人民如常地熙熙攘攘地各做其事，而西米诺夫他自己，也有重要的事与乎不关紧要的事要做。正如从前一样，他在清晨起床来，仔细地梳洗着，吃他的午餐，感觉到食物合不合他的胃口。如从前一样，太阳与月亮对于他是可喜悦的，阴雨与潮湿是可恼的；如从前一样，他在晚上和诺委加夫及别的人打台球；如从前一样，他读着书，有的是有趣，有的是既笨又沉闷。起初他对于不但自然界和周围的人们毫无变更，连他自己也都照旧一层觉得又奇怪，又恼怒，还是心痛。他竭力去变更这个情形，要逼着人们对于他及对于他的死亡发生兴趣，叫他们感到他的可惊怕的地位，使他明白一切都要完结了，然而，当他告诉他的熟人以这事时，他便看出他不该这么办。他们起初显得惊讶，然后狐疑着，一定疑惑医生诊断得不确。最后，他们便竭力要除去这不愉快的印象，突然地变换了谈话的题目，过了一分钟，西米诺夫自己也不知不觉地和他们谈起了一切生的东西，而不谈到死了。他想把全世界吸引到他自身内所发生的事上去的努力显然是完全无用的。

然后，他想要离群索居，专心致志在他自己身上，寂寂寞寞地去受苦，完全而强固地感受着他逼切的运命。然而，因为在他的生活中，他的日常环境中，一切都是和从前一样，他如果要想象它是与前不同，或他，西米诺夫，现在便已不存在人间了，这似乎是不对的。死的一念，起初使他受了那么深的一个创痕的，如今渐渐地不大感刺激了；被压迫的灵魂重得自由了。完全遗忘了的时间，更多更多了，生命再度展放在他的面前，富于色彩、动作与声音。

沙 宁

仅在夜间，在他独居之时，他才为一个黑阱的感觉所侵袭。在他熄了灯之后，乃有一种无形无迹的东西，徐徐地在黑暗中升起于他的上面，微语道："唏……唏……唏！"一刻也不停顿，而从他的身内又有别一个声音可怕地回答着这个微语。然后，他觉得，他是渐渐地成了这个呷唔微语与这个深奥的混沌的一部分了。他的生命在其中，似如一道微弱的跳跃不定的火焰，不定在什么时候便会永远地熄灭了。然后，他决心要整夜地点了一盏灯在他房里。在灯光之下，奇异的呷唔止息了，黑暗消失了；他也不再有立在一个张口的深阱边上的印象了，因为灯光使他想起他生平一千宗细小而平常的事情；那椅子，那灯光，那墨水瓶，他自己的足，一封未写完的信，一个基督像，他永远不曾点过的像前的灯，他忘记放在门外的皮靴，以及许多别的日常在他四周的东西。

然而，即在那个时候，他还能听见呷唔的微声从房子的一角，灯光所不能达到的地方发出来，而黑漆漆的深阱又在张口要接他下去。他怕向暗处望去，或竟至于不敢去想到它，因为，在那个时候，在一瞬间，可怕的阴暗竟包围了他，幕罩了灯光，如用一阵冷而浓密的雾遮盖了世界，不使他看见。使他痛苦，使他惊惶的乃是这个。他觉得仿佛他必须是一个孩提似的啼哭着，或将他的头颅向墙头碰着。但当日子过去了，西米诺夫渐渐地更邻近于死亡了之时，他却渐渐地更习惯于这种的印象。仅仅被一句话，或一种手势，或见到了一个送葬队，或看见了一个坟场，他们便更为强固，更为可怕了，他便觉到，他也是必须死去的。他焦心苦虑地要避免了这种的警告，便永不走到任何通到坟场的街道上去，也永不仰面而睡，将双手合放在胸前。

他有两个生命，真的有；一个是他从前的生命，富饶而明白，不能够有死亡的一念，也忽视着它，全力注重着的是它自己的事务，且希望永远地活下去，无论费什么代价都可以；再一个

第十一章

生命是神秘的，无从捉摸的，难知的，它如一个虫在一颗苹果之中，偷偷地啃食着他从前生命的心，毒害它，使它不可忍受。

因为有了这个双重的生命，所以西米诺夫到了'最后，觉得他自己和死已面面相对，且知道他的结局已近了时，他倒不觉到什么恐惧了。"已经到了么？"那便是他所问的一切的话，为的要确切地知道所期望的事是否到了。

当他在那些围绕于他四周的人的脸上，他读出对于他的问话的回答，他所诧怪的，只是，结局却似是如此的简单，如此的自然，好像是他做超出他力量以外的沉重的事的结局一样。同时，他又有了一个新而奇怪的内在的感觉，他看出，这是再不会有别的结果，死亡乃是他的生活力衰弱下去的平常的结果。他所觉得余憾的，仅只是，他不再能看见世上的一切东西了。当他们将他抬上病车送到医院去时，他以睁大了的充满眼泪的双眼，四面地凝望着，努力要一眼望去便记下一切的东西，他悲憾于他不能够在他的记忆中坚记着这个世界的每件琐物，它的富裕的天空，它的人，它的春绿色以及它的远远的青色的地平线。在实际上，同样的可亲爱的，他觉得说不出的可宝贵的，乃是所有他从前永不曾注意到的小东西以及那些他常常觉得充满了美丽与重要的；天空，黑暗而广漠，镶着它的熠熠的金星；车夫的憔悴的背形，穿着褴褛的外衣；诺委加夫的忧愁的脸；灰尘飞扬着的街道；窗户中灯光煌亮白着房屋；沉默地站立在后边的黑漆漆的树木；颠簸的车轮；柔和的晚风；所有他能够看见的、听见的、感到的。

后来，在医院里，他的眼睛迅速地在那间大房间内四望着，专心地望着每一个动作，每一个人，直到了他为肉体的痛楚所妨止，这个痛楚使他发生一种绝对孤寂的感觉。他的知觉现在集中于他的胸部，那便是他的一切痛苦的源泉。徐缓地，十分徐缓地，他开始被生命所推开了。现在，他所看见的东西，在他看

沙 宁

来，似都是奇异而无意义的了。生与死之间的最后争战已开始了；它充满了他的全身，它创造了一个新的世界，奇异而寂寞，一个恐怖，痛楚与失望的争突的世界。渐渐地，又有了清神志爽的时间；痛楚停止了；他的呼吸更为深沉而和平，从那白色幕之中，声音与形状略有点清楚。但一切都还是微茫而无关的，仿佛他们都是在于远远的地方。他清清楚楚地听见声音，然后，他们又听不见了；人形无声无息地走动着，如在电影幕上所映出的人形一样；熟悉的脸显得陌生起来，而他不能够想起了他们。

在邻近的床上，有一个相貌整齐，脸上修剃得光光的人在高声地读报，但他为什么读，或对着什么人读，西米诺夫却永不要去想它。他清清楚楚地听见说，国会的选举又延期举行了，还听见说，一个人设计暗杀一位大公爵，但这些话却是空虚而无意义的；如水上的浮沤，出现了又消失了，一点也不留下痕迹来。那人的嘴唇动着，他的牙齿发着亮，他的圆眼转动着，报纸簌簌作响，灯光从天花板射下来，灯的四周，大的黑蝇，形状可怕的，在旋转爬行。至西米诺夫的脑筋里，有点东西似乎向上燃烧着，照耀在一切围绕于他四周的东西上。他突然地感到，一切东西现在对于他都是没有关系的了，所有世界上的工作与事业也都不能够增加仅仅一个钟头于他的生命之上了；但他必须死去。他又沉入黑雾的波涛之中了；两个可怕而秘密的势力之间的沉默的冲突又开始了，其中的一个，搐搦地努力要毁灭了其他的一个。

西米诺夫第二次恢复意识之时，便是他听见哭声与唱歌声之时。这似乎对他绝对的不需要，对于一切在他身中正在进行的事一点也不发生关系。然而，有一瞬间，它却燃起了他脑中的火焰，而西米诺夫清清楚楚地看见一个人的滑稽的悲戚的脸，他对于西米诺夫是绝对的不感兴趣。那是最后的生命的符号。以后发生了的事，乃是生存的人所完全不能够想得到或感得到的。

第十二章

"到我家里来,我们为死者举行一次纪念会。"伊凡诺夫对沙宁说道。沙宁点点头,接受了他的邀请。在路上,他们买了伏特加酒和冷菜,追上了犹里·史瓦洛格契,他正沿着林荫路慢慢地散步着,看来十分的颓唐。

西米诺夫的死给他以一种纷扰而且痛苦的印象,他觉得这有分析的必要,但去分析它又是几乎不可能的。

"总之,这是十分简单的!"犹里对他自己说道,想要画一条直的短线在他心上,"人在出生之前是不曾存在于世的;那似乎并不见得可怕也并不难解。人死了时,他的生存便终了。那也是同样的简单而且容易领会的。死亡是创造生活力的机械的完全停止;他是完全可领会的;关于他,并没有什么可怕的。从前有一个孩子名叫犹拉,他进了学校,和同学们打架,他斫下蓟草的头,他以他自己的特殊方法过着他自己的特殊而有趣的生活。这个犹拉死了,而代替他的却是一个很不相同的人,散步着,思想着,这人便是大学生犹里·史瓦洛格契。如果他们遇到了,犹拉一定不会明白犹里,也许还要憎恶他,当他是一位要引起他无穷懊恼的可能的教师。所以,在他们之间,是有着一道鸿沟,所以,如果那个孩子犹拉死了,我自己也便死了,然而直到了今日,我还不曾注意到他。那便是死亡的如何的情形了。总之,是

沙 宁

十分的自然、简单！如果我们想想看，我们死了有什么损失呢？生命，无论如何，是包含着多数的忧愁，少数的快乐的。不错的，生命也有它的愉快，不舍得失去了它们，但死亡却使我们避免了那么许多的疾病，那些是我们在结局时所得到的。"那是很简单的，并不那么可怕的，是不是？"犹里高声地说道，叹了一口气，如释重负；但突然他又跳了起来，当时另有一个思想似在刺痛他。"不，全个世界，充满了生命与异常复杂的世界，乃突然地变成了什么也没有么？不，那并不是孩子犹拉之变成了犹里·史瓦洛格契！那是荒诞不经而且不能忍受，所以，那是可怕的，不可悟解的！"

犹里用了全力，努力要形成这个情态的一个概念，这个，没有一个人觉得有忍受的可能，然而每个人却都忍受着，正如西米诺夫所曾做的。

"他也并不怕死呢！"犹里想道，他对于这样的一个反省的可怪而微笑着，"不，他还对我们大家笑着，他笑着我们的牧师，我们的歌唱，以及我们的哭泣。"

他觉得在这里有一段意思如果得到了了解，便可以明白全部。但是在他的心灵和这段意思之间仿佛筑着一堵牢不可破的墙壁。智慧一到了平滑得不可捉摸的平面上便滑倒了，在觉得意义业已接近的当儿，思想竟又在下面原地方"辞谢不敏"了。极微细的思想和观念的网无论往哪方面抛去，捕获到的还一定只是些平淡而且讨厌的言语：便是"又可怕，又显明！……"思想往下便不走了，显然是不能走了。

这真是痛苦，使脑筋、心灵和整个身体衰弱下去。烦恼钻进心去，思想成为疲弱而无色，头痛起来，极想坐在林荫路旁，对一切，甚至于对生命事实的本身都置诸不问不闻。

"西米诺夫怎样能够笑呢，当他已知道在一会儿工夫之内，

第十二章

一切便都要结局了？他是一个英雄么？不；这不是一个英雄主义的问题。那么死亡是并不像我所想的可怕了。"

正当他在这样地默想着时，伊凡诺夫突然地高声招呼着他。

"吓！是你么！你们到哪里去？"犹里耸耸肩，问道。

"为我们的死友祭奠一下。"伊凡诺夫粗鄙地戏谑地答道，"你最好和我们一道来吧。常常地一个人独行着有什么好处呢？"

犹里心里感到忧愁而没有精神，因之，并不如平常似的觉得沙宁和伊凡诺夫使他讨厌。

"很好，我愿意去。"他答道。但他又突然地觉到他的高尚，他自己想道："我真的要和这种人在一道么？我真要喝他们的伏特加酒，谈着平庸的话么？"

他正想回转身去，但他竟觉得这样的一种孤寂的绝对可怕，他竟和他们一道走了。伊凡诺夫和沙宁并不提出什么话来说，因此，他们便沉沉默默地到了伊凡诺夫的家中。天色已是很黑的了，在门口，一个人的身子可以朦胧地见到。他拿着一支曲柄的大手杖。

"嘎！这是叔父彼得·伊里契！"伊凡诺夫快活地说道。

"是的！正是他！"那个人以一种深沉的回应的声音答道。犹里想起了，伊凡诺夫的叔父是一位老年的喜欢喝酒的教堂的唱歌者。他有一头灰色的髭发，如尼古拉一世时代的一个兵士一样，他的褴褛的黑外衣有着一股极不好闻的气味。

"呸！呸！"他的声音如从一个空桶中发出。这时，伊凡诺夫介绍他给犹里，犹里拙笨地和他握手，对于这样的一个人，他不知道说什么话好。然而他想到了，在他看来，一切人类都是平等的，所以当他们进门时，他竟恭敬地请那位老歌者先走。

伊凡诺夫的家活像一所堆杂物的破房子，而不像一个人的住宅，灰尘又多，又不整洁。但当他的主人点亮了灯时，犹里看见

沙 宁

墙上挂的却是瓦斯尼助夫绘的雕版画，那些初见以为是废物堆的却是一堆一堆的书籍。他仍然觉得有点不自在，为了要隐匿这个，他开始专心地去看那些雕版画。

"你喜欢瓦斯尼助夫么？"伊凡诺夫问道，而他不等一个回答，便走出房外去取器皿来。沙宁告诉彼得·伊里契以西米诺夫的死耗。"上帝安息他的灵魂！"彼得·伊里契微语道，"吓！他现在一切都履行到了。"

犹里偷偷地向他望着，对于这位老人感到一阵突然的同情。

伊凡诺夫现在带进来面包、盐渍的黄瓜，还有玻璃杯，他将这些东西放在新闻纸铺在上面的桌上。然后，以一种迅速的不经意的手段将瓶塞开了，一点酒也不曾溅出去。

"十分的漂亮！"伊里契赞许地说道。

"现在就可以看出哪一个人懂得事。"伊凡诺夫说道，带着一种自己满意的神气，同时，他将绿色的酒倒满各个玻璃杯中。

"现在诸君。"他说道，扬起声音来，同时举起玻璃杯来，"恭祝死者安息，等等。"

他们接着便吃了起来，伏特加酒也消耗得更多了。他们谈得很少，喝得很多。不久，小房子里的空气便渐渐热而压迫起来。彼得·伊里契燃着了一支香烟，空气中充满了下等烟草的青烟。酒与烟与热使犹里觉得头晕。他又想到西米诺夫。

"关于死，总有点可怕的。"他说道。

"为什么？"彼得·伊里契问道，"死么？呵！呵！！这是绝对的必要的。死么？难道一个人要长生不死下去么？呵！呵！！你一定不要那么说！长生不死，真的是！长生不死将怎么办呢，嗄？"

犹里立刻试去想象长生不死将是什么一个样子。他看见一个无终点的灰色条痕，无目的地伸到空间去，仿佛是由这个浪头被

第十二章

冲进第二个浪头一样。所有对于色、声及感情的概念全都朦胧了，不清楚了，被混杂在一道灰色的浑浊的溪流中，恬静地永久地流着过去。这不是生，乃是永久的死。这个思想使他害怕。

"是的，当然的。"他咿唔道。

"它似乎在你心上有了一个很大的印象。"伊凡诺夫说道。

"在什么人心上没有一个印象呢？"犹里问道。伊凡诺夫浑浑地摇着他的头，开始去告诉伊里契关于西米诺夫死时的事。现在在房内是不可忍受的热闹。犹里看着伊凡诺夫，他的红唇在啜着伏特加，而伏特加则在灯光中发亮。每件事似都打了圈子转了又转。

"哑——哑——哑——哑——哑！"一个声音在他耳朵边微语着，一个奇异的小声音。

"不！死不是一件可怕的事！"他又说道，并不注意到他乃是回答那个神秘的语声的。"你对于这事太过感动了。"伊凡诺夫侮慢地说道。

"你不是么？"犹里说道。

"我么？不——不！当然，我不要去死，因为死并没有什么很有趣的，生活还是更可乐呢。但，如果一个人要死了，我倒要死得迅速一点，没有任何的大惊小怪或无意识。"

"你没有死过，所以不知道。"沙宁笑道。

"不，那是十分真实的话！"伊凡诺夫答道。

"吓！不错。"犹里接着说道，"人们早已听见人说过这一切话了。任你说什么话都可以，死亡总是死亡，它自己是恐怖的，当一个人想到生命的结局是这样的一个强暴而不可避免的结局时，已足够夺去他生活时代的一切愉快了。生命有什么意义呢？"

"这话也听见过了。"伊凡诺夫恼怒地说道，"你们大家以为只是你们……"

沙 宁

"什么意义呢？"彼得·伊里契愁闷地反问。

"毫没有什么意义！"伊凡诺夫用同样不易明的恼怒神气喊嚷着。

"不，那是不可能的。"犹里答道，"每一件事都是过于聪明、过于谨慎地安排着，而且——"

"以我的意见。"沙宁说道，"到处都没有好事。"

"你怎么能说这话？大自然怎么样？"

"大自然！哈，哈！"沙宁微声地笑道，他的手戏弄地摇着，"我知道，向来对于自然，总是说它十全十美的。真实的事是，自然也正和人类一样的不满足。不必费很大的想象力，我们中间的任何一人便都能表现出一个世界比之这个世界好过千倍的。为什么我们没有终年的温热与光明，一座花园为什么不是长绿、长美悦的？至于生活的意义，当然它是有着某种的意义的，因为目的制控着一切事物的进行；没有一个目的，一切事物便都要混沌、混乱了。但这个目的是在于我们生存的界限以外的，是在宇宙的极基底的。那是一定的。我们不能够成为宇宙的原始，也不能够成为宇宙的终结。我们的份儿是一个被动的，与副贰的份儿。仅仅为了生存的事实，我们乃实践了我们的使命。我们的生命是必要的；因此，我们的死亡也是必要的。"

"对于谁是必要的呢？"

"我怎么知道？"沙宁答道，"并且，关我什么事？我的生活，其意义便是我的感觉，愉快的与不愉快的；至于在它们的范围以外的；唔，一切都是子虚乌有的！我们可以创立任何的假设，它常常不过是一个假设而已，要在它的上面去建造生活，那是笨傻的行为。让它喜欢讨论它的人去扰扰地讨论它吧；至于我，我便是生活着！"

"且让我们全体为了拥护它而喝干了一杯！"伊凡诺夫提

第十二章

议道。

"但是你信不信上帝呢?"伊里契说道,以昏花的眼望着沙宁,"如今是没有一个人有信仰……而且不去信仰那可以信仰的事。"

沙宁笑了:"是的,我相信上帝。对于上帝的信仰,我从小孩子时代就遗留下来了,但关于这事,我认为没有和它战斗,或使它更加确定的必要。这是最有利益的事,实在的,因为,如果有一个上帝,我便献他以忠诚的信仰,如果没有上帝,唔,对于我还不是更好些。"

"但在信仰或不信仰之上,一切生命是根据着吧?"犹里说道。

沙宁摇摇头,满足地微笑着。

"不,我的生命并不是根据于这些东西之上的。"他说道。

"那么根据什么呢?"犹里疲弱地问道,"哑——哑——哑!我必须不要再多喝了。"他自己想道,当时他将他的手抽过他的冷而潮湿的眉毛。也许沙宁有什么回答,也许没有回答,他是听不见的。他的头如在一个旋涡中,有一会工夫,他觉得很不胜酒力。

"我相信上帝的存在。"沙宁继续地说道,"虽然我们不能决定,绝对的决定。但不管他存在不存在,我总是不知道他,我也不能说出他需要我做什么。即使我极端地信仰他,我怎么能够知道这事呢?上帝是上帝,不是人类,不能够以人类的标准去判断他。他所创造的周绕于我们身边的世界包含着一切东西:好的、坏的、有生命的、无生命的、美丽的、丑恶的——一切的东西,在实际上,因此,我们便失去了一切的感觉与乎一切正确的定义,因为他的感觉不是人类的,而他的善与恶的观念也不是人类的。我们对于上帝的概念必须常是一个偶像崇拜的,我们将常常

沙　宁

给予我们所崇拜的以适合于我们住的地方的气候情形的相貌与衣服。这并不是荒诞不经的话。"

"是的，你是对的。"伊凡诺夫呻吟道，"极对的！"

"那么，活着有什么意思呢？"犹里问道，当时他憎厌地推开他的酒杯，"或者，死了又有什么意思呢？"

"一件事我是知道的。"沙宁答道，"那便是，我不愿意我的生活是一个困苦可怜的生活。因此，在一切东西之前，一个人必须先满足一个人的天然的欲望。欲望是一切东西，当一个人的欲望停止了时，他的生命也便停止了；如果他杀了他的欲望，他也将杀了他自己。"

"但他的欲望也许是恶的呢？"

"可能的。"

"唔，那么，怎么样？"

"那么……他们必须适成其为恶的。"沙宁温和地答道，当下他以他的清明的蓝眼望着犹里的整个脸上。

伊凡诺夫怀疑地抬起他的睫毛，不说一句话。犹里也沉默着。也不知为什么，他觉得这双清明的蓝眼使他恼怒，虽然他想要不瞬地凝望着他们。

有一会儿工夫，大家都沉默着，所以一个人能够清清楚楚地听见一只夜蛾不顾死活地在碰着窗格。彼得·伊里契悲戚地摇着头，他的为酒所沉涸的面貌垂向沾着污点的新闻纸上。沙宁又微笑着。这个不断的微笑使犹里触怒，但也使他迷醉。

"他有怎样清朗的一双眼睛！"他想道。

突然地，沙宁立了起来，开了窗，放了那只蛾出去。一阵的冷爽的空气如从柔和的翼下来的，吹进了屋内。

"是的。"伊凡诺夫说道，回答他自己的思想，"世间没有两个人是相同的；所以为了拥护这事，我们再喝干一杯。"

第十二章

"不。"犹里说道,摇摇头,"我不能够再喝了。"

"嗳,为什么不能?"

"我从不曾喝过那么多的酒。"

伏特加酒和热气使他头痛。他渴想要走到新鲜的空气中去。

"我必须走了。"他说道,站了起来。

"到哪里去?来,再喝一杯!"

"真的不!我应该要——"犹里嗫嚅地说道,找他的帽子。

"好,再见!"

当犹里闭上了门时,他听见沙宁对伊里契说道:"当然你是不像小孩子们的;他们不能够分别出善与恶;他们是简单而天真的;那便是他们为什么要——"然后,门闭上了,一切是静悄悄的。

月亮高高地照在天上,凉凉的夜风触着犹里的眉毛。一切似都是美丽而浪漫的,而当他在沉寂的月光照着的街上走着时,他一想到在一个黑暗的静悄悄的房内,西米诺夫正躺在一张床上,黄色而僵硬,便觉得害怕。然而,犹里却有点不能够回忆起那些新近压迫他,使全个世界都被遮于阴影中的悲戚的思想。他现在的情调是一个恬静的忧愁,而他觉得不得不凝望着月亮。当他横过一方白色的无人的广场时,他突然想到了沙宁。

"他是哪一类的人呢?"他自己问道。

他一想到有一个人,他,犹里,不能够立刻下断语,便觉得有趣,于是他很想下一个极坏的断语。

"一个成语的制造者!那便是他的一切了!从前这个人装做一个悲观主义者,憎恶生命,曲躬于他自己的空中楼阁的不可能的见解;现在,他又是琐琐地在谈着兽欲主义了。"

犹里的思想又从沙宁转到自己身上来。他的结论是,他并不假装着什么,而他的思想,他的受苦,他的全人格都是原创的,

沙　宁

和别人的很不相同。

这是最可赞许的；然而有点东西似乎失去了。他又想起了西米诺夫。他想起他不能再见到西米诺夫，便有点悲戚，虽然他从不曾对于西米诺夫有过什么爱感，但现在他却成了近于他、见爱于他的人了。眼泪从他眼中涌出。他幻想这个已死的大学生躺在墓中，成了一堆的腐烂的东西，而他又记起了他的这些话语来了：

"我将长眠，你却将活着，呼吸着这个空气，享受这个月光，你将走过我躺在其中的墓坟上。"

"这里，在我的足下的也像人类的余骸呢！"犹里想道，低头看着尘土，"我是踏在脑上、心头上和人的眼睛上呢！唉！……"他感到膝盖下一阵可恨的无力，"而我也将死的，别的人也将走在我的身上，心里正如我现在所想的想着。唉！在见得太迟了之前，我们必须生活，必须生活！是的；但要生活在正当的轨道中，如此，人的生命便没有一刻工夫是虚耗的了。然而他怎样地去办那些事呢？"

广场为月光所照，白而荒凉。在镇上一切都是静悄悄的。

　　歌者的笛不再告诉
　　出他的消息了。

犹里轻柔地对自己咿唔着这诗句。然后他高声地说道："这一切是如何的讨厌、忧愁和可怕呀！"仿佛是对别一个人告诉着似的。他自己的语声使他惊骇，他回转身去看看，有没有人在偷听。"我醉了。"他想道。

夜，沉静而清明的，照临于下方。

第十三章

当西娜·卡莎委娜和杜博娃因去拜访别人而不在家中时,犹里的生活似是无变动而且单调的。他的父亲是或从事于家务,或在俱乐部中,而丽莱亚和勒森且夫也觉得有第三个人在他们之面前,是不很方便的,所以犹里也避着他们的同伴。因此这成了他的习惯:晚上早早地去睡,早上直到了午餐时候方才起来。整天,不管在他房间或在花园里,他总是孵育着诸种念头,只等着一个超越的力量的增进,他促使向前去做什么伟大的工作。

这个"伟大的工作"一天换了一个样子。今天是一幅图画,或者明天便是几篇的论文,在文中表示给世界看,社会民主党不给犹里以党部中一个主要的位置是如何巨大的一个错误。或者它又是一篇文章,赞成与人民结合,和它热诚地合作着——一个关于这个题目的十分广大、严肃的讨论。然而一天一天地过去了,什么也没有带来,带来的只是烦闷。诺委加夫和夏夫洛夫也有一两次来看他。犹里也去参与讲演会,去拜访友人,然而所有这一切,对于他似都是空虚而无目的。这都不是他所求的事或他幻想中所求的事。

一天,他去看勒森且夫。这位医生居住的是几间大而有空气的房间,满放着一切如一位注重体育的健壮人所有的为他的娱乐所需的东西:棍棒、哑铃、长剑、钓竿、渔网、淡芭菰的烟管以

沙　宁

及许多其他的足以表示健壮，大人的修养用的。

勒森且夫以坦白的诚意接待他，和他愉快地闲谈着，给他香烟抽，最后问他去不去和他一道打猎。

"我还没有一支枪呢。"犹里说道。

"拿我的一支去吧，我有五支枪呢。"勒森且夫说道。在他心中，犹里乃是丽莱亚的兄弟，他渴欲尽力地对他表示好意。所以他坚持地要犹里接受他的一支枪，热诚地将所有的枪都陈列出来，将它们拆开了，解释它们的构造。他竟还向天井中的枪靶放了一枪，所以，最后，犹里便笑着接受了一支枪，一点子弹，勒森且夫十分地高兴。

"那是好极了！"他说道，"我有意要在明天去打些野鸭来，所以我们可以同去，可以不？"

"我很高兴同去。"犹里答道。

当他到了家时，他整整地费了近两个小时的工夫去察验他的枪支，手触着开关，以灯为瞄准之的。然后他仔细地擦油在他的旧猎靴上。

到了第二天，快近黄昏时，勒森且夫如常的活泼愉快，坐着一辆马车，由一匹漂亮的栗色马拖着，来接犹里。

"你预备好了没有？"他从开着的窗口向犹里招呼着。

犹里身上已经挂上了子弹匣和野禽袋子，背着他的枪，走了出来，看来有点过重且不大自然。

"我预备好了，我预备好了。"他说道。

勒森且夫穿的衣服又轻巧，又舒适，对于犹里的武装，似乎有点诧异。

"你将要觉得这些东西太过笨重的。"他微笑地说道，"将它们统统放下，摆到这里来。等到我们到了那边再背戴上去不迟。"他帮助犹里脱下了武装，将它们放在座位之下。然后他们疾驰地

第十三章

驱车而去。白日快要向晚了，但天气还要热而多尘。马车左右地颠簸着，所以犹里的手要紧紧地握着座位。勒森且夫无时不谈着笑着，犹里也不得不加入他的欢笑中。当他们到了野外，硬草轻触着他们的足上时，天气也觉得略为凉爽，也没有什么灰尘。

到了一个广大的平地上时，勒森且夫勒住了腾腾出汗的马，将手放在嘴上，以清朗的声音高叫道，"科斯马……科斯——马——"

在田野的极端，如阴影似的，有一行的小人能够看得见，他们听见了勒森且夫的叫声，全部热切地向他的方向望着。

其中的一个人便越过田野而来，仔细地在犁沟之中走着。当他走近了时，犹里看见他是一位肥壮、灰白头发的农人，有一部长的胡须和一双有筋力的手臂。

他慢慢地向他们走近，微笑着说道："你喊嚷得很有劲呀，阿那托尔·巴夫洛威慈！"

"今天好，科斯马；你怎么样？我能留下马匹在你这里么？"

"是的，当然可以。"农人以一种平和、友善的语气说道，当下他便拉住了马缰，"来打一次小小的猎么？嗳？他是谁？"他向犹里和善地望了一下，问道。

"这是尼古拉·耶各洛威慈的儿子。"勒森且夫答道。

"噢，是的！我看出来了，他正像鲁特美啦·尼古拉耶夫娜！不错，不错！"

犹里听见这位挚切的老农夫认识他的妹妹，并且以这样的一种简朴友善的态度说到她，心里也很喜欢。

"现在，那么，我们走吧？"勒森且夫以快活的声音说道，当时，他取了他的枪和猎袋，第一个先走。

"祝你有好运气！"科斯马叫道，然后他们能够听见他诱唤着那匹马，引它向他的草屋走去。

123

沙 宁

　　他们在达到泥泽之前，还要走了近一俄里的路。太阳快要西沉了，覆盖着多汁的草和芦苇的泥土，在他们的足下觉得很潮湿。它觉得更黑，且有一股潮湿气味，而有的地方，水光在动荡着。勒森且夫不再吃烟了，两足张开的站着，突然地显得庄重起来，仿佛他正要开始一件重要而有责任的事业一样。犹里向右边走，想要找一块干的安适的地方。在他们之前，躺着水，反映出清朗的黄昏天色来，看来清澄而深。对岸，像一条黑痕，能够在远处辨别出来。

　　几乎是立刻的，野鸭们两只三只地从水面上飞起，慢慢地飞过去，突然他由芦苇中飞出，然后经过猎人的头上，一行的黑影子映照于红色的天空之中。勒森且夫放了第一枪；得到了成功。一只受伤的野鸭，倾跌地落到水中去，以它的双翼打下芦草来。

　　"我射中了！"勒森且夫叫道，当下他快快活活地高声大笑起来。

　　"他真是一个好小子。"犹里想道，现在是轮到他放枪的当儿了。他也射下他的鸟儿，但它落得太远了，他不能够找到它，虽然它抓伤了他的手，涉过膝盖深的水。这个失望仅使他格外的锐敏。他想道，这是很好的玩意儿。

　　在河上的清凉的空气中，猎枪的烟有一种奇异的愉快的气味儿，而在逐渐黑暗下来的景色中，快活的枪击，也以悦人的效力放射出来。受伤的野禽，当它们落下时，在灰白的绿天中，画成了一痕美丽的曲线，在天上，现在最早出来的微弱的星光已在熠熠地发亮了。犹里觉得异常得有力与愉快。这似乎他从不曾参加过那么有趣或那么快乐的事情。鸟只现在飞出来的更为稀少了，更黑暗下来的夜色使他更难于瞄准。

　　"吓啰！我们一定要回家了！"勒森且夫从远处叫道。

　　犹里还舍不得走，但应和了他的同伴的提议，他却向前与他

第十三章

相会,蹻行于芦苇之中,溅涉地经过水里,在夜色之中,他们是与陆地分别不出的,当他们相见了,他们的眼睛亮着,他们全都沉重地呼吸着。

"唔。"勒森且夫问道,"你的运道好不好?"

"我应该说好。"犹里答道,显示出他的装载得不少的猎袋。

"嗳!你比我射得还好。"勒森且夫愉快地说道。

犹里为这些赞语所悦,虽然他常常地宣称,他并不注意到任何的体力上的能力或技能。"我不知道射得更好。"他不经意地说道,"这不过是运道好而已。"

他们到了草舍时,天色已经很黑,瓜田全没入黑暗之中,仅仅最前排的几列甜瓜在火光中熠熠地辉着白色,投射出长的影子。马站在草舍之旁,嘶嘘着,在那里有一堆干草烧着,放出光亮的小火光,发出爆声。他们能够听见男人谈着,女人笑着,而其中有一个声音,和蔼而愉快,在犹里听来似乎很熟悉。

"怎么,这是沙宁。"勒森且夫诧异地说道,"他怎么会到这里来?"

他们走近了火堆。灰白须的科斯马坐在火旁,抬起眼来,点头欢迎他们。

"运道好么?"他以深沉粗大的口音问道,这声音从一部垂下的髭须之下发出。

沙宁坐在一只巨大的南瓜上,也抬起了头,向他们微笑。

"你怎么会到这里来的?"勒森且夫问道。

"啊!科斯马·柏洛科洛威慈和我是老朋友呢。"沙宁解释道,更微笑着。

科斯马笑了起来,露出他的腐败牙齿的黄色残余来,当下他和爱地以他的粗手抚拍着沙宁的膝盖头。

"是的,是的。"他说道,"坐在这里,阿那托尔·巴夫洛威

沙 宁

慈,请吃这个甜瓜。而你,我的年轻的主人,你的名字是什么呢?"

"犹里·尼古拉耶威慈。"犹里愉快地答道。

他觉得有一点困惱,但他立刻便喜欢这个和善的老农夫及他的友好的谈话,半俄语,半方言的。

"犹里·尼古拉耶威慈!啊哈!我们必须互相认识。嗳?请你坐下,犹里·尼古拉耶威慈。"

犹里和勒森且夫坐在火边的两只大南瓜上。

"现在,将你们所打到的东西给我们看看。"科斯马说道。

一堆的死禽从猎袋中倒出来,地上便沾染着它们的血。在跳跃不定的火光中,这些死禽具有一种巫怪的不愉快的样子。血液几乎变成黑色了,鸟爪仿佛在动。科斯马取了一只野鸭,在翼下摸了一下。

"那是一只肥的。"他赞许地说道,"你要送给我一对,阿那托尔·巴夫洛威慈。你带了这许多回来怎么办呢?"

"把我的你全都拿去了吧。"犹里羞涩地说道。

"为什么都拿了呢?来,来,你是太慷慨了。"老人家笑道,"我只要一对便够了,叫谁也不受委屈。"

别的农人们和他们的妻也来看了,但犹里为火光所眩,不能够明白地分得出他们。起初是一个,其后又是一个脸,迅速地从黑暗中现出,然后又消失了。沙宁看着这些死禽,皱着眉头,回过脸去,突然地站了起来。他看见了这些美丽的生物躺在血与尘土之中,翼膀折断着,是不大合口味的。

犹里贪婪地吃着一个熟透了的甜瓜的大而甘美的瓜片时,他的眼还以很大的兴趣凝望着一切东西;这些甜瓜,科斯马以他的黄骨柄的小刀切成。

"吃,犹里·尼古拉耶威慈;这个瓜很不坏。"他说道,"我

第十三章

认识你的小妹妹鲁特美啦·尼古拉耶夫娜，也认识你的父亲。吃，享受它。"

每件事都使犹里喜欢：农人们的气息，一股香气如新出炉的面包和羊皮的香气一样；火堆的光亮的火焰；他坐在上面的巨大的南瓜；以及瞬间的科斯马的脸部，当他向下看时，因为当老人抬起头时，它是藏在黑暗之中，而只有一双眼睛亮着。在头上，现在是黑漆漆的，这使光亮的所在似乎愉快而且舒适。犹里抬头向上看时，他起初看不见什么东西，然后，突然地，恬静广漠的天空以及远处的星光都出现了。

然而他总觉得有一个不安，不知道和这些农人们说什么话好。其余的人，科斯马、沙宁和勒森且夫则和他们坦白而随便地谈这个谈那个的，从不烦心去找什么特别的题目来谈，这使犹里惊奇。

"唔，土地的问题怎样了？"他问道，这时，谈话中止了一会，虽然他觉得这问题说出有点勉强而且不合适。

科斯马向上望着，答道：

"我们必须等待着，只要等待一会儿，再看。"然后他开始谈到瓜田以及别的他自己的事情，犹里觉得益益的不安了，虽然他倒是很喜欢听这一切话的。

听见有足声走近了。一只小红狗，尾巴是白色而卷曲的，出现于火光之中，向犹里和勒森且夫嗅着，而在沙宁的膝盖头擦着，沙宁拍摩着它的长毛。狗的后面随着一个矮小的老人，有一部稀疏的胡子和小小的光亮的眼睛。他带着一根生锈的单管枪。

"这个老丈，我们的守卫人。"科斯马说道，老人家坐在地上，放下他的武器，狠狠地望着犹里和勒森且夫。

"出去打猎么？不错，不错！"他喃喃地说道，露出他的皱缩的褪色的牙龈来，"唏！唏！科斯马，现在是煮山芋的时候了！

沙　宁

唏！唏！"

勒森且夫拾起老头子的火石枪，笑着将它显给犹里看。这是一把生了锈的老的单管机枪，非常的重，四周都是绳子的伤痕。

"我说。"他说道，"这一支枪你叫它是哪一类的枪？你拿了这枪不怕去开放它么？"

"唏！唏！我几乎要叫这支枪杀了我自己，有一次！史德班·夏卜加，他告诉我说，一个人能够放枪而不用……铜帽子？唏！唏！……不用铜帽子！他说，如果有一点硫磺留在枪中，一个人便可以不用铜帽子而放枪。所以我将装了子弹的机枪放在我的膝上，像这个样子，用我的手指将机关扳了，放了出去，像这个样子，看？然后嘭的一声！枪放了出去！几乎要杀死我自己！唏！唏！装上了来福枪，嘭！！几乎要杀死了我自己！"

他们全都笑了，犹里的眼中竟乐得出泪了，小老人的一簇的灰白胡子和他的陷入的牙床，他觉得很有趣。

老头子也笑了起来，笑到后来，他的小眼睛里也有了水。"几乎杀死了我自己！唏！唏！"

在黑暗之中，在火光的圈子以外，他们能够听得见有笑声，还有女孩子们的声音，她们对于不相识的老爷们感到生疏羞涩。离开火光几尺远的地方，沙宁从一个很不同的地方（犹里还当他是坐在那里），燃着了一支火柴。在火柴的红光中，犹里看见他的恬静和善的眼睛。在他身边，有一个年轻的脸，她的温柔的双眼，位置在黑漆漆的睫毛之下，以简朴的愉乐，向沙宁仰望着。

勒森且夫向科斯马做一个小眼睛，说道：

"祖父，你还不好好地看管些你的孙女儿，嗳？"

"有什么用处！"科斯马答道，以一种不注意的姿势，"年轻人是年轻人。"

"唏！唏！"轮到老头子笑了，当下他用手指从火堆中拿起一

第十三章

块红热的炭。

沙宁的笑声听得见在黑暗中。但那女人也许觉得羞耻了,因为她们走了开去,她们的声音也不大听得见了。

"是回家的时候了。"勒森且夫说道,当下他站了起来,"谢谢你,科斯马。"

"一点也不。"科斯马答道,当下他用他的衣袖拂去了沾在他灰白胡子上面的黑色甜瓜的子儿。他和他们二人握手,而犹里触到了他的粗糙多骨的手,又觉得一种的憎恶。当他们离开了火光时,黑暗似乎没有那么稠密。上面是冷的熠熠的星光和广漠穹形的天空,恬静而美好。在火堆旁的一群人、马匹、甜瓜堆,映在火光中都显得更黑暗了。

犹里踏在一个南瓜上,几乎要跌了一跤。

"小心点!"沙宁说道,"再见!"

"再见!"犹里答道,他回望着沙宁的高大的黑的身子,他幻想他还看见别一个身子,一个妇人的优雅的身子,靠在他身上。犹里的心跳得更快了。他突然地想到了西娜·卡莎委娜,而妒忌着沙宁。

马车的轮子又响起来了,驯良的老马又是一边跑着,一边喷气。

火光在远处消失了,说笑的声音也听不见了。沉静统辖了一切。犹里徐徐向上望着天空,天空是镶着宝石网似的星光。当他们到了镇市的外边时,灯光这里那里的闪闪着,犬吠着。勒森且夫对犹里说道:

"老科斯马是一个哲学家呢,嗳?"

犹里坐在后面,望着勒森且夫的颈子,从他自己的悲戚的思想中站起,努力要明白他说的什么话。

"唉!……不错!"他踌躇地回答道。

沙　宁

"我不知道沙宁是这样一个好汉。"勒森且夫笑道。

犹里现在不做着梦了,他回想起沙宁和为火柴光所映出的美丽的少女的脸的一瞬间的印象来。他又觉得妒忌着,然而他又突然觉得,沙宁之对待女孩子是卑鄙而且可轻蔑的。

"不,我对于他一点也没有什么意见。"犹里说道,带着一点的讥刺。勒森且夫并没有明白他的口气,他鞭打着马,隔了一会儿,说道:

"美丽的女孩子,她是不是?我认识她。她是老头子的孙女儿。"

犹里沉静不言。他的善意的喜悦的情绪有一会工夫消失了,而现在他坚确地觉得,沙宁乃是一个粗鄙的坏人。

勒森且夫耸耸肩,最后率意地说道:

"鬼晓得!这样一个良夜,嗳?似乎连我也活动起来。我说,我们且驱车到……"

犹里起初不明白他的话是什么意思。

"有几个好的女孩子在那里,你知道。你怎么说法?我们去不去?"勒森且夫嬉笑地说道。

犹里脸色殷红起来。一阵兽欲的战栗震过他的骸体,诱惑的图画现在他的热的想象之中。然而他自己制止住了,以干燥的口音答道:

"不!这时正是我们要回家的时候了。"然后他恶意地加上去说道,"丽莱亚在等候着我们呢。"

勒森且夫忽然全身收缩,仿佛瘦了许多,显得小了。

"啊,不错,当然;不错,我们现在应该回家了!"他匆匆地咿唔道。

犹里咬着他的牙齿,望着驱车者穿着一件白衣的阔背,挑衅地说道:

第十三章

"我对于这一类的行径没有特殊的嗜好。"

"不,不;我知道的。哈!哈!"勒森且夫答道,带着怯弱和不愉快的口音。以后,他便默默不言。

"鬼使的!我真是笨极了!"他想道。

他们驱车回家,更不说第二句话,每个人都觉得路是无穷尽的。

"你进去坐坐,好不好?"犹里问道,并不抬眼看他。

"咿……不!我要去看一个病人。并且,时候也不早了。"勒森且夫踌躇地回答道。

犹里下了马车,并不想拿下猎枪或猎得的野味。无论什么属于勒森且夫的东西,他现在似都觉得厌恶。勒森且夫呼唤他道:

"我说,你忘了你的枪支了!"

犹里回过身去,以厌憎的神气,取了猎枪以及猎袋。他和勒森且夫不自然地握了握手,便进屋去了。勒森且夫缓缓地驱车而去,走了一小段路,便疾转入一条横路而去。车轮在路上转动的声音,可以听得出,现在是在别一个方向。犹里静听着,心里狂怒起来,然而却偷偷地妒忌着。"俗人!"他咿唔道,代他妹妹发愁着。

第十四章

犹里把东西搬到屋里去后，不知道要做什么，便走下通到花园的石阶。夜色黑漆漆的有如坟墓，天空和它的无量数的熠熠的星群，更增进了巫怪似的效力。在石阶上坐着丽莱亚，她娇小的灰色身子在暗中很难看得见。

"是你么，犹里？"她问道。

"是的，是我。"他答道，当下他便坐在她的身边。她如在梦中的将她的头靠在他的肩上，而她的新鲜、温馥的处女香气触起他的感觉，这是女人的气味，所以犹里带着无意识而惊惶无定的愉快的感觉吸嗅这气味。

"你们玩得高兴么？"丽莱亚说道。然后，过了一会，她柔声地加上去说道，"阿那托尔·巴夫洛威慈在什么地方？我听见你们的车子来的。"

"你的阿那托尔·巴夫洛威慈乃是一个醒醒的禽兽！"犹里突然觉得愤怒起来，想要说出这句话来。然而他却不经意地答道：

"我真的不知道。他去看一个病人。"

"看一个病人。"丽莱亚机械地复述道。她不再说别的话，但凝望着星光。

她并不懊恼勒森且夫的不来。反之，她倒还愿意独自在着，如此，不至因他之来而被扰烦，而她乃可以独自一个的沉入优柔

第十四章

的默念中。在她看来，充满于她少年的身中的情操乃是奇异、温馥而且柔和的。这乃是一个顶点，她所欲的；不可免的；然而却是扰人的感觉，使她闭上了她过去生活的册页而开始了她的新的。这样的新，实在的，竟使丽莱亚成了一个完全不同的人。

在犹里看来，他的愉快欢笑的妹妹会成了这样的沉静而默思着，那是很可怪的事。他自己是颓唐而恼怒着，所以一切东西——丽莱亚、黑暗的花园、远远的星光、熠熠的天空，在他看来，似都是忧郁而冷酷的。他并没有看出，这个梦境似的情调，所隐藏的并不是忧愁，而是生命的最实在与充满。在广漠的天空上滔滔地涌滚着不可量不可知的许多力，朦胧的园子从地中汲起生活液；而在丽莱亚的心中，具有一种如此充塞，如此完美的快乐，她竟害怕有任何动作，任何印象要冲破了这个迷咒。如星空之发光，如暗园之神秘，她灵魂中动撼着爱情与慕望的谐和。

"告诉我，丽莱亚，你是十分地爱着阿那托尔·巴夫洛威慈么？"犹里温和地问道，仿佛怕惊动了她。

"你怎样能问这话？"她想道，但她镇定了她自己，她更紧地靠着她的哥哥，感谢他不说别的东西而只说到她生命的一个兴趣——她所崇拜的人儿。

"是的，十分地爱他。"她那样轻柔地答道，犹里似乎不是听得而是猜得她所说的话似的，她还竭力要缩回她的快乐的眼泪。然而犹里想道，他能够侦得出她语音中有一种悲哀的调子，他愈憎恨勒森且夫便愈怜恤她。

"为什么？"他问道。对于这样的一个问题，他自己也觉得诧异。

丽莱亚诧异地抬头望着他，但没有看见他的脸，柔和地笑了起来。

"你这坏孩子！唔，实在的！因为……唔，你自己从不会恋

沙 宁

爱过么？他是如此的好，如此的忠诚，如此的正直……"

"如此的美貌而强壮。"她要添上去说，但她却只红了脸。不说什么话。

"你很知道他么？"犹里问道。

"我不该问她这句话。"他想道，内心烦恼着，"因为，她当然地以为他乃是全世界中最好的人。"

"阿那托尔告诉过我一切的事。"丽莱亚羞涩地然而胜利地答道。

犹里微笑着，感觉到不能缩回去，便又问道："你是十分地确定么？"

"当然是的，怎么样呢？难道……"丽莱亚的声音发抖着。

"唉！没有什么。我不过问问而已。"犹里说道，心里有点纷乱了。

丽莱亚沉默不言。他不能猜出她心上想的是什么。

"也许你知道关于他的什么事吧？"她突然地说道。在她的声音中，有一个痛楚的暗示，这把犹里迷惑住了。

"啊！没有。"他说道，"一点也没有。我晓得阿那托尔·巴夫洛威慈什么事呢？"

"但你要是不晓得，便不会说那些话了。"丽莱亚坚持地说道。

"我的意思不过是说——唔。"犹里说到这里突然地停止了，一半感得羞涩，"唔，我们男人们，总而言之，全都是坏的，我们全都是。"

丽莱亚沉默了一会，然后发声笑了出来。

"啊，不错，我知道了！"她叫道。

在他看来，她的笑声是很不合适的。

"你不能把事情看得那么轻。"他鲁莽地回答道，"你也不能

第十四章

够想知道一切经过的事。你对于生活中一切的罪恶事儿还没有观念呢；你是太年轻、太纯洁了。"

"啊！真的是！"丽莱亚说道，笑着，被谄媚了，然后把手放在哥哥膝上，以一种比较严重的口气，继续地说道，"你以为我对于这种事情没有想到么？真的是，我想到了；这常常使我痛苦而悲戚，我们女人们总要那么样地顾全到我们的名誉和我们的贞操，只怕走进了一步，我们便要——唔，我们便要堕落下去。然而男人们却几乎以诱惑一个女郎为一种英雄的行为。那全是可惊人的不公平，对不对？"

"不错。"犹里伤心地答道，他在鞭责他自己的罪恶上，找到了一种的快乐，虽然他自觉他，犹里，是和别的男人们绝对两样的，"不错；那是世界上最大的不公平的事之一。试去问问我们当中的一个，他要不要去娶（他原想说是'一个娼妓'，但用下语代替了）一个Cocotte，他常要告诉你说'不'。但在那一方面，一个男人是真的比一个Cocotte好得多少呢？她卖了她自己，至少是为了金钱，为了要赢一口饭吃，至于一个男人呢，他仅不过为他的淫欲所控制而放纵无耻而已。"

丽莱亚沉默不言。

一只蝙蝠在廊下冲来冲去，他们看不见它，它不断地以翼碰在墙上，然后听得轻微的鼓翼声，它又不见了。犹里静听着这一切夜间的怪喧，然后他以增进的伤心，继续地说下去。他自己的声音引他更向前说去。

"最坏的是，他们不仅知道了这一切，而默认地以为这必须是如此，并且他们还扮演着复杂的悲剧的喜剧，允许他们自己和人家订婚了，然后对着神与人说着谎。且这常常是那些最纯洁、最无辜的女郎们（他是正妒忌地想到了西娜·卡莎委娜）成了那些最坏的荡子们的牺牲，肉体上、道德上都沾着了污点。西米诺

沙 宁

夫有一次对我说,'女人愈纯洁,占有她的必是愈龌龊的男子。'他的话真是不错。"

"那是真的事么?"丽莱亚以奇异的声调问道。

"是的,这是千真万确的。"犹里苦笑地说道。

"我对于这,一点也不知道,不知道。"丽莱亚支吾地说道,她的语声中有泪含着。

"什么?"犹里叫道,因为他没有听见她的话。

"托里亚真的是同别人一样么?这是不可能的。"

她从不曾对犹里说起勒森且夫时,称呼过他的小号。然后,突然地,她开始哭了。

犹里为她的烦恼所感动,握住了她的手:

"丽莱亚!丽莱契加!怎么一回事?我并不是说——来,来,我亲爱的小丽莱亚,不哭!"他嗫嚅地说道,当下他将她的双手从她的脸上拉开了,且吻着她的湿湿的纤指。

"不!这是真的!我知道的!"她啜泣着。

虽然她说道,她想到这事的,实则在她一方面纯是想象而已,因为她对于勒森且夫的亲切的生活,她还没有形成一点的概念呢。当然地,她知道她并不是他的第一个爱人,而她也明白那是什么一回事,虽然这印象在她心上不过是一个朦胧而绝非永久的。

她觉得她爱他,而他也爱她。这乃是最重要的事;其余的一切对于她都是无关紧要的。然而现在她的哥哥却以检查与蔑视的口气,说出这样的话来,她似乎是站在一片悬岩的边上了;他们所谈的是可怖的,也实在是无可救药的,她的幸福是在告一个结局了;现在她也不能想到她对于勒森且夫的爱情了。

犹里几乎自己也在哭泣了,他渴想安慰她,当下他吻她,抚拍她的头发。然而她依然地哭着,伤心地绝望地哭着。

第十四章

"唉,天呀!唉!天呀!"她啜泣着;正如一个小孩子。

在暝色苍茫中,她似是这样的无助,这样的可怜,竟使犹里觉得说不出的悲苦,他脸色苍白而心绪纷乱地跑进了屋里,他的头碰在门上,给她拿了一杯水来,半杯的水是溅在地上和他的手上去。

"唉!不要哭了!丽莱契加!你一定不要像这样地哭着。这是怎么一回事呢?也许阿那托尔·巴夫洛威慈是比别的人好些的,丽莱亚!"他失望地反复地说着。丽莱亚仍旧地啜泣着,激烈地震撼着,而她的牙齿在水杯的边上相触作响。

"怎么一回事,小姐?"女仆惊骇地问道,这时她正出现于门口。丽莱亚立起身来,靠着栏杆,颤抖地含泣地向她房间走去。

"我亲爱的小主人,告诉我,怎么一回事?我要不要去唤了主人来,犹里·尼古拉耶威慈?"

尼古拉·耶各洛威慈这个时候正走出他的书房,以徐缓有度的步伐走着。他突然停在门口,见了丽莱亚的样子而惊诧着。

"发生了什么事?"

"啊!没有什么事!一件小小的琐事!"犹里强笑地答道,"我们正谈到勒森且夫。完全是无意识的!"

尼古拉·耶各洛威慈狠狠地望着他,他脸上突然地显出一种极端不乐的神色来。

"你说的是什么鬼话?"他叫道,当时,他耸耸肩,率然地转脚回身走开了。

犹里愤怒得脸红了,想要回他几句不逊的话,但一个突然的羞耻的感觉使他默默地不言。他既觉与他父亲龃龉,又为丽莱亚伤心,且也唾视他自己,便走下石阶到了花园里去。一只小蛙被踏在他的足下,如一颗橡实似的爆裂了。他滑了一下,憎恶地叫了一声,跳了开去。他机械地把足在湿草上擦了许久许久,觉得

沙　宁

一阵寒战直下脊梁。

他皱着眉头。心灵上与肉体上的憎恶，使他觉得一切事都是颠倒而可恨的。他摸索到一个椅子上去，坐在那里，空空地凝注在花园中，只看见在浑然的阴暗中一块块广阔的黑地而已，忧郁愁苦的念头直从他脑子里浮过。

他向黑暗的草地上望去，那个地方是那只可怜的小青蛙躺在那里将要死去的，或者，经过可怕的苦楚之后，已经死去了。对于它全个世界已经毁灭了；一个自我的与独立的生活是到了一个可怖的地位，然却完全没有人注意，也没有听见。

然而，莫名其妙的，犹里又被引到那个奇怪的不宁的思路上去：一切造成一个生命的东西，那个爱或憎的秘密的本能，无意地使他承受一件事而拒却别件事的；关于善或恶的他的直觉，所有这一切都不过是一阵薄薄的雾，在其中，被包裹着的只有他的人格而已。所有他的最深奥最痛楚的经验，在广漠无垠的世界上之完全被忽视也竟是如这个小蛙的死的痛苦而已。他在想象到他的受苦与他的情绪是对于别人很有趣味的时候，曾自白地无意地在他自己与宇宙之间织成了一面复杂的网。死的瞬间，已足够摧毁了这面网，完全地留下他独自一个，既未有怜悯，也未有宽恕。

他的思想又转到西米诺夫身上去，他想起这位死去的大学生，对于一切高尚的理想，他，犹里，和几百万与他同类的人所深深地感到兴趣的，是全都表示淡淡漠漠的态度的。这使他又想起生活的简单的愉快，美貌女子，月光，夜莺的可喜，这一个情调，便是他在与西米诺夫谈了最后一次悲惨的话的第二天所悲戚地回想起的。

在那个时候，他还不能明白西米诺夫为什么对于无关紧要的事，例如，划船，或一个女人的姣美的身体看得很重要，而对于

第十四章

最高尚最深奥的概念却极不感兴趣。然而，现在，犹里却看出来了，他的主张诚是至确不易的，因为，这乃是这些琐屑的事件构成了生命，真正的生命，充满了感觉情绪，快乐的；至于那一切高超的观念，全不过是空虚的思想，徒然的废话，对于生死的大神秘，一点也没有势力影响到的。这些思想，如今虽然是重要的、完备的，到了将来，便必有与之同样重要有力的别的话与别的思想跟之而来的。

得了结论之后，犹里不意地竟从他的关于善与恶的思路上开放了出来，他似乎完全不知所从了。仿佛是一个大大的空虚放在他的面前，有一会儿工夫，他的脑筋，觉得自由而清楚，好像一个人在梦境中，觉得他会如他所欲往的在空间浮泛着一样。他用了全力，努力要集合拢他的对于生活的习惯观念，然后那可惊的感觉消失不见了。一切又如前的成了忧闷而纷乱。

犹里几乎要承认，生命乃是自由的实现，因此，一个人为快乐而生活着乃是天然的事。所以勒森且夫的观点，虽然鄙下，在竭力在可能的范围之内求满足他的性的需要，却是一个完全的合于论理的，这些需要原是他所最渴求着的。但，那么，他便要承认，淫荡与贞节的观念，不过是覆盖在新长的绿草上的落叶而已，而浪漫与贞洁的女郎们，如丽莱亚或西娜·卡莎委娜也有权利可以没入有感觉的快乐的川流之中。如此的一个观念使他震骇了，因为既是笨拙，又是下流，他努力要用他平常的热诚而严正的习句将它驱出他的脑外心外。

"唔，不错。"他想道，抬头望着星天，"生命是情绪的，但人们却不是没有理性的动物。他们必须控制他们的情欲；他们的欲望必须被放在好的一方面去。然而在明星之外的果有一位上帝存在么？"

当他突然地问他自己这句话时，一个纷乱的痛苦的畏敬之念

沙 宁

似欲将他压倒在地上。他久久地凝视着大熊星座尾上的一颗明亮的星，回想起农人科斯马如何在瓜田上曾称号这个巨大的星座为一具"小车"。他有点觉得懊恼，这样不切的思路竟会横入他心中。他望着黑漆漆的花园正和星光熠熠的天空成了一个尖锐的对照，他沉思着、默念着。

"如果世界弃却了如春天最早的美好的花朵似的女性的纯洁与美丽，则人类以为神圣的还有什么留存的呢？"

当他这样地想着时，他自己幻念着，有一群可喜的女郎，个个都如花似的美丽，坐在盛放的花枝之下的绿草场上、太阳光中。她们的少年的胸部，美好有致的肩部，与乎成熟的四肢都神秘地在他眼前移转过去，激起了微妙的肉欲的战栗。仿佛眩晕了似的，他把手横过了睫毛。

"我的头脸有点用得过度了，我必须去睡了。"他想道。有了这种的感觉的幻像在他眼前，犹里颓唐不安地匆匆地走进了门。当他上了床时，任怎样也睡不着，他的思想又转到丽莱亚和勒森且夫身上去。

"为什么我为了丽莱亚不是勒森且夫的唯一的爱人便要这样的愤愤不平呢？"

对于这个问题他不能得到答复。突然地西娜·卡莎委娜的印象现在他的面前，慰藉他的炽热的感觉。然而，他虽欲努力压伏他的感情，它却变得更清楚了；为什么他要她的是原原本本的一个她，没有被接触的，纯洁无疵的。

"不错的，但我是爱她的。"犹里想道，这是他第一次想到的；这个观念消失了其他的一切思想，竟带了眼泪到他眼中来。但过了一刻，他又苦笑地问他自己道："那么，在她以前，我也曾恋爱过别的女人们么？真的，我那时并不知有她的存在，然而勒森且夫也是不知道世间有丽莱亚其人的呢。在那个时候，我们

第十四章

俩都以为，我们所想占有的女人乃是真正的唯一的，最合适的一个。我们那时是错误的；也许我们现在也是错误的吧。所以，归根结底说一句话，我们或者是维持着永远的贞节，或者是享受着绝对的性的自由，当然，也让女人们同样地做着。现在，总之，勒森且夫之所以可责，乃不在于他在爱上丽莱亚之前曾爱过别的女人，而在他仍然同时爱着几个；我便不是这样的。"

这个思想使犹里觉得很高傲而纯洁，但这不过一瞬间而已，因为他突然地思想到了在太阳之下的温甜成熟的女郎们的诱惑的幻像。他是完全地惑乱了。他的心成了矛盾思想的混沌的一团。

他发现向右躺着是不舒服的，便又拙笨地翻身向左躺着。"事实是这样的。"他想道，"我所认识的一切女人们之中，没有一个是能够满足我的一生的。因此，我所称为真正的爱情是不可能的，不会实现的，去梦想这样的一件事也是很傻很傻的。"

他觉得朝左边躺着也是同样的不舒服，便又翻过身去，在热被之下，他简直是不能安息，且出着汗。现在，他的头痛了。

"贞操是一个理想，但，如果实现了这，人类便要灭亡了。所以，这是很傻的。而人生呢？所谓人生也不过是很傻的么？"他几乎高声地说出这些话来，他如此愤怒地咬紧着他的牙齿，黄星竟在他的面前闪跳着。

如此，翻来覆去地直到了早晨，他的心与脑都为失望的思想所压逼。最后，为了要逃避了这些思想，他想要自己承认，他也是一个腐败的肉感的个人主义者，而他的踌躇也不过是潜藏着的淫欲的结果而已。然而这也仅能使他更为沮丧而已，最后，他便以下面简单的问题得到了释放：

"总之，为什么我要这个样子使自己受苦呢？"

犹里憎恨着这一切徒然的自己考验的进行，乏力而且疲倦，最后便沉沉睡去了。

第十五章

丽莱亚在她房里哭泣了很久很久,最后,她的脸埋在枕中,沉沉地睡着了。第二天早晨醒来时,她的颅痛楚着,她的眼涨大了;她的第一个念头便是,她决定不要哭,因为勒森且夫要来吃午饭,看见她那样凄淡的容仪一定要觉得不愉快。但是,突然地,她回忆起,无论如何他们之间是一切都完了,苦楚与热爱的一种感觉使她重复哭了起来。

"怎样的卑鄙,怎样的可怕!"她呻吟着道,竭力想要收住她的眼泪。因此喘息起来,"为什么?为什么?"她反复地说道,当下对于已失的爱情的无限量的悲哀似乎沉没了她。她一想到勒森且夫常常地以这样的一种省力的毫无心肠的样子对她说着谎,心里便惊奇而且憎怒起来。"不仅是他,所有别的人也都在说着谎呢。"她想道,"他们全都自称对于我们的婚事是如何的快乐,并且还说,他是如此的一个忠厚的好人!唔,不,他们并不是真实地对此事说谎,他们只不过并不以此为错而已。他们如何的可恨!"

丽莱亚看着熟惯的室内一切陈设觉得可恨,因为它使她忆起那般憎恶的人们来。她将她的前额靠在玻璃窗上,以她的泪眼,凝望着花园。花园似是阴阴郁郁的,一大滴一大滴的雨点不断地打在玻璃窗上,所以丽莱亚不能够告诉出来,究竟是雨点还是她

第十五章

的眼泪,将花园遮掩了不为她所见。树木看来忧郁而困楚,它们的灰白的水点渐沥的绿叶与黑色的树枝在不断地往下降落的雨水中,微微地可以辨得出,这雨水也使草地变成了泥潭。

而在丽莱亚看来,她的一生似是绝对的不快乐的;将来是没有希望的,过去是完全黑暗的。

当女仆叫她去吃早饭时,丽莱亚虽然听见了那呼唤,却不懂得她的意思。后来,她坐到餐桌上了,当她父亲对她说话时,她却又觉得害羞。这似乎他说的话是有特别的怜恤之意在他的语声之中;无疑地,每个人在这时候已都知道,她所爱的人儿对于她是如何的不忠实。在每句话里她都听出有侮辱的怜恤的语调。她匆匆地回到她房内。又坐在窗旁,向阴郁可怕的花园凝望着。

"他为什么这么的虚伪?他为什么像这样的侮辱我?是不是他并不爱我呢?不,托里亚爱我,我也爱他。唔,那么,什么事情出了岔子了?这怎么会是这样的;他欺骗了我;他和种种切切的下流妇人们讲爱情。我不明白,她们之爱他也如我之爱他么?"她天真地恳切地自己问道,"唉!我是如何的傻呀,真的是!他对我已是假心假意,而现在一切的事都完了。唉!我是如何的可怜呀!是的,我应该对于这事焦急着!他对我假心假意的!至少他应该将这事对我忏悔着!随便吧!唉!真是可恨!吻了一大堆别的妇人们,也许,竟……这是可怕的。唉!我是如此的不幸!"

  一只小蛙跳跃而过路中,

    它的腿伸张了出来!

丽莱亚在心中这样的唱道,当下她瞅见了一个小灰团怯怯地跳跃过腻滑的小路。

"是的,我是可怜的,而这事已经是完全了结了。"她想着,这时,青蛙已经跳入长草中不见了,"对于我,这是如何的美丽、如何的奇异,对于他,唔——只不过是平常、普通的一件事!那

沙 宁

便是他为什么常常要对我避了说起他的往事的原因了!那便是他为什么常常的看来有点异样,仿佛正在想某某事的原因了,仿佛他正在想着,'我知道这事的一切,我确切地知道你所感想的,也知道这事的结果将如何。'而这许多时候,我却是……唉!这是可怕的!这是可羞的!我从此将不再恋爱一个人了!"

而她又哭泣起来,她的颊贴在冰冷的玻璃窗上,她的双眼望着浮云。

"但托里亚今日是要来吃午餐的!"一想到此,她震颤着跳起身来,"我将对他说什么话好呢?在这一种情形之下,我应该怎么说才好呢?"

丽莱亚张开了嘴,焦急地对着墙壁望着。

"我必须问问犹里这事。亲爱的犹里!他是如此得好而正直!"她想道,同情的泪充满了她的双眼。然后,因为不愿意事情延搁下去,她便匆匆地到了她哥哥的房里。在那里,她遇见夏夫洛夫正和犹里讨论着什么事。她迟疑地站在门口。

"早上好。"她失神失心地说道。

"早上好!"夏夫洛夫说道,"请进来,鲁特美啦·尼古拉耶夫娜,你的帮助对于这事是绝对的必要的。"

丽莱亚还有一点烦恼,服顺地坐在桌边,以懒散的情态去摸弄堆在桌上的红绿色的小册子。

"你知道,事情是这样的。"夏夫洛夫开始说道,回身对着她,仿佛他正要解释极为复杂的事一样,"我们的在科尔斯克的几个同志是非常的窘迫,我们必须尽我们所能地去帮助他们。所以我想举行一次音乐会。嗳,怎么样?"

夏夫洛夫的口头禅"嗳,怎么样?"使丽莱亚想起了她所以要到她哥哥房间里的目的,她希望地向犹里望着。

"为什么不呢?这是非常好的主意!"她答道,心里疑惑着犹

第十五章

里为什么躲避了她的眼光。

在丽莱亚大哭了一顿之后,在他自己整夜地为阴郁的思想所扰苦之后,犹里竟感觉颓丧得不敢和他妹妹说话。他希望着她要到他这里来求教,然而给她以满意的劝告但又是不可能的。所以,他既不能够收回他所说的话以安慰她,使她复投入勒森且夫的怀中;他又不能够有心肠对于她孩提似的幸福下一记致命的打击。

"唔,这便是我们所决定要做的。"夏夫洛夫继续上去说道,更近地向丽莱亚移动。仿佛事情是格外的复杂,"我们的意思要请丽达·沙宁娜和西娜·卡莎委娜唱歌。每一个人先来一个独唱,然后再来一个二人合唱。一个是反中音,一个是高声,那么一切便会很好的。然后,我奏一曲梵亚令,以后,是萨鲁定唱歌,太那洛夫伴着奏琴。"

"啊!那么军官们也要加入这个合唱会了,是不是?"丽莱亚机械地问道,心里想的却完全是别的事。

"啊,当然的!"夏夫洛夫叫道,他的手摇摆了一下,"丽达只要一答应便成,他们全都是不离开她的身边的。至于萨鲁定,他是喜欢唱歌的;只要他能够唱,在什么地方唱是没有关系的。这将吸引了一大群的他的同事军官们,而我们将得到了满座。"

"你应该去问问西娜·卡莎委娜。"丽莱亚说道,深思地对她哥哥望着。"他当然不能够就忘记了的。"她想道,"你怎么能够讨论这个可厌的音乐会的事,当我……"

"怎么,我不是刚才已经告诉了你,我们已经问过她了么!"夏夫洛夫答道。"啊,是的,你说过的。"丽莱亚微弱地笑着,"那么,再有丽达。但你已经说起过她了,我想?"

"当然,我说过的!我们还要再找什么人呢,嗳?"

"我真的……不知道!"丽莱亚支吾地说道,"我的头很痛。"

沙　宁

犹里急急地看了他妹妹一眼，然后继续地披阅着他的小册子。她的脸色灰白，她的双眼沉重，这使她的兄弟激动了。

"唉！为什么，为什么我将这些话对她都说了呢？"他想道，"对于我，整个问题是如此的难解，对于那么许多别的人也是如此，而现在，这个问题又必须扰乱她的可怜的小心胸了！为什么，为什么我说了那些话呢！"

他觉得，仿佛他会扯着他的头发。

"小姐，请你知道。"女仆在房门口说道，"阿那托尔·巴夫洛威慈刚刚来了。"

犹里又投一个恐惧的瞬视于他的妹妹身上，与她的忧郁的眼光相碰了。他心绪扰扰的，转身向夏夫洛夫，匆促地说道：

"你读过查理士·白拉特洛的文章么？"

"是的，我们和杜博娃及西娜·卡莎委娜一同读过他的几部著作。极为有趣。"

"是的。啊！他们回来了么？"

"回来了。"

"哪一天回来的？"犹里问道，隐匿了他的感情。

"前天就回来了的。"

"真的么？"犹里问道，当下他望着丽莱亚。他在她面前，觉得又羞又怕，仿佛他曾欺骗了她。

有一会儿，丽莱亚踌躇地站在那里，激动地触弄着桌上的东西。然后她向房门口走去。

"咳！我做的事真够瞧的！"犹里想道，当下他心里恳挚地悲戚着，静听她的特别激动的足音。当丽莱亚向厅堂走去时，她狐疑而且颓唐，仿佛觉得她是冰结了。她如在一座黑林中走着。她在一面镜中照着，看见她自己的愁苦的容颜。

"随它去吧……让他看见这样子！"她想道。

第十五章

勒森且夫这时正站在餐厅中,以他的特殊的悦人的语声向尼古拉·耶各洛威慈说道:

"当然,这未免有点可怪,然而并没有什么害处。"

丽莱亚一听见他的声音,她的心激烈地急跳着,仿佛要爆裂了开来。当勒森且夫看见了她时,他突然地中止了谈话,伸开了两臂,向前去迎接她,仿佛想要拥抱她似的,但是他使这姿势做得只有她一人看见而且明白。

丽莱亚羞涩地抬眼望着他,她的唇颤动着。她不说一句话,抽回她的手,走过餐厅,开了通到走廊上的玻璃门。勒森且夫神色不动地望着她,但心里有一点诧异。

"我的鲁特美啦·尼古拉耶夫娜心里不高兴着呢。"他对尼古拉·耶各洛威慈说道,他的样子是半庄半谐的。尼古拉·耶各洛威慈笑出声来。

"你最好去平平她的气吧。"

"没有办法!"勒森且夫带着滑稽的样子叹气道,当下他便跟了丽莱亚到走廊上去。

外面还在下雨。单调的雨点的声音充满了空气中,但天空现在是比较清朗了,阴云也有些破绽。

丽莱亚的面颊贴靠在走廊上的一支冷而潮湿的柱上,让雨点落在她的没有戴帽的头上,于是她的头发全都沾湿了。

"我的公主不高兴着呢——丽莱契加!"勒森且夫说道,当下他将她拉近了他,轻吻着她的潮湿芳香的头发。

被他的这个吻触,这是如此的亲切而熟悉的,丽莱亚的胸中似乎有什么东西融化了,她不自知她在做什么,而她竟把双臂抱了她情人的健颈,同时,在连连的接吻中,她咿唔地说道:

"我是十分十分地和你生气呢!你是一个坏人!"

这时她心里全在想着,结果是没有她所想象的那么忧愁,或

沙　宁

那么可怕，或不可救药的事情发生。那有什么关系？她所要的只是要恋爱这个硕大美貌的男人而且为他所爱。

以后，在餐桌上，她一注意到犹里的诧异的眼光便很苦楚，当她觑了一个空时，便对他微语道："我知道，我坏得很！"他仅报以拙笨的微笑。犹里见这件事像这样的愉快地结了局，他真的是高兴着，然而心里对于这样一种有产阶级的温顺与容忍总有些轻蔑。他回到他的房里，独自留在那里直到了黄昏，而当天气在日落之前渐渐地晴朗了时，他便执了猎枪，想在昨天和勒森且夫一同打猎的地方去打猎。犹里竭力不去想所发生的事。

沼泽在雨后似乎充满了新的生命。现在有许多奇异的声音可以听得见，绿草摇摇摆摆的仿佛为秘密的活力所激动。青蛙们为欲念所动，合唱地在咕咕地鸣着，时时地有几只鸟发出尖锐的不和谐的鸣声；同时，在不很远的地方，然而枪却射不到的；可以听得见鸭子们在湿苇中呷呷地叫着。然而犹里却觉得没有打猎的意思，他复背了他的枪，回转家去，静听着在灰色的静谧的微明中的诸种晶莹似的清朗的叫声。

"如何的美丽呀！"他想道，"一切都是美丽，独有人是丑恶的！"

远远地他便看见在瓜田上所生的熊熊的小火堆，不久，在火光中，他便认识了科斯马和沙宁的脸。

"怎么，他住在这里么？"犹里惊异而且好奇地想道。

科斯马坐在火边，正在讲着一个故事，一边笑着，一边做着手势。沙宁也在笑着，火光辉辉煌煌的，如一支烛光，光色是玫瑰色的，不像在夜间时那么红红的。而在头上，在天空的青穹上，早出的星正熠熠地在发光。有一种新泥土与雨所湿的草的气息。

也不知为什么缘故，犹里觉得生怕他们看见他，然而同时他

第十五章

想到他不能够加入他们，便也有些忧闷。在他自己与他们之间，似有一个不可见然而不是真实的阻碍物间隔着；这是一个没有空气的空间，一个永不能造成桥梁的深渊。

这个完全孤寂的感觉大大地使他苦恼。他是孤独的，他与这个世界以及他的黄昏的光、色、火、星辰以及人的语声都是隔绝而远离的，好像是紧紧地关闭在一个暗室之中。这个孤寂之感是如此地恼苦他，竟使他感觉到，当他走过瓜田时，田上有几百个瓜在微光中生长着，他竟以为他们似是人的骷髅头撒布在地上。

第十六章

现在夏天来了，充满了光与热。在辉煌的青天与热气腾腾的大地之间，浮泛着一层金雾的摇动的幕。树木为热气所倦，似乎沉沉地睡去；它们的绿叶，低垂而且不动，投射短而清楚的影子于枯焦的草地上。屋里是清凉的。从花园映射进来的淡淡的绿影在天花板上映动着，而当每一件东西都静止不动时，独有窗边的帏帘是摇动着。

萨鲁定的亚麻布短衣的纽扣全都解开了，慢慢地在房里走来走去，无精打采地点着了一支香烟，显露出他的大而白的牙齿来。太那洛夫只穿着他的衬衣和骑马裤，全身躺在沙发上，他的小黑眼偷偷地望着萨鲁定。他是急需着五十个卢布，已经问他的朋友借过两次了。他不敢再向他开第三次口，所以正焦急地在等着，不知萨鲁定自己会不会回到这个题目上来。萨鲁定并没有忘记了这事，但因为上个月已经赌输了七百个卢布，舍不得再有什么支出。

"他已经欠我二百五十个卢布了。"他想道，并不去望太那洛夫，为了暑热和气恼有点心烦起来，"我说，这真是可怪！当然的我们是好朋友，这便是一切，但我不知他自己有没有一点的羞耻。他欠了我这多少钱，总该有几句道歉话才对，不，我不再借他一文钱了。"他恶意地想道。

第十六章

勤务兵现在进了房门，一个满脸雀斑的小个子，他以迟钝的样子立正着，眼睛并不望着萨鲁定地说道：

"给您回老爷，那位老爷要喝啤酒，但啤酒已经没有了。"

萨鲁定的脸变红了，当下不自觉地望着太那洛夫。

"唔，这真是有一点太过度了！"他想道，"他知道我是窘迫着，然而啤酒是要喝的。"

"伏特加也留得不多了。"兵士又说道。

"不错！滚你的！你那里还有两个卢布呢。去买些啤酒来。"

"给您回老爷，我那里一个钱也没有了。"

"怎么一回事？你为什么要说谎？"萨鲁定站住了叫道。

"给您回老爷，他告诉我要付洗衣服的妇人一卢布七十科比，我已照付了，我把剩下的三十科比，放在饭桌上，老爷。"

"是的，那是不错的。"太那洛夫说道，他虽然十分羞耻地红了脸，外表还装着不在乎此的样子，"我昨天告诉他这么做的……那洗衣妇迫着我总有一个礼拜了，你不知道。"

两个红晕现在萨鲁定仔细修剃的面颊上，他脸上的筋肉搐搦着。他沉默地重复在房里走来走去，突然地在太那洛夫之前停步了。

"听我说。"他说道，他的声音因愤怒而颤抖了，"我请你最好不必处理我的银钱！"

太那洛夫的脸色涨得血红，身体动弹了一下。

"嘿！那么小的一件事！"他低声说道，耸耸肩。

"这不是一件小事的问题。"萨鲁定尖刻地说着，仿佛是对他报仇一般，"这乃是做事情的原则。我可否问你有什么权利……"

"我……"太那洛夫嗫嚅地说道。

"请你不要解释。"萨鲁定以同样尖利的口气说道，"我必须请求你以后不要再这样的自由了。"

沙 宁

太那洛夫的唇颤抖了。他低垂了他的头,受感地摸弄着他的螺钿的烟盒子。过了一会儿工夫,萨鲁定突转过身去,锁钥铿铿地高响着,开了他办公桌的抽屉。

"来!去买我所要的东西来!"他恼怒地说道,他的声音却比前和平了,当下他交给勤务兵一张一百个卢布的钞票。

"很好,老爷。"勤务兵答道,行了礼,走了出去。

萨鲁定咔的一声锁上他的钱箱,闭了办公桌的抽屉。太那洛夫正好瞥见钱箱内还留存着五十个卢布,这五十个卢布他是那样的需要,然后叹了一口气,点上一支香烟。他深感到羞辱,然而他不敢形之于脸色,生怕萨鲁定更要生气。

"两个卢布对于他有什么要紧呢?"他想道,"他明知道我是拮据着。"

萨鲁定显然恼怒地继续地走来走去,但渐渐地心平气和起来。当勤务兵带进了啤酒来时,他喝干了一满杯冰冷的浮沫白白的饮料,显然地愉快着。然后,他啜抹了他髭须的尖端,仿佛不曾发生过什么地说道:

"丽达昨天又来看我了。一个好女孩子,我告诉你!真是一把烈火。"

太那洛夫还是茹痛着,不回答他。

然而萨鲁定并不注意这,徐徐地走过房内,他的眼睛笑着,仿佛在秘密地回忆着。他的强健的身体,为炎热所弱,更敏捷地为激动的思想的影响所感动,突然地他笑了,一个短笑,仿佛他是嘶鸣着。然后他停止了。

"你知道,我昨天想要……"(他在这里说了一句对于妇人最难听的粗话。)"她起初挣扎了一会,她眼睛中的那种恶毒的视线,你知道这一样的事的!"

他的兽欲也被引起了,太那洛夫淫纵地强笑着。

第十六章

"但后来,一切都好了,在我的生平,几乎使我自己满身都抖索起来。"萨鲁定说道,他回忆起还颤动着。

"好福气的汉子!"太那洛夫妒忌地叫道。

"萨鲁定在家么?"街上有一个人高声叫道,"我可以进来么?"这是伊凡诺夫。

萨鲁定惊了一跳,生怕他说到丽达·沙宁的话会被别的人听见了去。但伊凡诺夫是从路上招呼着他,人还看不见。

"是的,是的,他在家呢!"萨鲁定从窗中叫道。

在前室里有一阵的笑声与足步声,仿佛那一间房子是为一群快乐的人们所侵入了。然后伊凡诺夫、诺委加夫、马里诺夫斯基上尉,还有两个别的军官,还有沙宁,全都出现了。

"吓啦!"马里诺夫斯基叫道,当下便冲了进去。他的脸红红的,他的脸颊肥胖而松软,他的髭须如两束稻草,"你们好呀,孩子们?"

"又要呼的一声去了一张二十五卢布的票子了!"萨鲁定有点恼怒地想道。

然而他却总是不想失去一个有钱的好挥霍的人的名誉的,所以他便微笑地叫道:

"吓啰!你们全体到什么地方去?来!且里柏洛夫,拿些伏特加来,还有别的需要的东西。跑到俱乐部去唤些啤酒来。你们喜欢喝着啤酒吧,先生们?像这样的一个热天?"

当伏特加和啤酒拿来了时,喧闹的声音更大了。大家全都笑着,闹着,喝着,显然地尽力地喧哗着。只有诺委加夫似是忧闷而颓唐着;他的温和而懒惰的脸上带着一个狠恶的表情。

他直到了昨天,方才发见全个镇上的人所谈的事;起初,一个鄙夷而妒忌的感觉完全控制了他。

"这是不可能的!这是荒谬的!无端的谣言!"他对自己说

沙 宁

道,他不肯相信,那么美丽,那么娇贵,那么不可近的丽达,他如此的深深地爱着的丽达,竟会使她自己和像萨鲁定似的一个东西通好着,他看萨鲁定是不晓得比他自己低劣愚蠢得多少倍。然后,凶野而兽性的妒忌占领了他的灵魂。他有时最痛楚地失望着,然后他便为对于丽达,特别是对于萨鲁定的,强烈的憎恶所侵蚀。对于他的温和、懒惰的性情上,这个感情是如此的奇异,它竟要求一条出路。整夜的他都在可怜他自己,甚且想到自杀,但当早晨的时候,他却以一种凶猛的不可解的愿望,只想看见萨鲁定。

现在,在喧哗与醉笑之中,他是坐开了的,他机械地一杯杯地喝着酒,同时却专意地时时刻刻地望着萨鲁定的脸,恰像一个林中的野兽在伏窥着别一只的野兽,假装着没有看见什么,然而它却准备好了要扑出去。关于萨鲁定的每一件东西,他的微笑,他的白齿,他的笑容,他的语声,在诺委加夫觉来,全都是一把把的尖刀,刺进一个张口的伤痕中。

"萨鲁定。"一个长而瘦的军官说道,他的双臂出奇的长而不灵便,"我带了一本书给你。"

在营营的喧哗之上,诺委加夫立刻捉住了萨鲁定这个名字和他的声音,所有别的语声似乎全都寂下了。

"哪一类的书?"

"这是讲妇人的书,托尔斯泰写的。"细瘦的军官说道,他扬起他的声音,仿佛他在说出一篇报告来。在他的长而憔悴的脸上,有一种显然的光荣的表情,因为他能够读,还能讨论到托尔斯泰。

"你读托尔斯泰的书么?"伊凡诺夫问道,他已注意到这位军官的朴拙的满意的表情。

"王狄兹对于托尔斯泰是发狂似的崇拜着呢。"马里诺夫斯基

第十六章

高声大笑地叫道。

萨鲁定接了那册美丽红封面的书,翻过一两页,说道:

"这书有趣味么?"

"你自己将会知道的。"王狄兹热心地答道,"会有一副头脑给你的,我说的!这正像你自己已经完全知道了的一样。"

"但当维克托·赛琪约威慈有他自己的对于妇人们的特别的见解时,他为什么要读托尔斯泰呢?"诺委加夫低声地问道,他的眼光没有离开他的酒杯。

"什么事使你这样想的?"萨鲁定谨慎地答道,本能上嗅到了一个攻击,但还没有猜到它。

诺委加夫沉默着。他满心想当面击了萨鲁定一记,击在那个美貌的自满的脸上,打倒他在地上,踢他几步,在感情的盲狂了时。但他所要说的话没有来;他知道,这使他更痛苦地去知道,他是说着错误的话,当下他带着冷笑地回答道:

"只要看着你的脸已足够知道那事了。"

他的奇异而有毒意的语调竟发生了突然的沉寂,几同发生了一件谋杀的事,伊凡诺夫猜出了这是怎么一回事。

"在我看来,似乎是……"萨鲁定冷淡地说道。他的神色有点变了,虽然他还没有失去他的自制力,像坐到熟悉的马上去一样。

"来,来,先生们!怎么一回事?"伊凡诺夫叫道。

"不要插身进去!让他们自己打一架!"沙宁笑道。

"这不是似乎,乃是真实的!"诺委加夫以同样的口气说道,他的眼光仍然注在他的酒杯上。

当然的结果,一座活的墙立刻树于两个对抗者之间了,在许多的呼叫,摇手,以及表示诧异的情感之中,萨鲁定为马里诺夫斯基及王狄兹所拉回,而伊凡诺夫及别的军官们则监视着诺委加

沙 宁

夫。伊凡诺夫倒满了酒杯,呼叫几句话,并不专对一个人说。现在的欢笑是勉强而非真诚的,诺委加夫突然地觉得,他必须走了。

他不能再忍耐下去了。他愚蠢地微笑着,他转身向着伊凡诺夫及别的监视他的军官们说:

"我是怎么一回事了呢?"他半眩晕地想道,"我想,我应该打他……冲向他去,当眼给他一记!否则,我将被视为如此的一个傻子,因为他们全体一定猜想,我要挑战……"

但,他却并不这么做去,他反而假装着对于伊凡诺夫及王狄兹正在说的话发生兴趣。

"至于讲到妇人们,我不能完全和托尔斯泰同意。"军官满意地说道。

"一个妇人不过是一个妇人而已。"伊凡诺夫答道,"在每一千个男人当中,你总可以找出一个值得称为人的。但是妇人们呢,呸!他们全都是一个样子的——只不过是小小的赤裸的,肥胖的,没有尾巴的玫瑰色的猴子而已。"

"说得别致,那句话!"王狄兹赞许地说道。

"也真是不错。"诺委加夫痛楚地想道。

"我亲爱的朋友。"伊凡诺夫继续说道,紧靠在王狄兹的鼻下摇挥着双手,"我将告诉你这话,如果你到众人中去,说道,'要是一个妇人眼注在一个男人身上,要追求于他之后,她在她的心上已经是与他犯了奸淫了。'他们大多数的人将要以为,你是说出一句最原创的话了。"

王狄兹失声地粗鄙地笑了出来,那笑声直如一只狗的吠声。他没有明白伊凡诺夫的嘲笑,但觉得忧愁的是,这话不出于他自己之口。

突然地诺委加夫伸出手来给他。

第十六章

"怎么？你要走了么？"王狄兹诧异地问道。

诺委加夫并不回答他。

"你到什么地方去？"沙宁问道。

诺委加夫仍然沉默着。他觉得再过了一会儿，：关闭在他胸中的忧郁一定要在一阵泪流中突出来了。

"我明白你受什么气。"沙宁说道，"蔑视这一切！"

诺委加夫可怜地望着他。他的唇颤抖着，带着一个不赞同的姿势；沉默地走出去，心里觉得已完全为他自己的无可救药所战胜。为了慰藉他自己，他想道：

"当面打了那个流氓一记，有什么意思呢？这只会引到了一场愚蠢的战斗。还是不污了我的手好！"

但不能满足的妒忌心与绝对的怯懦心的感觉却仍然厌迫着他，而他在深切的悲郁中回到了家。他自己投身于床上，埋脸于枕头当中，几乎是整天的如此的躺着，悲楚地自觉到，他不能做一点的事。

"我们打牌么？"马里诺夫斯基问道。

"好的！"伊凡诺夫说道。

勤务兵立刻铺开了牌桌，绿色的布愉快地映射在他们全体的身上。马里诺夫斯基的提议，已激动了全体，他现在开始以他的短而多毛的手指在抄牌。颜色鲜明的牌现在是成圆形的散布在绿桌上，而银卢布的铿铿作声也在每一次牌打完后便可听得见，同时在四方八面，手指如蜘蛛似的贪婪地紧紧地近于银币上。只有简短粗鄙的叫呶可以听得见，或表示烦恼，或表示欢快。萨鲁定运道很不好，他固执地以十五卢布下一次注，而每一次都是输的。他的美貌的脸上，带着一副极为烦恼的神色。上个月，他已经输去了七百个卢布，现在他更要将现在的损失加上了前数之中。他的坏脾气更为蔓延下去，因为在王狄兹与马里诺夫斯基之

沙 宁

间不久便发生了争端。

"我的注下在那边的!"王狄兹恼怒地叫道。

这颇使他诧异,这个喝醉的野猪,马里诺夫斯基,竟敢和像他自己那么样的一个聪明而完美的人争吵。

"啊!你这么说的!"马里诺夫斯基粗暴地答道,"见鬼!拿开去!当我赢了时,那么你告诉我你下注在那边,而当我输了时……"

"我请你原谅。"王狄兹压低了他俄国的高音,如他每当愤怒时所常说的。

"把原谅绞死了!拿回你的注!不!不!拿回去,我说!"

"但你且让我告诉你,先生……"

"先生们!闹的什么鬼,这一切是什么意思?"萨鲁定叫道,当下他抛下牌。

正在这个当儿,一个新来的人出现在门口,萨鲁定自己羞着他的下流的话,以及他的喧哗狂饮的客人们,以及他们的纸牌、酒瓶,因为这一切东西活现出一个下等的旅馆的样子。

来者是一个长而瘦的人,身上穿着一件宽大的衣服,还有一个极高的硬领子。他诧异地站在门口,努力要认出萨鲁定来。

"吓啰!巴夫尔·罗孚威慈!什么风吹你到这里来的?"萨鲁定叫道,当下他向前欢迎他,他的脸因被缠扰而红红着。

新来者踌躇地走了进来,大家的眼全都注在他的眩目的白鞋上,这双鞋子踢着许多啤酒瓶、软木塞,以及香烟头,而得了路进来。他是那么白而清洁、芳香,在所有这一切烟云之中,在这一切脸色红红的醉人之中,他竟像一朵长于泥泽中的百合花,假如他看来不那么憔悴脆弱,他的身材不那么瘦小,他的牙齿,在他的稀小而红的髭须之下的,不那么腐蚀。

第十六章

"你从什么地方来?你离开彼得耶①很久了吧?"萨鲁定说道,心里有些烦恼,因为他生怕"彼得耶"这个字不是他所应该用的正确的字。

"我昨天才到这里来的。"穿白衣的先生说道,以一个坚决的口气,虽然他的声音像一只鸡的抑止的鸣声。"我的同伴们。"萨鲁定说道,将他介绍给那一个人,"先生们,这位是巴夫尔·罗孚威慈·孚洛秦先生。"

孚洛秦微微地鞠躬着。

"我们必须对于那事记了下来!"酣醉的伊凡诺夫说道。萨鲁定心里很恐怖。

"请坐,巴夫尔·罗孚威慈,你要一点白酒还是一点啤酒?"

孚洛秦谨慎地坐在一张靠背椅上,他的白而纯洁的身体与棕色的油布椅面很鲜明地相映着。

"请你不要操心。我不过来看你一会儿而已。"他说道,有一点冷淡,当下他观察着这一群人。

"怎么样?我去叫了一点白酒来。你喜欢白酒,是不是,你?"萨鲁定问道,他匆促地走了出去。

"怎么这个地上的傻子恰要在今天到这里来呢?"他恼怒地想道,当下他命令勤务兵去拿酒,"这个孚洛秦将在圣彼得堡说到我的这些事的,而我将不能在任何贵族家庭中立得住足了。"

同时,孚洛秦正以不假饰的好奇心,注意着其余的人,他觉得,他自己是无限的高超。在他的小小的玻璃似的灰色眼中表现出一种真实的兴趣的视线,仿佛他是在观察着一群的野兽似的。他特别为沙宁的高大,他的强健有力的身体以及他的衣饰所吸引。

---

① 彼得耶(Pitjer)即圣彼得堡的俗语。

沙　宁

"一个有趣味的型式，那个人！他必定是很强健的！"他想道，他是真心实意地如一个体弱的人赏赞着体育家。在实际上，他开始向沙宁说话，但沙宁靠在窗台上，正向花园中望着。孚洛秦突然地止口了；他自己的尖锐的声音恼怒了他。

"游惰的人们！"他想道。

萨鲁定在这个时候回来了。他坐在孚洛秦身边，问他关于圣彼得堡的事，也问到他的工厂的事，如此，便可使其余的人知道，他的来客是一个如何富有而且重要的人物。这个健壮的禽兽的美脸上现在带着一种小小的虚荣与自重的表情。

"我们什么事都是如前，如前一样！"孚洛秦答道，以一种厌烦的语声，"你的生活怎么样呢？"

"咳！我不过混着过日子而已。"萨鲁定悲叹道。

孚洛秦沉默着，轻蔑地抬眼望着天花板，天花板上是摇荡着花园中射来的绿影。

"我们唯一的娱乐是这个。"萨鲁定继续地说道，当下他以一个姿势，指示着纸牌、酒瓶与客人们。

"是的，是的！"孚洛秦嗫嚅地说道，对于萨鲁定，他的口气似是要说道，"而你也并不更好。"

"我想，我现在一定要走了。我住在林荫路的旅馆中。我将再见你！"孚洛秦站起身来告辞。

在这个时候，勤务兵进了门，拖搭地行了一个礼，说道：

"年轻的小姐来了，老爷。"

萨鲁定惊得一跳。"什么？"他叫道。

"她来了，老爷。"

"哑！是的，我晓得了。"萨鲁定说道。他激动地四面望着，感到一个突然的预示。

"我疑心这是丽达吧？"他想道，"不可能的！"

第十六章

　　孚洛秦的疑问的眼光闪熠着。他的瘦小的身体，在他的宽大的白衣底下动弹起来。

　　"唔，再见！"他笑道，"回到你的老花样，如常的！哈！哈！"

　　萨鲁定不安地微笑着；当下他陪了他的客人走到门口，客人以告别的眼光注视了一下，他便拖着他的纯洁的鞋子，匆匆地走开去了。

　　"现在，先生们。"萨鲁定回来时说道，"牌进行得怎样了？替我管管账，你愿意么，太那洛夫？我立刻便要回来的。"他匆匆地说道；他的眼睛扰扰不定。

　　"那是一个谎话！"沉醉的兽似的马里诺夫斯基咆吼道，"我们的意思要想饱看你的年轻小姐一下子。"

　　太那洛夫捉住了他的肩，迫他回到他的椅上去。别的人匆匆地都恢复到他们牌桌上的位置，并不望着萨鲁定。沙宁也坐了下来，但他的微笑中有一点严重之意。他猜出，来的乃是丽达，他心中为他妹妹引起了一种妒忌与怜悯的朦胧的感觉，她现在显然是陷在重大的烦恼之中。

第十七章

　　丽达倚侧地坐在萨鲁定的床上，绝望地、勉强地在绞着手巾。当他走进来时，他为她的改变的容貌所惊诧了。现在没有留存下一点那个骄贵的气性高尚的女郎的痕迹了。他现在看见，在他面前的，是一个颓丧的妇人，为殷忧所碎心，双颊低陷了，眼睛无神了。这些黑的眼睛立刻遇到了他的，然后又快快避开了他的注视。他本能地知道丽达是怕他的，他心中突然地引起一种浓厚的恼恶之感。他嘭的一声将门闭上了，一直地向她走去。

　　"你真是一个最奇怪的人。"他开始说道，很艰难地将他的要打她的凶念制止住了，"我在这里，一房子都是客人；你的哥哥也在那里！你不能选择别一个时候来么？我说的，这是太恼人了！"

　　从那双黑眼中射出如此一种奇异的光来，竟使萨鲁定退缩了。他的口气变了。他微笑着，露出他的白齿，执了丽达的手，坐在她的身边的床上。

　　"唔，唔，不要紧的。我只不过是为了你而焦急着。你来了，我真是高兴。我渴想要见你。"

　　萨鲁定执起了她的热而芬香的小手到他的唇边，正吻在手套上面。

　　"那是真的么？"丽达问道，她的奇怪的口气使他惊奇起来，

第十七章

她又抬眼望着他,而她的眼睛明白地说道:"你是真的爱我么?你看,现在是如此的可怜,不像我从前了,我怕着你,我对于我现在的样子真是觉得屈辱,但我除了你之外,是没有人能够帮助我的了。"

"你怎么能够生疑呢?"萨鲁定答道。那句话说来不诚实,从这句话里吹来一条轻微的冷泉,使他自己也觉得难堪。

他又执了她的手,吻着它。他是被缠在一个感情与思想的奇圈中了。仅只有两天之前,就在这个白枕之前,躺散着丽达松散了的黑发,她的脆细的、沸热的、紧固的身子在情欲的狂热下不住地挣扎,香唇烧炙着,一种无可忍的愉快的阴火传达到他的全身。在那个一刹那间,全个世界,数千的女人,一切的愉快,以及全个生命,全为他联合起来,去更淫荡的,更温柔的,更粗鲁的,无耻的,残忍的,施强暴于这个,又强项又驯顺的沸热的身体上面。但是忽然现在他感到他憎恶她,他想要挣开了她;他想不再看见她,不再听见她。他的这个欲望是如此的有力,如此的不肯止息,竟使他坐在她身边也是极痛苦的。同时,一种朦朦胧胧的对她的恐怖心夺去了他的意志力,迫他留在这里。他是完全感觉到,没有什么东西曾将他缚住在她身上的。这乃是得了她自己的允许,他才占有了她的,在他一方面并没有任何的预允,每个人所给予的都恰如每个人所取去的。然而他究竟觉得。他仿佛是被某种胶质物所捉住,他自己不能解放了开去。他预见丽达将要对他有什么要求的,而他必须或者答应了,或者要做了一个卑鄙的肮脏的下流行为。他觉得自己完全无力,仿佛他的骨头已经离开了他的腿与臂,仿佛他嘴里已经没有舌头,代之的是一团潮湿的破布,这真是可耻,使他生气。他想要对她嚷叫着,让她从此晓得,她是没有权利对他要求什么的,但是他的心却为畏葸的恐怖所麻痹了,但他的唇间只引出了一个无意识的句子,他自知

沙 宁

是完全不适用的，偶然的。

"唉，女人们，女人们！莎士比亚所说的话！"

丽达恐怖地望着他。一阵无怜恤的光明似乎闪过她的心头。在一个时间之内，她实现出，她是失陷了。她所给予的乃是高贵而纯洁的，而她所给予一个男人的却是不曾存在着。她的美好的青春生活，她的纯洁，她的光荣，一切都被抛在一个卑鄙怯懦的禽兽的足下，他不仅不感谢她，且还只是以粗野的淫荡来污辱她。她有一会儿竟觉得要绞着她双手，在一个绝望的痛苦中，跌倒在地上去，但如电似的迅快，她的绝望的情调又变到一个复仇与痛恨上面去。

"你不能够真正的明白你是如何的可恶么？"她从她咬紧了的牙齿中间嘶嘶地说出这话来，全身伸凑到他的脸上去。

辱骂的话语与憎恶的眼神，对于丽达，对于美好的女性的丽达是如此的不合宜，竟使萨鲁定本能地退缩了。他还没有十分明白他们的重要，他还想以嬉笑的态度对付过去。

"用的是什么字眼儿！"他说道，诧异而且恼怒，瞪着大眼，高抬着肩膀。

"我没有心绪去选择我的字眼儿。"丽达狠狠地答道，当下她绞着她的手。萨鲁定蹙着眉头。

"为什么有了这一切悲剧的气氛？"他问道。他不自觉地为她的柔软的肩部与乎精致合适的手臂的美丽的外形所诱引，他凝望着它们。她的无助而绝望的姿态使他确实地觉得他的超越。这仿佛他们是放在天平上秤的，一个升上去时，一个便沉了下来。萨鲁定用一种残酷的愉快心情感到这位女郎；他曾本能地觉得她是超越于他自己的；并且即使在淫欲的情好的时间也在无意识中惧怕她，现在据他看来竟在扮着可怜的、羞辱的角色了。这个感觉使他十分有趣，因此他渐渐更温柔了。他轻轻地执了她的无力的

第十七章

手,放在他的手中,把她拉近了他。他的感觉被引起了,他的呼吸更急了。

"得啦!没有什么可怕的事情发生!"

"你是这样想么,嗳?"丽达轻蔑地答道。这便是轻蔑的一念帮助她恢复了她自己,她奇怪地专意地凝注着他。

"怎么,我当然是这样想的。"萨鲁定说道,想要用一种特别的、逗情的、无耻的式样拥抱她,他知道这是有效的。但她依然是冷淡而无生气,他的手垂了下去。

"得啦!你为什么这样的生气,我的美人儿?"他以轻斥的口气呻唔道。

"离开我,不许动,我说。"丽达叫道,同时她恶狠狠将他推开了。萨鲁定觉得肉体的受伤了,他的热情白白地消失了。

"妇人们真的就是魔鬼!"他想道,"同她们一勾搭……"

"你怎么一回事啊?"他负气地问道,他的脸红了。

仿佛这句问话引起了什么事到她心上来,她突然地双手掩了脸,出人不意地哭了起来。她的哭泣正如农妇们的哭泣,高声地啜泣着,她的脸埋在她手中,她的身体向前弯,同时她的松散下来的头发,垂在她的沾湿的扭曲的脸上,因此她显得不美了。萨鲁定完全迷乱了。他微笑着,虽然他生怕这个微笑也会使她触怒,他想要将她的双手拉开她的脸。丽达倔强地抵抗着,同时哭泣不已。

"唉!天呀!"他叫道。他想要对她咆吼,扯她的手放到了一边去,以难堪的名字叫唤她。

"你为什么像这样地哭着呢?你和我搭上了……是不是?这真是可悲的!为什么恰恰在今天才哭呢?看天的面上,不要哭了吧!"他这样粗暴地说着,握住了她的手。

这阵扭强使她的头前后地摇动着。她突然地住了哭声,将她

沙宁

的手从她的泪水沾湿的脸上拿开了,以孩提的恐怖,抬眼望着他。一阵狂想闪过她的心上,她怕人家现在便会打她。但萨鲁定的神情现在又柔软了下来,他以一种安慰的口气说道:

"来,我的丽杜契加,不要再哭了!你也是一样的有错的!为什么要闹一场呢?你失了一招,我明白;但仍然,我们也是有过那么多的快乐,我们不是有过么?我们永远不会忘记这种……"

丽达又哭了起来。

"唉!不要哭了,你!"他叫道。然后在房里走来走去,激动地拉着他的髭须,他的嘴唇也颤抖着。

房间内是很沉寂的,在窗外,一棵树的美枝轻轻地摇动着,仿佛有一只鸟刚刚在那里栖息过。萨鲁定竭力镇压住自己,走近了丽达,轻轻地将他的手臂搂了她的腰。但她立刻推开了他,在推开时,重重地碰动了他的颔下一记,因此他的牙齿相触有声。

"鬼取了去!"他怒叫道。这一记伤他很不轻,而他的牙齿相触的滑稽的声音,更益恼怒了他。丽达并没有听见这,然而她本能地觉得,萨鲁定的地位是一个很可笑的,她带着女性的残酷,利用这个机会。

"你用的什么字眼儿!"她说道,在那里挑逗他。

"这已足够使任何人狂怒了。"萨鲁定使性地答道。

"我只要知道到底是怎么一回事!"

"你的意思是说,你仍然不知道么?"丽达以讥刺的口气说道。

过了一会儿工夫。丽达狠狠地望着他。她的脸如火的红。萨鲁定脸色变白了,仿佛突然地遮上了一层灰幕。

"唔,你为什么默默不作声?你为什么不说话?说!说几句话安慰我!"她锐叫道,她的声音中带有歇斯底里病的气氛。她

第十七章

自己的这个声音竟也使她惊得一跳。

"我……"萨鲁定开始说道,他的下唇颤抖着。

"是的,你,没有别人,只是你,坏运道!"她喊道,几乎为愤怒与绝望的泪水所窒息住。

美好的与有礼的假面具已从他,也已从她身上落下来了,每个人都更益明白地成了野蛮的无羁束的禽兽。

意思如奔鼠似的冲过萨鲁定的心上。他的最初意思是要给丽达金钱,劝她抛去了那孩子。他必须立刻而且永远地和她断绝关系。那便了结了一切的事。然而他虽以为这是最好的一个法子,他却一声不作。

"我真的永不曾想到……"他嗫嚅地说道。

"你永不曾想到!"丽达凶暴地叫道,"为什么你不想到?你有什么权利不去想到?"

"但是,丽达,我从不曾告诉过你,我……"他支吾地说道,觉得不敢说出他所要说的话,然而他自觉便说了出来,也是一个样子的。

但是,丽达却已明白了,不等他说出。她的美丽的脸黑暗了,为恐怖与绝望所搔搠。她的手软弱地堕到她身旁去,当下她坐到了床上。

"我将怎么办呢?"她说道,仿佛是高声地在想,"我投水自杀了么?"

"不,不!不要讲那种话!"

丽达狠狠地望着他。

"你知道吧,维克托·赛琪约威慈,我很觉得,这样的一件事是不会使你不高兴的。"她说道。

在她的眼中,在她的颤抖的美嘴上,具有那么忧郁,那么可怜的表情,竟使萨鲁定不得不转头他向。

167

沙 宁

丽达站起身来，那个念头，即她曾在他那里寻得了她的救星，她将和他永久同住下来的念头，起初使她慰安的，现在却激起了她的恐怖与憎恨。她想要用掌打他，当他的面轻蔑地辱骂他一顿，要自己报复他的如此地屈辱她。但她觉得，她一开了口便要哭了起来，更加被人看不起。最后的一星骄贵的火，美貌活泼的丽达仅存于今的骄贵之气概尽在于此了，惊止了她。她以如此深切的轻蔑的口气嘶嘶地叫道：

"你是畜生！"这使她自己也和萨鲁定同样地诧异着。

然后她冲出了房间，饰于她袖口的纽带现在被门上的转手所缠住，她便将它撕了下去。

萨鲁定的脸红到了发根。她如果叫他做"坏人"或"流氓"，他都能平心静气地受得住，但"畜生"却是如此的一个粗鄙的字眼，如此的完全与他对于他自己所持的人格的观念相反，它竟绝对地眩乱了他。即他的眼白也成了血红的。他不安地冷笑着，耸了耸肩，扣上了又散开了他的短衫，觉得自己是真正不幸的人。但同时一种满足与释放的感觉在他心内生长得更大了，一切都了结了。他一想到，从今以后，他将永不能再占有如丽达那样的一个女人了，他已失去了那么美丽可爱的一个情人了，便有点烦恼起来。但他以藐视的姿态扫除这一切的余憾。

"鬼把她拿了去！女人还少么？"

他将他的短衫拉直了，他的嘴唇还在颤抖不已，他点了一支香烟，然后他冒了他的平日的淡然的神气，往客人那里去。

第十八章

所有的赌钱的人，除了沉醉的马里诺夫斯基之外，全都失去了他们赌钱的兴致。他们渴欲知道那位来看萨鲁定的女人是谁，为什么来。那已猜得出这是丽达·沙宁娜的人全都觉得本能地妒忌着，他们自己幻想着她雪白的身体乃在萨鲁定的拥抱之中，这种的幻想妨害他们的赌牌。过了一会儿，沙宁从桌上站了起来，说道：

"我不再打下去了。再见。"

"等一会儿，我的朋友，你到哪里去？"伊凡诺夫问道。

"我去看看他们在那里做什么？"沙宁答道，指着紧闭的门。

他说了这句近于玩笑的话，大家都笑起来了。

"不要做一个傻子！坐下来，喝一杯酒吧！"伊凡诺夫说道。

"你才是傻子呢。"沙宁答道，当下他便走了出去。

他到了一条狭小的支巷上，在那里苎麻生长得很多。沙宁想，那便是萨鲁定窗户所对的正确的地点了，他仔细地踏倒了苎麻，爬上了墙。当他上了墙顶上时，他几乎完全忘记了他为什么爬上了那里的，他望着下面的绿油油的草和美丽的花园，觉得柔和的微飔轻快地吹拂在他的炎热而健壮的四肢上，那竟是如此的可爱呀。然后，他跳下墙内的苎麻丛中。恼怒地摩擦着为苎麻所刺伤的所在。他越过了花园，走到了窗下，那时，正是丽达在

沙　宁

说道：

"你的意思是说，你仍然还不知道么？"

听了她的异常的语调，沙宁立刻便猜出那是怎么一回事。他靠着墙，眼望着花园，耳朵在热切地静听着变音的、不快的、兴奋的语声。他觉得可怜他的美貌的妹妹，对于她的美丽的人格，"怀孕"这个粗词，似是如此的不合宜。比之谈话更使他生印象的乃是这些狂怒的人语与绿色的花园的温柔的沉寂之间的显著的矛盾。

一只白蝴蝶翩翩地飞过草地，在太阳光中游宴着。沙宁凝视它的飞翔正如他听着谈话那么样的专心。

当丽达叫道：

"你是畜生！"沙宁愉快地笑了，他慢慢地走过花园，并不注意到有没有人看见他。

一只蜥蜴冲过他的路上，他有好一会儿用眼睛去跟随这只柔软的绿身的小身体在长草中的迅速地窜爬。

第十九章

丽达并不回家,却匆匆促促地转步向反对的方向走去。街上寂无人行,空气是窒热的。紧近于墙上与篱笆,躺着短的阴影,这些是为胜利的太阳所克服的。她张开了她的小日伞,完全是出于习惯的势力。她并不曾注意到天气是冷是热,是晴是阴。她迅快地走过满是灰尘且满生着苔草的篱笆,她的头垂着,她的眼向下望着。她不时地遇到一两个喘气不息的徒步者,为热气窒得半死。沉寂罩在镇上,是一个夏天午后的压迫人的沉寂。

一只小白狗跟在丽达后边。它在热切地嗅了她的衣服之后,便奔到她的前面去,又回过头来望着,摆着它的尾巴,仿佛在说,他们是同伴。在一个街角上,站着一个可笑的肥胖的童子,他的一部分的衬衣竟拖出他裤子的后面。他的双颊伸长着,且为水果所污染,他正在用力地吹着一个木笛。

丽达对小狗招呼着,对童子微笑着。然而她几乎是不自觉地这样做着;她的灵魂是被幽禁着。一个难知的势力,将她与世界隔绝了,冲扫她向前而去,经过了太阳光,绿地,以及一切的生命的快乐,而向着一个黑渊走去,她因了她内心的沉闷的痛楚,知道这黑渊是近了。

一位认识她的军官骑了马过去。他看见了丽达,便勒住了他的栗色马,他的光滑的外衣在太阳光中闪闪发亮。

沙 宁

"丽达·彼特洛夫娜!"他以愉快欢迎的声音叫道,"在这样大热天,你到什么地方去?"

她的眼睛机械地望着他的打猎帽,俏皮地压在他的潮湿的为日光所射的眉上。她并不说话,仅仅是展开了她平日的卖弄风情的微笑。

在那个时候,她自己也茫然于什么事要发生,她回应着他的问题:

"啊,到哪里去,真的是?"

她不再觉得与萨鲁定生气了,也不想到他。她自己不明白为什么,到了他那里去的时候,曾觉得没有了他是不能够生活,不能够解决自己的悲愁的。然而现在仿佛他是从她生命中消灭了去。过去的事已经死了。将来的事是只关系于她的独自一人的,也只有她一人能够决断下去。

她的脑筋如犯了热病似的匆促地工作着,然而她的思路却还清楚明白。最可怕的事是骄傲美貌的丽达已经不见了,代她而起的乃是一个被酷待、被污辱的无抵抗的可怜人。大家全要取笑她,在人们的造谣和侮辱之前她将孤立无助。名誉与美貌必须保留着,所以,她必须走,离开污浊,到那黏性的污泥的浪花不能溅到的地方去。

在丽达自己解明了这一切以后,突然地感到她自己是为一个空虚所包围了的;生命,太阳光,人类,都不再存在了,她在它们之中是孤独的,绝对的孤独的。没有法子逃脱,她必须死去,她必须投水自杀。有一会儿,这个念头她觉得如此的确定,仿佛竟有一道石墙建立于她的四周以禁闭她,与一切既往的,一切将来的都隔绝了。她从猜到自己业已怀孕时起,曾不住地感到内心里一种还未得了解,却已击破她的一生的感触——现在却连这种可憎的、可怕的感触都一下里消灭了。一种轻微无色的空虚包围

第十九章

在四周,死神的漠不相干的神色弥满起来。

"这真的是如何的简单!而且用不着别的!"她想道,四面地望着,然而看不见什么。

她现在走得更快了,虽然为她的宽裙所阻碍,她却几乎是在奔跑,这在她看来,仿佛她的前行还是不可忍的迟缓。

"这里是一所房子,前面又是一所,有绿色的百叶窗的;还有,一块空地。"

对于那河,那桥,那将要在那里发生的事,她并没有清楚的概念。这如一片云,一阵雾,遮罩了一切。但这样的一个心境只到她达到了桥上就告了终结。

当她靠身在栏杆上时,看见绿色的浑浊的水,她的决心立刻舍弃了她。她为恐惧及一个求生的狂念所捉住。现在她对于生物的认识又恢复过来了。她听见声音,听见麻雀的啾唧;她看见太阳光,看见在绿草中的雏菊花,看见小白狗;这狗显然以她为它的真正的主妇。它坐在她的对面,举起了一只小爪,它的尾巴打着地上,在沙上遗留下几个有趣的华文。

丽达凝望着这狗,很想激动地抱了它,大滴的眼泪充满了她眼中。对于她的美丽的毁坏了的生命的无限遗憾制胜了她。她半眩晕的,弯身向前,伸出为太阳所烤的栏杆的边上,这突然的举动竟使她的一只手套落到了水中。在默默地恐怖着,凝望着它无声地落在平滑的水面上,荡漾成了大水圈。她看见她的淡黄手套成了更黑更黑的,然后徐徐地灌满了水,如在它的死亡的痛楚之中一样,翻身过来一次,然后以一种旋转的动作,渐渐地沉到了溪流的深绿处了。丽达竭力要眼见它的沉下,但那黄点却渐渐地更小了,更不清楚了,最后,便看不见了。与她的视线相接触的只是平滑而黑的水面。

"怎么会落下去的,小姐?"紧靠于她的身边有一个女人的声

沙 宁

音问道。

丽达惊退了一步,看见一个肥胖、偏鼻的农妇,以同情的好奇心望着她。

虽然这种的同情仅注于失去的手套上,而在丽达看来,仿佛这位和善肥胖的妇人知道一切事而可怜着她。有一会儿,她想要告诉她全部的故事,因此使她心中轻松些、自然些。但她迅快又以为这主意是很傻的。她红了脸,支吾地说道:"啊,没有什么!"当下她便转身离桥而回。

"在这里自杀是不可能的!他们会救我起来的!"她想道。

她更沿了河岸走去,跟了一条平坦的人行路到了河与一座篱笆之间的左边。路的两旁都是苎麻与雏菊,羊的芫荽以及有臭味的大麻。这里是恬静而且和平,如在一座乡村的教堂之中。高大的柳树如梦地临照于溪流之上;峻峭而绿色的河岸浴于太阳光中;高高的牛蒡杂生于苎麻之中,而刺人的荆棘绞缠住了丽达衣服上饰着的花边。一棵巨大的植物,将白色种子撒在她身上。

丽达现在逼了她自己更向前去,竭力要战胜她内心的要拉她回去的一个很强大的力量。"这是必须的!必须的!必须的!"她反复地说道,当下她拉了她自己前去,她的双足每走一步便似乎要破了它们的束缚;她一步步地走得离桥更远,离她所不自觉的决心要停步的地方更近。

当她到了那个地点,看见了黑而冷的水,水上绿树如穹门似的覆盖着,而川流则旋转地经过了峭岸的一角时,然后她已明白,她是如何的求活,如何的怕死。然而她却必须死的,因为活下去已是不可能的。她并不四面看看,便将她的剩下的一只手套和她的小日伞都抛了到地下去,而她自己也离开了人行路,走过长草之中而到了水边。在那个时候,一千个思想经过她的脑中。在她的灵魂的深处,醒起了她的童年的信仰,这信仰是被新思想

第十九章

所遗忘、所打消了。她以纯朴的热诚，反反复复地述着这个短的祷词："我主，救我！我主，帮助我！"她突然地回忆起她新近才学的一支歌曲的重叠的尾声；她有一会儿工夫，想到了萨鲁定，然后她看见了她母亲的脸，在这个可怕的时候，她似乎双倍地亲近于她。也就是她母亲的脸庞拖着她更快地向河水走去。只有到了这个时候，丽达方才敏锐地明白出，她母亲以及所有爱她的人，并不是爱她的真正的本相，和杂着她的一切缺点与欲念，他们所爱的只是他们所希望她形成的那个她。在她自己暴露本相，已经离开了他们所认为唯一的一条正路的时候，也就是这些人们，特别是她的母亲，以前越爱过她厉害，现在越要虐待她。

然后，如在一个狂梦中，一切都纷乱了；恐惧，求活，不可避免的感觉，不信仰，一切都终结了的决心，希望，失望，以及她以为这地便是她必须死去的恐怖的自省；然后一个极像她哥哥的人影子现了出来，他跳过一道篱笆，向她奔过去。

"你不能够想到更傻的事了！"沙宁气息不属地叫道。

真是一件巧合不过的事，原来丽达所到的正是接近于萨鲁定的花园的那个所在，在那里，她第一次投身给他，就在半倾坏的竹篱上，姿势非常不方便，有一排黑暗的树林遮挡着明月的光。沙宁远远地已经看见了她，且猜出了她的心思。起初他是要任她做她的事的，但她的狂暴激动的举动引起了他的怜悯，他跃过了花园中的椅子与丛林，奔去救她。

她哥哥的声音对于丽达有一种可惊的效力，她的知觉，被她内心的冲突工作得疲倦之极的，现在突然地失去了。她眩晕去了；每一件东西都在她眼前眩晕着，她不再知道她是在水中或在岸上。沙宁刚刚及时地紧紧地握住了她，拖她回去，偷偷地自喜他自己的筋力与敏捷。

"居然这样！"他说道。

沙 宁

他将她靠在篱笆上坐着,然后四面地望着。

"我怎么对付她才好呢?"沙宁想道。丽达在那个时候恢复了知觉。她脸色惨白,心绪纷乱,开始可怜哭了起来。"天呀!天呀!"她啜泣着,如一个小孩子。

"傻东西!"沙宁好脾性地斥责她道。

丽达并没有听见他的话,但当他转动时,她却攀住他的手臂,更高声地哭了起来。

"唉!我在做些什么事呢?"她恐惧地想道,"我不应该哭;我必须竭力一笑置之,不然,他便要猜出这是怎么一回事了。"

"唔,你为什么那么样的伤心呢?"沙宁问道,当下他温和地抚拍她的肩部,他说得这样和婉亲切,自己觉得有趣。

丽达在她帽子下面怯生生地抬眼望着她,如一个小孩子似的羞怯,停了哭声。

"我全都知道了。"沙宁说道,"一切的经过。我很早的就知道了。"

虽然丽达觉得有几个人在疑心着她和萨鲁定的关系的性质,然而当沙宁说出这句话时,仿佛他是当脸打了她一记。她的柔和的身体恐怖地退缩了回去;她眼神枯干地凝望着他,有如一只野兽在负固。

"怎么一回事,现在?仿佛我踏了你的尾巴了。"沙宁笑道。他握住了她的圆而柔软的肩膀,轻轻地拉她回到她从前的在篱边的位置,她的肩膀在他手下颤抖着,而她服从地听了他的命令。

"来,现在,什么事使你如此的难过呢?"他说道,"是因为我知道了一切么?或者是因为你想,你和萨鲁定的失足的事是如此的可怕,竟使你不敢去承认它么?我真的不明白你。但是,如果萨鲁定不肯娶你,唔——那是应该感谢的事。你现在知道,而你从前也必定知道,他真的是如何的一个卑鄙平庸的人,不管他

第十九章

的美貌与他的适于恋爱。他所有的不过是美貌而已,这美貌你现在已经享受得够了。"

"是他享受我,不是我享受他!"她嗫嚅地说道,"唉!是的,也许我是这样的!唉!我的天呀,我将怎么办呢?"

"而现在你是怀了孕……"

丽达闭了她的眼睛,低下她的头。

"当然的,这不是一件好事。"沙宁温和地继续说道,"第一点,生孩子是一件龌龊痛苦的无意义的事;第二点,真正使你关心的,乃是人们不断地虐待你。总之,丽杜契加,我的丽杜契加。"他以一种突然的用力的高声说道,"你并没有损害到任何人;而且,即使你生了一打的孩子到世上来,除了你以外,没有人受害的。"

沙宁停止了一会,在反省着,当下他的双臂交叉在他的胸前,咬着了的髭须的尖端。

"我能够告诉你,你应该怎么办,但你是太柔弱、太愚蠢了,不能听从我的劝告。你勇气还不够呢。无论如何,这是不值得去自杀的。且看着辉煌的太阳,恬静地流着的溪水。你且记住,你只要一死,每个人便都将知道你是怀孕而死的。那么,自杀对于你又有什么益处呢?你之所以想自杀,并不是因为你是有了孕,乃是因为你怕别的人的讥议,怕别人不让你生活。你的烦恼的可怕的部分,不在于实际的烦恼的本身,而在于你将这个烦恼放在你自己与你的生命之间了,这个生命,你以为是应该终结了的。但在实际上,那是一点也不会变更了生命的。你并不怕疏远的人,你怕的是和你接近的人,特别是那些爱你的,以及那些以你的失身为绝对的可惊骇的人,他们乃以你的失身,不在于一张合法的结婚床上而在一座林中或一片草场上为可惊骇。他们将不缓缓地来责罚你的逆迹,所以,他们对于你有什么好处呢?他们是

沙 宁

蠢蠢的，残酷的，没有头脑的人。为什么你要为了蠢蠢的、残酷的、没有头脑的人而去死呢？"

丽达抬起了她的大而疑问的眼光向他望着，在这对眼中，沙宁能够省察出一星了悟的火。

"但我将怎么办呢？告诉我，什么……什么……"她涩声地咿唔道。

"有两条路给你走：你必须打下了这个没有人要的孩子，这个孩子的出世，你自己一定会明白的，仅将带了麻烦来。"

丽达的眼睛中表白狂烈的恐怖。

"去杀死一个知道生的快乐与死的恐怖的人，那是一件极不公道的事。"他断续地说道，"但一个种子，一团无知觉的肉与血……"

丽达经验到了一个奇异的感觉。起初，羞耻充溢了她，这样的羞耻，仿佛人家剥脱她的衣裳，使她全身赤裸用野蛮的手指去触那身上最隐秘的地方。她不敢望着她的哥哥，生怕他们俩都要为了这个羞耻而绝了气。但沙宁的灰色眼睛中带着一种镇静的表情，他的语声是坚定而有抑扬的，仿佛他正谈着平平常常的事。这乃是这个说话的镇定的力量与乎他的话语的极为真确，移去了丽达的羞耻与恐惧。然而失望又突然地占据了她。当下她抱了额，而她衣服的薄薄的袖口飘拂着如一个骇飞的鸟的双翼。

"我不能够，不，我不能够！"她支吾道，"我敢说你是对的，但我不能够！这是如此的可怕！"

"唔唔，如果你不能够的话。"沙宁说道，当下他跪了下去，温和地将她的手拉开了她的脸上，"那么我们必须竭力地隐瞒了这事。我去办理叫萨鲁定离开这镇上的事，而你——唔，你要嫁给了诺委加夫，而快快乐乐的。我知道，你如果不曾遇到这个美丽的少年军官，你是可以爱沙斯察·诺委加夫的。这是我能决定的。"

第十九章

丽达听见说起了诺委加夫的名字,她便在黑暗中看见光明。因为萨鲁定使她不快活,她便坚信,诺委加夫决不会这样的,有一会儿工夫,在她看来,一切事似都能很容易地解决了。她要立刻地站起身来,走回家去,说这话那话的,光明灿烂的生命将再度开展于她的面前。她要再度生活着,她要再度恋爱着,不过这一次的生活却是一个更好的,这一次的恋爱,却是更为深挚更为纯洁的。然而后来,她又立刻地想起,这是不可能的,因为她已经被一个不高尚的无感觉的恋爱所玷污、所辱没了。

一个粗字,她不大知道,且从不曾说过的,突然地来到了她的心上。她使用这个字在她自己身上去。这似乎她受到了一记耳光。

"皇天呀!我真是一个……不错,不错,当然,我是的!"

"你说什么话?"她咿唔道,被她自己的回声所羞。

"唔,怎么一回事?"沙宁问道,当下他望着她美丽的头发松乱地散在她的洁白的颈上,太阳光穿过了绿叶的网而给它以斑纹。一阵突然的恐怖捉住了他,他生怕不能劝动了她,生怕这位年轻美貌的妇人,适宜于给予许多快乐于别人的,将消失于黑暗的无知觉的虚空之中。丽达是沉默着。她竭力压抑她的求生之念,但是这一念,违反了她的意志,却主宰了她的颤抖着的全个躯骸。经过了这一切事变之后,在她看来,她不仅羞于生存且也羞于求生存。然而她的肉体,强壮而充满了活力的,却又拒却着如此乖僻的一个观念,仿佛它便是毒药似的。

"为什么这么的沉默不言?"沙宁问道。

"因为这是不可能的……这是一件不道德的事!……我……"

"不要这样无意识地谈着!"沙宁不耐烦地驳斥道。

丽达又抬眼望着他,在她的泪眼中,有了一线的希望之光。

沙宁折下一枝树枝,咬着它,然后将它抛弃了。

"一件不道德的事!"他又说道,"一件不道德的事!我的话

沙 宁

使你惊诧了。然而为什么呢？这一个问题既不是我，也不是你所能正确答复的。罪恶，什么是罪恶？假如一位母亲，当她产生一个孩子时，她的生命陷在危险之中，而那个活的孩子为了救全他的母亲而被毁灭了，那不是一桩罪恶，乃是一件不幸的必须的事！但去隐蔽一个还不曾存在的东西却被称为一桩罪恶，一个可怕的行为，是的，一个可怕的行为，即使母亲的生命，甚至于她的幸福都靠着它！为什么这事必须如此呢？没有人知道，但每个人却都高声地执持着此见而叫道，'好呀！'"沙宁冷冷地笑道，"唉，你们人，你们人！人们代自己创造了魔鬼、阴影、幻想，而他们便第一个为这些东西所苦。但他们却全都叫道，'啊，人是一个名作，万物中的最高贵者；人是皇冠，是万物之王；'但这个王却永不曾即过王位，这个受苦的王却是被他自己的影子所震骇的。"

沙宁停顿了一会儿。

"总之，那都不是主要之点。你说，这是不道德的事。我不知道；也许是的。如果诺委加夫听见了你的失身的事，他便将极为悲戚的；在实际上，他或将以手枪自杀，然而他仍将是同样地爱着你的。在那个情形之下，那可责备的便是他了。但如果他是一位真正聪明的人，他便将绝不看重你曾和（原谅这句话）别个人睡过。你的身体和你的灵魂都不曾因此受害过。好上帝！为什么，他也可自己娶了一个寡妇，例如！所以这并不是那个事实阻止了他，乃因为他的头脑之中充满了纷乱的意念。至于说到你自己呢，如果人类在他一生只有恋爱一次的可能的话，那么，第二度的恋爱的企图当然是徒然而且不快的，但这却并不是如此的。堕入爱中或为人所爱乃正是他所喜悦而且希望着的。你将爱上了诺委加夫，如果你不，唔，我们将一同旅行，我的丽杜契加。总之，人是什么地方都能够住着的，是不是？"

第十九章

丽达叹了一口气，竭力要克服她最后的踌躇。

"也许……一切事都将再度光明了。"她咿唔道，"诺委加夫……他是这么好，这么和爱的……他也美貌，是不是？是的……不……我不知道怎么说才好。"

"假如你投水自杀了，那么怎么样？善与恶的势力却不会因此而得或因此而失。你的尸首胀肿起来，不成样子，沾了污泥在上，将被人家拖出河中，而埋葬了。那便是一切的事了！"

丽达微淡地想起了绿而浑浊的水，带泥的动荡着的水草，以及浮泛于她四周的浮沤的印象。

"不，不，决不！"她想道，脸色灰白了，"我还是忍受着这一切的耻辱吧——诺委加夫……每一件事……任何事，只除了那件事。"

"啊，你脸色是如此的惊怖呀！"沙宁笑道。

丽达从眼泪中微笑着，她自己的微笑安慰了她。

"无论发生什么，我的意思便是要活着！"她以热情的力量说道。

"好的！"沙宁叫道，跳了起来，"没有比之死的一念更可怕的了。但在你能够担负着责任而没有失去了生命的视听之感时，我说，活着！我的话不是对的么？现在，将你的手给我！"

丽达伸出她的手。羞涩的女性的姿态表示出孩提的感谢。

"那是对的——你的小手儿如何的姣好呀。"

丽达微笑着，不说什么。

并不是沙宁的话发生了效力。她的活力是一个活泼轻快的活力，她刚才经过的那场事变只是将这个活力扯拉到最高点而已。再加上一点压力，线子便要断了。但压力并没有使用出来，她的全身全体再度为一种强烈的骚动的求生之念所撼动。她出神地向上看着，在她的四周看着，静听着四周的充溢了的快乐在跳动

沙 宁

着；在太阳光中，在绿油油的草场上，闪闪发亮的溪流，镇定微笑的她哥哥的脸，以在她自己。仿佛是她自己如今是第一次才看见听见这一切。"活着！"她内心的一个愉快的声音叫道。

"对的！"沙宁说道，"我要帮助你出于烦恼，当你在战斗时，我要站在你的身边。现在，因为你是那么一个美人儿，你必须给我一吻。"

丽达微笑着，如出之于一个林中仙人的神秘的微笑。沙宁将手臂搂着她的腰，当下她的温热柔软的身体在她的接触之下战栗着，他的爱好的拥抱几乎是猛烈的。一阵奇异的不可测知的愉快的感觉制胜了丽达，而她的求生之念更为丰裕，更为浓挚。她不管她做什么事。她徐徐地将双臂环于她哥哥的头颈，半闭了眼睛，她紧合了双唇去吻他。

她在沙宁热烈的慰藉之下，感到说不出的快乐，在那个时候，她管不了吻他的人是谁，正如为太阳所温暖的花朵儿，她永不要问问这温暖是从何而来的。

"我怎么一回事了？"她想道，愉悦地诧异着，"啊！是的！我想投水自杀——怎么傻！为了什么？啊！那是甜美的。再来！再来！现在，我要吻你了！这事可爱的！在我活着的时候，我不管有什么事发生！"

"现在，你明白了。"沙宁说道，释放了她，"一切美好的东西原只是美好。一个人必须不要将它变成了别的东西。"

丽达心神不在地微笑着，徐徐地重理着她的头发，沙宁将日伞与手套交给了她。她看见还有一只手套不见了，起初是惊骇着，但立刻恢复了理智，她觉得对于那样的一件小事而大惊小怪着，实是大大的可惊异。

"啊！唔，那是过去了！"她想道，和她的哥哥沿着河岸走去。太阳光凶猛地晒在她的圆而成熟的胸前。

第二十章

当诺委加夫他自己代沙宁开门时,他看来似乎不甚高兴有这样的一个拜访者。每一件事物使他想起丽达和他的已散的幸福之梦的,都会使他感到痛苦。

沙宁注意到这层,和蔼地微笑着,直进了房内。房内一切都是颠颠倒倒的,又很污秽,仿佛是被一阵旋风所吹乱。地板上满是纸条子,琐物以及各种的垃圾,床上椅上都是书籍、衬衣、外科器具,还有一只皮包。

"要动身么?"沙宁惊骇地问道,"到什么地方去?"

诺委加夫避开了沙宁的眼光,继续地去检点东西,为他自己的纷扰所恼怒。最后,他说道:

"是的,我要离开这个地方,到荒歉的省份去服务。我得了我的公示知照。"

沙宁看看他,然后又看看皮包。在他再看了一眼之后,他的身体便弛放在一个广漠的微笑之中了。

诺委加夫沉默着,为他的绝对寂寞与他的不可慰藉的悲哀的感觉所压迫。他沉没于他的思想中,竟将一双皮鞋和几支玻璃管包扎在一起。

"如果你像这样地包扎东西。"沙宁说道,"当你到了时,你将自己发见不是破了玻璃管,便要损了皮鞋。"

沙　宁

　　诺委加夫的泪眼，射回了一道回答，它们说道："唉！让我一个人在着吧！你当然能够看出我是如何的忧郁！"

　　沙宁明白了，沉默不言。

　　梦境似的夏天的黄昏时候已经到了，在绿园之上的天空，如水晶似的清莹的，如今渐渐灰淡了。最后沙宁说话了。

　　"我想，你要想到什么鬼知道的地方去，还不如娶了丽达来吧。"

　　诺委加夫全身战栗起来，迅快得不自然地回身望着。

　　"我必须请求你停止了开这种愚蠢的玩笑吧！"他以一个尖抖刚硬的声音说道。这声音由暮色中响出去，反应于如梦的园林之间，在静悄悄的树木底下发着奇响。

　　"为什么这样的生气？"沙宁问道。

　　"听我说！"诺委加夫粗暴地开始道。在他的眼中有了那么一种愤怒的表示，竟使沙宁难得认识他。

　　"你的意思难道是说，你娶了丽达乃是一件不幸的事么？"沙宁快活地续说，从眼角里笑将出来。

　　"闭嘴！"诺委加夫叫道，像醉人般倾跌地向前走去，在沙宁头上用极大的力量挥动着一只旧皮鞋。

　　"和平些！你疯了么？"沙宁锐声地说道，当下他退回几步。

　　诺委加夫恼怒地将皮鞋抛了下去，呼吸急促的，直立在他面前。

　　"你用了那只皮鞋，真的要……"沙宁停止不说下去，摇摇他的头。他怜恤他的朋友，虽然这样行为在他看来完全是可笑的。

　　"这是你的过错。"诺委加夫心绪纷乱地嗫嚅道。

　　然后，他突然地感到对于沙宁的完全信托与同情，他是那么强健而镇定。他自己像一个小学童，渴要告诉别人以他自己的苦楚。眼泪充满了他的双眼。

"只要你知道我心里是如何的苦闷。"他咿唔道,努力要控制住他的情绪。

"我亲爱的朋友,我知道了一切——每一件事。"沙宁和爱地说道。

"不!你不能够知道一切!"诺委加夫说道,当下他坐在沙宁的身边。他想,没有人会感到如他那样的苦闷的。

"是的,是的,我知道一切。"沙宁答道,"我宣誓说,我知道;如果你允许不再用你的旧皮鞋打我,我便愿证明我所说的话。允许么?"

"是的,是的!原谅我,法拉狄麦!"诺委加夫说道,他以前从不会称呼沙宁的名字。这使沙宁感动了,他愈觉得渴望帮助他的朋友。

"唔,那么,听我说。"他开始道,当下他的手以信托的样子放在诺委加夫的膝上,"让我们很坦白地谈着吧。你所以要离开这里,为的是丽达拒绝了你,为的是那一天在萨鲁定房里时,你有了心,以为是她私自跑去看他。"

诺委加夫弯身向前,太苦恼了,说不出话来。仿佛沙宁将一个苦楚的创口重新破开了。沙宁注意到诺委加夫的烦恼,心中想道:"你这忠厚的老傻子!"

然后他继续地说道:

"至于说到丽达与萨鲁定的关系,我不能确切地指实什么,因为我不知道其事,但我不相信……"当他看诺委加夫的脸是如何的暗淡时,他竟不能毕其辞。

"他们的亲密。"他继续地说道,"是最近的时候才发生的,所以没有什么严重的事能够发生,特别是一个人如果观察到了丽达的性格。你当然知道她是什么样子的人。"

沙　宁

　　诺委加夫面前站起了丽达的印象,是他从前明白,并且爱着的丽达,这个丽达,是骄傲的,精神高尚的女郎,眼睛明亮,冠以庄严完满的美,如带着一道四射的晕光。他闭上了眼,信仰沙宁的话。

　　"唔,如果他们真的卖弄了一点风情,那是已经过去了,现在是完结了。总之,如果一位像丽达似的女郎,年轻而美貌,正在寻找幸福,有了这一类的小小的娱乐,对于你又有什么关系?我想你不必费什么回忆之力,便至少也可以回忆起一打的比这种的卖弄风情更为危险的事。"

　　诺委加夫信托地望着沙宁,眼神非常的光亮而且透明,却不敢说一句话,生怕一句不谨慎的话语或思想将把在他心中希望的微微火星杀死。最后,他嗫嚅地说道:

　　"你知道,如果我……"但他不再说下去了。说不出什么话来,泪水壅住了他的话语。

　　"唔,如果你什么?"沙宁高声问道,他的眼睛光亮着,"我只能告诉你这事:丽达与萨鲁定之间是没有,而且永远没有过关系的。"

　　诺委加夫诧异地望着他。

　　"我……唔……我想……"他开始道,他朦胧地想着,他再也不能够相信沙宁所说的话。

　　"你想的是一堆无意识的事!"沙宁锐声地答道,"你应该更深地认识丽达。有了这一切的踌躇与犹豫不决,还会有什么恋爱呢?"

　　诺委加夫过于快乐,握着沙宁的手,向他的嘴望着。

　　然后,当沙宁仔细地看到他的话语对于他的同伴的效力时,他的脸突然地表现出一种狠恶的神色。

　　他朝诺委加夫的脸看了半天,看他一想到他想去交媾的妇人

第二十章

以前没曾同谁交媾过,那脸便表现出显然的愉快的神情,来了一道兽类的妒忌与私欲的眼光入于那一对忠实而愁郁的眼中。

"哑呵!"沙宁恐吓地叫道,当下他站了起来,"那么,我所要告诉你的是:丽达不仅和萨鲁定恋爱着,并且还和他有了不法的关系,而现在是怀了孕。"

房里是死似的沉寂。诺委加夫现出一种奇异的病态的微笑,擦着他的双手。从他颤抖的唇间发出一个微弱的呼声。沙宁站在他面前,直向他的眼中望去。他嘴角的皱纹中,表现出制住了的愤怒。

"唔,你为何不说话?"他问道。

诺委加夫抬眼向沙宁看了一会,但立刻便躲避了他的视线,他的身体仍是为一个空虚的微笑所扭歪。

"丽达刚刚经过了一次可怕的经验。"沙宁低声地说道,仿佛是自言自语,"如果我不是偶然地追上了她,她现在已不活在世上了,而昨天是一位康健、美貌的女郎,现在便要躺在河泥之中,成了一具浮尸,为蟹所食了。问题并不是她的死亡的问题——我们每个人终有一天要死的——然而一想起了随她而死灭的,还有因了她的人格,为别人而创造出的一切光明与快乐,我们将要如何的悲哀。当然,丽达并不是全世界上唯一的女郎;但我的上帝,如果世界上没有女郎的可爱的模样儿存在着,世界便要如坟墟似的悲惨而阴郁了。"

"在我一方面呢,当我看见一位可怜的女郎这个无意识的方法走上死亡之路时,我是渴要行使谋害的。以我私人言之,不管是你娶了丽达也好,或她到了魔鬼那里去也好,都与我完全无关的,但我必须告诉你,你乃是一个白痴。如果你的脑筋中有了一个键全的观念,那么,你会仅仅因为一个少年女子,有选择的自由权的,选错了男子,但是在性交以后,并非在性交以前,她重

沙　宁

又得到了自由，难道因为这个你自己竟这样地悲苦着，也使别人们这样地悲苦着么？我对你说话，但你也不是一个唯一的白痴，像你一类的人有几百万呢，他们使生命进了一个监狱，没有阳光也没有温暖！你们是怎样常常地为你们自己的性欲所操纵而和些妓女们同伴着，她便成了你们的下流的淫欲的同享者呢？在丽达的事件中，这乃是热情，乃是青春、筋力与美丽的诗歌。那么，你有权利从她那里退缩而去么，你那么自称为一个聪明多感的人？她的过去对于你有什么关系？她是减少了美丽么？或者她自己是不甚适于爱人或为人所爱了么？是不是你自己想要第一个占有了她呢？现在，说吧！"

"你很知道并不是那样的！"诺委加夫说道，他的唇颤抖着。

"啊！不错，这是那样的！"沙宁叫道，"请问还能有什么别的理由？"

诺委如夫默默不言。他的灵魂中完全是黑漆漆的，但如远处的一线光明射过暗中一样，也来了宽恕与自己牺牲的一念。

沙宁望着他，似乎读得出经过他心中的思想。

"我得看出。"他开始以一种柔和的口气说道，"你正在默计着为她而牺牲自己的事，'我要降到她的水平线之上，保护她出于群众'以及其他。那是你对于你自己的'道德的己'所说的话，他在你自己的眼中长大了，有如一条在兽尸中的蛆虫所看它自己一样。但这完全是虚伪的；没有别的，只是一个谎！你是一点也不能够自己牺牲。例如，丽达假若为天花之故而失了她的美貌，你也许要使你自己成就了这样的一种英雄行为。但过了几天之后，你便要致苦楚于她的生命了，或者轻蔑她，或者抛弃她，或者时时斥责她。在现在，你对于你自己的态度是可崇赞的一个，仿佛你是一尊圣像。是的，是的，你的脸变形了，每个人都要说，'啊！看呀，有一个圣者。'然而他并没有失去了你所希慕

第二十章

的一丝一毫的东西。丽达的肢体和从前一模一样；她的热情，她的美好的活力也和从前一模一样。但，当然的，这是极为方便的，也是极为可赞许的，一个人既得了愉乐，同时又可偷偷地想象着，他是做了一件高尚的行为。我宁可说这是的！"

诺委加夫听了这几句话，他的自己怜悯的心乃为一个更高尚的情操所代替。

"你看我比我实在的更坏了。"他斥责地说道，"我并不是如你所想的那么缺乏感情。我不否认，我有一点偏见，但我是爱着丽达·彼特洛夫娜的；如果我很确定她是爱我的，那么你以为我会费了很多时候去下我的决心，因为……"

他的声音，说到这里最后一句话时，竟说不出来。

沙宁突然地成了十分镇定。他走过了房间，站在开着的窗口，沉入思想之中了。

"她现在是十分的忧愁着。"他说道，"很难想到恋爱。我怎么能说得出她是否爱你呢？但是在我看来，如果你到她那里去，如第二个人，并不责备她的片刻的偶然的幸福，唔……那也许她会回心转意的！"

诺委加夫坐在那里，如一个人在梦中。忧愁与快活在他心中产生出一个快乐的感觉，柔和而闪脱，如一个暮天的光线。

"让我们到她那里去吧。"沙宁说道，"不管发生什么结果，她总是喜欢看见一个人的脸，在那么多隐藏了皱脸的兽类的假面具之中。你是有一点傻气的，我的朋友，但在你的傻中，却有些别人所没有的东西。且想想看，世界是那么永久地在这些傻子身上寻到它的希望与幸福！来，我们走吧。"

诺委加夫羞怯地微笑着："我很愿意去到她那里去。但她自己会不会觉得喜欢呢？"

"不要想到那事。"沙宁说道，当下他将双手都搁在诺委加夫的肩上,"如果你存心要做应做的事,那么,做去,结果如何,自有分晓的。"

"不错,我们走吧!"诺委加夫决心地叫道。在门口,他停了步,双眼盯在沙宁的全个脸上,他以不常有的着重的口气说道:

"听我说,如果这是在我权利之内的话,我要尽我的全力使她快乐。这话似是平庸的,我知道,但我不能用什么别的话来表白我的感情。"

"不要紧,我的朋友。"沙宁诚恳地答道,"我明白的。"

第二十一章

夏天的炎威正降临在镇上。到了有月的晚上便清恬得多。当时大而清朗的明月照在头上,而空气中浓重了从田野中花圃中来的芬香,愉快地解除了疲倦的感觉。

在白昼之时,人民在做工,或在从事于政治或艺术;在实施各种的思想;在食、饮、沐浴、谈话,然而当炎热减退了,喧哗与辛劳停止了,而在朦胧的地平线上,月亮的圆而神秘的盘子,徐徐地升于草地与田园之上,给屋顶与花园以一种奇异而凉爽的清光之时,那么,人民们便开始更自由地呼吸着,重新生活下去,仿佛是脱去了一层压身的外套。

人越年轻,这个生命越发丰富而且更为自由。花圃中充满了夜莺的乐声,绿草应和了一位女郎衣衫的轻触而颤抖着,这时,阴影更深浓了,而在炎热的黄昏中,一对对的眼睛更明亮了,语声更柔和了,因为恋爱正在那疲弱而芬芳的空气中呢。

犹里·史瓦洛格契和夏夫洛夫二人都是对于政治十分感到兴趣的,在近来组织成功的互研学术的一个学会中,犹里读了所有最新出版的书,相信他现在已经在生命中得到他的位置了,他已得到了一个方法以结束他的一切狐疑了。然而无论他读了如何多的书籍,不管他的那一切的活动,生命对于他还是不可爱的,它只是荒旷而且乏味的。仅有身体健全之时,仅有在他的肉体的部

沙 宁

分为堕入情网的盼望所引起之时，生命方才真的似乎可恋慕。从前一切的美貌少妇也都同样程度地使他感过兴趣，然而在其余的人中，他现在拣出了一个，在她的身上，一切别的女郎们的可爱，都合而为一了，她娇美绝伦地站开在一边，有如一株年轻的赤杨树在春天之时，站在一座森林的边上。

她是长而丰瘦合度的，她的头颅妩媚有致地放在她的白而平滑的肩上，她的声音在说话时是朗亮的，在唱歌时是甜美的。虽然她对于她自己的音乐与诗歌的天赋是很自喜的，而她的丰裕的活力却在肉体的努力上得到了它的充分的表现。她渴要把什么东西压在她胸前，渴要将足踏在地上，渴要笑着唱着，渴要默察美貌的少年男子。有些时光，当在太阳炎炎的正午，或在淡白的月光之中，她觉得仿佛她必须突然地脱去了一切的衣服，在草地上飞跑过去，跳入河中，去寻求一个人，她所渴要温柔地勾引着他的人。她的出现每使犹里心乱。他与她同在一处时，便变得更为雄辩了，他的脉搏更快了，他的脑筋更敏捷了。终日的他的思想便在她身上，在夜间时，他所求的也是她，虽然他不会自己承认过他是如此的寻求着。他是永远在分析他的感情的，每一个情操都如一朵花在霜中萎枯了似的。每当他问他自己，他为什么追求于西娜·卡莎委娜之后，他的答语便常常是"性的本能，没有别的"。不知什么缘故，这个解释竟激起了他浓挚的自轻自慢。

然而一种默契却已建立在他们俩之间，如两面明镜一样，一个的情绪竟反映在别一个的上面。

西娜·卡莎委娜从不烦心于分析她的情操，如果这些情操引起了她轻微的晓悟，然而却也朦朦胧胧使她愉快。她妒忌地隐匿着，不使别人知道，决心要完全自己保守着。这使她十分的烦恼，她不能发现，在那位美貌的少年朋友心上真实地在想些什么。有的时候，她似乎觉得，他们之间并没有什么，然后她悲伤

第二十一章

着，有如失去了贵重的东西。然而她却并不讨厌去接受别的男人们的注意，她相信，犹里之爱她，给她以一个选举新娘似的高举的样子，使她格外地为别的追求者们所希羡。她强烈地为沙宁的在前所迷诱，他的广阔的肩部，镇定的眼光，从容不迫的态度都赢得了她的注意。当西娜感察到了他在她身上的势力时，她便诅咒她自己缺乏自制力，虽然不是不贞正，然而她仍常常地继续以很大的兴趣去观察他。

即在丽达发生了那么可怕的事件的那个黄昏，犹里和西娜在图书馆中相遇了。他们仅仅地互相问好，然后便各做各事，她正选拣书籍，他在翻阅最近的圣彼得堡的报纸。然而他们碰巧地一同离开了图书馆，并肩地沿了寂寞的月光照着的街道同走着。一切都如墟墓似的沉寂着，一个人仅能在间时地听到守望者的喋喋声与远狗的吠声。

到了林荫路上时，他们看见了一群快乐的人正坐在林下。他们听见笑声；燃着的香烟的光亮中，一瞬间现出一个美髭来。正当他们经过那里时，一个男人的声音唱道：

> 美女的心肠，
> 如吹过田野的风似的任性……

当他们到了离西娜的家不远的地方，他们坐在一张凳子上，那里是很黑暗的。在他们之前是一条大街，在月光之下是白白的，礼拜堂顶上的十字架，在黑的菩提树之上，如一颗星似的熠熠发亮。

"看呀，那是如何的美！"西娜叫道，当下她手指着礼拜堂。犹里赞赏地望着她的白肩，她穿的是小俄式的衣服，所以肩部裸露了出来。他渴欲抱她在双臂之间，对着她的红唇吻着。他感到

沙　宁

仿佛他必须如此做，仿佛是她所希望的，她所欲的。但他听任这便利的时光过去了，他柔和地自己笑着，几乎是在自嘲。

"你笑些什么？"

"啊！我不知道！——没有什么！"犹里纷乱地答道，想要现出一无所感似的，"风景太好了。"

他们俩都默默不言，他们只静听着经过了黑暗而来到他们那里的微弱的声响。

"你曾经有过恋爱没有？"西娜突然地问道。

"是的。"犹里徐徐地说道，"我可以告诉了她吧。"他想道，然后高声地说道，"我现在正在恋爱之中呢。"

"和谁恋爱着呢？"她问道，她怕听见那回答，然而她可以确定，她是知道那个答语的。

"和你，当然的。"犹里答道，无效地装着一个游戏的口气，当下他向前弯着，注视着她的双眼，这双眼奇异地在阴暗中发着光。它们表白着诧异与希望。犹里渴想拥抱她，竟感到那柔软冰凉的肩膀和紧凑的胸部在他的手下，然而他的勇气又萎怯下去了，他假装地打了一个呵欠。

"他不过开开玩笑而已！"西娜想道，突然地冷了下来。

她对于犹里方面的如此的踌躇，感到受伤了。她咬紧了牙根，忍回了她的眼泪，在一个变更了的口气里，叫道："无意识！"当下她迅速地站了起来。

"我是很庄重地说着呢。"犹里带着不自然的恳挚，开始说道，"我爱你，相信我，我是热烈地爱着你的！"

西娜拿起了她的书籍，不说一句话。

"为什么，为什么他像这样地说着？"她自己想道，"我已让他明白我是有心着，而他现在轻蔑着我。"

犹里俯身去拾起一本落在地上的书。

第二十一章

"是回家的时候了。"她冷淡地说道。犹里见她正在那个时候要回家,感到很悲伤,但他同时却想着,他的一部分事,已办得很成功了,没有一点儿显得平凡。然后他铭感地说道:"再会!"

她伸出她的手来。他迅速地弯身于手上,吻着它。西娜缩了回去,微弱地叫道:"你做什么?"

虽然他的双唇仅只接触到她柔软的小手,他的情绪却是如此的大,他竟只能微弱地笑着,看着她匆匆地走去,不久,他听见她的园门喀啦的一响。当他走回家时,他的脸上表现着同样的傻笑,这时,他呼吸着清洁的夜间空气,感得很壮健,心里快乐着。

第二十二章

到了他房间里时,这房间是又狭小,又闷气,有如一个狱室。犹里又觉得生命是如前一样的乏趣,而他的小小的恋爱插话,在他看来,也完全是平凡的。

"我从她那里偷到了一个吻!什么幸福!我是怎么样的英雄!这是如何美妙的浪漫,事在月光之下,英雄引诱美貌的女郎以热情的话与吻。呸!什么鬼话!在如此的一个可诅咒的小洞中,一个人不自觉会成为一个浅薄的傻子了。"

当犹里住在一个城中时,他想象乡村乃是他所住的真正的地方,在那里,他能够和农民们联络,在炎日之下,与他们同是耕种的苦工。现在他有机会去做这事了,而乡村生活对于他又成为不可忍受的,他渴欲得到一个城市的刺激,仅有在城市中他的精力才能有所施展。

"一个城市的扰动与喧闹!热情得、雄辩得惊人!"他这样地狂乐地自言自语着;然而他不久又质检着这样的孩提似的热心了。

"总之,这有什么意思呢?政治与科学是什么?理想在远处是伟大的,不错!但在每个人的生活上,它们只是一宗贸易,和别的东西一样!争斗!巨人似的努力!但是在近代生存的状态里,使这一切都成为不可能的!我受苦,我挣扎,我克服阻碍!

第二十二章

唔,那么如何?有什么结果?不在我的生时,无论如何!柏洛米修士想要给人类以火,他便这样地办了,那倒是一件成功!但我们怎么样?我们大多数人所做的事都不过是抛一束薪在我们所从不曾燃点过的,我们也永不能弄熄了它的一堆火上而已。"

这个思想突然地刺着他,如果事情做得不对,那是因为他,犹里,并不是一个柏洛米修士。这样的一个念头,原是极可恼的,却又给他以另一个引起了病态的自己苦恼的机会。

"我是哪一类的柏洛米修士呢?常常从一个个人的利己的观点上,去看一切的事物。这是我,常常是我,常常为了我自己。我是每一点都是又脆弱,又卑鄙,和我所心底鄙夷他们的一班人一般无二。"

这个比较是如此的使他不高兴,以致他的思路又纷乱了。他有一会儿坐在那里,默想着这个题目,努力要找出一两宗较胜于人的事。

"不,我不是和别的人一样的。"他对自己说道,他在一个意识中,感到轻松了,"从我会想到这些事情上看来就是如此。像勒森且夫与诺委加夫与沙宁那些人做梦都永不会想到这样地做。他们没有最辽远的批评他们自己的意向,他们是完全的快乐而且自满自足,像柴拉助斯特拉的得胜的猪。全个生命都简而括之地集中于他们自己的极微的'自我'上;我乃是被他们浅狭的精神所传染了。啊,好的!当你和狼群在一处时,你得要学着狼嚎。这是自然的事。"

犹里开始在房间里走来走去,如常的,每变换了一个位置,他思想的线索便也随之而变换。

"很好。那是如此的。全都是一个样子的,有许许多多事都想到的。例如,对于西娜·卡莎委娜,我的地位是怎样的呢?我爱不爱她,那是没有多大关系的。问题是在,这个恋爱的结果是

沙　宁

怎样的？假如我娶了她，或在一定时期内同她发生关系，那她会使我快乐么？去骗她，那是一件罪过，如果我爱她……唔，那么我能够……很有可能的，她要有了孩子。"他想到这里，脸红了，"那都没有什么不对的，仅不过这将成了一个束缚，而我将失去了我的自由。一个有家庭的人！家庭幸福！不，那不是我所过的生活。"

"一……二……三。"他计数着道，当他每次想一步跨过两块木板而他的足踏在第三块板上，"只要我能够确定她没有孩子，或者我会那么喜欢他们，我的一生也都将为他们而尽力！不；如何可怕的平凡！勒森且夫也将喜爱他的孩子们的。那么，我们之间将有什么区别呢？一个自己牺牲的生活！那是真实的生活！是的，但为了谁而牺牲呢？怎么牺牲法子呢？不管我选的是哪条路，也不管我问的是什么目的，且显示给我纯洁完美的理想吧，为了它，我是值得死了的！不，这并不是因为我怯弱，这乃是因为生命自己是不值得去牺牲，去爱好的。既然这样，也就不必再生活了！"

在以前，这个结论在他看来，从不会有过那么绝对的确定的。在他的桌子上，放着一把手枪，每次，当他在房中走来走去时，经过了桌边，它的光漆的钢铁总捉住了他的眼。

他将手枪执了起来，仔细地检验它。枪里已装好了子弹。他将枪管对准他的太阳穴。

"那里！像那个样子！"他想道，"嘭！一切都完结了。自杀而死究竟是一件聪明的事，还是一件傻事呢？自杀是一个怯懦的行为么？那么，我想，我乃是一个懦夫了。"

冰冷冷的钢铁与他的滚热的眉角的接触，又是痛快，又是可惊。

"西娜怎么样呢？"他自己问道，"啊！好的！我将永不得到

第二十二章

她，我便如此的留给别的人以这个愉乐了。"他一念到了西娜，便觉醒了温柔的回忆，这些回忆，他以为是情感的愚蠢，努力地要压服下去。

"我为什么不放枪呢？"他的心似乎停止跳动了。然后，再来，这一次是很审慎的，他将手枪放在他的眉上，拉着枪机。他的血冷了，耳朵里哄哄地作响，房子似乎旋转起来。

手枪并没有放出子弹来；只有枪机的喀啦的一声响着，他能够听得见。半眩晕的，他的手垂到身边了。他身中的每一个纤维都颤抖着，他的头部出着汗，他的嘴唇干枯了，他的手颤抖得很厉害。当他将手枪放到桌上时，它竟和桌面相碰作响。

"我是一个好人！"他想道，当下他已恢复了他自己，便跑到镜前，去看自己是什么一个样子。

"那么，我是一个懦夫了，我是不是？""不。"他骄傲地想道，"我不是的！我很不错地办着这事。枪子放不出去，叫我又有什么法子呢？"

他自己的影子从镜中向他望着，很是一个庄严呢，他想道。他想要自己劝说，他对于刚才所做的事并不以为重要，他伸出了舌头，离开了镜子走去。

"运命不使我如此死去呢。"他高声地说道，这些话语的声音似乎鼓励着他。

"我疑心，不知有人见到我否？"他想道，当下他惊骇地四面望着。然而一切都是静悄悄的，在紧闭的房门之外没有一点东西移动的声响可以听得见。在他看来，仿佛世界上没有一件东西存在着，也没有受着这个可怕的孤寂之苦，只除了他自己。他吹熄了灯，从百叶窗的缝中，他看见了黎明的第一线红光，他惊异起来。然后他躺身去睡，在梦中，他觉到有巨大的东西，弯身于他的上面，喷出可怕的呼吸来。"这是鬼！"他的心灵很恐怖地发出

沙 宁

声来。犹里努力去挣脱。但是"红"的东西没有走,没有说话,也没有笑,只是嚼着牙齿。他的嚼牙是在讪笑呢,还是带有怜悯的意思,无从去辨明,却总是十分的可怕。

第二十三章

　　黄昏柔和的、摩抚的、杂着花香降到敞开的窗上。沙宁坐在靠窗的桌边，努力要在逝去的光中读一篇他所喜爱的故事。这篇故事写的是，一个老牧师的孤寂悲剧的死，他穿着僧衣，执着一支珠宝的十字架，受众人的膜拜，在香气之中断了呼吸。

　　房里的空气和房外一样的凉爽，因为柔和的晚风吹拂在沙宁的健壮的身体上，充入于他的肺部，轻轻地抚摩着他的头发。他沉浸在书中，只管读下去，当下他的唇片时时地动着，他好像一个大孩子，在吞吃些一篇讲述在印度安人中的冒险的故事。然而他读得愈多，他的思想愈愁郁起来。在这个世界上有多少人是没有意识的荒诞的！人们是如何的鲁笨与野蛮，他在观念上是在他们之前头如何的远！

　　门开了，有一个人走了进来。沙宁抬眼望着他。"啊哈！"他叫道，当时他便闭上了书！"有什么消息？"

　　诺委加夫忧郁地微笑着，他执住了沙宁的手。

　　"呵！没有什么。"他说道，当下他走近了窗口，"糟得完全和从前一般无二。"

　　从沙宁所坐的地方，他能够看见诺委加夫的长个子的侧影，映于暮天之中，有好一会儿他望着他，不说一句话。

　　当沙宁第一次带了他的男朋友去看望丽达时，她现在已不再

沙　宁

像是一位骄傲的、高贵的以前的女郎了,她和诺委加夫两人都彼此不说一句话,谈到最近于他们心中的一切事,他知道,说出了话时,他们要不快活的,然是他们如果不说话,更要是如此。在他觉得明白而容易的,他确定地觉得,他们却仅只在受了许多苦楚之后,方才能于摸索中得到。所以当时他不去惹他们,但是那时候已看出这两人处在闭塞的环境里,迟早免不了要见面的。"让它这样去吧。"他想道,"因为受了苦难会纯洁了,更高贵了。"然而现在,他觉到为他们而设的机会已经来到了。

诺委加夫站在窗边,沉默地望着夕阳。他的情调是一个奇异的情调,既具着对于已失去者的悲伤,又渴慕着近前的快乐。在这个柔和的微光中,他对他自己画出一位丽达来,忧愁而蒙羞,被众人所侮辱。如果他有勇气这样做的话,他此刻已经跪在她面前,以吻去温热她的冰冷的小手,且用他的伟大而宽恕一切的爱情引起她到一个新的生命去。他浑身炽烧着做这件功德事的渴望,对自己的谅解和怜爱丽达的心,然而使他到她那里去的能力却鼓不起来。

对于这,沙宁是了然的。他徐徐地站了起来,摇了摇头说道:

"丽达在花园里呢。我们到她那里去么?"

诺委加夫的心跳得更快了。在他心中,似乎快乐与忧愁,可怪地交织着。他的脸色有点变了,他激动地抚弄着他的髭须。

"唔,你怎么说? 我们去么?"沙宁镇定地重复说道,仿佛他已决定要做一件重要而明白的事。诺委加夫觉得沙宁已知道一切扰苦他的事,他虽然有点安慰,却还如孩子似的羞怯着。

"来吧!"沙宁温和地说道,当下执住了诺委加夫的肩膀,推他向门走去。

"好的……我……"诺委加夫呫唔道。同时忽然感到一种喜

第二十三章

悦的温柔和想去吻沙宁的愿望,但是他不敢去做,只是用泪眼向他看望。

微雾泛于草地的枯干的绿面上。这仿佛是一个不可见的人物沿着沉寂的路上走着,在寂然不动的树林中走着,他一走近,沉睡的绿叶与花朵便柔和地颤动起来。夕阳仍在西方河水的前面映射出光辉来,河水熠熠有光地经过黑暗的草地而弯流过去。丽达坐在河边上。她的优秀的身材弯向水面,仿佛是一个黄昏中的悲戚的幽灵。被她哥哥的话语所感起的那种快乐和坚决的心情,如它之来一样迅快地又舍她而去,羞耻与恐惧又占据了她,双双地站立在她面前,使她想起她已没有权利快活,且也不能够活在世上。她整天地坐在花园中,手里执着书,因为她不能够随随便便去望着她母亲的脸。一千次她对她自己说,她母亲的痛戚之比她自己现在所受到的简直是不算什么,然而每当她走近了她母亲时,她的语声便支吾了,在她的眼睛中也具有一道有罪的视线。她的羞红的脸与可怪的纷乱的情态,最后引起了她母亲的疑心,为了避免她的寻求似的注视与焦急的探问,丽达宁愿孤寂地过她的日子。因此,在这暮色苍茫中,她便坐在河边,凝望着夕阳,默念着她的悲苦。在她看来,生命仍是不可解释的。她对于生命的意见是被一个可怕的幻影所蒙蔽的。好些她已读过的书和许多伟大的自由的思想透进她脑中去,她也看出,她的行为不仅是出于自然,而且几乎是值得赞许的。她并没有因此损害到什么人,仅仅给她自己及别一个人以感觉的愉快而已。没有这种的愉快,便将没有青春,而生命它自己便将荒芜、孤独,如秋天的一株无叶的树。

她一想到她与一个男人的结合并没有经过礼拜堂的准许的念头,自己便也觉得它有点可笑。在人类自由的思想方面,这种的束缚,早已被扫除到一边去了。她真的应该在这个新的生活中求

沙 宁

快活，正如一朵花儿在一个晴明的早晨，因微风带来了花粉与它接触着而愉快些一样。然而她总觉得说不出的颓丧，比之最下流的还要下流。

她无论去寻找出所有这种伟大高尚的观念与永久的真理，在她的生产期即在目前的念头之前都如蜡似的融化了。她不仅不将她所鄙夷的人踏在足下，她的一个思想却还要她能够如何地尽力躲避了他们，欺骗了他们。

当丽达将她的悲戚隐瞒着别的人时，装着虚假的快乐欺骗别人时，她觉得她自己与诺委加夫的接近，有如一朵花儿之接近于太阳光。一想到他是来拯救她的念头，似是卑鄙，且几乎是有罪的。她一想到她须要依靠着他的爱感与宽恕便激怒起来，然而她的求生的热望和自身无力的认识却更强过信念与反抗。

她对于人类的愚蠢的态度，加以恐怖，不去鄙夷；她不能望在诺委加夫的脸上，却在他之面前凛凛地颤抖着，如一个奴隶。她的情形是很可怜的，有如一只无助的鸟儿，它的双翼已经被剪去了，再也不能飞翔了。

有的时候，当她的苦楚到了不可忍受时，她便真诚地诧异地想到她的哥哥。她知道，对于他，没有什么东西是神圣的，他望着她，他的妹妹，乃是以一个男人的眼望着的，他是自私的，不道德的。然而他却是唯一的一个人，她在他的面前，觉得她自己是绝对的自由的，她还能和他公开地讨论着她生活中最秘切的秘密。当他在身边时她觉得一切都平凡而且不值钱：她有孕了，唔，那有什么？她和人有过私通。很好。这乃是她自愿如此的。人们将鄙夷她、看轻她，这又有什么关系？在她之前，有的是生命，是日光，是广漠的世界，至于男人们呢，世界上多着呢。她的母亲会悲伤。唔，那是她自己的事。丽达一点也不知道她母亲的少年是什么样子的，而在她的死后，便不再自监察了。他们偶

第二十三章

然地在生命的路上遇到了，同走了一段的路，是不能够而且不应该互相地反对着的。

丽达明白地知道，她自己终于不会具有她哥哥那样的同样的自由的。她之所以如此的想着乃是由于这位镇定的健全的人的影响，这人是她所亲爱的赞颂着的。可怪的思想来到了她的心上，一种违法性质的思想。

"如果他不是我的哥哥而是一个外人！……"她对她自己说道，当时她便匆促地努力去压伏着可羞然而很诱人的想头。

然后她想到了诺委加夫，她如一个卑贱的奴隶一样，要求他的宽恕与他的恋爱。她听见足步的声音，回过头望着。诺委加夫和沙宁默默地走过草地而向她走去。她在暗中不能看清他们的脸，然而她觉得可怕的时候已到临在目前了。她变得十分惨白了，仿佛生命已经到了终结之时。

"那边！"沙宁说道，"我已把诺委加夫带来给你了。他自己将告诉你他所要告诉的话。安安静静地留在这里吧，我去喝茶了。"

他转了一个身，迅快地走开去了，他们有一会儿凝望着他的白色的衬衫，然后他消失在黑暗中不见了。是这样的沉寂无声，竟使他们不能相信，他已走到了四面围着的树林的阴影之后。他们目送他走，两人从行动上都明白一切都已说妥，只需重新复一声就好了。

"丽达·彼特洛夫娜。"诺委加夫柔声地说道，他的语声是如此的忧郁而动人，竟进到她的心中去。

"可怜的人。"她想道，"他是如何的好。"

"我知道了一切的事，丽达·彼特洛夫娜。"诺委加夫继续地说道，"但我还是和从前一样地爱着你。也许有一天你也会知道爱我。告诉我，你愿意做我的妻么？"

205

沙　宁

"我最好对于那事不要说得太多了。"他想道,"她必须永远不知道我为了她是有了什么样的一个牺牲。"

丽达默默不言。在这样的沉默中,人能够听得见河水的涟波之声。

"我们俩都是不快活的。"诺委加夫说道,自觉这句话是发之于他的心底的,"我们俩在一处了,或可觉得生活下去比较容易些。"

丽达的眼睛中充满了感激之泪,当下她转身向着他,咿唔道:"也许的。"

然而她的眼睛却在说道:"上帝知道我要做你的一个好妻子,爱你,敬你。"

诺委加夫读出了它们的意义。他猛撞地跪了下去,握住她的手,热情地吻着她。为这种的情绪所激动,丽达忘记了她的羞耻。

"那是过去了!"她想道,"我将再快乐起来了!亲爱的好人!"她快乐得哭了起来,给他以一双手,弯身于他的头上,吻着他的柔软如丝的头发,这发是她所常称赞的。萨鲁定的一个幻影现于她的面前,但立刻便又消失去了。

当沙宁回去时,已经给了他们以充足的时间彼此地解释着,他也是这样的想,他看见他们坐在那里,手牵着手,正在静静地谈着。

诺委加夫说他永远不断地爱她,丽达也说现在是爱他的。这是实话,因为丽达需要爱情与幸福,希望在他身上找到,因以爱自己的希望。他们觉得,他们永不会那样快乐过。一看见沙宁,他们不言语了,用羞耻、快乐和信任的眼神看着他。

"啊哈!我看见这是怎样的了!"沙宁庄重地说道。

"谢谢上帝,希望你们快乐。"

第二十三章

他正要说些别的话,但却高声地打了一个喷嚏。

"这里潮湿着呢。当心你们不要受了凉。"他说道,擦着他的眼。

丽达笑了。她的笑声的回响,甜美地经过河面。

"我必须走了。"沙宁过了一会说道。

"你到哪里去?"诺委加夫问道。

"史瓦洛格契和那个崇拜托尔斯泰的军官,他是什么名字?一个瘦瘦的德国人,来叫我去。"

"你说的是王狄兹。"丽达笑道。

"就是那个人。他们要我们全都和他们同到一个会中去,但我说,你不在家。"

"你为什么这样说?"丽达问道,仍然笑着,"我们也可以同去。"

"不,你停留在这里吧。"沙宁答道,"如果我有了人儿和我做伴,我便也将不去了。"

他说了这话,便离开了他们。

夜迅快地来了,第一次出现的熠熠的明星是反映在疾流而去的河水上。

第二十四章

黄昏是黑而且热。在树林之上,云片在天中彼此追逐着,匆匆地进行,仿佛去赴什么秘密的目的。在上面的暗淡的碧空之中,微星在熠熠地发光,然后又不见了。在天上,一切都是扰乱的,而地上则仿佛在等待着,有如在收气敛息地休止着。在这个沉寂之中,人们辩论的语声,粗暴尖锐地在响着。

"无论如何。"王狄兹叫道,他以不易指挥的样子,盲然地说下去。"基督教给人类以一个不可毁灭的赐物,它乃是唯一的道德系统,完全而且充满的。"

"确是不错。"犹里答道,他在王狄兹后面走着,挑战地摇着头,双眼注视着王狄兹的背部,"但在它的与人类兽性的冲突上,基督教却已自己证明了与一切别的宗教一样的无能。"

"你说'自己证明了'是什么意思?"王狄兹愤怒地叫道,"将来是属之于基督教的,你要是以为它已经是腐败了的……"

"基督教是没有什么将来的。"犹里暴躁地插了进去,"如果在它发展的顶点时,基督教尚不能胜利,却只成了一群无耻的虚伪者的工具,则在今日而欲希望一个奇迹,乃是很荒谬的念头,当时即基督教这个名词说出来也是奇怪的。历史是不留情面的;凡是已经在世界上毁灭了的东西是再也不能复回的。"

木制的行人道在脚底下微微地发白,树下瞧不见一点光亮,

第二十四章

那恐怕触到行人道的桩子上去的念头使人恼怒,人语声显得是不自然的,因为看不见脸庞。

"你的意思是说基督教已经从世界上消灭而去了么?"王狄兹叫道,他的声音里露出张大的惊奇和愤恨的心情。

"当然的,我是这个意思。"犹里固执地继续说道,"你似乎在诧异着,仿佛觉得这样的一个观念是完全不可能的。正如摩西的法律之逝去,正如释迦佛与希腊诸神的死亡一样,基督也是要这样的死亡的。这不过是进化的法则。为什么你要这样地惊异着呢?你并不相信他的训条的神圣,是不是,你?"

"不,当然不是的。"王狄兹反驳道,他为犹里的触犯人怒的口气所恼,比之他所问的问题为尤甚。

"那么,你怎么能够坚执地说,一个人是能够创造永久的法律?"

"白痴!"犹里想道,他很快意地坚信王狄兹在学问上是比之他低下得多的,他永不能明白如太阳之明白清楚的事,因此使他生出无论如何要去辩服那军官的愿望。

"也许是这样的吧。"王狄兹说道,他也激怒起来,"无论如何,将来是会以基督教为基础的。它不会毁灭的,不过如种子在泥土中,将来的出产……"

"我不是谈到那个。"犹里说道,有一点纷乱起来,因此更恼怒地说道,"我的意思是说……"

"不,请你原谅,但那个乃是你所说的……"王狄兹忙把上面一段意思放走,胜利似的反驳起来,一面向四围望一望,离开行人道走到街边去了。

"如果我说不,那么我的意思就是不,你怎么这样的矛盾!"犹里插说道,他一想到,这个傻子王狄兹倒有一会儿假装着以为他自己是更聪明的,便格外的愤怒起来,"我的意思是说……"

沙　宁

"那也许是的。如果我误会了你，我是很抱歉的。"王狄兹耸耸他的狭肩，带着一种自卑的神气，简直是要说，他在辩论中已占了上风。

犹里是看出了这个神气的，他的愤怒和忍辱几乎窒息了他。

"我并不否认基督教有很大的影响……"

"吓！现在你自己矛盾着了。"王狄兹叫道，比前更为胜利，他觉得他比起犹里来是不可比的超越，因此非常得高兴，犹里是显然地对于他自己头脑中的那么清楚明白事并没有过最辽远的观念。

"在你看来，也许我似在自己矛盾着。"犹里痛楚地说道，"但是，在实际上，我的辩论乃是一个完全合于逻辑的，如果你不愿意明白我的话，那便不是我的错误了。我刚才说过，我现在再说一遍，基督教是过去的了，要想望着向它那里得救是没有用处的。"

"不错，不错；但你的意思是不是否认基督教的影响是有裨益的，那便是说，对于社会秩序的基础上？……"

"不，我并不否认那个。"

"但我却是否认的。"沙宁插了进去说，他直到此刻都还默默地跟在他们后面走着。他的语声又镇定，又快乐，与两个辩论者的粗率的高声比起来，恰是很奇怪的对照。

犹里默默不言。这个和平而讥嘲的语调恼怒了他，然而他还没有预备好回答。他是不爱和沙宁辩论的，因为他的平常的字汇对于这样的一位对手是一无所用的。每一次他都似乎是站在滑滑的冰块上；而欲推倒了一座坚墙。

王狄兹却撞着地前进，他的刺马距咯咯作响，恼怒地叫道：

"我可以问一句为什么否认？"

"就因为我是否认的。"沙宁冷静地答道。

第二十四章

"就因为你是否认的!如果一个人主张一件事,他便应该要证明它出来。"

"为什么我必须证明它?任何事都是无须乎证明的。这是我自己个人的信仰,但我一点也没意思要你也相信。并且,那也是无用的。"

"依据了你的这个样子的理论。"犹里谨慎地说道,"那么一切文学最好都付之一火了。"

"啊,不!为什么要付之一火?"沙宁答道,"文学乃是一种非常伟大、非常有趣的东西。真实的文学,如我所指的,并不是像自负不凡的人一样的喋喋好辩的;自负不凡的人一事不做的,只想使每个人晓得他乃是一位极聪明的人。文学改造生活,深入人类的生命血之中,从这一代到那一代。要毁灭文学,便要从生命中取出一切色彩而使它索然无味了。"

王狄兹忽然停步,让犹里先走过去,然后他问沙宁道:

"啊!请你再告诉些!你刚刚说的话使我极感兴趣。"

沙宁笑了。

"我所说的话是极为简单的。如果你愿意,我可以将我的意见说得更详细些。在我的意见里,基督教在人类生活上所做的一部分事却是可伤的。正当人们觉到了他们的运命是不可忍受的时候,正当他们,那些被践踏者,被压迫者恢复了他们的意识,决心要推翻了事物秩序的极大的不平,要毁灭了一切人类中的寄生虫的时候——那么,我说,基督教便出现了,和善、谦卑,且给你以多量的未来的福寿。它反对争斗,说着永久幸福的幻影,催使人类入于甜蜜的睡眠,宣讲着一个对于暴行的无抵抗的宗教;简言之,它的行动便如做了这一切被关闭了的愤怒的保险门。那些具着强烈的性格,在一种反抗精神中养育而成的人,渴想摆脱了千百年来的桎梏的,也完全失去了他们的火。有如怯懦的人一

沙　宁

样，他们走进了决斗场，本带着值得从事于更好的目的之勇敢的，却遇到了灭亡。天然的，他们的仇敌是并不希望比这个更好的事了。现在，在反抗的火焰再度燃炽起之前，总需要好几个世纪的不名誉的压制的。基督教将每个人类都穿上了一袭的忏悔的袍子，在袍内藏起了一切的自由的色彩，这些人本都是太顽强了，不易为人所奴使的。它欺骗了强者，他们在现在原是可以得到幸福与快乐的，它将生命的重心转移到了将来，到了一个没有存在的梦境中，他们没有一个将会看见这个梦境的。因此，一切的生命的俊美都消失了；勇敢、热情、美丽，一切都死亡了；只有责任是存在着，还有便是一个将来的黄金时代的梦——黄金也许是的，却是将来的事，为了别人的事。是的，基督教做了那一部分可伤的事；基督教的名字还要永远地成为全人类的诅咒。"

"唔！我永远不！"王狄兹插进去说道，当下他忽然地又立住了足，在暮色中摇摆着他的长臂，"那真是有点太过了！"

犹里的心里发生了一种复杂的情感：沙宁的话仿佛并没有什么特别，沙宁和他两人都能说所想说、所愿说的话，但是对于那"不可知的人"的巨大的恐怖的影子——那恐怖的存在是犹里在心里忘记而不愿意去想的——横梗在那已停止住的思想上面。犹里颇感到这种秘密的惧怕心，因此觉得生气。

"然而，你却从不曾想到过，如果没有基督教将世界改换过，则一个流血的可怕时代将如何的延长着呢！"犹里激动地问道。

"哈！哈！"沙宁以一个轻蔑的姿势答道，"起初，在基督教的衣衫之下，决斗场上是涂满了殉教者的血，然后，到了后来，人们则被酷杀、被监禁于监狱与疯人院中。现在是每一天都有流血，比之一个世界革命所得流的血还要多。最坏的是，每一次改进了人类的生活，常常是要因流血、无政府、反抗而始告成，虽然人们总是要将慈悲与爱怜作为他们的生活与行为的基础。全个

第二十四章

事件的结果便是一幕愚蠢的悲剧;虚伪,伪善;既没有肉,也没有家禽。至于我呢,我倒赞成一场的世界的灾祸,而不愿意见一种沉闷的植物的生存,这个生活大约再要经过以后的两千年呢。"

犹里沉默不言。说来可怪,他的思想并不注在说话者的话语上,却注在说话者的人格上。沙宁的绝对的确定,在他看来是可恼的,在事实上是不可忍受的。

"可否请你告诉我。"他开始道,不自制地要向前伤损沙宁,"为什么你谈话时,常常是仿佛在教训小孩子似的?"

王狄兹对于这句话觉得不安,说些和解的事,咯咯地响着他的刺马距。

"你说这话是什么意思呢?"沙宁锐声问道,"你为什么如此生气?"

犹里觉得他的话是不客气的,他不应该再向前走了,然而他的受了伤的自尊心驱使他再说道:

"这样的一种口气实在是最不愉快的。"

"这实在是最不愉快的语调子。"沙宁答道,一半恼着,一半急要平平犹里的气。

"唔,这不往往是一个合适的。"犹里扬声续说道,"我真的想不出什么东西会使你如此的口气坚决不移。"

"也许便是因为我自觉比你更聪明之故。"沙宁答道,现在他是十分地镇定着。

犹里立定了足,从头到足的全身战栗着。

"听我说!"他粗暴地叫道。虽然看不见脸容,却感得出脸色在发着死白色。

"不要生气!"沙宁插说道,"我并没有意思要想违抗你,我不过表明我的诚实的意见而已。这乃是同一的意见,你对于我,王狄兹对于我们俩等等。这是很自然的。"

213

沙　宁

沙宁如此坦白地友谊地说着，如再要表示不乐便要成为荒谬不经的了。犹里沉默不言，王狄兹仍然关心于他的行为，又咯咯响着他的刺马距，呼吸艰难的。

"无论如何，我是不当着你的脸告诉你以我的意见的。"犹里咿唔道。

"不，那便是你所以致错的地方了。我现在还在静听着你的讨论，反对的精神在鼓动着你所说的每一个字。这完全是一个形式的问题。我说出我所想的，但你却并不说出你所想的；这是一点也没有趣味的。如果我们全都更为衷恳些，我们俩便都可更为愉快些了。"

王狄兹高声地笑了起来。

"什么一个别致的观念！"他叫道。

犹里并不回答。他的怒气已经平静下去了，他几乎觉得愉悦着，虽然他想到他占了下风，便恼着，并且不想去承受这个观念。

"如此的一类的事总似有点太原始了。"王狄兹简洁地说道。

"那么，你还是要它复杂而难解吧？"沙宁问道。

王狄兹耸耸肩，沉入思想之中。

第二十五章

他们经过了林荫路，沿了镇外的阴暗的街道走着，不过这些街道却比林荫路更为光亮。木头的行人路与黑漆漆的地上相映，格外显得清楚，头上是穹形的为云片所蔽的灰色天空，到处都星光熠熠地耀着。

"我们到了。"王狄兹说道，当下他开了一扇矮门，从门中不见了。以后，他们立刻听见一只犬的粗糙的吠声，还有一个人在叫道："躺下去，沙尔丹（犬名）。"在他们之前的是一片广大空旷的天井，在天井的那一边，他们看见了一个黑堆。那是一座蒸气磨坊，它的狭小的烟突，悲戚地耸于空中。在它四周都是棚厂，除了在一个小花圃中与邻于它的室前之外，没有地方一棵树木也没有。

"好一个阴郁的地方。"沙宁说道。

"我想磨坊已经很久不工作了吧？"犹里问道。

"呵！是的，很久很久了！"王狄兹答道，当他经过那灯光辉煌的窗中时，他向窗中看进去，以一种满意的口气说道，"呵，呵！一大堆的人，已经是。"

犹里和沙宁也由窗中看了进去，看见人头在浓浓的青色烟云中转动。一个阔肩的人，头发鬈曲着，靠身在窗盘上叫道："是谁来了？"

沙 宁

"朋友们!"犹里答道。

当他们走上石级上,他们冲见了一个人,他和他们亲热地握着手。

"我怕你们不来了!"他以一种快活的声音说道,带着强烈的犹太的高音。

"梭洛委契克——沙宁。"王狄兹说道,替他们两个人介绍着,握住了梭洛委契克的冷颤的手。

梭洛委契克神经质地笑着。

"我真高兴碰见了您!"他说道,"我听见那么多关于你的话,而你要知道——"他倒退到后面去,仍然握住沙宁的手。他这样退着时,与犹里相碰了,还踩着了王狄兹的脚。

"我求你原谅,约加夫·阿杜尔夫威慈!"他叫道,当下他向前使大劲地握住了王狄兹的手。他们如此的立在黑暗中一会儿,然后才能找到了门。在前室里,钉着好几行的长钉,那是梭洛委契克特别地为今夜之用而钉上了的,钉上挂着帽子,而紧靠于窗口是许多深绿色的瓶子,内装着啤酒。即在前室里,也弥漫了烟气。

在灯光之下看来,梭洛委契克乃是一位年轻的黑眼睛的犹太人,头发鬈曲着,小身个儿,牙齿已经坏了,当他不断地微笑着时,这朽腐的牙齿便常常地显露出来。

新来的人为一阵喧哗的欢迎声所祝贺。犹里看见西娜·卡莎委娜坐在窗台上,立刻,一切东西对于他似都成了光明而快活的了,仿佛这个聚会不是在一所窒人的烟气弥漫的室中举行,而是在春天的美丽的翠绿的草地上举行着一次宴会一样。

西娜略略有些纷乱,快活地向他微笑着。

"唔,先生们,我想,我们已经都到齐了,现在。"梭洛委契克叫道,想要以他的微弱不坚定的声音,高朗的愉快地说着,还

第二十五章

可笑地弄着手势。

"我求你原谅,犹里·尼占拉耶威慈,我似乎常常地要碰上你的身体。"他笑着说道,当下他闪避地向前走去,努力要显出礼貌来。

犹里高高兴兴地握住了他的手臂。

"不要紧的。"他说道。

"我们还没有到齐呢,鬼把其余的人捉去了!"一位肥大美貌的学生叫道。他的高朗的做买卖人的口音,使人觉得他是常常命令惯了人的。

梭洛委契克向前跳到桌边,摇起一只小铃来。他又微笑起来,这一次是因为想到了要用一个铃,觉得十分满意。

"啊!不要摇铃!"那位学生咆哮道,"你总是做着这一类愚笨的无意识的事。这是一点也不需要着的。"

"唔……我以为……那……"梭洛委契克嗫嚅地说道,当下,他将铃放入他的衣袋中了,看来有些懊恼。

"我想,桌子应该放在房子的中间。"那位学生说道。

"是的,是的,我立刻便要将桌子移动了!"梭洛委契克答道,当下他匆匆地握捉住了桌子的边。

"当心那盏灯——"杜博娃叫道。

"不是那个样子移动的!"那位学生叫道,拍打着他的膝头。

"让我来帮助你吧。"沙宁说道。

"谢谢你!请——"梭洛委契克恳切地答道。

沙宁把桌子放在房子的中间,当他这样地搬着时,所有的人的双眼都注在他的强壮的背部与有筋肉的肩膀,这些肉体从他薄衫中显出。

"现在,格斯秦加,你是这个会的发起者,需要你致开会辞了。"灰白脸色的杜博娃说道,从她的双眼的表情上看来,我们

沙 宁

很难说，她究是真诚地这样说，还是仅不过和这位学生开开玩笑。

"小姐们和先生们。"格斯秦加开始道，扬起了他的声音，"每个人都知道我们今天晚上为什么聚会在这个地方，所以我们可以无需乎什么开会辞。"

"实实在在的。"沙宁说道，"我不知道我为什么到了这里来，但是。"他笑着接下去说道，"这或者因为有人告诉我，这里预备了些啤酒。"

格斯秦加从灯上轻蔑地向他望着，继续地说道：

"我们的会的发起，是为了自己教育的目的，其方法是互相读书、辩论、独立的讨论——"

"互相读书么？我不明白。"杜博娃以一种也许会被人当做讥嘲的口气插说道。

格斯秦加微微地红了脸。

"我的意思是说，一切人都参加进去的读书。因此，我们这个会的目的便是要发展个人的意见，这将使这个镇中建设了一个同情于社会民主党的会……"

"啊哈！"伊凡诺夫嗫嚅道，当下他搔着他的头的后部。

"但关于那件事，我们将在以后讨论。在开头的时候，我们将不使我们自己去解决那么重大——"

"或者是细小……"杜博娃提示地说道。

"问题。"格斯秦加继续地说道，假装着不听见，"我们要开始去定出一个目录来，写出我们所要读的那些著作，我提议今天晚上便专门去做这一件工作。"

"梭洛委契克，你的工人来了没有？"杜博娃问道。

"是的，他们当然来的！"梭洛委契克答道，仿佛他被针刺似的跳了起来，"我们已经派人去叫他们来了。"

第二十五章

"梭洛委契克,不要那么高声地嚷着!"格斯秦加叫道。

"他们来了!"夏夫洛夫说道,他静听着格斯秦加的话,几乎是带着崇敬的意向。

在外面,门格格地响着,犬的高吠声又听见了。

"他们来了!"梭洛委契克叫道,便冲出房外去。

"躺下去,沙尔丹!"他从门口叫道。

有沉重的足声,咳嗽声,和几个人说话的声音。然后从工业学校来的一位年轻学生进来了,非常得像格斯秦加,只不过他是黑而朴率些。与他同来的是两个工人,看来拙笨而羞涩的,双手踉踉跄跄,他们污秽的红衫上穿着短裤。其中的一个是非常高大而瘦弱的,他的新剃的憔悴的脸上,表示着许多年来半陷饥饿,久于谨慎、压抑的妒怒的符号。其他的一个具有一副体育家的外形,阔肩、身体合度,头发是鬈曲的。他四周地望着,好像是一位少年农人第一次进城去一个样子。梭洛委契克从他们之中走了过去,开始庄重地说道:"先生们,这些是——"

"呵!够了够了!"格斯秦加叫道,如常地中断了他的话,"晚上好,同志们。"

"彼兹助夫与科特里夫耶。"工业学校的学生说道。

那两个人小心地走进房内,屏气纳息地一一握着向他们表示欢迎的伸出的手。彼兹助夫纷乱地微笑着,科特里夫耶则转动着他的长颈,仿佛他衬衫的领子窒住了他。然后他们坐在窗边,近于西娜。

"尼古莱夫为什么不来?"格斯秦加锐声地问道。

"尼古莱夫不能够来。"彼兹助夫答道。

"尼古莱夫喝得大醉了。"科特里夫耶轻声地加上去说道。

"呵,我知道。"格斯秦加说道,同时摇着他的头。在他的一方面,这个举动似是表示怜恤,却早恼了犹里,他将这位大个子

沙 宁

的学生当做自身的一个敌人。

"他选着了更好的一件事了。"伊凡诺夫说道。

犬又在天井里吠着了。

"又有人来了。"杜博娃说道。

"也许是,警察。"格斯秦加假装着漠然无动地说道。

"你真愿意让警察来呢。"杜博娃叫道。

沙宁对她的聪慧的双眼望着,它的美发的辫子挂在双肩上,几使她的脸也足动人了。

"一个漂亮的女孩子,那是!"他想道。

梭洛委契克跳了起来,仿佛要跑出来,但反省了一下之后,便假装地从桌上取了支雪茄。格斯秦加看出了这事,并不回答杜博娃,却对梭洛委契克说道:

"你是如何的不安呀,梭洛委契克!"

梭洛委契克脸红了,悲伤地佯为不视。他朦胧地觉得,他的热心是不该这样严刻地被鄙视的。然后诺委加夫喧哗地走了进来。

"我来了!"他叫道,愉快地微笑着。

"我知道的。"沙宁答道。

诺委加夫和其余的人握了手,匆急地低语说道,仿佛是求恕的样子:"丽达·彼得洛夫娜有了客人。"

"呀!是的。"

"我们到了这里来,仅仅为了谈谈话么?"工业学校的学生有点厌恶地问道,"现在我们开始了吧。"

"那么,你们还不曾开始么?"诺委加夫说道,显然地愉快着。他和那两位工人握手,他们匆匆地立了起来。遇见医生,当做同志,他们是有点不安的,当在医院中时,他常视他们为他的低一级的人。

第二十五章

格斯秦加看来有些懊恼，然后开始了。

"小姐们和先生们，我们大然地全都愿意广大我们的眼界，放阔我们的生活观念；还相信，自己教育、自己发展的最好方法，乃在于一个有系统的读书；并且对于所读的书各人交换意见，我们已经决定要开始这个小小的俱乐部——"

"那是对的。"彼兹助夫赞成地叹气道，当下他以光亮的黑眼周望着同伴们。

"问题现在发生了，我们应该读什么书？也许有人在这里的，能够提议出关于应该选择的目录么？"

夏夫洛夫戴上了他的眼镜，徐徐地立了起来。在他的手里，他执着一本小小的记事簿。

"我以为。"他以他的干燥的无趣味的声音开始道，"我以为，我们的目录应当分成两个部分。在智慧的发展的目的上，这两个成分都无疑地是必须的：研究从最早时代以来的生活与研究现实的生活。"

"夏夫洛夫有了口辩了。"杜博娃叫道。

"关于前者的知识，我们能够由阅读历史的与有科学价值的名著中得到，关于后者的知识，可以从文学中得到，文学使我们与生活面对面地相见着。"

"如果你这样的对我们说下去，我们不久便要沉沉地睡下去了。"杜博娃禁不住地这样说道，在她的眼中有一个谐谑的瞬光。

"我正想把话说得使大众都可以明白。"夏夫洛夫和善地答道。

"很好！你尽能力地说下去吧！"杜博娃说道，以一种姿势表示她的服顺。

西娜·卡莎委娜也对夏夫洛夫笑着，别具妩媚的姿态，她的头向后弯着，显出她的白而有致的喉咙来。她的笑声乃是一种丰

沙 宁

富的音乐的。

"我拟好了一张目录——但我如果读了出来，会不会使你们不耐烦？"夏夫洛夫说道，偷偷地望着杜博娃，"我主张开始读《家族的起源》以及达尔文的著作，在文学上，我们要取托尔斯泰。"

"当然的，托尔斯泰！"王狄兹说道，看来他自己异常的高兴，当下他去点了一支香烟。

夏夫洛夫停顿了不说下去，直等到那支香烟燃着了，然后继续读下他的目录：

"柴霍甫、易卜生、哈姆生——"

"但是我们全都读过这些了！"西娜·卡莎委娜叫道。

她的愉快的声音使犹里战栗着，他说道：

"当然的，夏夫洛夫忘记了这不是一个星期学校。且这是如何的混杂呀，托尔斯泰与哈姆生——"

夏夫洛夫柔和地援引些辩论的话，用以维持他的目录，然而他说来是如此的纷乱，竟没有一个人能够明白他。

"不！"犹里着重地说道，他觉察出西娜·卡莎委娜在望着他，觉得很高兴，"不，我不能赞同你。"然后他继续地发表他关于这个题目的自己意见，他说得愈多，愈要想博得西娜的赞许，毫不怜恤地攻击着夏夫洛夫的计划，即对于他自己本来同意的几点也下攻击。

胖子格斯秦加现在发表他对于这个题目的意见了，他以为他自己是最聪明的、最雄辩的，比他们全都更有学问；并且，在像这样的一个他所组织的小俱乐部里，他是要奏第一次琴的。犹里的成功恼怒了他，他觉得非反对犹里不可。他并不明白史瓦洛格契（即犹里）的意见，所以他不能全部的反对他们，仅能捉住了他的辩论中的几个弱点而加以坚决地反对。

第二十五章

于是一场冗重而显然没有了结的辩论开始了。工业学校的学生，伊凡诺夫与诺委加夫同时起来发言争辩，从淡巴菰的烟云中，能够看见热而愤怒的脸，同时，字句与成语无望地纠缠在一团纷乱的混沌之中，最后竟损失了一切的意义。

杜博娃凝望着灯光静听着、梦想着。西娜·卡莎委娜一点也不加注意，但开了窗户，面朝着花园，合着她的双臂，靠在窗盘上，在黑漆漆的夜色中看出去。起初她分辨不出一点东西，但黑色的树木渐渐地在暝色中现出了，她还看见在园篱上及草上的光。一阵温和清新的微飔吹拂在她的肩上，轻轻地触着她的头发。

向天上望着，西娜能够看见云片地急骤进行。她想到了犹里与她的爱情。她的情绪，当是愉快地默想，然而却有一点儿忧愁。这是如何的佳妙，休息在这个地方，当着凉爽的晚风，全心全意地静听着一个人的说话，这人的声音，在她耳中比之在别人耳中是格外的清楚，格外的理会得的。同时，嘈杂的声音更大了，这是显然的，每个人都自以为他自己比之他的同伴是更为多学，更为聪明的，因此，竭力欲说服了他们。最后，事情竟成了那么不愉快的，即他们之中最和平的也发了脾气了。

"如果你像那样地批判着。"犹里叫道，他的双眼发着亮光，因为他焦急地不欲在西娜的面前表示退让，虽然她不能听见他的语声，"那么我们必须回到一切观念的来源了——"

"那么，在你的意见中，我们应该读些什么呢？"敌意的格斯秦加说道。

"你们应该读些什么？呵，孔子，《福音书》，教义……"

"赞美诗与《创世记》。"工业学校的学生讥嘲地插嘴道。

格斯秦加恶意地笑着，他明白，他自己从不曾读过这些书之一。

沙 宁

"那些书有什么益处呢?"夏夫洛夫以失望的语气问道。

"那像他们在礼拜堂中所做的一样!"彼兹助夫窃笑道。

犹里的脸红了。

"我不是在说笑话。如果你愿意合于逻辑,那么……"

"呵!但你不是刚才对我说到基督的么?"王狄兹雀跃地说道。

"我说些什么呢?……如果一个人要研究生活,要形成人与人之间的相互关系的有限定的观念,则他的最好的路当然是要在那些代表人类最好的模范,专诚一志地牺牲了他们的一生去解决关于人类关系的最简单的及最复杂的问题之巨人的作品里得到一个完全的知识了。"

"我不能赞同你的意见。"格斯秦加反驳道。

"但我是赞成的。"诺委加夫热烈地叫道。

又是一切都纷乱着,无意识地喧闹着,在这个时候,要听任何人发言的开端或结束是不可能的。

梭洛委契克为这个语言的战争,减到默默不言,他坐在屋角,静听着。起初,他脸上的表情是一个专注的表情,几乎是孩提的兴趣,但过了一会,他的疑惑与他的困苦都在他的嘴角与他的眼角的线纹上表现出。

沙宁喝着,吸着烟,不说一句话。他看来完全是厌倦了,当在喧哗不已的中间,有的人的语声是异常地热烈着时,他站了起来,熄了他的香烟,说道:

"我说,你们知道不知道,这成了讨厌的事情呢!"

"不错,真的是!"杜博娃叫道。

"了然的虚荣心与精神的懊恼!"伊凡诺夫说道,他正在等候着一个适当的时机插进他这一句他所喜说的句子。

"在哪一方面?"工业学校的学生『贲怒地说道。

第二十五章

沙宁并不注意到他，但回头向着犹里，说道：

"你真的相信，你能够从任何书本上得到一个生活的概念么？"

"当然，我是能够的。"犹里答道，带着诧异的口气。

"那么，你是错了。"沙宁说道，"如果这事真是这样的话，那么，一个人能够用了给百姓们同一个趋势的作品去读的方法而将全个人类都范在一个型式之中了。一个生活的概念仅能从生活它自己那里得到，在它的整个之中，文学与人类的思想不过是其中极小的一部分而已。没有生活的理论能够帮助一个得到这样的一个概念。因为这个依靠着各个人的情调或心的型格，这个情调乃是不断地变动着的，变动的时期是终于人的一生。因此，这是不可能的，去形成如此的一种坚固确定的生活概念，如你所似乎急于……"

"你说'不可能'是什么意思？"犹里愤怒地叫道。

沙宁看来又厌恼着了，当下，他答道：

"当然，这是不可能的。如果一个生活的概念是一个完全的固定的理论的结果的话，那么，人类思想的进步便立刻要被捉住了；在事实上，它是停止了的。但这样的一件事是不能允许的。生命的每一瞬间都在对我们说着它的新语，说着它的新使命，对于这，我们必须静听它，明白它，先不要为我们定好了一个限制。总之，讨论这事有什么意思呢？随你怎么想都可以。我要问你一句话，为什么你读了好几百部的书，从《传道书》直到马克思，却还不能形成生活的任何概念呢？"

"为什么你以为我没有呢？"犹里问道，他的黑漆漆的眼中耀着恶意，"也许我的生活概念是错的，但我是有的。"

"很好，那么。"沙宁说道，"那么你还想形成的是什么？"

彼兹助夫窃笑着。

沙 宁

"你！……"科特里夫耶藐视地叫道，当下他的头颈扭曲着。

"他是那么聪明！"西娜·卡莎委娜想道，充满了对于沙宁的原始的赞美。她对他望着，然后对史瓦洛格契望着，几乎觉得是很鄙卑，然而又奇怪地快乐着。这仿佛是，那两位辩论者正在争辩着哪一位应该得到了她的问题似的。

"那么。"沙宁继续说道，"你并不需要我们所以要聚集来的目的。这下文在我看来，这是很明白的，今天晚上到这里来的每一个人想要强逼别的人接受了他的意见，因为他自己生怕不这么一来的话，别的人便要逼着他如他们所思想的思想着了。唔，说句很坦白的话，那是很可讨厌的。"

"一会工夫！允许我！"格斯秦加叫道。

"啊！那是行的！"沙宁说道，做着一个烦恼的姿势，"我希望你有一个最奇特的人生观，且读过许多堆的书籍。一个人立刻便能看出这一层来的。然而你却发着脾气，因为每个人都不能和你同意；更有甚者，你对梭洛委契克很不恭敬，他当然一点也不曾给;过你什么损害。"

格斯秦加默默不言，看来极端地诧异着，仿佛沙宁说了最奇特的话。

"犹里·尼古拉耶威慈。"沙宁高兴地说道，"你千万不要因为我刚才说了些憨直的话而和我生气。我能够看得出，在你的灵魂中占据着衅隙呢。"

"衅隙么？"犹里叫道，脸色红红的。他不知道他是应该生气还是应该不生气。正如刚才他们同行到会中时一样的，沙宁的恬静、友谊的声音给他以愉快的印象。

"哑！你知道你自己正是这样的！"沙宁微笑地答道，"但这是不值得对于如此孩提的游戏加以任何注意的。要不然，就成为毫无意思的了。"

第二十五章

"听我说。"格斯秦加叫道,愤怒得脸红,"你太过只知你自己了!"

"还没有像你那样的呢。"

"这是怎么说的?"

"你自己去想想好了。"沙宁说道,"你所说的,你所做的都比我所说的任何事更为粗鲁,更为不和平。"

"我不能明白你!"

"那不是我的过失!"

"什么?"

对于这,沙宁并不回答,仅拿起了他的帽子,说道:

"我要走了。我有点觉得太沉闷了。"

"你的话不错!啤酒已经没有了!"伊凡诺夫加上去说道,当下他向前室走去。

"我们不能像这样地闹下去;那是非常明白的。"杜博娃说道。

"和我一路走回去,犹里·尼古拉耶威慈。"西娜说道。

然后,她转脸向沙宁说道:"再会!"

他们的眼睛相碰了一会儿。西娜觉得愉快地惊骇着。

"唉!"杜博娃叫道,当她走出门时,"我们的小俱乐部竟在它正式成立之前解散了。"

"但是那是为了什么?"一个悲戚的声音说道,当下梭洛委契克阻挡着每个人的路,蹒跚地向前走去。

在这个时刻之前,他的存在是为大众所忘记了的,许多人都为他的脸上悲戚的表情所感动了。

"我说,梭洛委契克。"沙宁深思地说道,"某一天我必须来看你,我们闲谈闲谈。"

"愿意之至!请你来谈!"梭洛委契克说道,深深地鞠躬着。

沙　宁

　　从光光亮亮的房里走出来,黑暗似乎是那么浓密,竟使每个人都看不见别的人,仅有口音才认得出来。两个工人离开别的人一段路,当他们走了远了些时,彼兹助夫笑说道:

　　"这常是像那样的,和他们在一块儿时。他们相聚在一处了,正要做如此的奇事。然后每个人都要依他自己的方法做。只有那个巨汉是我所喜欢的。"

　　"当那类聪明的人在一块谈话着时,你会明白一大堆呢!"科特里夫耶负气地答道,扭曲着他的头颈,仿佛有人在窒闷着他。

　　彼兹助夫讥嘲地呼哨着,代替着回答。

第二十六章

梭洛委契克站在门口好一会儿,抬头望着无星的天空,擦着他的细薄的手指。

风嗖哨地绕着阴郁的铅顶厂屋吹着,并将树顶吹得弯了下来,他们拥挤在一块儿,有如一队的魔鬼。在头上,云块仿佛被什么不可抵抗的势力驱赶着似的,在天空只管向前向前地奔驰着。他们映着地平线成了许多的黑堆,有的则堆成了不可计数的高。这似乎,在远远的前方,他们被无量数的军队在等候着,那些军队将幽暗的营房都打开了,以他们可怖的威力,向前赴元素间的凶猛的争斗。不息的风似乎时时地带了远方争斗的喧声而来。

梭洛委契克带着童年的畏敬,抬头向上望着。在从前,他从不曾觉到过他是如何的藐小,如何的细弱,如何的至微,当与这个惊人的混沌一相形之下。

"我的上帝!我的上帝!"他叹息道。

在天空与夜色的面前,他已不是和他的同伴们同在着时的同一的人了。现在,没有一丝一毫那种不安不息的拙钝的形状的痕迹了;不可见人的牙齿乃为一位少年犹太人的感觉敏捷的唇片所蔽掩了,在他的黑漆漆的眼中具有庄严而愁郁的表情。

他徐徐地走进了房内,熄了一盏多余的灯,拙笨地将桌子椅

沙 宁

子都搬回了原位。房里仍然充满了淡巴菰的烟气,地板上满是香烟头与火柴。

梭洛委契克立刻拿了一把扫帚,开始去扫除房间,因为他颇以保守这个小家室清清洁洁为他的一个光荣。然后他从一个食物柜中取了一勺的水,将面包撕投于水中。他一手将水勺执着,一手伸了出去,以维持他身体的均衡,他走过了天井,一小步一小步地走去。为了要看得清楚些,他放了一盏灯在窗边,然而天井里是那么黑漆漆的,竟使梭洛委契克觉得心中为之一松,当他到了狗房之时。沙尔丹的毛发蓬松的样子,在黑暗中看不见,向前去迎接他,一个铁链有预兆似的铿啷作响。

"啊!沙尔丹!来!来!"梭洛委契克叫道,为的是要给他自己以勇气。在黑暗中,沙尔丹伸着它的冷而潮湿的鼻子到它主人的手中。

"你的东西来了!"梭洛委契克说道,当即放下了水勺。

沙尔丹嗅了一下,然后开始饕餮地食着,同时它的主人站在它的身边,悲戚地凝望着四周围的黑暗。

"唉!我能够做什么呢?"他想道,"我怎么能够逼着别人变更了他们的意见呢?我自己也正希望着有人告诉我以怎样地生活,怎样地思想。上帝并没有给我以一个先知者的声音,所以,我能做些什么事呢?"

沙尔丹发出一种满意的呻吟。

"吃完了它,老孩子,吃完了它!"梭洛委契克说道,"我本要放松你跑一会儿,但我没有拿着钥匙,而我又是那么疲倦了。"然后他又自己想道:"那些人是什么聪明有学问的人呀,他们知道了那么多东西;也都是好的基督徒,很像的;而我呢……唉!唔,也许是我自己的过失。我很想和他们说几句话,但我不知怎么说才好。"

第二十六章

　　从远处,在镇外,来了一声曼长而明白的汽笛声。沙尔丹竖起了它的头静听着。大滴的水从它的嘴套中滴落于水盘中。

　　"吃下去。"梭洛委契克说道,"那是火车!"

　　沙尔丹吐出了一个叹声。

　　"我奇怪人们是否将永久地像那样地生活下去!也许他们是不能够的。"梭洛委契克高声地说道,当下他绝望地耸耸肩。他想象着,在黑睹中他能够看见一大群的人,广漠无尽,如永久不朽似的,更深地沉入黑暗之中,一世纪接着一世纪,没有始也没有终,一个不可破的浪费的受苦的链子,没有药可救治的;而在上帝所住的高高的地方,沉默着,永久地沉默着。

　　沙尔丹与木勺相碰着,将它打翻了。然后,当它摇摇尾巴时,铁链又微微地铿啷作响。

　　"全部吞了进去么,哎?"

　　梭洛委契克拍拍狗的蓬松的皮衣,觉得它的温暖的身体,愉快地感应着他的抚触而扭着。然后他回到房里去。

　　他能够听见沙尔丹的铁链铿啷作响,而天井中似乎比前略略减少黑暗,而显得更黑、更险恶却是那个磨坊,它和了它的长烟突,以及它的狭的厂屋,那些厂屋看来如棺材似的。一圈广阔的光线从窗口射出,照在花园中,神秘地照出那脆弱的小花朵,畏葸地在于骚动的天空之下,不为夜色所包掩着,天空是具有无量数的黑而恶兆的军旗。

　　梭洛委契克为殷忧所征克,且被一个孤寂的与不可救的损失的感觉所沮丧,回到了他的房里,坐在桌边,哭了起来。

第二十七章

　　荒荡的人的身体，正像剖开的神经纤维的尖端一般，被许多强制的娱乐磨得十分的锐利，一触到"女人"这个字，就蒙受痛苦的影响。在孚洛秦全部生命内，女人站在他面前，总是一丝不挂的，总是求之必得的。每件妇人的衣裳，束在女性柔脆肥胖的身上的，全能引动他的心甚至膝上发着病态地抖索。

　　他住在圣彼得堡，那里有许多妖冶华美的妇女，每天夜间旋着疯狂的赤裸的媚态，磨折他的身体。在那里他干着一件复杂的大事业，关系于许多人替他做工的生命。现在他离开圣彼得堡，当前的急务是公然地想得些荒僻外省的年轻新鲜的女人。他悬想着她们为可喜的羞涩怕生，然而又如一株林地鲜菌似的刚强，她们的动人的少年的与纯洁的馥香，他从远处已嗅闻到了。

　　孚洛秦在一脱离那些饥饿肮脏而且蓄怒的人以后，就在他的细小的身材上，穿了一色的白衣，在满身自头至足都洒了各种的香水，虽然他并不真正地赞成与萨鲁定同伴，他却雇了一辆马车，匆促地跑到萨鲁定的房里去。

　　萨鲁定正坐在窗口，喝着冷茶。

　　"如何可爱的一个黄昏！"他不绝地对他自己说道，当下他向花圃中望着。但他的思路却在别的地方去了。他觉得羞辱而且害怕。

第二十七章

他怕着丽达,自从他们那次见面之后,他不曾再见过她。在他看来,她现在似是另外一个丽达了,不像那个曾经降服于他热情之下的人儿。

"无论如何。"他想道,"事情还没有了结呢,孩子必须设法除去……否则我将以这一切事都当做一个玩笑么?我不知她现在在做什么?"

他似乎看见丽达的美丽难解的双眼,与她的紧紧的闭上了的表示报仇与恶意的唇片即在他的眼前。

"她会报复我吧?那一类的一个女子不是可以开开玩笑了事的。无论如何,我将要……"

一个巨骗所推测的结局朦朦胧胧的自己暗示出来。在他畏葸的心上着实地受了恐怖。

"总之。"他想道,"她有做什么事的可能呢?"于是这事似乎全部突然地十分明白而简单的了,"也许她会投水了吧?让她到地狱去好了!我并不强迫她去投水!他们将说,她是我的情人——唔,那有什么?这仅足证明,我乃是一个美貌的人。我从不曾说过我要娶她。听我说,这是太可笑了!"萨鲁定耸耸肩,然而压迫的意识并没有减轻,"众人会谈到的,我想,而我将不能出现于群众之中了。"他想道。当他举了那一块玻璃杯的冷而过甜的茶到他唇边时,他的手微微地发抖了。

他照旧漂亮,好好地食养着,洒了香气,然而似乎在他的脸上,在他的白衫上,在他的手上,以至在他的心上,有了一个污秽的黑点,一时一刻地在增大。

"呸!过了一会,什么事便都会雨过天晴了。并且,这也不是第一次的了!"他想要这样的宽慰他的感觉,但一个内在的声音拒绝去接受这种的慰藉的话。

孚洛秦谨慎地走了进来,他的靴咯咯地高响着,他的失色的

沙　宁

牙齿，被一个勉强的微笑所显露。房内立刻充满了一种果汁与淡巴菰的气味，这气味掩盖过了花圃中的清香。

"嗳！你好吧，巴夫尔·罗孚威慈！"萨鲁定叫道，匆促地站了起来。

孚洛秦握了手，坐在窗口，去燃着一支香烟。他看来是如此的雅洁而自得，萨鲁定竟有一点妒忌着，却竭力地假装着一种同样的不在意的态度；但自从丽达抛投了"畜生"这个字在他脸上时，他便一直地觉得不安着，仿佛每个人都听见了这个侮辱，在偷偷地讥笑着他。

孚洛秦微笑着，闲谈着各种的无关紧要的事。然而他觉得再也不能这样地泛泛谈下去了。"女人"乃是他所渴要接触的题目，而这个题目竟将所有他的陈腐的笑话以及关于圣彼得堡他的工厂罢工的故事都放在一边了。

当他燃着了第二支香烟时，他得了一个机会，狠狠地看着萨鲁定。他们的眼睛相碰到了，他们立刻彼此明白。孚洛秦摆正了他的夹鼻眼镜，微笑了一下，这一个微笑在萨鲁定的脸得到它的反映，这脸上立刻现出了一个肉欲的表情。

"我并不希望你耗费了你的时候过多，是不是？"孚洛秦说道，心中明白地眯了眯眼。

"唉！至于那件事，唔，还有什么别的可做的？"萨鲁定答道，轻轻地耸了耸肩。

于是他们俩全都失笑了，沉默了一会儿，孚洛秦渴欲听听萨鲁定的胜利的详细情形。正在他左膝下面的一个小血管，搐搦地跳动着。然而萨鲁定却没有想到这种开胃的故事，他的一心便注在前几天的不幸的事件上。他的脸转向花圃，他的手指在窗台上擂着。

然而孚洛秦却显然地在等候着，萨鲁定觉得他必须回到所要

第二十七章

谈的题目上面去。

"当然的,我知道。"他开始道,带着一种过于淡然的神气,"我知道在你们这些城市中人看来,这些乡村中的姑娘是异常地动人的。但你是错的。她们是新妍而肥胖的,这不错,但她们却不合时宜;她们不知道恋爱的艺术。"

有一会儿,孚洛秦充满了生气。他的双眼发着亮光,他的口音也变了。

"不,那是非常对的,但过了一会儿,所有那一类的东西便很可讨厌的了。我们彼得堡的妇人是没有身体的。你明白我的意思么?她们只不过是几束的脑筋,她们身上没有肢体。现在这里……"

"不错,你的话对的。"萨鲁定说道,他也引起兴趣来了,当下他得意地拉拉他的髭须。

"从最漂亮的彼得堡女人身上脱下了她的紧身胸衣来,就可以看见——呵!不去管她,你有听见新故事么?"孚洛秦说道,自己插说上去。

"不,我敢说没有。"萨鲁定答道,专心地倾身向前。

"唔。"孚洛秦说道,"这是一件关于一位巴黎妓女的绝好故事。"然后,孚洛秦以异常丰富的话头,接下去叙述一个香喷喷的故事,在这故事里,裸露的性欲和女人的瘦乳交织成为一种可怕的、难堪的形象,使他的同伴大大地高兴着。

"是的。"孚洛秦结束地说道,同时转转他的眼睛,"女人身上最要紧的是两乳!如果女人长着难看的乳,唔,在我看来,她是没有存在于世的。"

萨鲁定想到了丽达的乳来,那温柔粉白,紧紧儿坟起着像美果般的东西,他曾去吻过,使她非常地高兴。他想到这里。不好意思起来,闪避开了,不和孚洛秦谈论到这件事。然而,过了一

沙　宁

会儿，他却十分有感地说道：

"每个人都有他的口味儿。我们喜欢的妇人的身体的部分乃是背部，那种波曲的线形，你不知道……"

"是的。"孚洛秦有动于中地嗫嚅道。

"有的女人，特别的非常年轻的，具有……"

勤务兵现在走了进来，穿着重靴，拙笨地走着。他是来点上灯的，在擦火柴与玻璃灯的打响时间之内，萨鲁定与孚洛秦都默默不言。

当下灯光的火燃正在亮起来，仅有他们光耀的双眼与红红的香烟头可以看得见。兵士走出去了之后，他们又回到他们的谈题上了，"妇人"这个字成了谈话的主题，有的时候，竟到了异常的狠亵的地位。萨鲁定的本能，渴要夸口且掩辱孚洛秦，竟使他最后便谈到了那位美貌的姑娘，受了他的诱惑的事因此渐渐地表露出他自己的秘密的荒淫。丽达竟赤裸裸地呈露于孚洛秦的眼前，她的肉体的美与她的热情全都呈露出来，仿佛她乃是一只在市场上待售的家畜。在他的放荡的思想中，她乃被接触，被玷辱且成为嘲笑之的。他们的对于妇人的恋爱乃不知感激她所给予他们的愉快；他们仅欲降服侮辱异性者，而施以不可形容的痛苦。

房间里为烟气所弥漫，颇使人窒闷。他们的身体发热病似的炎热，散射出一种不健全的气味，而他们的眼睛光亮着，他们的语声尖锐而狂妄地响着，如野兽们的叫声。

在窗户之外的是恬静清朗的月夜。但在他们看来，世界以及它的一切的丰富的声与色都消失了；他们的眼睛所见到的仅不过是一个妇人的幻影，赤裸裸地可喜爱地站着。不久，他们的想象成了如此的炽热，他们竟觉得非去看丽达不可，现在他们称她为丽特加，用以表示亲热。萨鲁定盼咐将马匹安置好了，他们便驰向镇外的一家房屋去。

第二十八章

在他们俩会见的第二天,萨鲁定写了一封信给丽达,这封信被女仆忘在厨房桌上,碰巧地落在马丽亚·依文诺夫娜的手中。这封信说的是:请求丽达允许他来看她,还笨拙地提议道:各种的事情都可满意地设法办去。从这封信的几页里,使马丽亚·依文诺夫娜这样地想,一个羞丑的阴影在她女儿的纯洁印象之上。在她最初的迷惑与烦恼中,她想起了她自己的青年时代以及她的恋爱生活,她的被欺骗,以及她的结婚生活的悲楚的插话,被一个根据于坚固的道德律的生活所铸成的一条受苦的长链,徐徐地直拖着它的长度跟了她来,连老年也还脱不了它的范围。它像一根灰色的带,有的地方乃为看顾与失望的单调日子所损伤。

然而她一想到她的女儿居然打破了这座围绕于这个灰色而尘封的生活的坚墙,而跳入那个交流着快乐与忧愁与死亡的青白色的旋涡中时,她心中便充满了恐怖与愤怒。

"不顾廉耻的坏女子!"她想道,当下她失望地让她的双手放落在膝上。突然地又有一个印象来安慰她,这个印象是:事情也许没有走得那么远,而她的脸上便带着一层沉笨的,几乎是一个狡狯的表现。她将这封信读了又读,然而从它的冷淡而矫饰的文字中却得不到什么东西。

这位老太太觉得她是如何的无助,便悲楚地哭了起来;然

后,将她的帽子戴一戴正,她向女仆问道:

"杜尼加,你知道法拉狄麦·彼得洛威慈在家不在家?"

"什么?"杜尼加叫道。

"蠢东西!我问你的是:少爷在家不在家。"

"他刚刚走进书房里去。他正在写一封信!"杜尼加答道,脸上放着光彩,仿佛这封信便是足当这个异常的快乐的原由。

马丽亚·依文诺夫娜狠狠地望了这女孩子一下,一线的恶意的光,瞬过她朦胧的眼中。

"虾蟆!如果你再敢接信送信,我便将给你以一顿教训,使你永远不会忘记。"

沙宁正坐在书桌写着。他的母亲是那么不经见他的写东西,这时,不管她的悲伤,却竟发生了兴趣。

"你写的是什么东西呢?"

"一封信。"沙宁答道,愉快地抬头望着。

"写给谁的信?"

"呵!写给我认识的一位新闻记者。我想加入他报馆的办事机关中。"

"那么你替报纸上写过东西了?"

沙宁微笑着:"我什么事都做。"

"但是你为什么要到那边去呢?"

"因为我和你同住在这里,已经住得腻烦了,母亲。"沙宁坦白地说道。

马丽亚·依文诺夫娜觉得有点受伤了。

"谢谢你。"她说道。

沙宁的眼光凝注在她身上,很想要告诉她说,她不要那么傻,以为一位男人,特别是没有职业的一位男人,能够想到常常地住在一个地方。但是他又不大高兴说出这种话来;他只是默默

第二十八章

不言。

马丽亚·依文诺夫娜拿出她衣袋中的手巾，神经质地用手指来弄皱它。如果不是为了萨鲁定的信以及她因此而生的烦恼与焦急，则她早已苦苦地责备她儿子的鲁莽了。但因为她心里有事，她便仅仅地说道：

"啊！是的，这一位好像一只狼似的从屋子里潜逃出去，而那一位……"

一个降顺的姿势，补足了那句话。

沙宁立刻抬起头来，放下了笔。

"你怎么知道这件事的？"他问道。

马丽亚·依文诺夫娜突然地觉得羞耻了，因为读了人家给丽达的信。她脸上涨得飞红的，带点厌恶的逃遁不定地答道：

"谢谢上帝，我不是瞎子！我看得出来的。"

"看得出来？你什么也看不出来。"沙宁说道，默想了一会之后，"并且，为了证明这一层，让我恭祝你，你的女儿已经和人订婚了。她自己正要去告诉你，但是，总之，这都是一个样子的。"

"什么！"马丽亚·依文诺夫娜叫道，挺直了身子，"丽达快要结婚了！嫁给了谁？"

"嫁给诺委加夫，当然的。"

"是的，但是萨鲁定怎么样了？"

"啊！他能够到魔鬼那里去！"沙宁愤怒地叫道，"那对于你有什么关系？为什么要闲管别人家的事务呢？"

"是的，但是我还不能够十分地明白，孚洛特耶！"他的母亲迷乱地说道，同时，她的心里却不禁地快乐地想道："丽达是快要结婚了，快要结婚了！"

沙宁耸耸他的肩。

沙 宁

"你还有什么不明白的地方么?她从前曾和一个男人恋爱着,现在她又爱上了别一个男人了;明天她也许再会和第三个男人恋爱着呢。唔,上帝保佑她!"

"你说的什么话!"马丽亚·依文诺夫娜憎恶地叫道。

沙宁双肘支在桌上,他的双臂合着。

"在你的一生的经历中,你自己难道只爱上一个人么?"他愤怒地问道。

马丽亚·依文诺夫娜站起身来。她的皱脸上带着一个庄冷的光荣的表现。

"一个人不能对于他的母亲说那样的话。"她锐声地说道。

"谁?"

"你说'谁'是什么意思?"

"谁不该说话?"沙宁说道,当下他从头到脚地看了她一下。他第一次注意到,她眼中的表情是如何的沉笨与空虚,而她的帽子戴在她的头上又是如何的可笑,简直像一个鸡冠。

"没有人应该对我说像那样的话!"她沙声地说道。

"无论如何,我已经说了!"沙宁说道,他恢复了他的和气,重新拿起笔来。

"你已经有过你的一份生活了。"他说道,"你没有权利去阻止丽达也有她的一份生活。"

马丽亚·依文诺夫娜不说什么话,只是诧异地望着她的儿子,而这时,她的帽子看来格外的滑稽可笑。

她匆匆地检阅过她过去的青春时代的一切记忆以及她的快乐的恋爱之夜,她的心上却凝注在这一个问题上面去:"他怎么敢对他的母亲说这样的话?"然而在她能够得到什么决定之前,沙宁却回过身去,握住了她的手,和气地说道:

"不要让那件事烦恼了你,但是,你必须不许萨鲁定走进屋

第二十八章

里来,因为那个东西很能够对于我们玩些龌龊的把戏。"

马丽亚·依文诺夫娜立刻和平了下来。

"上帝保佑你,我的儿子。"她说道,"我是非常的高兴,因为我常是喜欢巴沙·诺委加夫的。当然我们不能接待萨鲁定;这是不能够的,为了巴沙之故。"

"不,正是那样!为了巴沙之故。"沙宁说道,他的眼里具有一个滑稽的表情。

"丽达到哪里去了呢?"他母亲问道。

"在她的房里。"

"巴沙呢?"她亲爱地说出那个小名来。

"我实在不知道。他到了……"在那个时候,杜尼加在门口出现了,说道:

"维克托·赛琪约威慈来了,还有别一位先生同来。"

"把他们赶出门外去。"沙宁说道。

杜尼加忸怩地微笑着。

"唉!先生,我不能够那么办,我能么?"

"当然的,你能够!他们到这里来做什么呀?"

杜尼加躲了她的脸,走了出去。

马丽亚·依文诺夫娜全身直立了起来,似乎显得年轻了些,虽然她的眼中含有恶意。她的观念,异常容易地生了一个完全不同的变化,仿佛斗了一场欺诈的牌,她突然地得了胜利。当她希望要将萨鲁定当做女婿的时候,她对于他的感情是很亲切的,但当她实现出,别的人要娶了丽达去,而萨鲁定则不过对她求爱而已时,她的这个感情便立刻冷淡了下去。

当他母亲转身走去时,沙宁注意到她的石像似的侧影与禁阻的表情,就对自己说道:"简直是一只老母鸡!"他收起了信,跟了她出去,好奇地要看看事情将发生什么变化。

沙 宁

萨鲁定和孚洛秦站了起来，以过度的恭敬来敬礼这位老太太，然而萨鲁定却终于没有平常在沙宁家中那么样的安详舒适的态度了。孚洛秦真的觉得略略有些不安，因为他明白地要来看看丽达，却不能不藏匿了他的意向。

不顾萨鲁定如何的假作安详，他看来是显然的焦急着。他觉得他不应该来。他怕遇见丽达，然而他却一点也不能够让孚洛秦看出这个意向来，对于他，萨鲁定是总要装出像一个快快活活的洛赛里奥①来的。

"亲爱的马丽亚·依文诺夫娜。"萨鲁定开始说道，假装着微笑，"请你允许我，介绍给你我的好朋友，巴夫尔·罗孚威慈·孚洛秦。"

"非常喜欢！"马丽亚·依文诺夫娜说道，带着假装的礼貌。萨鲁定在她的眼中看出敌意来，这有点使他不安。"我们不应该来。"他想道，他最后惊觉到这件事实了，在和孚洛秦同伴着时，他是忘记了的。丽达说不定什么时候会走进来的，丽达，他孩子的母亲；他对她说什么话好呢？他怎么能当面看着她呢？也许她母亲已知道了一切呢？他神经质的不安地坐在他的椅上；燃了一支香烟，耸耸他的肩膀，转动他的双腿，他的眼光左右地望着。

"你在这里要住得很久么？"马丽亚·依文诺夫娜以一种冷淡的形式的口音对着孚洛秦说道。

"啊！不。"他答道，当下他得意地望着这位外省的人，将他的雪茄插入他的嘴角，烟气直升到他的脸上。

"你离开了彼得堡之后，在这里一定会觉沉闷的吧。"

"恰恰相反，我觉得这里很可爱悦。在这个小镇上，颇有些

---

① 洛赛里奥（Lothario）是 Rowe 所作剧曲《The Fair Penitent》中之英雄，以放纵好色著名，故又引申作"好色者"之义。

第二十八章

很亲切的东西。"

"你应该去看看镇外,到那里去游散和野餐是很有趣的,也可以划船和沐浴。"

"当然的,太太,当然的!"孚洛秦嗫嚅地说道,他已经有点厌烦了。

谈话恢恢无生气地下去,他们全都似乎戴上了一副微笑的假面具,在这个面具之后却藏匿着敌视的眼睛。孚洛秦对萨鲁定瞬一瞬眼,这眼光的意义,萨鲁定和沙宁却明白的,沙宁从他的一角,正紧紧地凝望着他们。

萨鲁定一想到孚洛秦将不再视他为一个漂亮的、勇敢的、无恶不作的一类人时,他的心便又恢复了一点他的旧时的厚颜。

"丽达·彼特洛夫娜在哪里呢?"他不经意地问道。

马丽亚·依文诺夫娜又诧异又愤怒地望着他。她的眼中似乎是说道:"你既然不去娶她,这对于你又有什么关系呢?"

"我不知道。也许在她的房里。"她冷淡地答道。

孚洛秦又射一眼给他的同伴。

"你不能设法使丽达赶快地下来么?"这道眼光说道,"这个老太婆是成了一个厌物了。"

萨鲁定张开了他的嘴,微微地扭曲他的髭须。

"我听见了那么多关于你女儿的可夸耀的话。"孚洛秦开始道,微笑着,擦着他的手,同时弯身向着马丽亚·依文诺夫娜,"竟使我希望有荣幸能够介绍见见她。"

马丽亚·依文诺夫娜奇怪这个不逊的小浪子所听到的关于她自己的纯洁的丽达,她的亲爱的孩子的是些什么话,再者她对于丽达的堕落也有一个恐怖的预觉。这使她极端地不安起来,在那个时候,她的眼中乃具有比较柔和的,更近于人类的表情。

"如果他们不被驱出屋外去。"沙宁在这个当儿想,"他们将

沙 宁

只会对于丽达及诺委加夫引起其他的烦恼的。"

"我听人说,你是要离开这里了?"他突然地说道,深思地望着地板。

萨鲁定奇怪着,那么简便的一个计策,他从前为何竟不曾想到过。"正对!一个好主意。两个月的告假!"他答道,在匆匆地回答以前。

"是的,我正想离开这里。一个人需要一个变换,你知道。住在一个地方太久了,你便要生锈了。"

沙宁大笑起来。全部的谈话,没有一个字眼儿是表白出他们的真正的思想与感情的,所有这一切的欺骗,本是骗不了一个人的,却大大地使他觉得有趣;他带着一种突然的愉快的与自由的意识,站起身来,说道:

"唔,我很以为你走得愈快愈好!"

在一瞬间之内,仿佛每个人都脱下了一件坚硬沉重的衣服,其他的三个人都变了一个样子。马丽亚·依文诺夫娜脸色灰白而瑟缩着,孚洛秦的眼睛表现着兽类的恐怖,而萨鲁定则徐徐而不决心地站了起来。

"你是什么意思?"他以粗涩的口音问道。

孚洛秦窥笑着,神经质地在四面寻找着他的帽子。

沙宁并不回答他的问话,只是恶意地将帽子递给了孚洛秦。从孚洛秦的张大的嘴中,逃出一个窒塞住的声音,仿佛一个悲哀的尖叫。

"你说那句话是什么意思?"萨鲁定愤怒地叫道。他警觉到他是生了气了。"真是乱子!"他对他自己想道。

"我的意思就是我所说的。"沙宁回答道,"你到这里来是绝对不需要的,我们将全都高兴以后不再看见你。"

萨鲁定向前走了一步。他看来是极端的不安,他的白齿恐吓

第二十八章

的闪闪有光,好像是一个野兽的牙齿。

"啊哈!那是的么,是不是?"他咿唔道,呼吸艰难的。

"滚出去!"沙宁轻蔑地说道,然而他的声音是那么可怕,竟使萨鲁定睁了眼,自动地退了回去。

"我不明白这一切闹的是什么鬼!"孚洛秦说道,屏息低声的,当下他肩部耸了起来,匆匆地向门走去。

但是在那边,在门口,站着丽达。她身上穿扮的衣服与平常完全不同。她头上不是时式的梳妆了,她只打了一条大辫子挂在她的背后。她不穿着华美的衣服,却穿了一件透明的织物做的大袍,这样的素朴更耀眼地增高了她身形的美丽。

当她微笑时,她的相貌与沙宁格外的相像,而她以她的温柔的女子的口音安详镇定地说道:

"我来了。你为什么匆促地便走了呢?维克托·赛琪约威慈,放下你的帽子来!"

沙宁默默不言,诧异地望着他的妹妹。"她这是什么意思呢?"他自己想道。

到了她一出现,一个既不可抵抗,又是温柔的神秘的影响,似乎自行觉察出来。好像一位驯狮者立在一笼满是野兽的笼前一样,丽达站在那里,男人们立刻便成了和平而柔顺的。

"唔,你知道,丽特业·彼特洛夫娜……"萨鲁定嗫嚅道。

丽达一听到了他的声音,脸上便恢复了一个悲戚的、无助的表情,而当她迅快地瞬他一眼时,她的心里蕴着重大的愁苦,却也并不没有混杂着温柔与希望。然而在一瞬间之内,这种感情乃为一种强烈的愿望所抹去了,这个愿望是要表示给萨鲁定看,他失去了她是如何大的一个损失;还要让他看看,她不管他使她忍受的一切悲愁与羞耻,仍然是很美丽的。

"我不想知道任何事。"她昂昂的,带点演剧样地答道,当下

沙　宁

她有一会闭上了她的眼睛。

她的出现，在孚洛秦身上生了一个异常的效力，当下，他的尖尖的小舌头从他枯燥的唇间伸出，他的眼睛变得更小了，他的全身的骨骸，都被白的肉体的刺激所战栗。

"你还没有介绍我呢。"丽达转眼向萨鲁定说道。

"孚洛秦……巴夫尔·罗孚威慈……"军官嗫嚅地说道。

"而这位美人儿呢。"他对他自己说道，"乃是我的妻。"他诚心诚意地觉得高兴的这样想着，同时又急于要在孚洛秦面前表示出来，然而却又痛楚地自觉到一个不可挽回的损失。

丽达疲弱地对她母亲说道：

"有人要和你说话。"

"唉！我现在不能走开。"马丽亚·依文诺夫娜答道。

"但他们在等候着呢。"丽达坚执地说道，几乎是歇斯底里（hysterically）的。

马丽亚·依文诺夫娜立刻站了起来。

沙宁注视着丽达，他的鼻孔展开着。

"你们不到花园里去么？这里是这样的热。"丽达说道，没有回过头去看他们是否走来，她只管一直从游廊走了出去。

男人们仿佛被催眠了似的，跟了她走，好像是被她的头发的辫子所缚住，所以她能够引他们到什么地方去都可称心如意。孚洛秦第一个走着，被她的美貌所诱陷，显然是忘记了一切别的事。

丽达坐在菩提树下的一张摇椅上，伸出她的美好的小足，这足是被包裹在黑色的网形袜与黄褐色的皮鞋中的。这仿佛是，她具有两个性质：其一是为知羞及耻辱所冲没的，其一是充满了自觉的妖媚的。第一个性质唤起她憎恶地看着男人们、生命及她自己。

第二十八章

"唔。巴夫尔·罗孚威慈。"她问道,当下她的眼睑垂下了,"我们的可怜的不合时宜的小镇对于你印象如何?"

"这印象大约如那个在森林的深处突然遇见了一朵颜色鲜妍的花朵儿的人所经验的一样。"孚洛秦答道,摩擦着他的双手。

然后开始地谈着,所谈的话全都是无精神的不真诚的话,说出来的话是虚伪的,不说出来的话却是真实的。沙宁坐在那里,默默不言地静听着这个沉默未发出,然而却是真诚的谈话,这一席话是表现在脸上、手上、足上以及颤抖的高音里的。丽达是不快活着,孚洛秦渴想着她的所有的美丽,而萨鲁定则憎恶着丽达、沙宁、孚洛秦以及整个的世界。他要想走去,然而他却不能够走得动。他是预备要做些强暴的事,然而他却只能够吃了一支香烟,又是一支香烟的,同时他又为渴欲立刻宣布丽达乃是他的妻的一念所占据着。

"你住在这里高兴不高兴?你离开了彼得堡,不觉得难过么?"丽达问道,同时感到激烈的苦痛,奇怪着她为什么还不站起来走开去。

"不,刚刚相反!(mais au contraire)"孚洛秦讷讷地说道,当下他矫饰地摇着他的手,专诚地凝视在丽达身上。

"来!来!不要说雅致的话!"丽达妖媚地说道,同时对于萨鲁定,她的全身似乎说道:

"你以为我是毁坏了,是不是你?并且完全被压倒了?但我却完全不是那一个样子的,我的朋友。请看看我!"

"唉;丽达·彼特洛夫娜!"萨鲁定说道,"你实在不能称它为雅致的话!"

"我请求你的原谅?"丽达冷冷地问道,仿佛她并没有听见,然后,以一种不同调的口气,她又对孚洛秦谈着。

"你要告诉我一点关于彼得堡的生活。在这里,我们不是生

沙 宁

活,我们仅不过虚度光阴而已。"

萨鲁定看见孚洛秦在对着他自己微笑着,仿佛他并不相信,萨鲁定和丽达会有什么亲切的关系的。

"哈!哈!哈!很好!"他对他自己说道,当下他恶习惯地咬着他的嘴唇。

"啊!我们的著名的彼得堡生活!"孚洛秦安详地闲谈着,看来如一只蠢蠢的小猴子,在妄谈着它所不懂得的事情。

"谁知道?"他对他自己想道,他的视线紧盯在丽达的姣美的身体上。

"我以名誉担保的告诉你,我们的生活是极端的沉闷与黯然无色。在今天以前,我想,一般的生活,无论在城市或在乡间,常都是沉闷的。"

"不是真的!"丽达叫道,当下她半合了她的眼睛。

"使生命值得生活下去的乃是——一位美貌的妇人!而在城市中的那些妇人呢?只要你能够看见她们是一个什么样子的!你要知道,我坚决地感到,如果世界是要被救的话,那一定是要被美人儿所救。"这个最后的话,孚洛秦不期然地加了上去,他相信这句话是最合宜或可诱动人的。他脸上的表情乃是一个既蠢又贪的表情,当下他继续地谈着他的爱好的题目,妇人。萨鲁定的脸上妒忌得红了又白,白了又红,觉得实在不能够同坐在一块儿,他只是不停地在小路上走来走去。

"我们的妇人们全都是一个样子的……刻板的铸成,用人工装成的。要去找一位妇人,她的美貌是值得赞美的话,一个人必须要到外省去,在那里土地还没有垦辟呢,在那里乃产生了最美丽的花朵儿。"

沙宁抓抓他的颈背,交叉着他的双腿。

"啊!如果他们在这里繁开了花朵,却有什么用处呢?为的

第二十八章

是没有一个有身价的人来撷取他们。"丽达答道。

"啊哈!"沙宁想道,突然地感到兴趣起来,"原来那便是她所要达到的目的!"

这个言语的游戏,在其中,情操与粗语乃是那么隐晦地包含在一处,竟使他觉得极端地分心了。

"这是可能的么?"

"什么,当然的!我说什么我的意思便是什么,谁是那个撷取了我们的不幸的花朵儿的人呢?那些男人乃是我们所当做英雄们的呢?"丽达悲戚地答道。

"你责评我们的话不太过严刻了一点么?"萨鲁定问道。

"不,丽达·彼特洛夫娜的话是对的!"孚洛秦叫道,但当他向萨鲁定望了一眼时,他的雄辩突然地消失了。丽达大笑起来,充满了羞耻、悲哀与复仇,她的光亮亮的双眼正射在她的拐骗者的身上,似乎看穿过又看穿过他。孚洛秦又开始喋喋地谈起来,但丽达却以笑声中止了他,这笑声是藏匿了她的眼泪的。

"我想,我们应该要走了。"萨鲁定最后地说道,他觉得已到了不能忍受的地位了。他不能说出为什么,但是一切的东西,丽达的笑声,她的傲视的双眼以及颤抖着的手,对于他全都像那么多的暗中打他的耳朵上面的耳光。他的增长的对于她的憎恶,他的孚洛秦的妒忌以及他感觉到他所有已失去的一切,使他完全地困疲了。

"已经要走了么?"丽达问道。

孚洛秦温柔地微笑着,以他的舌尖舐着他的嘴唇。

"不得不走了!维克托·赛琪约威慈显然是有点不自在。"他以讥嘲的口气说道,高傲着他自己的胜利。

于是他们告辞而去,当萨鲁定俯弯在丽达的手上时,他微语道:

249

沙 宁

"这便是再会了！"

他从没有像这一刻憎恨丽达那么深的。

在丽达的心里，却引起一个朦胧的疾掠而过的愿望，要想对着所有从前他们俩所共享过的过去的恋爱光阴甜甜蜜蜜地告个别。但这个感情，她立刻便压下去了，当下她以粗而高的声音说道：

"再会！旅途多福！不要忘记了我们，巴夫尔·罗孚威慈！"

当他们走去了时，孚洛秦的批评还明明白白可以听得见。

"她是如何的可爱呀！她使人沉醉，如香槟酒一样。"

当他们走了时，丽达又坐在摇椅上去。她的地位现在是一个不同的了，因为她弯身向前，全身抖栗着，她的无声的泪如脱线的珍珠似的迅落下来。

"来，来！什么事？"沙宁说道，当下他握住了她的手。

"唉！不要！生命是如何丑恶的一件东西啊！"她叫道，当下她的头沉堕得更深了，她用双手掩住了脸，而她的柔鬃，滑过她的肩部，挂在她的前面来。

"为了羞耻！"沙宁说道，"为了这一切小事而哭泣有什么用处？"

"真的没有别一个……更好的男人么，那么？"丽达呻唔道。

沙宁微笑着。

"不，当然没有。男人是生来便坏的。从他那里不能希望得到什么的……那么，他对于你所做的损害，也不会使你悲伤了。"

丽达抬起了俊美的为泪水所湿的眼来望着他。

"你也不希望从你的同伴男人们中得到什么好处么？"

"当然的不。"沙宁答道，"我是独自生活着的。"

第二十九章

第二天，杜尼加蓬松着头，赤着脚，飞奔到沙宁那里去，沙宁正在花园中种植花木。

"法拉狄麦·彼得洛威慈。"她叫道，她的蠢脸上有一个受惊的表情，"军官们来了，他们要和你说话。"她述出那话来，仿佛如她熟记在心中的一课功课一样。

沙宁并不惊诧。他已想到过萨鲁定要来挑战。

"他们是很焦急地要看我么？"他以戏谑的声音问道。

然而杜尼加必定有着可怕的事件的一种暗示，因为她并不掩了她的脸，她却以同情的迷乱凝注着沙宁。

沙宁将他的铲子倚靠在一株树上，扎住了他的腰带，以他的平常的装腔作态的步伐向屋里走去。

"他们是什么样的傻子！什么完全的白痴！"他对他自己说道，当他想到了萨鲁定和他的副手们时。但这并没有侮辱之意；这正不过是他自己的意见的忠实的表现。

走过了屋内，他看见丽达从她房里走出。她站在门槛上，她的脸色白得如殓衣一样，她的双眼焦急而不安定。她的唇片动着，但是没有一句话逃出唇间来。在那个时候，她觉得她乃是全世界上最有罪的、最悲惨的一个妇人。

在午前的起居室的一张靠背椅上，坐着马丽亚·依文诺夫

沙 宁

娜，看来是极端的不知所措与惊恐。她那顶活像鸡冠的帽子，斜戴在头上，她恐怖地望着沙宁不能够说一句话。他对她微笑着，想要停立了一会，然而他想还是向前走好。

太那洛夫和王狄兹正襟危坐地正留在客室中，他们的头颅紧靠在一块，仿佛他们穿着白色制服与紧身的骑马裤，觉得异常不安逸似的。当沙宁进来时，他们俩徐徐地站起身来，带着一点踌躇，显然地没有决定如何举动好。

"今天好，先生们。"沙宁高声地说道，当下他伸出他的手。

王狄兹踌躇着，但太那洛夫深深地鞠躬下来，竟使沙宁有一瞬儿看见了他颈后的剪得短短的头发。

"我能够为你们做什么事务呢？"沙宁继续地说道，他注意到太那洛夫的过度的礼貌，诧奇着他竟会和他们在这幕荒谬可笑的喜剧里扮着他的一个角色。

王狄兹笔直地挺立着，要想在他的马似的脸容上表现出一种傲慢的表情来；但是因为他的纷乱，却不曾表现得成功。说来很奇怪，这还是太那洛夫，平常那么蠢笨笨的，这时却能以坚决的样子对沙宁开口。

"我们的朋友，维克托·赛琪约威慈·萨鲁定给我们以光荣，要我们在关于你和他自己的某一个事件上来代表他。"句子说出来时带着机械似的准确。

"呵，呵！"沙宁带着喜剧的庄严说道，当下他的嘴大张着。

"是的，先生。"太那洛夫继续地说道，略略有点皱眉，"他以为你对于他的行为有点不——很……"

"是的，是的，我明白了。"沙宁不耐烦地插嘴道。

"我几乎要踢他出门外，所以将'有点不——很'那些话放进去是很不对的。"

这话，太那洛夫似若不闻，他继续地说道：

第二十九章

"唔,先生,他坚决地要你收回了你的话。"

"是的,是的。"瘦削的王狄兹和谐地说道,他不断地变换他的足的位置,好像一只鹳鸟。

沙宁微笑着。

"将它们收回么?我怎么能够收回了它?'说出来的话有如放出笼来的鸟儿'呢!"

太那洛夫太迷乱了,回答不出来,只是当着沙宁的脸睁望着。

"他有那么一双恶眼呀!"沙宁想道。

"这不是一件开玩笑的事。"太那洛夫开始道,他的脸色红了,表示着愤怒,"你是预备收回你的话呢,还是不预备收回?"

沙宁起初是沉默着。

"如何的一个绝对的白痴!"他想道,当下他取了一张椅子,坐了下来。

"我也许可以愿意地收回我的话,以取悦并平平萨鲁定的气。"他开始庄重地说道,"特别是因为说出这些话时并不视为重要,但第一,萨鲁定是一个傻子,并不明白我的动机,他不仅不沉默不言,反而夸大地提起它。第二,我绝对地不喜欢萨鲁定,所以在这些情形之下,我不觉得我有任何意识要收回我的话。"

"很好,那么……"太那洛夫从他的齿缝中嘶嘶地说道。

王狄兹惊骇地顾视着,他的长脸变得焦黄了。

"在那个情形……"太那洛夫以一种较高的快要带恐吓的语声开始说道。

沙宁看着他的狭狭的前额和他的紧紧的裤子,重新又觉到憎恶那个人。

"是的,是的,我知道这一切的事。"他插上去说道,"但有一件事我要告诉你的,我不想和萨鲁定决斗。"

沙宁

王狄兹突地转过身来。

太那洛夫挺直了身子以轻蔑的口气说道：

"为什么不，请问？"

沙宁失声笑了起来。他的憎恶之情，如它之来得迅快似的，又很迅快地消失了。

"唔，这就是理由：第一，我并不想杀死萨鲁定，第二，我更不想杀死我自己。"

"但是……"太那洛夫鄙夷地开始道。

"我不愿意，那就完结了！"沙宁说道，站了起来，"为什么，真的是？我不想给你以任何解释，那是希望得太多了，真的是！"

太那洛夫对于拒绝决斗的这位男子的极端鄙夷之中却交杂着那个坚信，即仅有一位军官才能够具有去做决斗所必须的勇气与美好的荣誉观念。那便是沙宁的拒绝为什么一点也不使他诧奇的原因；在实际上，他还暗自高兴着。

"那是你的事情。"他说着，带着不会错误的鄙夷口气，"但我必须警告你……"

沙宁笑了起来。

"是的，是的，我知道，但我要劝告萨鲁定不要……"

"不要——什么？"太那洛夫问道，当下他从窗盘上拾起了他的帽子。

"我要劝告他不要触到我身上，否则我便将给他以那样的一种鞭挞……"

"听我说！"王狄兹狂怒地叫道，"我是再也忍耐不住……你……你只是对我们笑着。你知道否，拒绝去接受一次挑战乃是……乃是……"

他红得如同一只龙虾，他的眼睛从他头颅上跳出，他的嘴唇上有了白沫。

第二十九章

沙宁好奇地望着他的嘴部,说道:

"这就是自称为托尔斯泰的一个信徒的那个人!"

王狄兹退缩了一下,摇着他的头。

"我必须求你。"他急语道,同时羞于对一向都是友好的人说这样的话,"我必须求你不要举出那一点,那是对于这件事完全无关的。"

"无关于此!虽然。"沙宁答道,"这是与此大有关系的。"

"是的,不过我必须要求你。"王狄兹怨鸣道,成了歇斯底里的。

"真的,这是太过度了!简言之……"

"啊!够了!"沙宁答道,憎恶地从王狄兹那里退开,王狄兹嘴里四溅出唾沫来,"随便他们怎么想都可以,我不留意。告诉萨鲁定。他乃是一只蠢驴!"

"你没有权利,先生,我说,你没有权利。"王狄兹高叫道。

"很好,很好。"太那洛夫说道,十分的满足。

"我们走吧。"

"不!"王狄兹悲戚地叫道,当下他摇挥着他的瘦臂,"他怎么敢……什么事情!这简直是……"

沙宁看着他,做了一个憎恶的姿势,走出了房门。

"我们要传达你的话给我们的同伴军官。"太那洛夫在他后面叫道。

"随你的便。"沙宁并不回顾地说道。他能够听得见太那洛夫想要安慰愤怒的王狄兹,他自己想道:"照规矩,这人才是一个绝对的蠢材,但将他放上了他的木马,他便要成为很机警的了。"

"事情不能够便这样的了结的!"当他们走出时,王狄兹不可劝解地叫道。

丽达从她房门里温柔地叫道:"孚洛特耶!"

沙 宁

沙宁立定了足。

"什么事?"

"到这里来,我有话要同你说。"

沙宁进了丽达的小房间,因为窗前都是绿树,温柔的绿色的微光映满了屋内。屋内还有一种女性的香味与威力。

"这里是如何的优美啊。"沙宁说道,叹了一口气,如释重负。

丽达面向窗户地站在那里,从园中来的绿色的反映的光环着她的面颊与肩部波动着。

"你叫我来有什么事?"他和气地问道。

丽达默默不言,她呼吸沉重着。

"为什么,怎么一回事?"

"你不——去决斗了么?"她粗声地问道,并没有回顾。

"不去。"

丽达默默不言。

"唔,这有什么关系?"沙宁说道。

丽达的额发抖了。她迅快地转了一个身,飞快地咿唔道:

"我不能够明白,我不能……"

"啊!"沙宁叫道,皱皱眉头,"唔,我是很为你发愁。"

人类的愚蠢与恶意四周地围上了他。在恶人中以及在好人中,在美貌的人中以及在丑人中,这种的性质都是同样地找到的;这很使人寒心。

他回转他的脚跟,便走了出去。

丽达望着他走出,然后双手掩了脸,她自己投身于床上。长长的黑色辫子整条长的拖在白色被单上。在这个时候,不管她的失望,丽达是强健的、成熟的、美丽的,看来比前格外的年轻,格外的充满了生命。从窗户中进来了花园里的温热与光明,房间里是光亮而可愉悦。然而丽达对于这一切却一点也不见到。

第三十章

　　这是深夏的可惊的美丽的黄昏之一,从巨大的蔚蓝色的穹天中降于地球上来。夕阳已经西下了,但光明还是清楚的,空气是纯洁而清朗。有一阵重露,徐徐升起的灰尘,成了纱网似的长条的云映于天空。空气虽热,却是清新的。这里那里都浮泛着声音,仿佛长了快翼。

　　沙宁不戴帽子,穿着他的青衫,这衫在肩部已经有点褪色了,沿了灰尘的路逍遥地走着,转到青草乱生的小边街,向伊凡诺夫的家走去。

　　伊凡诺夫坐在窗口,在卷制香烟,阔肩、恬静,他的长而草帽色的头发,背上梳得光光的。润湿的空气,从花园中向他浮泛而来,园中的草木在晚露中得到了新的光彩。淡巴菰的强烈气味,诱人要打喷嚏。

　　"黄昏好。"沙宁说道,靠在窗盘上,"黄昏好。"

　　"今天有人要挑我去决斗。"沙宁说道。

　　"好不可笑!"伊凡诺夫不在意地答道,"同谁决斗?为了什么缘故?"

　　"同萨鲁定。我将他赶出了门外,他以为他自己是被侮辱了。"

　　"啊呵!那么你将与他相见了。"伊凡诺夫说道,"我将做你的副手,你要将他的鼻子打去了。"

"为什么?鼻子乃是人身组织中一个高贵的部分。我是不去决斗的。"沙宁笑答道。

伊凡诺夫点点头。

"也是一件好事。决斗是很不必要的。"

"我的妹妹丽达并不这样想。"沙宁说道。

"因为她是一只鹅。"伊凡诺夫答道,"那么一大堆傻子总要相信,他们不是么?"

这样地说着,他完成了最后的一支香烟,他将这支香烟燃着了,又将其他的香烟放下他的皮烟盒中。

然后他用口吹去了留在窗盘上的淡巴菰,也弯靠在窗盘上,加入了沙宁一块。

"我们这个黄昏时候做什么事好呢?"他问道。

"我们同去看看梭洛委契克吧。"沙宁提议道。

"啊!不去!"

"为什么不去?"

"我不喜欢他。他是如此的一个虫豸。"

沙宁耸耸他的肩。

"并不比别的人更坏。来吧。"

"好的。"伊凡诺夫说道,他常常是同意于沙宁所提议的任何事的。所以他们俩沿了街同走着。

但梭洛委契克却没有在家。大门是闭上了,天井是阴沉而芜旷。只有沙尔丹铿啷铿啷地响着它的铁链,对着侵入天井的这些客人吠着。"什么一个鬼地方!"伊凡诺夫叫道,"我们到林荫路去吧。"

他们回转身去,将矮门带上了。沙尔丹还吠了两三声,然后坐在它的狗窝之前,忧郁地凝望着荒寂的天井,沉默的磨坊以及

第三十章

通过灰尘的草地上的小小的白色人行道。

在公园里,乐队如常的正在吹奏着,林荫路上吹来一阵愉快的凉风,满是散步的人。被女性的光亮的首饰所照耀,那堆黑压压的群众,一时向阴暗的花园中走去,一时又向大石块的总门口走去。

沙宁和伊凡诺夫臂挽着臂地进了花园,立刻碰到了梭洛委契克,他正在沉思地散着步,他的手放在背后,他的眼光注在地上。

"我们刚才到过你家里去。"沙宁说道。

梭洛委契克红了脸,微笑着,当时羞怯怯地答道:

"啊!我请求你的原谅!我很抱歉,但我永没有想到你会来的,不然我便要留在家中了。我正出来敢散步。"他的深思的眼发着亮光。

"和我们一同走吧。"沙宁和气地说道,当下他便挽住了他的臂膀。

梭洛委契克显然地愉悦着,接受了献给他的手臂,将他的帽子抛到头背后,一同地走去,仿佛他所握住的不是沙宁的手臂,而是什么宝贵的东西。他的嘴似乎扩到了两耳之间。

军乐队里的队员,红了脸,伸长了双颊,吹出了他们的聋耳的、喧闹的声调,散在空气中,被一位衣衫漂亮的乐队领导者所鼓励而努力着,这位领导者看来好像是一只躁动的小麻雀,热心地在挥舞他的指挥棒。围绕着乐队的是些书记们,店里伙计们,穿着海斯式皮鞋的学童们,以及将颜色鲜妍的手巾包在头上的小女孩子们。在大道上和边道上,转动着一大堆活泼的群众,其中是军官们、学生们和女士们,他们仿佛是加入了一个无休止的四人舞之中。

他们不久便遇到了杜博娃、夏夫洛夫和犹里·史瓦洛格契,

沙 宁

当他们两下经过时交换着微笑。然后,在他们游荡过全园之后,他们又遇见了,西娜·卡莎委娜现在是他们队中的一人了,她穿着轻俏的夏衣,看来可喜爱的美妙。

"你们为什么像那样地独自走着呢?"杜博娃问道。

"来,加入我们一道儿吧。"

"我们且到边道上走着吧。"夏夫洛夫提议道,"这里拥挤得太可怕了。"

少年们笑着谈着,因此转入了一条比较阴沉、恬静的道上去。当他们达到了路的尽头,快要转身时,萨鲁定、太那洛夫和孚洛秦突然地由转弯的地方走来。沙宁立刻看出,萨鲁定并没有想到会在这里遇见了他,且看出他有点不知所措。他的俊美的脸部黑暗了,他直身地挺立起来。太那洛夫鄙夷地笑着。

"那只小猴子仍然在这里呢。"伊凡诺夫凝注在孚洛秦身上说道。孚洛秦并没有注意到他们,因为他对于第一个先走的西娜太感到兴趣了,他走过时,回转身去看着她。

"他原来是这样!"沙宁笑说道。

萨鲁定以为这个笑声是为他而发的,而他退缩了,仿佛被一条鞭所挞。他为愤怒涨得脸红,且为什么不可抗的力量所推促,便离开了他的同伴,很快地走近了沙宁。

"怎么一回事?"沙宁说道,突然地变成了严重,当时他的眼光注定在萨鲁定颤抖的手中所执的小马鞭。

"你这蠢才!"他自己想道,怜恤与愤怒同时而作。

"我要和你说一句话。"萨鲁定粗暴地开始道,"你接受不接受我的挑战?"

"是的。"沙宁答道,他专心地注视着这位军官的双手的一举一动。

"而你是决定的要拒绝……嗳……乃如任何下流的人被环境

所逼而不得不做的么?"萨鲁定问道。他的语声音调虽高却是闷窒住的。在他自己看来,这似乎是一个奇异的,仿佛执在他湿漉漉的手中的冷的鞭柄似的不温柔。但他却没有力量从躺在他面前的一条路上跳到边上去。在花园中,突然地似乎没有一点空气。所有别的人都呆立着,迷乱而期待着。

"唉!什么鬼——"伊凡诺夫开始道,想要插身调停。

"当然,我拒绝。"沙宁以异常镇定的声音说道,直向萨鲁定的眼中望着。

萨鲁定呼吸艰难的,仿佛在举着一个很重的东西。

"我再问你一声——你拒绝么?"他的声音如一个硬的金属的铃。

梭洛委契克脸色变得异常的灰白。"唉,天呀!唉!天呀!他快要打他了!"他想道。

"什么……什么事?"他嗫嚅道,当下他竭力要卫护沙宁。

萨鲁定一点也不注意他,粗暴地将他推到一边去。他除了沙宁的冷酷镇定的双眼之外,看不见他前面的一切东西。

"我已经这样地告诉过你。"沙宁以同样的声调说道。

对于萨鲁定,每件东西似乎都旋动了。他听见他后边有匆急的脚步声,及一个妇人的失声惊叫。带着有如一个倒跌下深阱中的人所感到的失望的感觉,他笨拙地惊吓地挥动了他的马鞭。

同时,沙宁用了他的全力,以他的紧握着的拳头,当他的脸击去。

"好呀……"伊凡诺夫不由自主地喊道。

萨鲁定的头颅柔弱地挂在一边了。有些热热的东西如尖针似的刺着他的脑与眼,涌出他的口与鼻。

"啊!"他呻吟道,无助地双手向前地躺下去了,马鞭落了下来,帽子也跌开去了。他看不见一点东西,他听不见一点声音,

沙　宁

他只感觉到那可怕的耻羞，以及他眼上的一阵闷烧的痛楚。

"唉！上帝！"西娜·卡莎委娜呻吟道，双手掩住了脸，她的眼紧紧地闭上。

犹里看见萨鲁定四肢伏地地匍匐在那里，既恐惧，又憎恶地向沙宁冲去，夏夫洛夫也跟在他后边。孚洛秦失去了他的夹鼻眼镜，当他被树枝绊了一跤时，他尽力地飞快地经过泥湿的草地而跑开去，因此他的一无污点的裤子立刻黑到了膝盖头。

太那洛夫愤怒地咬着牙齿，也冲向前去，但伊凡诺夫当肩捉住了他，将他拉了回去。

"那是很好！"沙宁轻蔑地说道，"让他来吧。"他双腿张开的站着，呼吸艰难，大滴的汗现在他的眉间。

萨鲁定徐徐地蹒跚地站了起来。低微的不连贯的话从他的颤抖的膨胀的嘴唇中逃出来，模糊的恶语，在沙宁看来，简直是说得很可笑。萨鲁定的脸部，整个左边，立刻都肿大了。他的左眼不再看得见了；红血从他的鼻子及口中流出，他的双唇扭曲了，他的全身颤抖抖的，仿佛被一阵热病所握捉住。漂亮的、美貌的军官的样子一点也不留存下来。那一记重重的打击，夺去了他的一切是人类的东西；所留下来的仅不过是可怜的、可怕的、不成形状的东西了。他并不想走开去或保卫他自己。他的牙齿咯咯地相击有声，而当他拍去着血液时，他也机械地掸去了他膝上的沙。然后，向前一撷蹶，他又倒下去了。

"唉！如何的可怕！如何的可怕！"西娜·卡莎委娜叫道，匆促地离开了那个所在。

"来吧！"沙宁对伊凡诺夫说道，他抬眼向上，躲避了那么可憎的一种情景。

"同来吧，梭洛委契克。"

但梭洛委契克并不移动。他睁大了眼珠，注视着萨鲁定，注

第三十章

视着红血以及在雪白的衣衫上的污沙，同时他的身体寒战着，而他的唇片微微地动着。

伊凡诺夫愤怒地拖了他走，但梭洛委契克却以可惊的力量摆脱了他，然后紧抓住了一株树干，仿佛他想抵抗着被大力拖去一样。

"唉！为什么，为什么，你做那件事？"他啜泣地说道。

"做出如何的一件流氓的行为！"犹里当着沙宁的脸说道。

"是的，流氓的行为！"沙宁答道，带着轻蔑的微笑，"你以为让他来打我是比较得好些么？"

然后，带着不经意的姿势，他很快地沿了大道走去。伊凡诺夫鄙夷地望着犹里，燃了一支香烟，徐徐地跟了沙宁而去。即他的阔背与光滑的头发，已足明白地告诉人家，这样的一幕情景对于他是如何的不大惊动。

"人能够成为如何的蠢蠢的野蛮的呀！"他自己咿唔道。

沙宁回顾了一次，然后走得更快了。

"正像野兽们。"犹里说道，当下他也走开了。他回头望望，他常常以为美丽的、朦胧的、神秘的花园，现在，在这件事发生了以后，似乎已与其余的世界隔绝了开去，成了一个阴阴沉沉的地方了。

夏夫洛夫呼吸艰难的、神经质的从他的眼镜中四周地望着，仿佛他想，说不定在什么时候，同样可怕的事会再度发生似的。

第三十一章

在一会儿工夫之内,萨鲁定的生命经过了一个完全的变化。这生命从前是无顾忌的、安详的、快乐的,如今在他看来,却似乎是扭曲失形的、可怕的、不可忍受的了。嬉笑的面具已经落下了,一个巨怪的可怕的脸显露出来了。

太那洛夫叫了一乘马车来,送他回家。在路上,他过度地表示他的痛楚与虚弱,因此,不去睁开他的眼睛。用了这个方法,他想,他乃可以免避了千百只眼睛射在他身上,与他的眼睛相遇时的羞耻。

马车夫的瘦削的脊背,车窗中的经过的恶意的疑问的脸,以至于太那洛夫的围绕于他腰间的手臂,在他的想象中,全都表现出并不假饰的轻蔑。这个意识成了那么专注的痛苦,竟使萨鲁定几乎要晕过去。他觉得,仿佛他已失去了他的理智,他渴想死去。他的脑筋拒绝去承认所发生的事。他继续地想着,总有一个错误,一点误解,而他的地位也并不如他所想象的那么无望、那么可哀。然而真实的事迹留在那里,而他的失望便益益地更为黑暗下去。

萨鲁定觉得,他是被人支助着的,他是在痛楚之中的,他的双手都是血污与尘土。这真的使他惊讶去知道,他仍然还感知到这一切。有的时候,当车子疾转了一个弯子,扑到一边去时,他

第三十一章

微开了他的眼睛,看见,仿佛是带着眼泪的,熟悉的街道、房子、人民以及礼拜堂。什么都没有变动,然而一切都似乎含有敌意的、奇怪的与无限的辽远。

经过的人停步凝望着。萨鲁定立刻闭上了眼,羞耻而且绝望。这路似乎无穷无止。"走快一点!走快一点!"他焦急地想道。然而他又自己悬想到了他的男仆的,他的房主妇的以及邻人们的脸,这又使他希望那旅途是永远没有终止的。仅要的是像那样地走着走着,把眼闭上了!

太那洛夫是异常羞于这一段旅途。他脸色非常的红,非常的纷乱,直向前面望着,努力要给观者以一个印象,表明他并没有参与于这个事件之中。

起初,他装作同情于萨鲁定,但不久便堕入沉默之中,间时地从他的紧闭的牙齿中,催促马夫拉得快点。从这个地方,且也从他手臂的踌躇不定的支撑,有时简直要抽了开去,萨鲁定便很正确地明白太那洛夫所感想的,萨鲁定一想到,他一向所视为绝对的为他的低下的人物,也要感到为他而羞时,他便坚信,现在一切都完结了。

他没有帮助便不能走过天井。太那洛夫和那个惊吓颤抖的勤务兵几乎是抬了他走。如果还有别的旁观者的话,萨鲁定是不看见他们的。他们在沙发上为他预备了一个铺位,踌躇而无助地站在那里。这个,很使他触怒。最后,仆人恢复了他自己,便去取了些热水和手巾来,小小心心地把萨鲁定脸上和手上的血渍都洗去了。他的主人躲避了他的注视,但在勤务兵的双眼中,并没有一点的恶意或轻蔑;仅有那种的如慈心的老看护妇所可感到的恐怖与怜悯。

"唉!这是如何发生的,老爷?唉,天呀!唉,天呀!他们对他做了什么事?"他呻唔道。

沙 宁

"这没有你的事！"太那洛夫愤怒地嘶道，立刻纷乱地向身后望着。他走到窗边，机械地取出一支香烟，但不能决定，当萨鲁定躺在那里时，他应该不应该吃烟，于是他又匆匆地将他的香烟盒子塞入衣袋中了。

"我要去请医生来么？"勤务兵问道，立正着，并不以他所受到的粗暴的回答为凌辱。

太那洛夫踌躇地伸出他的手指来。

"我不知道。"他以一种变了的声音说道，当下他又回顾了一下。

萨鲁定听见了这些话，一想起医生将要看见他的被打的脸，心里便恐怖起来。

"我不需要任何人。"他微弱地呻唔道，想要告知他自己和别的人，他是快要死去了。

现在，他的脸部已经洗清了血与灰土，不再是看见怕人的了，但却更引起了厌恶。

太那洛夫完全出于兽类的好奇心，匆匆地望了他一眼，然后，在一会儿工夫，又转眼他向。这个举动几乎是不可察知的，然而萨鲁定却带着说不出的痛苦与绝望而注意到了。他更紧地闭上了他的眼睛，以一种破裂的、欲泣的声音叫道：

"离开我！离开我！唉！唉！"

太那洛夫又看了他一眼。立刻一种憎恶与轻蔑的感情占有了他。

"他现在真的快要哭出来了！"他想道，带着些恶意的满足。

萨鲁定的眼闭上了，他很安静地躺在那里。太那洛夫以他的手指轻轻地在窗盘上敲着，扭着他的髭须，起初，四面地望着，然后望着窗外，感到自私地恳切地要走开去。

"我还不能走开，现在。"他想道，"如何可诅咒的腻烦呀！

第三十一章

最好等到他睡着了。"

再一刻钟过去了，萨鲁定显得很不安定。在太那洛夫看来，这种的间停是不可忍耐下去的。最后，受苦者躺着不动了。

"啊哈！他睡了。"太那洛夫想道，内心地觉得愉快，"是的，我可确定他已睡了。"

他小小心心地走过了房间，如此，他的刺马距的咯咯声便很难听得见了。萨鲁定突然地睁开了眼。太那洛夫静静地立定了，但萨鲁定已经猜出了他的心事，而太那洛夫也知道他的行动是被侦察着的。现在，有些奇怪的事发生了。萨鲁定闭上了眼，假装入睡。太那洛夫想要告诉他自己说，这是真睡，然而同时他又完全地警觉到，每个人都在看守着别的人呢；所以，以一种笨拙的弯身的姿势，他便踮起了脚尖，偷走出了房外，觉得如一个被证实的奸臣一样。

房门轻轻地在他后面关上了。将这两个男人缚在一块很久的友谊的带便是这样的永久地断了。他们俩全都觉得，现在有一个深沟间隔在他们之中，这道深沟是永造不了桥梁的；所以在这个世界上，他们是彼此一无干系的了。

在外面的房里，太那洛夫呼吸得比较自由。他对于他自己与那个许多年来他的生活依赖着的人之间的关系的断绝，并没有余憾。

"听我说！"他对仆人说道，仿佛为了形式上的必要，他应该要说的，"我现在走了。如果有什么事发生——唔……你明白……。"

"很好，先生。"兵士答道，脸上显得很惊吓。

"所以现在你要知道……看看绷带要常常地换过。"

他匆匆地走下了石阶，在关上了园门之后，他抽了一次深深地呼吸，当他看见他前面是广阔的寂寞的街道时。现在，天色几

沙 宁

乎乌暗了,太那洛夫很高兴,没有人能够注意到他的绯红的脸。

"我自己也几乎要混入这件可怕的事务之中。"他想道,当他走近了林荫路时,他的心沉下了,"总之,这件事对于我有什么干系呢?"

他如此的要想安慰他自己,努力地要忘记了伊凡诺夫如何地拖他开去,他的那么大的力量,几乎使他跌倒。

"鬼取了去!如何的一件不快的事!这全是一个萨鲁定的傻子!他为什么要和这种下等人在一处呢?"

他愈是思想起这件意外的事的全部不快,他的平庸的身体便愈是表现出一种恐吓人的样子,当时他穿着紧紧地扎在身上的骑马裤,漂亮的皮靴,白色的军衣,趾高气扬地走着。

在每一个经过的人身上,他都预备要侦察出讥嘲与轻蔑;实在的,在最轻微的激动上,他便要狂猛地拔出他的刀来。然而他却遇见很少很少的人,他们如逝去的阴影似的,在黑暗的林荫路的边上迅速地走过去了。在到了家中时,他变得镇定一点,然后他又想起伊凡诺夫所做的事。

"我为什么不去打他?我应该在额上给他一记。我可以使用他的刀。我也有我的手枪在我的衣袋中。我应该如枪击一只狗似的击他。我怎么会忘记了那柄手枪呢?唔,总之,大约我不动手也是不错的。假定我杀死了他呢?这便成了警察的一件事了。那些人之中,也许有人也怀有手枪的!事情多着呢,嗳?无论如何,没有人知道我有武器在身,并且,这件事也会渐渐地过去了。"

太那洛夫在拿出他的手枪,放入桌子抽屉中之前,小心地四面地看了一看。

"我将立刻到联队长那里去,对他解释明白,我对于这件事一点也没有干系。"他想道,当下他锁了抽屉。然后一个不可抵

第三十一章

抗的冲动,捉住他,要到军官的同席者那里去,当做一个眼见者,止止确确地将发生的事描写出来。军官们已经在公园中听见了那件事,他们匆匆地回到了光光亮亮的会食室中,以热热的话,说出他们的愤怒。他们真的还是愉悦于萨鲁定的失败,因为他的衣服与举止的漂亮俊美,极常地把他们放入阴影中去。

太那洛夫被众人带着不可掩饰的好奇心所欢迎。他觉得,当他开始叙述出全部事件的一个仔细的经过时,他便是当时的英雄了。在他的狭小的一双黑眼中,带有一种妒忌他的常是他的超越者的朋友的表现。他想起了关于金钱的事,想起了萨鲁定对于他的看不起的态度,而他便报复他自己的宿憾,细细地描写他同伴的失败情形。

同时,萨鲁定被弃地、孤独地躺在他的床上。

他的勤务兵,已在别的地方打听到全部事实了,无声息地四处走着,看来如前的忧愁而焦虑。他将茶具预备好了,取了些酒,将狗驱出房外,这狗见了它的主人快乐地四处奔跳着。

过了一会,勤务兵又踮着足尖走回去了。"老爷最好喝一点酒。"他低语道。

"嗳?什么?"萨鲁定叫道,睁开了眼,立刻又闭上了。他的口气,他自以为是严肃的,其实却是可怜的,他只能移动他的肿唇,巴巴地说道:

"把镜子带来给我。"

仆人叹了一口气,带了镜子来,执了一支烛,紧近于镜前。

"他为什么要照看他自己呢?"他想道。

当萨鲁定在镜中照了一照时,他不由自主地叫了一声。在黑暗的镜中,一个可怕的失形的脸迎他而来。脸上的一边是青黑色的,他的眼睛是肿大了的,而他的髭须,如硬鬣似的刺出于他的肿颊之上。

沙 宁

"来！拿了它去！"萨鲁定咿唔道，而他歇斯底里地啜泣着，"拿一点水来！"

"老爷不要将此事放在心上。你不久便要全都复原了。"仁慈的勤务兵说道，当下他将水倒在胶质杯中捧给他，杯中还有茶味。

萨鲁定不能喝；他的牙齿不由自主地在杯边咯咯地碰击着，水星溅在他的衣服上。

"走开去！"他微弱地呻吟道。

他的仆人，他这样地想着，乃是在世界上唯一的同情于他的人，然而那种对于他的较好的感情立刻又被一种不可忍受的感觉所熄灭了，这个感觉便是，他竟使他的仆人也要怜恤他。

勤务兵几乎要哭出来，闪闪他的眼睛，走了出来，坐在通到花园里去的石阶上。那只狗对他摇尾乞怜的，将它的美鼻在他的膝上摩擦着，庄重地抬起黑色的疑问的眼望着他。他和爱地抚拍着它的柔软如皮的毛衣，头上熠熠着沉默的星光。一个恐惧的感觉到了他的心上，仿佛预警着什么巨大的不可免的不幸。

"生命是一个悲苦的东西！"他悲戚地想道，有一会儿工夫，忆起了他自己的本乡。

萨鲁定匆促地在沙发上翻了一个身，躺着不动，并没有注意到现在渐渐温热起来的包扎布，已滑落了他的脸上。

"现在一切都完结了！"他歇斯底里地咿唔道，"什么是完结了的？一切东西！我的一生——毁了！为什么？因为我被侮辱了——如一只狗似的被击倒了！我的脸为拳头所击！我再不能在军队中了，再不能！"

他能够清清楚楚地看见他自己四肢匍匐在路上，惊恐而且可笑，当他发出微弱的无意识的恫吓，一次又一次的，他心灵上重现出那件丑恶的遭遇，每一次便更增加了痛苦，并且，仿佛如照

第三十一章

得通明似的,一切的不幸详情都活泼泼地站出在他眼前。最使他憎恼的便是,他回忆起西娜·卡莎委娜的白衣,这白衣正当他誓要徒然的报复的时候,捉住了一眼。

"谁扶了我起来的呢?"他想要将他的思路转到别一方向去,"这是太那洛夫么?或者是那个犹太孩子和他们在一道的!这一定是太那洛夫。无论如何,这是一点也没有关系的。所要紧的,乃是,我的一生从此毁了,我将要离开军队了。决斗呢?怎么样了?他不肯决斗。我将要离开军队了。"

萨鲁定想起,从前一次军队委员会怎样地强迫两个同事军官,结了婚的人,退职而去,因为他们拒绝决斗。

"我将同样地被人迫着退职。很文明的,没有握手……就是他们……如今将没有人再觉得和我在林荫路上臂挽臂走着是可夸耀的事了,他们也不再妒忌我、模仿我的举动了。但是,总之,那都没有什么。这是羞耻,它的不名誉。为什么?因为我被人当面击了一记么?当我还是一个陆军学生时,这件事也发生过一次了。那个大个子,夏瓦兹,给我一记,将我的牙齿打下了一只。没有人以为这事有什么关系,但我们后来互相握手,成了最好的朋友。那时没有人唾弃我。为什么现在是两样了呢?这实在正是同样的事!在那一次,血也溅了出来,我也跌在地上了。所以……"

萨鲁定对于这些失望的问题,得不到一点回答。

"如果他接受了我的挑战,当我的脸打了一枪,那是更坏,也要格外的痛苦。然而在那个情形之下,却没有一个人会鄙夷我了;反之,我将得到同情与赞美。因此,一粒子弹与那拳头之间是有一个区别的。有什么区别呢?为什么会有任何区别呢?"

他的思想迅速地不连贯的来了,然而他的痛楚与不可挽回的不幸似乎引起了些新的、潜藏于他的心中的东西,这些东西在他

沙 宁

的许多年来自私的、享乐的、无顾忌的年头上,他是再也不会感觉到的。

"例如,王狄兹常常说,'如果有人打你右颊,将左颊再转给他。'但他那天从沙宁家里回来的时候是什么样子呢?愤怒地喊叫着,摇挥他的手臂,为的是那人不接受我的挑战!其他的人真的要责备我的要用马鞭打他。我的错误就在我不曾及时地打下去。全部的事便荒诞得不对了。无论如何,事已至此了;屈辱是留着;我将离开了军队。"

萨鲁定双手压在他的痛楚的眉间,左右地转侧着,因为他眼上是剧痛着。然后,在愤愤不已之下,他咿唔道:

"拿一把手枪,向他冲去,将几颗子弹打进他的头颅……然后,当他躺在地上时,去践踏在他的脸上、眼上、牙上!……"

压紧布闷声地落到了地板上去。萨鲁定吓了一跳,睁开他的眼睛,在光线朦胧的房中,看见一脸盆的水,一条手巾,而黑漆漆的窗口,好像一个恶眼神秘地向他盯望着。

"不,不,如今没有用了。"他闷闷地失望地想道,"他们全都看见这事了;看见我怎样地当脸被击了一记,我怎样地四肢匍匐在地上。唉!这真可羞呀!像这样的打过来,当着脸!不!这太多了!我将永不再会自由或快乐着了!"

他的心头又闪过一个新的敏锐的思想。

"总而言之,我也曾自由过么?不,因为我的生活从不曾自由过,所以我如今才会受到了悲楚;因为我从不曾照我自己所欲的生活过。在我自己的自由意志上,我会想和人决斗,或用马鞭打他的么?没有人会打我,每一件事也全都不错。谁是第一个人想象到,且在什么时候想象到,一场侮辱乃仅能以血洗去的么?不是我,当然的。唔,我已把它洗去了,或者更可以说,它已是被我的血洗去了,是不是?我不懂得这一切的意义,但我知道这

第三十一章

事,即我将要离开军队了!"

他的思路很喜欢换别一个方向,然而它们如折翼的鸟一样,常常地又飞回来,回到一个中心的事实,即他是重重地被侮辱了,不得不离开了军队了。

他想起了,有一次他看见一只落到糖汁中过的苍蝇爬过地板,拖着它的黏黏的腿与翼而前,显着异常的艰难。这是明白的,这毁了的虫必须死去,虽然它仍在挣扎着,发狂地努力要站住了足。在那时,他憎恶地掉头离开它,而现在他又看见它了,如在一个热病的梦境中。然后他突然地想到了一场争斗,他有一次眼见的,这场争斗发生于两个农人之间,当其中的一人,以可怕的当脸的一记,击倒了其他的一个年老的、头发灰白的人。他站了起来,用袖口来擦了他的流血的鼻子,着重地叫道:"什么一个傻东西!"

"是的,我记得看见那件事的。"萨鲁定想道,"然后他们同在'皇冠酒店'一同喝着酒。"

黑夜渐渐地向尽了。沉沉寂寂的,那么奇怪,那么压迫,仿佛萨鲁定乃是唯一的遗留在地球上的生存的受苦的灵魂。在桌上,成为小沟的蜡烛尚在亮着,光焰是微弱而稳定的。萨鲁定的无秩序的思想沉入阴暗之中,他以熠熠的发炎的眼望着烛光。

在许多的印象与回忆的纷乱的混沌之中,有一件事比所有别的事都更清明地现了出来。这乃是他的极端孤寂的意识,这如一把匕首似的刺着他的心。千百万个人在那个时候是快快活活地享受着生活,笑着、谑着;也许有的人正在谈论到他。但他,只有他,是孤独的。他无效地要去回忆起熟悉的脸孔来。然他们出现于他之前的都是苍白、奇怪而且冷淡的,而他们的眼中也都具有好奇的与恶意的视线。然后,他沮丧地想到了丽达。

他所绘出的她,乃是他最后一次所看见的;她的大而郁郁的

沙 宁

眼;那薄薄的外衣轻罩在她温柔的胸前;她的头发梳成单条的松辫子。萨鲁定在她的脸上,既看不出恶意,也看不出轻蔑。那一双黑漆漆的眼是忧郁的斥责地凝注着他。他想起了在她最悲困之时,他怎样地拒斥着她。已经失去了她的意识,如一把刀似的刺伤他。

"她那时所受的苦比我现在所受的更深……我将她推离开我……我几乎要她投水自杀,要她死去。"

有如希望一只最后的锚救了他一样,他的全个灵魂现在是转向于她了。他要求她的抚慰,她的同情。有一瞬刻的时间,他似乎觉得,所有他的实在的痛苦仿佛能够抹拭了过去的事;然而他知道,唉!丽达是永不,永不回到他那里来了,一切全都完结了。在他面前,没有别的东西,有的只是浑白的无底的空虚!

萨鲁定扬起了他的手臂,将手套在他的眉间。他不动地躺在那里,双眼闭上,牙关紧合着,竭力要不看什么,不听什么,不觉什么,但过了一会儿,他的手垂下了,他坐了起来。他的头痛得厉害,他的舌头仿佛烧着了,他从头到足地颤抖着。然后他站起身来,倾跌地向桌子走去。

"我已失去了一切东西了;我的生活,丽达,一切东西!"

一个思念闪过他的心上,他觉得他的这个生命,归根结底地说来,是既不善,又不快乐,又不有条理的,只不过是愚蠢、悖义、卑鄙的而已。萨鲁定,俊美的萨鲁定,值得配上最好的、最快乐的一切生活的,已不再存在了。留下来的只是一个柔弱的无精力的身体来担受所有这一切的痛楚与不名誉。

"活下去是不可能的了。"他想道,"因为活下去的意义便是要完全抹拭了过去。我要开始一个新的生活,成了一个完全不同的人物,而这我却不能够做!"

他的头颅向前跌在桌上,在妖妄的、跳跃不定的烛光中,他不动地伏在那里。

第三十二章

在同夜,沙宁去访梭洛委契克。这位小犹太人正独自坐在他家的石阶上,双眼凝望着屋前的荒芜的空场,场上衰草杂生,有几条久无人行的小路横过其间。空空的厂屋,屋前躺着巨大而生锈的锁,还有磨坊的黑窗,看来使人厌闷。全部景色表示出生命及久已停止的活动的悲戚。

沙宁立刻便看出梭洛委契克脸上容色的变动。他不再微笑着了。只似是焦急而忧郁着。他的黑眼中具有疑问的视线。

"啊!晚上好。"他冷淡地握了沙宁的手,说道。然后他继续地凝望着恬静的夜天,厂屋的黑顶,映于其下,格外得清楚。

沙宁坐在对面的石阶上,燃着一支香烟,默默地凝望着梭洛委契克,他的诧异的举止使他感到兴味。

"你独自在这里做什么呢?"他过了一会,问道。

梭洛委契克的大而忧郁的眼徐徐地转向于他。

"我只不过住在这里,那就完了。当磨坊开工时,我常在公事房中。但现在磨坊是关闭了,除了我自己以外,别的人全都走了。"

"像这样的你独自一个人住着,不觉得寂寞么?"

梭洛委契克默默不言。

然后,他耸耸肩的说道:"在我看来,都是一样的。"

沙　宁

他们全都沉默不言。除了狗链的铿啷作响之外，没有别的声音。

梭洛委契克突然地热心地叫道："这并不是地方寂寞。但我之感到寂寞的，是这里，这里。"他指着他的前额及他的胸部。

沙宁恬静地问道："你怎么一回事了？"

"听我说。"梭洛委契克更为激昂地继续说道，"你今天打了一个人，将他的脸打坏了。也许你竟毁了他的一生。请你不要怒我对你说这种的话。我对这一切事已经想得很久了，我坐在这里，如你所见的，想着，想着。现在，如果我问你几句话你会回答我么？"

有一会儿，他的脸上又发见了他的平日的微笑。

"尽管问我你所要问的问题吧。"沙宁和气地答道，"你是怕触怒了我么，嗳？我敢于告诉你，那决不会使我生恼。事情已经做了，如果我以为我是做错了的话，我应是第一个说是错的。"

"我要问你这个问题。"梭洛委契克激动得战栗着，"你曾觉得你，也许会杀死了那个人么？"

"关于那一层，那是没有十分疑问的。"沙宁答道，"像萨鲁定那样的一个人一定是很难脱出了这个僵局的，除非他杀了我，或我杀了他。但，若说到他杀我的话，他则失去了心理学的时间了，我们可以这样地说；在现在，他是没有给我以危害的力量。过此以后，他便没有那胆量了。他的事情已完结了。"

"而你乃安安详详地告诉我这一切的话么？"

"你说'安安详详'是什么意思？"沙宁问道，"我不能安安详详地眼看着一只小鸡的被杀，更不必说是一个人了。在我之去打他，在我是很苦痛的。感觉到一个人自己的筋力是愉悦的事，当然的，但这究竟是一个极坏的经验——所以坏的，是因为弄成了这样的粗蛮的结局。然而我的良知却是安详的。我不过是运命

第三十二章

的工具而已。萨鲁定之所以得祸,因为他的一生的倾向,全都是摆定了要发生不幸的结局的;可怪的是,别的像他这一类的人,却并不与他同受此颓运。这些人乃是学成去杀死他们的同类,享养他们自己的身体,一点也不明白他们做的事有什么结果。他们是狂人,是白痴!如果放松了他们,则他们便将割了他们自己的咽喉,且也将割了别人的咽喉了。我在这一种的一个狂人的攻击之下,保护我自己,难道是该责备的么?"

"不错,但你已杀死他了。"梭洛委契克固执地答道。

"在那个情形之下,你最好去质问使我们相遇的那位好上帝。"

"你能够捉住了他的双手而阻止他的攻击的。"

沙宁抬起了他的头。

"在像那样的一个时候,一个人不会反省的。而且那又有什么用处呢?他的生命的法则需要报仇,任有如何牺牲都不在乎。我不能永久捉住了他的手。在他方面,这仅是一种格外的侮辱,没有别的。"

梭洛委契克柔弱地摇摆着他的手,并不回答他。

黑暗不可见地紧围于他们身边。夕阳的火已经淡白了,在荒旷的厂屋之下,阴影更深了,仿佛在这些寂寞的地方,神秘的、可怕的东西将要在夜间出来占据了此间似的。他们的无声无息的足步,也许已使沙尔丹不安了,因为它突然地爬出了它的窝,坐在窝前,铿鄘地响着它的铁链。

"也许你是对的。"梭洛委契克忧闷地说道,"但这是绝对的必要的么?如果你忍受了那一记打,不会是更好的么?"

"更好的?"沙宁说道,"被人打一记常是痛苦的事。而且为什么?为了哪一种的理由?"

"唉!请,请你听我说完了话。"梭洛委契克带着恳求的姿势

沙 宁

插说道,"这也许会更好一点——"

"对于萨鲁定,当然的。"

"不,也对于你,也对于你。"

"唉!梭洛委契克。"沙宁答道,有一点恼怒,"暂停了那种关于道德胜利的老而笨的观念吧;且那也是一个虚伪的观念。道德的胜利并不包含着一定要使你自己的面颊给人家打,但不过是在自己的良知上觉得不错而已。至于这如何地能完成那便是机会与环境的问题了。天下事没有比之为奴隶性更可怕的了。尤其当一个人的内心反抗着压迫与强力,然而却用了比他更大的某种力之名而降服于人,那是世界上最可怕的奴隶性。"

梭洛委契克双手捧住了头,如一个心神散乱的人。

"我没有脑筋去明白这一切话。"他悲戚地说道,"我也一点也不知道我应该怎么活着。"

"你为什么要知道?如鸟之飞翔地活着好了。如果它要转动它的右翼,它便转动它。如果它要绕树而飞,它便绕飞着。"

"是的,一只鸟也许是这么办,但我不是一只鸟,我是一个人。"梭洛委契克异常恳切地说道。

沙宁大笑起来,这愉快的笑声有一会儿反响过阴沉的天井中。

梭洛委契克摇摇他的头。"不。"他忧戚地呻唔道,"所有这一切,不过是闲谈而已。你不能告诉我应该怎样生着,没有人能够告诉我那事。"

"那是非常对的。没有人能够告诉你那事。生活的艺术应需一个天才;他没有那个天才的人,他的生活便要毁坏了,沉没了。"

"你说那种话时是如何的安详呀!仿佛你知道一切的事!请你不要生气,但你常是像那样的——常是如此的安详么?"梭洛

第三十二章

委契克问道，引起了敏锐的兴味。

"啊！不；虽然我的脾气确是常常的十分安详，但我有时也被各种的疑问所扰苦。在有一个时候，真的，我还梦想着，我的理想生活乃是基督徒的生活。"

沙宁停着不说了；梭洛委契克恳切地弯身向前，仿佛要听极重要的话似的。

"在那个时候，我有一个同伴，一个研究算学者，他的名字是伊凡·兰特，他是一个怪人，有无限的道德力量；一位基督教徒，不是被劝化了的，乃是天生了的。在他的一生，所有的基督教美德全反映着。如果有人打了他，他是不回打的；他对待每一个男人都如兄弟一样，对于女子，他则不认识有性的吸引。你还记得西米诺夫么？"

梭洛委契克点点头，仿佛带着儿童的喜悦。

"唔，在那个时候，西米诺夫病得很重。他住在克里米，在那里教着书。寂寞与他的将近于死的预警，驱使他至于失望。兰特听见了这事，决意要到那里去，救全这个已失的灵魂。他没有钱，也没有人肯借钱给一个著名的狂人。所以他便步行而去，走了一千多里（俄里）之后，死在路上了，如此的为别人牺牲了他的生命。"

"而你啊！请告诉我。"梭洛委契克眼睛发亮地叫道，"你认识了这样的一个人的伟大么？"

"他在那时，有许多人谈到。"沙宁思索地说道，"有的人并不视他为一个基督教徒，为了那个理由，责备着他。别的人则说道，他是发了狂，且未除净他的自负；更有人则否认他有任何的道德势力；且因为他不争斗，他们便宣言，他既不是先知者也不是战胜者。我之评判他则不然。在那个时候，他影响我到愚笨的地方了。有一天，一个学生打了我一记耳光，我几乎愤怒得发狂了。但兰特站在那里,而我仅仅望着他——唔,我不知道这是怎样的,但我默默不言地立了起来,走出了房外。第一,我很觉得我所做的事为可骄傲;第二,我从心里憎恶那个学生。并不是因为他打了我,乃是因为,在他看来,我的行为必定是极为满意的。渐渐地,我的虚伪的地位为我所明白了,这使我思想着。有两个星期之久,我直像一个狂人,过此之后,我便再也不觉得我的虚伪的道德胜利为可骄傲的了。在我的仇人方面,第一次地嘲笑着我时,我便痛打他一顿,直到他失了知觉。这使兰特与我自己之间生了一个疏隔。当我公平地考察他的生活一过,我发现他的生活乃是异常得艰贫可怜的。"

"唉!你怎么能说那句话呢?"梭洛委契克叫道,"你怎么能够估量他的精神的情绪的财富呢?"

"这种情绪是十分单调的。他的生活的快乐,包含在承受了一切的不幸而不发一声的呻吟,而它的财富则包含在生活的快活与物质的利益的总解脱。他是自愿的一个乞丐,是一个幻想的人物,他的生活乃为他自己尚没有清了的一个理想所牺牲了的。"

梭洛委契克绞扭着他的手。

"唉!你不能想象,我听见了这话是如何的难过!"他叫道。

"真的,梭洛委契克,你是很歇斯底里的。"沙宁诧异地说道,"我并没有告诉你以非常的话。也许在你看来,这个题目是一个痛苦的吧?"

"唉!极痛苦的,我是常常地想着,想着,直到了我的头部似乎烧了起来。难道这一切全是错误么?我四处地摸索着,如在一个暗室之中,也没有一个人来告诉我以我应该怎么办。我们为什么活着?告诉我那事。"

"为什么?那没有人知道。"

"我们之所以活着,不是为了将来,至少将来人类会有一个

第三十二章

黄金时代么？"

"永不会有一个黄金时代的。如果世界与人类能在一瞬间之内便变了更好的，那么，一个黄金时代也许会实现的。但那是不能够的。进步的步趋是很慢缓的，而人也仅能看见在他前面的一步与直接在他后面的一步。你和我都没有过着一个罗马奴隶的生活，也没有过着石器时代的野蛮人的生活，所以我们不能够欣赏我们的文明的好处。因此，如果将来果有一个黄金时代的话，则那个时代的人们也将不能看出他们的生活与他们祖先的生活之间究有什么区别。人沿了一条无穷尽的路走着，去希望将这路升到快乐中去，正如将新的数目加入无穷尽的数目之中一样。"

"那么你相信，这一切都是无意义的——一切都是无用的了？"

"是的，那就是我所想的。"

"但关于你的朋友兰特怎样的？你自己是——"

"我爱兰特。"沙宁庄重地说道，"不是因为他是一个基督教徒，乃是因为他是忠实的，从不由他路上走开去，从不为讥笑或惊恐的阻碍所丧。我赞美兰特的是他的人格。当他死了时，他的价值便不存在的了。"

"你不以为这种人在生活有一种高尚的影响么？这样的人会不会有跟从者或信徒的？"

"为什么生活应该要高尚？第一，先告诉我这事；第二，一个人不需要信徒们。像兰特那样的人们是天生了的。基督是好的，然而基督徒便不过是一个可怜的一群人而已。他的训条的理想是一个美丽的，但他们却已使它成为一无生气的教条了。"

沙宁倦于谈话，不再发言了。梭洛委契克也沉默着。环于他们四周的是沉沉的寂寞。而天上的星光则仿佛维持着一种无声无止的谈话。然后梭洛委契克在突然地微语着些话，在沙宁耳中听

沙 宁

来是那么诡怪,他耸耸肩,叫道:

"你刚才说的什么话?"

"告诉我。"梭洛委契克呻唔道,"告诉我你所思想的。假如一个人不能够看清他的前途,但只是思想着、焦虑着,仿佛一切东西都仅是迷乱他、恐怖他——告诉我,他不是死了还好的么?"

"唔。"沙宁答道,他清楚地读到了梭洛委契克的思想,"假如死在那个情形中是较好的话,思想与焦虑是一无所用的。他觉得生活是可乐的人,才应该活下去;但对于那受苦的人,死是最好的了。"

"那也是我所想的。"梭洛委契克叫道,他激动地握住了沙宁的手。他的脸在黑暗中看来像幽灵似的,他的双眼活像两个黑洞。

"你是一个死人。"沙宁内心感知地说道,当下他站起身来要走,"而对于一个死人,他的最好的所在便是坟墓。再会。"

梭洛委契克显然地没有听见他的话,只是坐在那里不动。沙宁等候了一会,然后徐徐地走了开去。在门口时,他停步静听,但一点声息也没有听到。梭洛委契克的身体在黑暗中模糊不清。沙宁仿佛对于一个奇怪的预警生了感应的,自己说道:

"总之,其结果都是一样的,不管他照这样地活下去或死了去。如果这不是今天,那么,便将是明天。"他疾转了一个身;圆门在它的础上喀啦了一声,他已经立在街上了。

他走到了林荫路时,他听见远处有人疾奔而来,且啜泣着,仿佛心中有大忧虑。沙宁站住了足。一个人形南黑暗中现了出来,很快地走到他的面前。沙宁又有了一个不祥的预觉。

"什么事?"他叫道。

人形停止了一会,而沙宁碰见的乃是一位兵士,他的笨脸上表示出很深的忧愁。

第三十二章

"什么事发生了?"沙宁叫道。

兵士呻唔了几句话,重复奔向前去,一边走,一边哭。如一个魔鬼似的,他没入黑夜中了。

"那是萨鲁定的仆人。"沙宁想道,然后有一个思想闪过他的心头。

"萨鲁定自杀了!"

有一会儿,他窥进黑暗之中,他的额前成为冷冰冰的了。在夜的可怖的神秘与这个坚强的男人的灵魂之间,一个冲突,明白然而可怕的,正在进行。

全镇都在睡着;发光的路荒旷而白色地躺在阴沉沉的树下;窗户仿佛沉闷的看守的眼,望着黑暗之中。沙宁摇着他的头,微笑着,当下他安详地向他前面望着。

"我是没有罪过的。"他高声叫道,"多一个人,少一个人——"

坚挺而刚毅的他向前走去,一个高身材的影子隐现在沉沉寂寂的夜间。

第三十三章

两个人同夜自杀的消息疾传到全个小镇中去。这是伊凡诺夫去告诉犹里的。犹里正教了书归家，在画着丽莱亚的一幅像。她穿着一件淡色的外衣，颈部开敞了的，在那里给他画，她的美丽的贝红的手臂从半透明的衣料中看得见。房里晒满了太阳光，这光照耀着她的黄金色的头发，更增高了她的处女美的可爱。

"白天好。"伊凡诺夫说道，当下走了进来，将帽子抛在一张椅上。

"啊！是你。唔，有什么新闻？"犹里微笑地问道。

他是在一个满足而愉快的情调之中，因为最后他找到了一点教书的工作，使他不致完全依赖他的父亲，而与他的光美可爱的妹妹在一处做伴也使他高兴。

"啊！新闻多着呢。"伊凡诺夫说道，在他的双眼，有着朦胧的视线。

"一个人自己吊死了，还有一个人用手枪打死了，而魔鬼却正捉住了第三个人呢。"

"你说这话是什么意思？"犹里叫道。

"第三件不幸的事乃是我自己编造出来的，不过为的是增大着听闻；但关于其他两件事，新闻是的的确确的。萨鲁定昨夜自杀了，我刚才还听见说，梭洛委契克也自己吊死了。"

第三十三章

"不可能的!"丽莱亚叫道,跳了起来。她眼中表白着恐怖与热切的好奇心。

犹里匆促地放下他的调色板,走近了伊凡诺夫。

"你不在开玩笑么?"

"不,的的确确的。"

如常的,他装成了一副哲学家的淡然的神气。然而显然的,他对于所发生的事是很惊骇着的。

"他为什么自杀了呢?因为沙宁打了他么?"

"沙宁知道不知道?"丽莱亚焦急地问道。

"知道的。沙宁昨夜便听见这个消息了。"伊凡诺夫答道。

"他说什么话呢?"犹里叫道。

伊凡诺夫耸耸他的肩。他没有意思和犹里讨论到沙宁,他并不是没有恼意地答道:

"一点也没有。这与他有什么关系呢?"

"无论如何,他乃是这件事的原因。"丽莱亚说道。

"不错,但那个傻子为什么要攻打他呢?这不是沙宁的罪过。全部的事是可悼的,但这完全由于萨鲁定的愚蠢。"

"唉!我以为真实的理由还在更深邃处。"犹里忧愁地说道,"萨鲁定生活在某一种情形……"

伊凡诺夫耸耸他的肩。

"不错,就是因为他生活在这样的一个白痴的群中及受其影响之故,这仅足以积极地证明他是一个傻子。"

犹里擦着他的双手,不说什么话。他听见死的人被人如此的说着,心里有点痛苦。

"唔,我能够明白萨鲁定为什么自杀之故。"丽莱亚说道,"但梭洛委契克呢?我从不曾想到这是可能的!那是什么缘故?"

"天知道!"伊凡诺夫答道,"他常是一位大怪物。"

沙 宁

在那个时候，勒森且夫坐了车而来，在门口遇见了西娜·卡莎委娜，他们一同走上了楼梯。她的声音，高朗而焦急地可以听得见，而他的每逢与美貌少女谈话所激动的嬉嬉调笑的语声也可以听得见。

"阿那托尔·巴夫洛威慈刚刚从那边来。"西娜激动地说道。

勒森且夫跟在她后边，如常地笑着。当他进来时，便要燃着了一支香烟。

"真好的事！"他高兴地说道，"如果这件事继续下来，我们不久便要没有青年人留下来了。"

西娜不说一句话地坐了下来。她的美貌的脸上带着忧伤之色。

"现在，来，告诉我们一切的经过。"伊凡诺夫说道。

"昨天我由俱乐部中出来时。"勒森且夫开始道，"一个兵士向我冲上来，嗫嚅地说道，'老爷用手枪自杀了！'我跳进了一部马车，尽力疾奔地到了那边。我看见几乎全部军官都在那屋里。萨鲁定躺在床上，他的衣服已经解开了。"

"他自己打在什么地方呢？"丽莱亚问道，附着她情人的臂间。

"在太阳穴上。枪子正穿过了他的头颅，打中了天花板。"

"这是白郎林子弹么？"犹里问到这个。

"是的。形状很难看。墙上溅着血与脑，他的脸完全的失形了。沙宁必定给他以一个烦扰。"他答道，"那个孩子真是一位暴客！"

伊凡诺夫赞同地点点头。

"他是强健有力着呢，我警告你。"

"粗暴的兽类！"犹里厌恶地说道。

西娜羞怯怯地望了他一下。

"在我的意见里，这并不是他的罪过。"她说道，"他不能够等到……"

"不错，不错。"勒森且夫答道，"不过却将人打得那个样子了！萨鲁定挑他决斗过的。"

"去你的！"伊凡诺夫厌恶地叫道，当下耸耸他的肩。

"如果你想到这件事，决斗是荒谬的了！"犹里说道。

"当然是的！"西娜插嘴道。

犹里诧异地注意到，西娜似乎是站在沙宁的一边。

"无论如何，这是……"他想不出什么恰当的字眼儿来贬抑沙宁。

"一个野蛮的东西。"勒森且夫提示道。

虽然犹里以为勒森且夫他自己也和一个野兽相差不远，然而他却喜欢听见勒森且夫当着西娜辩护着沙宁时，当她的面骂他。然而，当她注意到犹里的恼怒的神色时，她便不再说一句话。她秘密地十分地喜欢着沙宁的力量与胆气，很不愿意接受勒森且夫刚才的责备决斗的话。如犹里一样，她也不以为勒森且夫是有资格定下像那样的法律的。

"异常的文明，真的是。"伊凡诺夫冷笑道，"用枪来将一个人的鼻子打去了，或将枪子射入他的身中。"

"一记打在脸上是比较好一点的事么？"

"我当然以为这是比较好一点。一记拳头会有什么害处？疮痕不久便可医好了。你不能找到，一记拳头会如何地打伤人的。"

"那不是这么一回事。"

"那么，是什么一回事，请问？"伊凡诺夫说道，他的薄唇，轻蔑地扭曲着。

"我自己，一点也不信赖争斗，但是，如果不能避免之时，那么，一个人应该重重地给别人以身体上的伤害。那是很明白的事。"

"他几乎要将萨鲁定的眼珠都打出了。我想,你不称那一记为重重的身体上的伤害吧?"勒森且夫冷笑地答道。

"唔,不错,失去了一只眼睛,乃是一件不好的事件,但这与一个枪子打穿你的身体却又不是同样的事。失去了一只眼睛并不是一个致命的伤。"

"但是,萨鲁定是死了?"

"啊!那是因为他愿意去死。"

犹里神经质地拉着他的髭须。

"我必须坦白地承认着。"他说道,很以他自己的忠实为喜,"我个人还没有决心要去讨论这问题。我不能说,我在沙宁的地位上时,我将怎么办。当然的,决斗是蠢事,一拳一掌地打着,却也不是十分较好的事。"

"但如果一个人被逼着要争斗时,他将怎么办呢?"西娜说道。

犹里耸耸他的肩头。

"我们应该忧悼的乃是梭洛委契克。"勒森且夫过了一会儿说道。这些话与他的愉悦的容色奇怪地矛盾着。于是,他们乃想起,他们之中,乃没有一个人问起梭洛委契克的事过。

"他在什么地方吊死的?你知道不知道?"

"在狗窝旁边的第二间厂屋中。他解开了狗,然后自己吊死了。"

西娜与犹里仿佛同时地听见一个尖锐的声音叫道:

"躺下去,沙尔丹!"

"是的,他留下了一张字条。"勒森且夫继续地说道,隐匿不了他眼中的快乐的光,"我将它抄了一份下去。在一方面,这实在是一个人类的文件。"他从他的衣袋中取了出来,读道:

第三十三章

"既然我不知道我应该怎样地活下去,我为什么要活着呢?像我那样的人是不能够给人类快乐的。"

他突然地停止了,仿佛有点懊恼着。死似的沉寂在着。一个忧戚的精灵仿佛正无声无息地经过了房中。西娜的眼睛中有了眼泪,而丽莱亚的脸因感动而变得红了。犹里转身向着窗口,悲戚地微笑着。

"那便是如此了。"勒森且夫默想地说道。

"你还更要些什么呢?"西娜嘴唇颤抖地问道。

伊凡诺夫站了起来,走过房间,去取了桌上的火柴来。

"除了蠢笨之外,更没有别的了。"他咿唔道。

"可羞啊!"西娜愤怒地辩护着道。

犹里厌恶地望了伊凡诺夫的长而光滑的头发一眼,又转眼他向了。

"说到了梭洛委契克的事。"勒森且夫又说道,他的眼又闪闪着了,"我常常以为他乃是一个蠢才——一个笨的犹太孩子。而现在,且看他自己所表现是什么!世界上没有爱情比之为人类牺牲了他的生命的爱情更高尚的了。"

"但他并没有为人类牺牲了他的生命。"伊凡诺夫答道,当下他斜视着勒森且夫的肥胖的脸与身体,观察到他的背心如何紧紧地箍在他的身上。

"是的,不过这是一样的,因为如果……"

"这完全不是一样的事。"伊凡诺夫倔强地答道,而他的眼中闪着怒意,"这是一个白痴的行为,那就完了!"

他的对于梭洛委契克的奇怪的憎妒给别的人们以一个极不愉快的印象。

西娜·卡莎委娜站起身来要走,她对犹里微语道:"我走了。他简直是讨厌的。"

沙 宁

犹里点点头。"绝对的残忍。"他呻唔道。

紧跟着西娜之走的，是丽莱亚与勒森且夫的出去。伊凡诺夫有一会儿默思地坐在那里吸着他的香烟，当下他含怒地凝望着房的一隅。然后，他也走了。

在街上，当他一路走着时，他如常地摇摆着他的手臂，愤怒地自思道：

"这些傻子以为我不能够明示他们所懂得的事！我喜欢那样！我确确切切地知道他们所想的与所感的，比他们自己还要知道得清楚些。我也知道，世界上没有一种爱惜是比之呼召一个人为别人而牺牲了他的生命的爱情更为高尚的。但至于一个人跑去吊死他自己，仅的为了他对于别人一无用处之故——那却是绝对的无意识的！"

第三十四章

当军乐的声音,引着萨鲁定的遗体到坟场上去时,犹里从他的窗口望着这悲戚森严的行列。他看见马匹蒙了黑布,这位死去的军官的帽子放在棺材盖上。花朵纷纷夥夥,女性的送丧者也有许多。犹里见了心里深深地悲戚着。

那一个黄昏,他和西娜·卡莎委娜散步了许久;然而她的美丽的双眼以及和善的抚慰的态度,俱不能使他摆脱了他的闷烦。

"想起来如何的可怕。"他说道,他的眼光注在地上,"想起来萨鲁定是不再存在了。一个像那样的美貌、快乐、无顾忌的少年军官!一个人总要想,他会永久的活着的,生命中的可怕的事,例如痛苦、疑惑与悲楚,是他所不会知道的,且是永不会触到他的。然而在一个美日良辰,这样的一个人却如尘土似的被扫卅去了,在经过了可怖的经历之后,这经历除了他自己之外,没有一个人知道。现在他是去了,将永远地永远地不再回来了。所有他剩下来的,只是放在棺盖上的一顶帽子而已。"

犹里是沉默,他的眼光仍注视在地上。西娜在他身边走着,微微地摇摆着,专心地听着他的话,同时,她以她的美丽而有小凹的双手,不停地抚动着她的小阳伞的花边。她没有想到萨鲁定。她和犹里接近着,乃是一个敏锐的快乐,然而不自觉的,她也分受着他的悲戚的情绪,她的脸上表现着一种悲戚的表情。

沙 宁

"是的！这不可悲么？那个音乐，也是的！"

"我并不责备沙宁。"犹里着重地说道。

"他不能够不这么办。这事的可怕乃在于这两个人的路是撞碰着的，所以不是他，便是他必要走了开去。这也是可怕的，那个得胜的人并没有实现到，他的胜利乃是一个惊惶的胜利。他镇定地将一个人扫出于地面之上，然而这却是对的。"

"是的，他是对的，而且——"西娜叫道，她没完全听见犹里所说的话。她的胸部为激情所沉重。

"但我称它为可怖的！"犹里叫道，匆匆地中止了她的话，当下他望着她美丽的身体及热切的脸部。

"为什么是那样的？"西娜以羞怯怯的声音问道。她突然地脸红了起来，她的双眼失去了它们的光亮。

"任何什么人都要觉得后悔，或者受到一种精神上的痛苦。"犹里说道，"但他却一点也不感觉到什么。'我是很抱歉，'他说道，'但是这不是我的罪过。'罪过，真的是！仿佛这乃是一个罪过或过失的问题！"

"那么，这是什么呢"西娜问道。她的声音窒塞着，她的眼光向下望着，恐怕触恼了她的同伴。

"那我不知道，但一个人没有权利如一个野兽似的做着事。"他愤愤地答道。

有一会儿工夫，他们一句话不说地同走着。西娜戚戚于似乎一时地疏隔了他们的事，戚戚于对于她是那么甜蜜的他们精神上的联合的这个破裂。而犹里则觉得他自己并没有说得清楚，这伤了他的自尊的心。

不久之后，他们相别而去，她是忧郁而有点受伤。犹里察出了她的苦闷，略略有点高兴，仿佛他已对于他所爱的人所加于他的一个重大的私人侮辱报了仇。

第三十四章

在家里,他的烦闷又增加了。吃饭的时候,丽莱亚重述勒森且夫告诉她的关于梭洛委契克的事。当人们将尸体抬了出去时,几个顽童大叫道:

"依开自己吊死了!依开自己吊死了!"

尼古拉·耶各洛威慈高声大笑起来,学她的话道:

"依开自己吊死了。"说了一遍又一遍。

犹里自己闭在他的房间里,当他在改正他学生的练习文时,他想道:

"每一个人究竟有多少兽性!为了这种愚蠢无识的禽兽,一个人是值得去受苦,去死的么?"

然后,他又以他的不能宽容为羞,而自己说道:

"他们是不必责备的。他们不知道他们所做的事。唔,不管他们知道不知道,他们总是兽类,没有别的了!"

他的思想转到梭洛委契克身上去。

"我们每个人在世界上是如何的寂寞呀!可怜的梭洛委契克,心胸伟大,住在我们之中,预备做任何的牺牲或为别人而受苦。然而没有一个人,连我也不过如是,注意到他,或赞美着他。在实际上,我们还鄙夷他。那是因为他不能表白他自己,而他的急于要想取悦,仅有了一个可憎恼的效力,虽然,在实际上,他竭力要和我们大家更亲切的友好,竭力要帮助我们予和爱。他是一个圣人,而我们则视他如一个傻子!"

他的懊悔的意识是如此的尖敏,他竟离开了他的工作,不停地在房里走着。最后,他在书桌边坐下,打开了《圣经》,读下面的文字:

"如云之消灭了开去一样,他,走下坟中去的人,将不再走了出来。

"他将不再回到他的家,他的地方也不再知道他了。"

沙 宁

"那是如何的真切啊！如何的可怖而不可避免！"他想道。

"我坐在这里，活着，渴求着生活与快乐，而读到我的死刑宣告，然而我却不能够对它反抗着！"

如为一个绝望所冰结，他抱了他的前额，对于不可见的高超的威力，生着无效的愤怒。

"人究竟对于你做了什么事，竟使要如此的讥弄他呢？如果你是存在的话，你为什么又将自己藏开了去呢？为什么你使我如此，即使我要相信你，然而我却不能相信我自己的信仰？并且，如果你要回答我，我怎么能说出这究竟是你或是我自己来回答呢？如果我要活下去的愿望是对的话，为什么你又夺去了我的这个权利，这个权利乃是你自己给了我的？如果需要我们的受苦受难，好，让我们忍受这一切，为了爱你之故。然而我们不能知道一株树究竟是否比之一个人更有价值。

"一株树常是具有希望的。即当它斫折了下来，它还能发出新枝，重得新的青翠与新的生命。但人死了，他便永远地消灭了。我一躺下去，便不再能起来了。如果我确实地知道，过了几百万年之后，我还要活过来的话，则我将要忍耐而不发怨言地等候着，在外面黑暗中经过这许多年代。"

他又从《圣经》中读到下文：

"一个人在太阳底下所做的一切工作，有什么益处呢？

"一代过去了，一代又来了，但地球却永久的在着。

"太阳也升起来了，太阳走下去，匆匆地回到它升起来的地方去。

"风向南方吹去，又转向着北方而来。它不息地旋转着；风依据了它的圈子又回了来。

"曾经存在过的东西，将会再存在下去；太阳底下没有新的东西。

第三十四章

"对于以前的东西没有记忆；以后将来的东西对于刚来的东西也不会有一点的记忆的。

"我，那位说教者，乃是住在耶路撒冷的以色列王。"

"我，那位说教者，乃是国王！"他喊出这些最后的话来，仿佛在热烈的愤怒与失望中似的，然后惊骇地四顾着，生怕有人听见了他。然后他取了一张白纸，开始写下去。

"我这里开始了这篇文件，这文件将与我的死亡同告终止。"

"呸！这话是如何的荒谬！"他叫了起来，当下将白纸用那么大的力量推了开去，它竟落在地板上了。

"但那个可怜的小人物，梭洛委契克，对于他的不能够明白人生的意义，却并不以为荒谬呢！"

犹里觉察出，他乃是以他所描状为可怜的小人物的一个人来做他的模范的。

"无论如何，或迟或早，我的结局是要像那个样子的。没有别的路可出。为什么没有别的路呢？因为……"

犹里停顿了一会。他相信他已得到对于这个问题的一个正确的回答了，然而他所要找的话却再也找不出来。他的头脑用得过度了，他的思路纷乱了。

"这是废物，全都是痴物！"他苦楚地叫道。

灯光低燃着，它的微弱的光，照出犹里俯下去的头颅，这时他正靠在桌上。

"当我还是一个童子，有了肺炎之时，为什么不死了去呢？我现在应该是快乐，而且在休息着了。"

他想到这，他惊抖着。

"果如那个情形，则我不会看见或知道如我现在所知道的一切了。那也是一样的可怕。"

犹里的头颅向后摇动着，站了起来。

沙 宁

"这已足够驱使一个人发狂了!"

他走到窗边,要想打开了窗,但那百叶窗却从外面紧紧地关上了。犹里用了一支铅笔,最后才能将他们打开了,喀啦的一声,两扇窗开了,吹进来清冷洁净的夜间空气。犹里抬头望着天空,看见了黎明的玫瑰的光线。

清晨是光亮而清朗的。大熊星座的七粒星微弱地照耀着,而在玫瑰色的东方,大而光亮的启明星正在闪闪发光。一阵清新的微风括动了树叶,吹散了浮泛于草场之上,幕盖了溪流的水面的灰色雾气,在溪边,水莲花与鼠耳草与白色金花菜繁盛的竞长着。天上抹着小小的红云,而这里那里的有最后的星光在蓝空中颤抖着。一切是如此的美丽,如此的恬静,仿佛兢兢畏敬的大地正在等候着黎明的华驾光临。

犹里最后回到了床上,但炫耀的日光阻止了他的入睡,而他则躺在那里,前额痛楚着,双眼倦酸着。

第三十五章

那天清晨的很早时候，太阳刚升上不久，伊凡诺夫和沙宁从镇上走出去散步。露点在太阳光下，闪闪发光，湿草在阴影中，看来是灰色的。多瘤的柳树夹道而立，沿途都是赴礼拜堂去的人，他们徐徐地向教堂走去。他们的头上包着红的白的头巾，他们的鲜妍的衣服及衬衫给这景色以色彩及画意。教堂的钟铿然地在清冷的晨间空气中响着，钟声浮泛过草原，散到远远的朦胧的青色里如梦的森林中。一部三头马车的铃的铃地沿了大道而来，去做礼拜者的谈话的粗声可以清晰地听得见。

"我们有一点出来太早了。"伊凡诺夫说道。

沙宁四面的望了一回，满意而且愉快。

"唔，我们等一等走吧。"他答道。

他们坐在沙上，紧靠于篱边，燃着了他们的香烟。

农人们在他们的车后走来，回头顾望着他们，赴市的妇人与女郎们，当她们在小马车上咯咯作响地经过时，指着坐在路旁的两个人发出愉快而讥嘲的笑声来，伊凡诺夫一点也不注意到她们，但沙宁却微笑着，点头以应答她们。

最后在一家绿顶闪闪的小白屋的石阶上，现出了酒类公卖局所设贩卖店的经理人，一个高大的人，穿着他的衬衣，喧喧地将门上的锁开了，同时不休地打着呵欠。一个妇人，头上戴着红巾

沙 宁

的,跟在他后面溜了进去。

"门开了!"伊凡诺夫叫道,"我们到那边去吧。"

于是他们到里面去,从戴红巾的妇人那里买到了伏特加酒及小黄瓜。

"啊哈!你似乎有不少的钱,我的朋友。"伊凡诺夫说道,当沙宁取出了他的钱包。

"我有了一笔预支。"沙宁微笑地答道,"我母亲非常的烦恼,因为我已接受了一家保险公司的秘书之聘。像这个样子,我能够得一点点现钱以及母亲的轻视。"

当他们重到了大路上时,伊凡诺夫叫道:

"啊!我现在觉得舒适得多了!"

"我也是如此。我们脱了我们的皮靴,如何?"

"很好。"

他们脱下了皮靴与袜子,赤足地在潮湿而温热的沙上走着,在拖着重靴艰步了许久之后,这赤足的经验乃是很愉快的。

"愉快啊,是不是?"沙宁说道,当他深深地呼吸了一下。

太阳的光线现在更热起来了。当两个行客勇敢地向着濛濛的春色地平线跋涉地走去时,镇市是整整地躺在他们后面。燕子成列地栖在电线之上。一列客车,带着它的蓝色,黄色以及绿色的车辆,一线接连地疾驰了过去,疲倦的旅客的脸能由窗中看得见。

两个样子鲁莽的女郎,戴着白帽,立在列车最后的月台上,望着这两位赤足的男人觉得很诧异。沙宁对她们笑着,跳了一个狂野的随意的舞。

在他们之前,有一片草地,赤足的在长而柔软的草地上走着,乃是一种可赞许的解放。

"如何的愉快啊!"伊凡诺夫叫道。

第三十五章

"今天生活是值得活着了。"他的同伴答道。伊凡诺夫望着沙宁;他以为这些话必定是他想到了萨鲁定和新近的悲剧的。然而这似乎离开沙宁的思想太远了,伊凡诺夫有点诧异,然而并不使他不快。

走过了草地之后,他们又上了大道,大道上又如前的成串地走着坐在他们的车上的农人以及憨笑的女郎们,然后他们走到树林中、芦苇中、闪耀着的水边,而在他们之上,在不很远的山边,教堂站在那里,教堂的顶上立着一支十字架,如金色星似的发着光。

漆了颜色的划船成排地布于岸边,穿着颜色鲜妍的衬衣与马甲的农民们在那里游散着。经过了不少的争价与和气的调谑,沙宁雇到了小船。伊凡诺夫是一位圆熟有力的划桨者,那只船如活的东西一样的射过水面。有的时候,木桨与芦苇及低垂的树枝相触,过了好一会儿,被触动的树枝及芦苇还在深而黑的溪水上抖摇着。沙宁用了那么大的怪力来把舵,竟使水面发沫,而潺潺地环了舵转。他们到了一个狭窄的逆流的地方,那里是阴沉而凉爽的。溪水是那么清莹,一个人竟能看见覆盖着黄色石子的水底,还有一大阵小小的红色鱼在那里冲来突出。

"这里是一个登岸的好地方。"伊凡诺夫说道,他的声音在垂于水面的黑色树枝之下,愉快地响着。当船嘭的一声触着了岸时,他便轻快地跳了上去。沙宁笑着,也跳了上去。

"你找不到一个更好的所在了。"他叫道,从长草中走过,草深没到了膝盖头。

"太阳底下的什么地方都是好的,我说。"伊凡诺夫答道,他从船上取了伏特加酒,面包,黄瓜,还有一小包的冷食。他将这一切都放在一个树荫底下的生苔的坡上,而他也全身伸长的躺在这里。

沙　宁

"洛科绿斯①与洛科绿斯对饮。"他说道。

"好不有福气的人!"沙宁答道。

"不尽然。"伊凡诺夫加上去说道,他带着一种不满足的滑稽的表情,"因为他忘记带了玻璃杯来。"

"不要紧!我们总有法子可想。"

沙宁在这个温暖的日光及绿荫之下,充满了生命的纯洁的快乐,他爬上了一株树,开始用他的刀斫下了一枝树枝,同时伊凡诺夫凝望着他,小而白色的碎屑不断地落在下面的草地上。最后。那枝树枝也落下来了。于是沙宁爬下树来,开始去挖空了,却留神着不去戳破外皮。

在短时间之内,他造好了一只美丽的小酒杯。

"以后让我们洗一会儿澡,好不好?"伊凡诺夫说道,他感兴趣地望着沙宁在工作着。

"一个不坏的主意。"沙宁答道,当下他将新做成的酒杯抛在空中又接着了。

然后他们坐在草上,痛痛快快地尽量地吃着他们的小小的一餐饭。

"我不能再等下去了。我要去洗澡了。"

伊凡诺夫这样地说着,便匆匆地脱了衣服,因为他不能游泳,他只跳入浅水中,在那里,即沙底也能清清楚楚地看得见。

"这是可爱的!"他叫道,四处跳跃着,水花乱溅一气。

沙宁凝望着他,然后,懒懒地也脱了衣服,倒头跳没入溪中的较深的地方去。

"你要溺死了。"伊凡诺夫叫道。

"不要怕!"沙宁笑着答道。当时,沙宁喘着气,升到了水

---

① 洛科绿斯(Lucullas),一个有钱的罗马将军,以其丰美的宴会著名。

第三十五章

面来。

他们嬉笑的声音响过河面与油绿的牧场。过了一会儿,他们离开了凉凉的水,赤裸裸的躺在草上,在草上滚来滚去。

"好不快乐,是不是。"伊凡诺夫说道,当下他的阔背转身向着太阳,在背上,滴滴的水闪闪有光。

"我们且在这里搭起我们的帐篷来吧!"

"鬼取了你的帐篷去。"沙宁活泼地叫道,"我是不要帐篷的!"

"吓啦!"伊凡诺夫喊道,当下他开始跳着一个狂野的野蛮的跳舞。沙宁大笑起来,也同样地跳跃着。他们的裸体在太阳中光亮地耀着,每一条筋肉都在紧张的皮肤下现出。

"哎呵!"伊凡诺夫喘着气道。

沙宁依然地独自跳舞着,最后头向前地翻了一个筋斗才了结。

"快来,否则我要喝完所有的伏特加酒了。"他的同伴叫道。

他们穿上了衣服,吃了剩下来的东西,这时伊凡诺夫叹了一口气,颇想喝一口冰冻的啤酒。

"我们走吧,好不好?"他说道。

"好的!"

他们向河岸尽力赛跑了去,跳入他们的船上,划了开去。

"太阳在蒸人呢!"沙宁说道,他正全身直直地躺在船底。

"那就是说要下雨了。"伊凡诺夫答道,"起来掌舵,你这鬼!"

"你自己独自很能够措置裕如的。"沙宁答道。

伊凡诺夫以他的桨击着水,所以沙宁都被溅湿了。

"谢谢你。"沙宁淡然地说道。

当他们经过了一个绿色的所在时,他们听见愉快的女子们的

沙 宁

嬉笑之声。这是一个休假日,镇上的人都到这里来取乐。

"女郎们在洗澡呢。"伊凡诺夫说道。

"我们去看看她们吧。"沙宁提议道。

"她们会看见我们的。"

"不,她们不会看见的。我们可以在这里登岸,穿过芦苇走去。"

"让她们去吧。"伊凡诺夫说道,微微地有点脸红。

"来吧。"

"不,我不喜欢……"

"不喜欢么?"

"唔,但……她们是女孩子们……年轻的小姐们……我不以为这是很正当的。"

"你是一个傻子!"沙宁笑道,"你的意思是说,你不喜欢看她们么?"

"也许我要,但……"

"很好,那么,我们走吧。不要婆婆妈妈的!有了机会,什么人不怎么来一下子呢?"

"是的,但是如果你像这样的想着,那么你便应该公然地看着她们了。为什么藏了你自己呢?"

"因为这是格外的激动人。"沙宁快乐地答道。

"我敢说,但我忠告你还是不要——"

"为了贞操之故,我猜想?"

"假如你,愿意这样的说。"

"但贞操乃正是我们所不具有的东西!"

"如果你的眼睛触犯了你,将它挖了出来好了!"伊凡诺夫说道。

"啊!请你不要说无意识的话,像犹里·史瓦洛格契一样!

第三十五章

上帝并没有给我们以我们可以挖得出的眼睛。"

伊凡诺夫微笑着,耸耸他的肩。

"听我说,我的孩子。"沙宁说道,将舵向岸驶着,"如果女郎们的沐浴不能够激引起你的肉欲的观念,那么你便有权利可以说是清贞了。实在的,虽然我将首先奇怪着你的贞节——却决不想模仿,也许要送你到医院里去——但是你既然有了这些自然的欲望,还要暴露到外面来,如果想去压下它们,像镇压院里的狗一般,那么,我说,你的所谓清贞是不值半文钱的。"

"那是很对的,但是,对于欲望如果不加以检束的话,其结果便将发生大患了。"

"什么大患,请问?我姑且承认,纵欲有时是有恶果的,但这并不是纵欲的过失。"

"也许不是的,但是……"

"很好,那么,你来不来?"

"是的,但我是——"

"一个傻子,那就是你这人了!轻一点,不要那么喧闹的。"沙宁说道,当下他们爬着前去经过芬香的绿草与瑟瑟作响的芦苇。

"看那边呀!"伊凡诺夫激动地低语道。

从放在草地上的漂亮的外衣、帽子及小衫上看来,这是显然的,沐浴者的一群乃是从镇中出来的。有的人在水中快乐地飞溅着水,水点如银色的念珠似的从她们的健全柔软的肢体上滴落下来。有一个女郎则站立岸上,挺立而富柔,太阳光映着,更增了她身体的塑型的美,她一笑,她的身体便颤动着。

"啊!我说!"沙宁叫道,为他所见的迷住了。

伊凡诺夫如吃了一惊地退了回去。

"什么事?"

沙 宁

"不要响！这是西娜·卡莎委娜！"

"真的是！"沙宁高声说道，"我不认识她了。她看来如何的可爱呀！"

"是的，她可不是么？"伊凡诺夫嬉笑地说道。

在那个时候，笑声与高叫声，告诉他们，他们是被人家听见了。卡莎委娜惊了一跳，即跃跳入清莹的水中，只有她的玫瑰色的脸及发亮的双眼露出水面上。沙宁和伊凡诺夫仓猝地踬跌地逃了回去，穿过长大的芦苇而回到船上。

"啊！活着是如何的有趣呀！"沙宁伸了伸身体，说道。

　　随河而下，泛流而前，

　　向前泛流，流到于海。

他以他的清朗的高声唱着，而在树林之后，女郎们的笑声仍然可以听得见。伊凡诺夫望着天空。

"快要下雨了。"他说道。

树林变得更黑了，一阵深沉的阴影迅疾地经过草地。

"我们要快一点避雨！"

"哪里去？现在已没有地方逃了。"沙宁愉快地说道。

头上一块沉重的乌云浮泛得更近更近了。没有风，沉寂与阴暗益益地增加。

"我们将要连皮肤都湿透了。"伊凡诺夫说道，"所以你且给我一支香烟，来慰藉慰藉我。"

小小的火柴的黄焰微弱地在阴黑中闪着。一阵狂风，将它扫开了。一大滴的雨溅在船上，再一滴则落在沙宁的额上。然后雨水倾盆地落下。雨点渐沥地落在树叶上，它们与水面相触时则咝咝地作声，顷刻之间，从乌黑的天空，如洪流似的倾了下来，只有它的冲下去的声音及它的溅声可以听得见。

"妙呀，是不是？"沙宁说道，摇动他的肩膀，他的湿透了的

第三十五章

衬衫已经贴在肩上了。

"并不很坏。"伊凡诺夫笑道,他蹲伏在船底。

雨很快地便停止了,虽然乌云还没有散开,但已只堆聚在树林之后,在那里,一掣的电光间时可以看见。

"我们应该回去了。"伊凡诺夫说道。

"好的,我已经预备了。"

他们划出了川流之中,乌黑的沉重的云块挂在头上,电光不息地掣着,白色的偃月刀击过阴暗的天空。虽然现在雨已不下了,一个打雷的感觉是在于空中。鸟们带着湿而乱的双翼掠过河面,而树木黑漆朦胧地映于青灰色的天空之下。

"呵!呵!"伊凡诺夫叫道。

当他们登了岸,在湿沙中跋涉而行时,天色阴暗更甚了。

"我们现在又被追着了。"

巨云更近地、更近地接触于地面,仿佛是一只可怕的灰色肚皮的巨怪。突然地起了一阵狂风,树叶与尘土团团地狂转着。然后,一个闷响,仿佛天空裂了开来,电光闪着,雷声作了。

"啊呵——呵——呵!"沙宁喊道,想要胜过大雷雨的喧声。但他的声音,就是他自己,也是听不见的。

当他们到了田野间时,天色已是很黑了。他们的道路为活泼泼的电光所闪照,雷声也不停不息。

"噢!赫!呵!"沙宁喊道。

"什么事?"伊凡诺夫叫道。

在那个时候,一掣劲活的电光把沙宁的反映的脸部表现给他,这是唯一的对于他问语的答复。然后,第二掣的电光,表现出沙宁双臂伸了出来,愉快地忽视着这阵大雷雨。

第三十六章

太阳光光亮亮地照耀着,如在春天一样,然而在恬静、清朗的空气中,秋天的接触,可以感觉得出。这里那里,树木上都表现出棕色及黄色的叶子,在树叶之中,一只鸟的啭声间时地冲破了这寂寞,而大只的虫类则懒懒地爬过它们的败叶枯花的已毁失的国土,在那里,现在苇草丛茂盛地生长着。

犹里在园中懒步着,思想得出神了,他凝望着天空,凝望着绿色与黄色的树叶,凝望着光耀的水面,仿佛他是最后一次望着它们一切,必须将它们固定在他的记忆之中,俾得永远不忘了它们一样。他在他的心上觉到朦朦胧胧的忧戚,因为这仿佛似乎每一刻工夫,总有点可宝贵的东西,从他那里逝去了,再也不能回忆起来;他的少年没有快乐给过他;他的地位是一个实际活动的大而有用的事业的担负者,在这事实上,所有他的精力曾经集中地使用过。然而为什么他乃如此的失去了地位,他不能说得出来。他坚决的相信,他具有大力,能够使世界革了命,且还具有一副心胸,它的所见比之任何人都更广大;但他不能够解释出,为什么他会有这个信仰,他竟羞于在他的最亲密的朋友之前承认这事实。

"呀!唔。"他想道,凝望着溪水中的红与黄叶的反映,"也许我所做的事,乃是最聪明的,最好的。死亡总于要终止了这一

第三十六章

切,不管一个人是要活下去或者不想再活下去。唉!丽莱亚来了。"他咿唔道,当下他看见他的妹妹走近来,"快乐的丽莱亚,她像一只蝴蝶似的活着,一天一天地过去。一点也不缺乏什么,也不忧虑什么。唉!只要我能如她一样的生活着呀!"

然而这不过是一个经过的念头而已,因为在实际上,他完全不曾想到要将他自己的精神上的痛苦与一个丽莱亚的羽毛头脑的生活相交换。

"犹里!犹里!"她尖声叫道,虽然她离开他不过三步远。她滑稽地笑着,送给他一封小小的玫瑰色的信。

犹里疑惑着什么事。

"从谁那里来的?"他尖声问道。

"从西诺契加·卡莎委娜来的。"丽莱亚说道,对他摇着她的手指,示着意。

犹里的脸色变得深红了。从他的妹妹那里接到了一封小小的红色芬香的像这样的一封信,似是完全愚傻的,在事实上,简直是可笑的。这积极地恼怒了他。丽莱亚在他身边走着时,感动地喋喋地谈着他对于西娜的进行,正如姊妹们对于他们兄弟们的爱情事务的浓挚兴趣一样。她说,她是如何的喜欢着西娜,如果他们进行了,得以结婚,她将是如何的高兴呀。

一听到不幸的字"结婚",犹里的脸色更加殷红了,在他的眼中有一道恶意的光。他看见在他面前一部全个的平常的外省式的传奇,玫瑰红的情书,以姊妹们常做使者,天主教式的结婚,以及它的不可避免的平凡的继续,家庭,妻,小孩子——这一件东西乃是世界上他所最怕的。

"唉!这一切傻话已经足够了,请!"他以那么锐利的声音说道,竟使丽莱亚惊异起来。

"不要做出那种大惊小怪的样子来!"她使性地叫道,"如果

沙 宁

你是在恋爱,那有什么关系?我不懂你为什么常常装出那么一位异常的英雄的样子来。"

这个最后的句子具有女性的一种鄙夷在于其中,这支矛也正投得到家。然后,她的衣服俊美地转动了一下,露出了她的精致的轻纱袜子,她不高兴地转了她的足跟,如一个使性的公主,走进了屋。

犹里的黑眼中带着愤怒地望着她,当下他撕开了信封。

"犹里·尼古拉耶威慈:

"如果你有时间,且有意于做这件事时,你能于今天到教堂中来么?我将和我的姑母同在那里。她正预备参与圣餐,全个时间都将在教堂中。我一定会可怕的沉闷的,我要和你谈到许多的事情。请你来吧。也许我不该写信给你,但无论如何,我将等候着你。"

在一会工夫之内,所有占据于他思路中的东西一概消失了,当下他带着一颤的喜悦,几乎是肉体的,将这封信读了又读。这位纯洁、可喜的女郎在一个短短的字句中,具有如此真挚的信托的样子,表现给他看,她的爱情的秘密。这仿佛是她到了他那里去,无助而痛苦着,不能够拒绝那爱情,那爱情是使她自投于他怀中的,然而却不知道什么事将要发生。在他看来,现在是如此的近于鹄的,竟使犹里想到了占有的一念便战栗着。他竭力要讥嘲地微笑着,但这种努力却失败了。他的全身充满了快乐,他的喜悦竟如此的使他觉得如一只飞鸟似的,预备要在树顶翱翔着,飞到很远的春色的晴空中去。

近于黄昏的时候,他雇了一辆马车,驰向教堂去,对着世界腼腆地微笑着,几乎是有点纷乱不知所措。在到了岸边泊船的地方时,他租了一只船,被一个坚强的农夫划到山边去。

直到了船离开了芦苇而到了广阔开敞的溪面上时,他方才感

第三十六章

觉得，他的幸福乃完全由于那封小小的玫瑰色的信。

"总之，这是很简单的。"他对他自己说道，仿佛要解释明白一样，"她常是住在那一类的世界中的。这正是一个外省的传奇。唔，便是如此又将如何？"

水柔和地在船只的两边漪涟的作响，带他更近、更近于绿山。到了岸时，犹里在他的激动之中，给了船夫半个卢布，开始爬上了山坡。黄昏将近的符记已经是可见的了。长长的阴影躺在山脚之下，沉重的雾色从地面升起，掩蔽了树叶的黄点，因此森林看来如在夏天似的绿而稠密。教堂的天井也如一个教堂的内部一样的沉寂、严肃。庄重、高大的白杨树看来仿佛如在祈祷，而僧侣们的黑色形体，如阴影似的往来走动。在教堂门口，灯光闪闪着，在空气中有一种微微的香气，或者是出于焚香，或者是出于萎落下来的杨树叶。

"吓啰，史瓦洛格威慈！"有人在他后面叫道。

犹里回头一望，看见了夏夫洛夫、沙宁、伊凡诺夫及彼得·伊里契，他们经过天井而来，高声地愉快地谈着。僧侣们警觉地向他们一面凝望着，即赤杨树也似乎失去了些他们的虔敬的恬静。

"我们也都到这里来了。"夏夫洛夫说道，走近他所敬重的犹里那里。

"我看见了的。"犹里懊恼地咿唔道。

"你加入我们的团体，不加入吗？"夏夫洛夫走得更近时问道。

"不，谢谢你，我是被人约好了的。"犹里带些不耐烦地答道。

"呀！那是不错的！你要和我们一道儿来的，我知道。"伊凡诺夫叫道，当下他和气地捉住了他的手臂。犹里努力地要摆脱了

沙　宁

他，有一会儿工夫，一场滑稽的竞斗发生了。

"不，不，鬼知道，我不能够！"犹里叫道，现在几乎是发了怒，"也许我过一会儿再加入你们。"伊凡诺夫方面的这种粗野的愉快，完全不是他所喜欢的。

"很好。"伊凡诺夫说道，当下放开了他，没有注意到他的懊怒，"我们要等着你，所以你决定地来吧。"

"很好。"

如此的，他们笑着跳着地离开了。天井里又如前的沉寂而庄严。犹里脱下了他的帽子，以一种半讥嘲半怯羞的情调，走进了教堂。他立刻便看见西娜紧靠着一根黑柱边。她穿着灰色外衣，圆形的草帽，看来像一个学校中的女童，他的心跳得格外快。她似乎是如此的温甜，如此的可爱，她的黑发干净地环于她的美丽的白颈的后面。这乃是这个寄宿生的神气，而实则她乃是一个高大、成熟、美丽的妇人，使他这样感到了浓挚的诱惑。她觉察到了他的注视，回顾了一下，在她的黑眼中具有一种羞怯怯的愉快的表情。

"你好吧？"犹里以一种低声，然而实在不很低的，说道。他不能明白在一个教堂中该不该握手。有几个会众回头望着他，他们的棕色的皮纸似的脸更使他觉得不安逸。他真的红了脸，但西娜看出了他的纷乱，对着他微笑着，如一个母亲所做似的，眼中带着恋爱，而犹里站在那里，祝福而服从的。

西娜不再回看着他，但不断地以很大的热诚自己画着十字架。然而犹里知道，她所想的仅是他，这乃是这个感觉，在他们之间建立了一个秘密的带结。血液在他的血管中冲激着，一切都似乎充满了神奇。教堂的黑暗的内部，念经的声音，朦胧的光线，信徒的叹息，进进出出者的足步的回声——所有这一切，犹里都仔仔细细地记住，当在这种的严肃的沉寂之中，他能明白地

第三十六章

听见他的心脏的鼓动。他站在那里,不动的,他的双眼注视在西娜的白颈与美形上,觉得一种邻于情绪的愉快。他要对每个人表示出,虽然他对于祈祷、或念经、或光线一点也没有信仰,然而他却并不反对他们。这使他现在的快乐的心境与晨间的苦恼的思想正相反对。

"那么一个人真的能够快乐了,嗳?"他问他自己道,立刻回答了那个问题,"当然,一个人能够的。所有我的关于死亡及生命的无目的的思想都是正确而合理的,然而不管这一切,一个人有时是能够快乐的。如果我是快乐着,则这完全是由于这个美丽的人儿,仅在一刻工夫之前,我是从不曾见到的。"

突然地,滑稽的思想来到他的心上,很久以前,当他们还是一个小孩子的时候,也许他们已经遇见了,又离开了,永远没有梦见,有一天他们会热烈地互相恋爱着的,她会以她的所有的成熟美好的肉体自献给他的。这乃是这个最后的思想,带了一脸的殷红给他颊上,有一会儿,他觉得不敢望着她。同时,她,他所那样的幻想着是如此的一丝不挂地站在他的面前的,却纯洁而温柔的,穿着她的小灰色衫,圆帽,默默地祈祷着,他对于她的爱也要如她自己的那么温和、深挚才好。她的处女的贞淑必定有点影响到犹里,因为他的肉感的思想消失了,情绪的眼泪充满了他的眼中。他抬头向上望着,看见神坛上的闪闪发光的金色以及神圣的十字架,以及环绕于十字架的发光的黄色细烛,他带着久已忘记的一种虔心,在心中祷告道:

"啊,上帝,如果你是存在着的话,请你让这位女郎爱上了我,也让我对于她的爱情常如这一刻似的伟大。"

他对于他自己的情绪觉得有点羞涩,想要以一笑消灭了它。

"总之,这全是无意识的。"他想道。

"来。"西娜低声地说道,这声息有如一个叹息。

沙 宁

　　仿佛在他们的灵魂中,他们庄重地带走了一切的念经、祈祷、叹息与乎神秘的光明,他们走了出去,经过了天井,并肩同行,穿过了到山坡去的小门。这里没有一个活的东西。高高的白墙以及为时间所蚀的尖塔似乎将他们从人世间隔绝了。在他的足下,躺着橡树的森林,远远的下面,河水闪闪地发光,有如一面银镜,而在远处,田野与草场都在朦胧的地平线上现出。

　　他们默默不言地走到了坡边,警觉到他们应该做一点事,说一点话,然而同时又感到他们没有充分的勇气。然后西娜扬起了她的头,当下,不意的而又是很真朴自然的,她的唇与犹里的相遇了。她颤抖着,渐渐地苍白了。当他温柔地拥抱了她时,他第一次觉到了她的温热成熟的身体在他的臂间。一个钟在那个沉寂中响着,在犹里看来,这似乎是庆祝每个人都找到了其他的一个的当儿。西娜笑着,从他臂间摆脱开了,跑了回去。

　　"姑母要诧怪我不知哪里去了!等在这里,我立刻就要回来!"

　　以后犹里从不能记起,究竟是她以一种高而清楚的声音,对他这话而反响于林中,还是这话语如一阵温柔的低声在晚风中浮泛到他那里去,他坐在草上,用手理平了他的头发。

　　"这一切是如何的蠢,然而又是如何的愉美呀!"他微笑地想道。在远处,他听见西娜的声音。

　　"我来了,姑母,我来了。"

第三十七章

第一,地平线光黑暗了下来;然后河流消失在一层雾中了,从牧地上马嘶的声音达到了他那里来,而这里那里,微光熠熠着。当他坐在那里等候着时,犹里开始这样地计数着。

"一,二,三——啊!还有别一个,正在地平线的边上,恰像一个小星光。农人们环坐于他的四周在那里守夜,喂着山芋,闲谈着。前面的火是熊熊地燃了起来,快快活活地爆跳着,而马匹则站在旁边,喷着气。但在这个方向却只有一个小小的火星,不定什么时候,定会熄灭了下去。"

他觉得很难思想到一切的事。这个高超的快乐的感觉竟完全地吸住了。仿佛在惊骇中一样,他不时地咿唔道:

"她不久便要再来的了。"

他如此地等在那里,等在高处,静听着远地的马嘶,河上的野鸭在叫着,还有一千个别的看不见的无限的声响,从黄昏的森林中发出,神秘地浮泛过空中。然后在他后面,他听见足步迅速地走近,还有衣裙沙沙之声,他没有回顾便知道,这乃是她,在一个热情的欲望的喜悦中,他颤抖地想到了将近前的祸患。西娜静静地站在他身边,呼吸急迫的。犹里自喜他自己的大胆,捉她在他的强健的臂间,带她到下面的草坡上去。这样地做时,他几乎滑了一跤,当时她咿唔道:

沙 宁

"我们将跌下去了!"她觉得卑鄙,然却充满了快乐。

当犹里将她肢体更紧地压于他的身上时,他觉得她同时具有一个妇人的丰富的肉体与一个孩子的柔软而轻小的身材。

在下面,在树底下,是黑漆漆的,犹里将女郎放在这里,他自己坐在她的身边。因为地是斜坡的,他们似乎是一同地躺着。在朦胧的光中,犹里的唇以狂妄的热情的欲望压在她的唇上。她并不抵抗,但只是激烈地颤抖着。

"你爱我么?"她无气息地呷唔道。她的声音如从林间发出的微语似的响着。

然后在诧异中,犹里自己问道:

"我做的是什么事?"

这思想如冰块似的进于他的炎炎的脑中。在一会工夫,一切东西都似乎灰色而空虚了,如在冬天的一日,缺乏着力与生命。她的眼皮半闭着,以一种疑问的眼光望着他。然后,她突然地看见了他的脸,为羞耻所冲没,摆脱了他的拥抱。犹里为无数的矛盾的思想所扰。他觉得现在如中止了,乃是可笑的。以一种微弱的、笨拙的样子,他又开始去抚慰她,而她则无气力地笨拙地抵抗着他。在犹里看来,现在的地位似是如此的绝对的荒诞可笑,他竟释放了西娜,他如一只被追猎的野兽似的急急喘着气。

有一种痛苦的沉寂,突然地,他说道:

"原恕我……我必定是发狂了。"

她的呼吸更急促了,他觉得他不该这么说话,因为这必定要伤着她。他不由自主地嗫嚅地说出各种的求恕的话,这些话他明知道是虚伪的,他的唯一的愿望乃是要离开了她,因为地位已成了不可忍受的了。

她必定也见到了这,因为她呷唔道:

"我应该……要走了。"

第三十七章

他们站了起来,并不彼此望着,犹里便出了最后的努力,要恢复他以前的热情,他微弱地拥抱着她。然后,在她心上发生了一种为母的感情,仿佛她觉得,她是比他更强健的,她更紧地依偎于他身边,望着他的眼睛,温柔安慰地微笑着。

"再会!明天来看我!"她这样地说着,那么热烈地吻着他,竟使犹里觉得迷眩了。在那个时候,他几乎崇敬她。

当她去了时,他静听着她的躞蹀的足步的声响,听了好一会儿,然后拾起了他的帽子,他挥去了帽上的落叶,先理理好它,然后才戴到头上去,走下山,向旅客投宿的庵中走去。他兜了一大圈的路,为的是怕遇见了西娜。

"啊!"他想道,当降下山坡时,"我必须要带了如此纯洁而无辜的一位女郎到羞耻中去么?任何别的平常人也能如我那么中止于此么?上帝祝福她!这是太罪过了……我很高兴我还没有那么坏。如何的绝对的骚动啊……全在一会儿工夫……没有一句话……如禽兽一样!"他如此的憎恶地想到不多时候之前使他那么快乐而强健的事,然而他也秘密地觉得羞耻而不满足。连他的手和足也似乎无意识地摇摆着,而他的帽子也如一个愚人所戴的样子,套在他的头上。

"总之,我真的能够活着么?"他失望地自问道。

第三十八章

在旅馆的大走廊里有一种茶缸味、面包味及香气。一个强壮活泼的僧侣正匆匆地走来,手里执着一把大茶壶。

"教父。"犹里叫道,他这样地称呼他,心里有点纷乱,他想象那僧侣也要同样的不安的。

"什么事,请问?"僧人有礼貌地从茶缸发出的蒸气云中问道。

"这里有从镇上来的一群游客没有?"

"是的,在第七号。"僧人立刻答道,仿佛他已预知有这样的一个问题的,"这边走,请,在阳台上。"

犹里开了门。大房间内经淡巴菰的浓稠的烟云弄得黑暗。在阳台处比较得光亮,一个人能够在喧哗的谈笑之上听见瓶与杯相触声。

"人生是一种不可救药的病。"这是夏夫洛夫在说着。

"而你乃是一个不可救药的傻子!"伊凡诺夫叫道,用以答他,"你难道不能够停止你永久的'成语制造'么?"

犹里进房时,受到了一阵喧扰的欢迎。夏夫洛夫跳了起来,几乎把台布都拖开去了,当下他握住了犹里的手,如流地咿唔道:

"你如何好意地到这里啊!我是那么快乐!真的,这是你的

第三十八章

最好意！那么感谢你！"

犹里在沙宁与彼得·伊里契之间坐了下来，开始四面地望着，阳台为两盏台灯、一盏挂灯所照耀，在这个光明的圈子之外，便似乎是一座黑而不可穿透的墙。然而犹里仍能够看见天上的绿光，山峰的黑影，最近的树顶，以及远远在下面的河流的发光的水面。蛾与甲虫从森林中飞到灯边来，环灯而飞，跌在桌上，徐徐地被灼死在那里。犹里可怜它们的运命，同时自己想道：

"我们也如飞虫们一样，向火焰扑去，环了每一个光明的理想而扑飞着，最后，仅仅是可怜地死亡了。我们以为理想乃是世界的意思之表白，其实，它不是别的东西，乃是我们脑中的消灭一切的火。"

"现在，来，喝一杯！"沙宁说道，当下他友好地将酒瓶递给了犹里。

"很愿意的。"犹里颓丧地答道，这又立刻使他想起，喝酒乃是最好的事了，在事实上，乃是留下要做的唯一的事了。

于是他们全都喝着，碰着酒杯。在犹里，伏特加酒是味儿太强烈了，它如毒药似的烧灼而苦味。他取了冷食来调和他自己，但这些，也是有一种不好的味儿，他不能够吞咽下去。

"不！"他想道，"如果是死了，或到西伯利亚去都不要紧，但我必须离开这里！然而我将到哪里去呢？什么地方都是一个样子的，从一个人自己那里也逃脱不了。当一个人有一次将他自己位置在生活之上时，那么，任何形式的生活总是不能使他满意的，不管他住在一个像这样的一个洞中或者住在圣彼得堡。"

"至于我的意思呢。"夏夫洛夫叫道，"人本身乃是一点东西没有的。"

犹里望着这位说话者的沉笨不聪明的相貌，以及眼镜后面的

沙 宁

它的一双倦劳的小眼,便想道,这样的一个人实在真是一点东西没有的。

"个人是一个零数。只有那些从群众中出来的人,但又与群众时相接触,且又不反对群众,好像资产阶级的英雄们所常做的——只有他们才有真正的力量。"

"这种力量存在于什么地方呢,请问?"伊凡诺夫挑战似的问道,当时他正靠在桌上,"这是在于反抗现实政府的争斗里么?很像。但在他们为个人幸福而争斗时,群众怎么能帮助他们呢?"

"啊!你又说到那边去了!你是一个超人,需要一种适合于你自己的特种快乐。但是,我们是群众中的人,我们以为我们自己的快乐乃存在于为别人的幸福而奋斗着之中。理想的胜利——那便是快乐!"

"然而,假如那理想是虚伪的呢?"

"那不在乎,信仰乃是其物!"夏夫洛夫固执地摇着他的头。

"呸!"伊凡诺夫以一种蔑视的口音说道,"每个人都相信他自己的地位乃是全世界上最重要、最不可离的东西。即一个妇人的裁缝也是这么想。你知道那个很清楚,但显然的,你是忘记了它;所以为朋友之故,我不得不提起你以这个事实。"

犹里不由自主地妒憎地注视着伊凡诺夫的柔弱出汗的脸,及灰色无光的眼睛。

"在你的意见中,什么构成了快乐呢,请问?"他问道,当下他的唇扭曲地带着轻蔑之意。

"唔,最可决定的是,快乐是决不在于不停地叹息呻吟着,或不断地像这样的问道,'我刚才打了一个喷嚏。这是应该做的事么?这会损害到别的人么?我在打喷嚏的时候,已完成了我的运命么?'"

犹里在伊凡诺夫的冷淡的眼中,能够看得出憎厌来,这使他

第三十八章

十分愤怒去想，伊凡诺夫乃以为他自己是他的智慧上的超越者，且还在笑着他。

"我们不久将知道的。"他想道。

"那不是一个程序。"他答道，竭力地要在他的脸上表现深切的倨傲以及不愿意讨论下去的意思。

"你真的需要一个程序么？如果我愿意，并且能够，做别的事的话，我便去做去。那便是我的程序！"

"真的是一个美妙的程序！"夏夫洛夫激热地叫道，犹里仅仅耸耸肩，并不回答他。

有一会儿，他们全都沉默地在喝酒。然后犹里向着沙宁，开始表白他的关于"最高的善"的意见。他以为伊凡诺夫也曾听见他所说的话的，虽然他并不望着他。夏夫洛夫带着崇敬与热心静听着，而伊凡诺夫斜眼看着犹里，以一个讥嘲"我们从前早就听见过这一套了！"来接受每一个新的叙述。

最后，沙宁徐徐地插说上去。

"唉！快停止了这一切吧。"他说道，"你们不觉它是可怕的厌倦么？每个人都可主持着他自己的意见，真的是？"

他徐徐地点着了一支香烟，走到天井里去，对于他的热的身体，恬静的青色夜是美快的凉爽。在树林后面，月亮已升了上来，好像一个金球，投射柔和、奇异的光明，满照着黑暗的世界。果园中喷射出苹果与杏子的香气来，在果园之后，还有一所白墙的旅舍能够朦胧地见到，一个有灯光的房间仿佛从它的密叶的篱笆中，向下观望着沙宁。突然地听见一阵赤足踏在草上的声音，沙宁看见一个童子的身体从黑暗中现出。

"你要的什么呢？"他问道。

"我要见卡莎委娜小姐，那位学校里的先生。"赤足的童子尖声地答道。

沙 宁

"为什么?"

这个名字,对于沙宁,立刻回想起了西娜的一个印象,一丝不挂的,太阳照在身上,美丽无伦地站在水边。

"我带了一封信来给她。"童子说道。

"啊哈!她必定是在那边的一所旅舍里,因为她没有在这里。你最好到那边去找。"

童子徐徐地赤着足走去了,活像一只小动物,那么快地没在黑暗中不见了,竟如藏在树后一般。

沙宁慢慢地跟着他走,深深地呼吸着园中的柔和甜蜜的空气。

他走近了那一座旅舍,走得很近,所以从他站在下面的窗中射出的灯光,竟照在他的恬静沉思的脸上,还照现出挂在黑色的果树上的大而沉重的梨子。沙宁踮起了足尖立着,竟能够将梨子摘了一个下去,而正当他这样摘着时,他看见西娜正立在窗边。

他看见她的侧影,穿着她的睡衣。在她柔软的圆肩上的光亮,给他们以一种光彩,仿佛如缎子的光。她正沉入深思之中,那思想似乎使她快乐,又使她羞涩,因为她的眼睑颤动着;她的唇上有一个微笑。在沙宁看来,这好像是一个女郎的喜悦的微笑,预备要接一个长久而热烈的吻。如钉在那个地方似的,他站在那里凝望着。

她正在默想刚才所发生的一切事,她的经历,假如使她喜悦的话,却也激起了她的羞涩。"天呀!"她想道,"我真的是那么下流了么?"然后,她第一百次地愉快地回忆起当她第一次躺在犹里臂间时,她所生的喜悦。"我的亲爱的!我的亲爱的!"她呻唔道,沙宁又看到她的眼睑颤动着,她的唇上微笑着。至于其后的情景,在它的无羁束的热情中的愁扰,她竭力地要不想起它,本能地警觉到,想起它来是仅能带来了不快的。

第三十八章

门上剥啄了一下。

"谁在那里?"西娜问道,抬起头来。沙宁清楚地看见她的白而柔的头颈。

"有一封信给你。"童子在门外叫道。

西娜站了起来,开了门。童子被湿泥溅到了膝盖头,进了门来,从头上脱下了帽子,说道:

"那位年轻姑娘叫我送来的。"

"西诺契加。"杜博娃写道,"如果可能的话,请你今天晚上就回到镇上来。学校视察员到了,明天早晨将到我们学校里来。如果你不在校里,那是不很好看的。"

"什么事?"西娜的老姑母问道。

"奥尔加来唤我回去。学校里有视察员来。"西娜深思地答道。

童子将一只足摩擦着另一只足。

"她要我告诉你,千万的要回来。"他说道。

"你去不去呢?"姑母问道。

"我怎么能去?独自一个人,在黑夜里?"

"月亮升上来了。"童子说道,"外面是很明亮的。"

"我将要去的。"西娜说道,仍然有点踌躇。

"是的,是的,走,我的孩子。否则一定要出事情。"

"很好,那么,我要走了。"西娜说道,决心地点点头。

她迅疾地穿上了衣服,戴上了帽子,和她的姑母告别。

"再会,姑母。"

"再会,我的亲爱的。上帝和你同去。"

西娜向着那个童子说道:"你和我同去么?"童子看来羞怯而纷乱的,当下,又双足摩擦着,咿唔道:"我是到我母亲那里来的。她住在这里,为教士们洗衣服。"

沙 宁

"但是我怎样能独自一个人走呢，格里契加？"

"好的！我们走吧。"童子以一种有力的着重的口气答道。

他们走了出去，进入青黑色的芬芳的夜色中去。

"如何可爱的香气呀！"她叫道，立刻发出一个惊骇的叫声，因为在黑暗中，她和一个人相碰撞了。

"这是我。"沙宁笑着说道。

西娜伸出了她的战栗的手。

"天色太黑了，一点也不能看得见。"她求恕地说道。

"你到哪里去呢？"

"回到镇上去。他们来叫我。"

"什么，独自一个人么？"

"不，那小童和我同去。他是我的保护者。"

"保护者，哈！哈！"格里契加快乐地说道，踏着他的赤足。

"你在这里做什么呢？"她问道。

"唉！我们正在一块儿喝酒着来。"

"你说'我们'？"

"是的——夏夫洛夫，史瓦洛格契，伊凡诺夫……"

"啊！犹里·尼古拉耶威慈也和你们在一处么？"西娜问道，她的脸红了。说出她所爱的人儿的名字，送了一阵的颤抖于她的全身，仿佛她是向危壁下面望着一样。

"你为什么问到他？"

"因为——嗳——我遇见他。"她答道，脸色更殷红了。

"很好，再见！"

沙宁温和地握住了她伸出来的手。

"如果你愿意，我要划只船送你到对岸去。你为什么打了一个大弯，走那么多的路呢？"

"啊！不，请你不必麻烦。"西娜说道，觉得异常的害羞。

第三十八章

"是的，让他划船送你过河吧。"小格里契加劝说道，"【因为河岸上有那么多的泥水。"

"很好，那么，你可以到你母亲那里去了。"

"你不怕独自地走过田野么？"童子问道。

"我要伴送你到了镇上。"沙宁说道。

"但是你的朋友们要说什么话呢？"

"啊！那没有关系的。他们将留在那里直到天亮。并且，他们已经厌扰得我很可以的了。"

"唔，你是太好意了，我敢说。格里契加，你可以去了。"

"晚上好，小姐。"童子说道，当下他无声无息地不见了。西娜与沙宁独自地离开了那里。

"执了我的臂。"他提议道，"否则你将跌倒了。"

西娜将她的手臂放在他的臂间，当她接触着如钢铁似的刚强的筋肉时，她觉到一个奇异的情绪。他们如此的在黑暗中走着，经过了树林到了河边。在树林中时，夜色是黑漆漆的，仿佛所有的树都混融在一个温热而不可穿过的雾中了。

"啊！这是如何的黑呀！"

"那不要紧。"沙宁在她耳中低语道。他的语声微微地颤抖着，"我最喜欢夜间的树林。在那个时候，人才剥脱下了他的每日的假面具，成为更勇敢的、更神秘的、更有趣的了。"

因为泥沙在他们足下滑着，西娜觉得要使她自己不跌倒是很难的。因为这个黑暗，因为与一个强健紧结的身体相接触，与强壮而且使她喜爱的男子相亲近，现在使她引起了一种不熟识的骚动，她的脸发着光，她的柔臂与沙宁的臂共享着它的温热，而她的笑声是勉强的，不休止的。

在山脚下，夜色比较得开朗些。月光照在河上，一阵凉爽的微风从广阔的河面吹来，扇着他们的面颊。树林神秘地退入于黑

沙 宁

暗之中，仿佛它将他们给了河去负责。

"你的船在哪里？"

"那里就是。"

船只映着光亮平滑的水面，形状极清晰地停在那时。当沙宁将桨放好了位置时，西娜伸出双臂，以平均她身体的重量，坐在舵位上去，立刻月光与水中的美丽的影子给她的身体以一种神幻的反映。沙宁将船只从岸边推开了，他自己跳进船中来。船身带了一点的闷碰的声音，滑过了沙地，划着河水，当下那只船便游泳进月光之中，留下广大的涟漪在它的经过的水痕上。

"让我来划吧。"西娜说道，突然地发生着奇异的胜服的力量，"我爱划船。"

"很好，坐到这里来，那么。"沙宁站在船的中央，说道。

她的柔软的身体又轻轻地擦过他，而当她用她的指尖，握住了他伸出给她的手时，他能够往下看见她的美丽合式的胸部……

他们如此的泛流下溪来。月光照在她的白色脸上，眉毛黑黑的，眼睛光亮的，给出一种的光彩于她的素朴的白衣上。在沙宁看来，他们仿佛正进了一个仙境，远远地离开了一切的人，脱出了人类的法律与理智的灰白色的外边。

"如何可爱的夜色呀！"西娜叫道。

"可爱，是不是？"沙宁低声地答道。

她突然地出声大笑。

"我不知道为什么，但我觉得，我仿佛要将我的帽子抛入河中，松下我的头发。"她为一种突然的冲动所呼召而说道。

"那么你便不顾虑的这么办好了。"沙宁咿唔道。

但她渐觉得不安起来，沉默不言。

在恬静清朗的夜色的激人的影响之下，她的思想又转到她的新近的经验上来了。在她看来，沙宁似是不能不知道这些事，正

第三十八章

是这个念头使她格外的快乐。她不知不觉地即要想使他警觉到,她不常是那么温柔贞淑的,但当她脱下了面具时她也能成为很不相同的一个人的。这乃是这个秘密的愿望,使她红脸而且得意。

"你认识犹里·尼古拉耶威慈已经很久了,是不是?"她半吞半吐地问道,禁不住地要推进的飞翔于一个深井之上。

"不。"沙宁答道,"你为什么要问这话呢?"

"啊!我不过随便问问而已。他是一个聪明的人,你以为如何?"

她的语声乃是一个孩提的腼腆的,仿佛她要从一个远比她年纪老大的人那里得到些东西一样;这个人是有权利可以安慰她或责备她的。

沙宁对她微笑着,当下他说道。

"是……的!"

从他的语声中,西娜知道他在微笑着,而她深深地红了脸。

"不……但,他真的是……唔,他似乎是很不快乐。"她的唇颤动了。

"很像。他实在是不快乐。你代他忧虑么?"

"当然,我是。"西娜带着矫作的天真说道。

"这不过是自然的。"沙宁说道,"但'不快乐'一句话,在你说来,其意义却有点与它真相不同。你以为,一个人精神上感到不满足,永远地分析着他自己的情绪及他的行为的,并不算是一个可悲的不快乐的人,但却是一个具有异常的个性与能力的人。这种永久的自己分析,在你看来乃是一个好的行为,值得使那个人去设想他自己比一切别的人都好,不仅值得做朋友,也值得恋爱与尊敬。"

"唔,如果不是那样,那么究竟是怎么样呢?"西娜机敏地问道。

沙 宁

她以前不曾对沙宁谈过那么多的话。她听人家说过,知道他是别致的人物;她现在觉得舒适地骚动地碰到了如此新奇,如此有趣的一个人物。

沙宁笑了。

"从前有一个时候,那时,人过着禽兽似的狭窄的生活,对于他们行动或情感一点也不负什么责任。继于其后的乃是一个理智生活的时代;在它的开头,人常常要过度地估计他自己的情操与需要与愿望。这里,在这个阶段上,站着史瓦洛格契。他是最后的一个莫希根人,最后的一个久已逝去的人类演化的时代的代表。他天然地吸取了那个时代的一切精华,那毒害着他的灵魂。他并不真正地过着他的生活;一举一动,一思一想,都要发生疑问。'我做得对么?''我做得错了么?'在他的情形之下,这几乎成为荒谬不经的了。在政治上,他不能决定,他是否不低下他的品格以与别的人并肩齐立,然而,如果不干了政治了呢,他又不能决定,他站得远远的,是否为一件可耻的事了。这一类的人很不少。如果犹里·史瓦洛格契成了一个例外,那是完全因为他的高超的智慧之故。"

"我不十分明白你的话。"西娜羞怯地开始道,"你说到犹里·尼古拉耶威慈,仿佛他自己乃是因为不成为别一样的人物而受到责备一样。如果生活不能使一个人满足时,那么,那个人便站在生活之上。"

"人是不能站在生活之上的。"沙宁答道,"因为他自己不过是其中的一分子。他可以不满意,但这种不满意的原因却仍在他的自身。他或者不能,或者不敢从生活宝藏中满满地取用以供他的实际需要。有许多人耗费了他的一生住在一个监狱中。一部分的人则怕从监狱中逃出,好像一只被捉住的鸟儿,当被释放了时,怕飞了开去一样。……人的肉体与灵魂,形成了一个完全和

第三十八章

谐的全体,仅被死亡的可怕的来临而惊扰着。但这乃是我们自己,用我们自己的牵强附会的人生观来打扰了这种的和谐。我们将我们的肉体上的欲望污辱之为兽欲;我们对于它们发生羞耻;我们将它们贬放在污秽的形式及桎梏中。我们之中,那些天性是柔弱的,则并不注意到这,只是一生拖着铁链过去,那些被一个虚伪的人生观所伤害的,他们则成了殉难者。被关闭了的势力,要求一个出路;肉体渴思着快乐,却受了激烈的痛苦,因为它自己的柔弱。他们的生命乃是一个永久不调和、不决定的,他们捉住了任何能够帮助他们到一个更新的道德理想去的稻草,直到了最后,他们成了那么悲戚,竟怕于生活下去,怕于有感觉。"

"是的,是的。"西娜有力地承认。

一群新的思想侵入她的心上。当她以光亮的眼睛望着四面时,夜色的炫丽,在月光中的恬静的河流与梦境似的树林的清美仿佛穿透她的全身。她又为那个朦胧的要求着,会发生她的愉快的敏捷的占领力量的愿望所占有了。

"我的梦境常是一个黄金时代。"沙宁续说下去,"那时,将没有东西会站在人与他的幸福之间,那时,无畏而自由的,他能够厌了他自己给予一切可得的快乐。"

"是的,但他怎么能那样做呢?回归到野蛮社会么?"

"不。当人如禽兽似的生活着的时代乃是一个可怜的野蛮的时代,而我们自己的时代,在那时代中,肉体是为心灵所占有了的,则是放在既缺意识又乏力量的背景之中。但人类不是无为而活着的。他要创造一个新的生活状况,在那里既不发生愚蠢,也没有什么避世主义。"

"是的,但是恋爱怎么样呢?那件事不加束缚于我们身上么?"西娜匆匆地问道。

"不。如果恋爱而加以可悲的束缚的话,则这是因为妒忌,

沙 宁

而妒忌则是奴隶的结果。无论在哪种形式之中,奴制都会发生祸患的。人们应该无畏地、无拘束地享受着恋爱所能给予他们的快乐。如果这果是那样的话,则恋爱便要成为无限的丰富,而它的种种形式也格外的繁复了,且也更会为机会所影响了。"

"我现在是一点也没有恐惧的了。"西娜骄傲地反省道。她突然地望着沙宁,觉得这仿佛乃是她的第一次的见到他。他坐在那里,脸对着她,在于船舵上,一个男人的美型:黑眼,阔肩,十分的强健。

"如何的一个美男子呀!"她想道。不可知的力量与情绪的全个世界都放在她面前。她要进了那个世界么?她现在好奇地对他微笑着,全身都战栗着。沙宁必定是猜出了她心上所经过的念头。他的呼吸更快了,几乎是在喘着气。

在经过了一段溪流的狭处时,桨被拖着的叶子所缠住,从西娜手中滑落了。

"我不能向前划去了,这里是那么狭窄。"她腼腆地说道。她的声音温柔而音乐地响着,如有潺潺的水声。

沙宁站了起来,向她走去。

"怎么一回事?"她惊骇地问道。

"没有什么,我不过要去……"

西娜也站了起来,想要到舵位上去。

船只那末厉害地摇摆着,她几乎要失去了她的均衡,不由自主地她捉住了沙宁,在几乎要跌入他的臂间之后。在那个时候,几乎是不自觉,也永远不相信是可能的,她竟温柔地延长了他们的接触。这乃是她的这个接触,一时间燃起了他的血液,而她,感到了他的热情,也不可抵抗地感应着。

"啊!"沙宁又诧异又欢喜地叫道。

他热情地拥抱了她,推她向后,如此,她的帽子落下了。

第三十八章

船只摇摆得格外厉害,不可见的微波在冲击着河岸。

"你做什么?"她低声地叫道,"放了我去吧!为了上天之故!……你做什么?……"

她挣扎地要从那些钢铁的双臂间摆脱出去,但沙宁压着她的健胸更紧、更紧近于他的胸前,直到了他们之间从前存在的那种障碍不再存在。

环绕于他们四围的只有黑暗,只有河水与芦苇的潮润的气味,只有一时热,一时冷的气候;四周静悄悄的。突然地不可计数的,她失去了一切的意志与思想的力量;她的四肢弛懈了,她降服于沙宁的意志之下。

第三十九章

她最后恢复了她自己,看见黑暗的水中的明月影子,而沙宁的脸,弯在她的上面,双眼灼灼有光。她觉得他的双臂紧紧地环抱了她,而一支桨也擦着她的膝盖头。

然后她开始温柔地哭了起来,她哭不停声,但并不从沙宁的怀抱中摆脱了开去。

她的眼泪是为了不可挽救的事而流的。她恐惧,可怜她自己,同时又喜爱着使她哭泣的人。沙宁抱了她起来,将她坐在他的膝上。她温顺地随他所为,好像一个有忧戚的小孩子。如在一个梦中似的,她能听见沙宁温和地以柔爱感激的声音在安慰着她。

"我要投水自杀。"这思想似是对于第三个人的严峻的问题"你所做的什么事?你现在将怎么办?"的答复。

"我现在将怎么办呢?"她高声地问道。

"我们要知道。"沙宁答道。

她想要溜下他的膝头,但他紧紧地抱住了她,所以她只好仍旧留在那里,想来颇以为奇怪,因为她对于他既不能觉得憎妒,也不能觉得讨厌。

"无论有事情发生都不要紧了,现在。"她对她自己说道,然而一个秘密的肉体上的好奇心,催使她想着,这位强壮的人,一个生客,然而又是那么亲密的一个朋友,将对她怎么办。

过了一会,他执了桨,她斜倚在他身边,她的眼睛半闭着,

第三十九章

他的划着桨的一只手每一次伸到近于她胸部时,她便颤抖着。当船只嘭的一声与河岸相撞时,西娜睁开了她的眼睛。她看见田野与水与白雾,而月亮如一个灰白色的魔影,预备要在黎明之前逃走。天色现在要亮了,一阵凉冷的微风在吹拂着。

"我要和你一同走么?"沙宁温柔地问道。

"不。我还是一个人走的好。"她答道。

沙宁将她举出了船外。这乃是他的一个快乐去这么办,因为他觉得他爱她,且是感激她。当他在爱好地拥抱了她之后将她放下在岸上时,她踬跌了一下。

"啊!你美人!"沙宁叫道,以一种充满了热情与温柔与怜恤的声音。

她感到不自觉的骄傲,微笑着。沙宁握住了她的双手,拉她近于他的身边。

"吻我!"

"这没有关系;一点也没有关系了,现在。"她想道,当下她在他的唇上给他以一个长久而热情的吻。

"再会。"她咿唔道,几乎不知道她说的什么。

"不要和我生气,亲爱的。"沙宁申诉道。

当她跨越过沟渠,蹒跚地向前走去,还为她的衣服所绊住时,沙宁以忧戚的眼光望着她。这使他悲伤地想到了一切为她而蕴蓄着的不必要的痛苦,并且如他所预知的,她没有力气将它们放在一边去。

她的身体徐徐地迎着黎明,向前走去,不久,便消失在白雾之中了。

当他不再能看见她时,沙宁便跳上了船,用力地划了几下,使水起了泡沫。到了中流,浓稠的晨雾升起于他的四周,沙宁放落了桨,挺立在船中,大声地欢呼一下。树林与朝雾,仿佛如活的一样,反应着他的呼声。

第四十章

西娜仿佛为一击所闷倒一样,立刻沉沉地睡去了,但醒来得很早,感觉得完全地毁坏了,如一具尸体似的冰冷。她的绝望永没有醒来,她也没有一刻工夫忘记了所做的事。在沉默的沮丧里,她考察着她房间里的每一件的大小的东西,仿佛要发见从昨天以来所生的变化。然而从房间的一隅,为日光所照射着的圣像,和善的低头向她望着。窗户、地板、器具,都没有变动,而在邻床的枕头上,躺着杜博娃的美头,她正沉沉地熟睡着。一切都完全如前的一样;只有皱痕累累的衣服,不小心地抛在一张椅子上面的,告诉出它的故事来。她醒来时的脸上的红色不久便换上了一种灰白色,因她的炭似的黑的眉毛而格外显著。用了过度工作的脑筋的异常的清楚,她回想起前几点钟的她的经验。她看见她自己在太阳出来时走过寂寂的街道,而敌意的窗口似乎望着她,她所遇见的几个人也都回头顾视她。她在黎明的光中向前走着,为她的长裙所阻绊,她手里执着一个绿绒的小手袋,很像一个犯人似的蹒跚地走了回家。过去的一夜,在她看来,乃是痴狂的一夜。发狂的、奇怪的、覆没的事发生了,然而怎样的与为什么的,她却不能知道。抛开了一切的羞耻在一边,忘记了她的对于别一个人的爱情,在她看来,这似是不可思议的。

她心里疾晕地起了身来,无声无息地开始去穿衣裳,生怕惊

第四十章

醒了杜博娃。然后，她坐在窗边，焦虑地凝望着花园中的绿色与黄色的树叶。各种的思想在她脑盘中旋转着，思路纷乱不定，有如被风所吹的烟。杜博娃突然地醒来。

"什么？已经起身了么？如何的奇怪！"她叫道。

当西娜清晨回家时，她的朋友只是睡眼迷糊地问道："你怎么如此纷扰的归来的？"然后又沉沉地睡去了。现在她注意到有什么不对的事发生了，她匆匆走到西娜那边去，赤着脚，穿着睡衣。

"什么事？你生了病么？"她同情地问道，仿佛如一位老姊姊。

西娜退缩了，如在一记打击之下，然而她的玫瑰色的唇上却带着一个微笑，以一种勉强的愉快的声音说道：

"啊，亲爱的，没有什么！不过我昨夜一点也没有睡得着。"

如此的乃是第一个谎话说出来，将她的一切的坦直、高傲的处女时代一变而为一个记忆。当杜博娃她自己在穿衣裳时，西娜时时地偷眼望她。她的朋友，在她看来，似是光明而纯洁的，而她自己则如一个被压扁了的爬虫似的惹人厌。这个印象是那么强有力，竟使杜博娃所站立的房间中的那块地方完全为日光所照，而她自己的一角则没入黑暗之中。西娜记起了，她如何地常常以为她自己是比她的朋友更纯洁、更美丽的，而这个已来的变迁竟使她十分地痛楚。

然而这一切是深潜在她的心里的，外貌上，她是十分的恬静；实在的，几乎是愉快着。她穿上了一件美丽的深青色的衣服，拿了她的帽子与阳伞，如她平日一样高兴地走到学校中去，她在学校中留到中午，然后又回家来。

在街上，她遇见了丽达·沙宁娜。她们俩都站在太阳光、美貌、年轻、漂亮里，她们唇上带着微笑，闲谈着小事。丽达对于

沙 宁

西娜觉得顽强的敌视，如她所常想象的她之快乐，不顾忌，而西娜则妒忌着丽达的自由及她的快乐顺适的生活，每个人都相信她自己乃是残酷的不正义的牺牲者。

"我确然比她更好。她为什么那么快活而我为什么必须受苦？"在她们俩的心中，这个思想都占据着。

午饭以后，西娜拿了一本书，坐近窗口，不休地凝望着花园，园中仍然接触着将逝的夏天的美丽。情绪的悲戚已经过去了，现在她的情调是一个无情而淡漠的情调。

"呀！唔，我的一切都完了，现在。"她不断地念着，"我还是死了好。"

西娜看见了沙宁，在他注意到她之前。他高大而安详的，走过园中，披拂开了树枝，仿佛用手招呼他们。她向后靠在她的椅背上，将她的书压在胸前，她望着他，睁大了眼，当他徐徐地走近了窗口时。

"白天好。"他说道，伸出他的手。

在她能够站起来或从她的诧异中恢复过来之前，他又以一种和善、慰藉的口声重述道：

"你早上好。"

西娜觉得完全无力了。她仅只呷唔道：

"早上好。"

沙宁靠在窗盘上说道：

"请你到花园里来一趟，我们谈一下子。"

西娜站起身来，为一种奇力所扫荡，夺去了她的意志。

"我在那边等着你。"沙宁加上去说。

她仅只点了点头。

当他走回花园中时，西娜不敢望着他。有几秒钟她站在那里不动，她的手合握着，然后突然地走了出去，拉起了她的衣服，

第四十章

俾得走动得容易些。

太阳光照在色彩鲜妍的秋叶上,花园似乎沐浸于一阵金色的雾中。当西娜匆促地向他走去时,沙宁正在前面不远的路中。他的微笑使她扰乱。他握住了她的手,坐在一株树干上,温柔地拉她坐在他的膝上。

"我不能决定。"他开始道,"我该不该到这里来看你,因为你也许以为我待遇很不好。但我不能够站了开去。我要说明种种事情,使你不至于绝对的憎我、恶我。总之……我能做什么别的事呢?我怎么能抵抗呢?有一个时间到了,那时,我觉得我们中间的最后间隔已经落去了,并且觉得,如果我失去了我生命中的这一个瞬间,那么它便永不会再是我的了。你是那么美丽,那么年轻……"

西娜沉默着。她的柔软清澈的半为她的头发所掩盖着的耳朵成了玫瑰色的,而她的长的眼毛颤动着。

"你是可怜的,现在,而昨天,这一切是如何的美丽呀!"他说道,"忧愁之所以能存在,仅因为人放了一个价值在他自己的快乐之上。如果我们的生活的方法是不同的话,昨夜的事将留存在我们的回忆中作为一生的最美丽、最可宝贵的经验之一。"

"是的,如果……"她机械地说道。然后,立刻地,连她自己也很惊骇着,她竟微笑了。有如太阳升上来了,鸟在唱歌,芦苇在微语一样,这个微笑似乎也鼓作了她的精神。然而这不过一会儿工夫的事。

她立刻又看见她的全部的将来生活放在她的面前,一个毁了的忧与羞的生活。这个景象是如此的可怕,竟引起了憎怨。

"走开!离开我!"她锐声地说道。她的牙根咬紧了,她的脸上带着一种坚强的复仇的表情,当下她站了下来。

沙宁很可怜她。有一会儿工夫,他竟要献给她以他的名字及

沙 宁

他的保护,然而有些东西将他拉了回去。他觉得这种的补救是太卑鄙了。

"啊!好的。"他想道,"生命必须只沿了它的轨道走去。"

"我知道你是和犹里·史瓦洛格契恋爱着的。"他开始道,"也许这便是使你最感悲苦的么?"

"我不和什么人恋爱着。"西娜呻唔道,不自主地紧握着她的双手。

"不要对我有什么恶意。"沙宁申诉道,"你是如你从前一样的美丽,你所给予我的同样的快乐,你也将给予你所爱的他——更甚的,当然是,更甚的。我全心全意地希望有着一切可能的快乐,我将常常地在我自己心中视你如我昨夜所见的你一样再会……并且,如果你需要我的话,使人来叫我好了。如果我能够……我要为你而牺牲了我的生命。"

西娜望着他,一声儿不响,为异常的悲怜所激动。

"这一切也许都将不会错的,谁知道?"他想道,有一会儿,事情似乎没有那么可怕。他们定定地彼此凝望着彼此的眼睛,知道在他们的心中,他们包含有一个没有人会发见的秘密,而这个记忆将常常是鲜明的。

"唔,再见。"西娜以一个温柔的女儿的声音说道。

沙宁的脸上耀着快乐。她伸出她的手,他们接着吻,真朴的,爱感的有如兄弟与姊妹。

西娜伴送了沙宁直到了园门边,忧戚地望着他走去。然后她回到花园里来,躺在芬芳的草上,绿草在她四周波动着,沙沙作声。她闭上她的眼睛,想到一切所曾发生的事,踌躇着她该不该去告诉了犹里。

"不不。"她对她自己说道,"我不再想到它了。有的事情是最好忘记了它。"

第四十一章

第二天早晨，犹里起身得很迟，觉得不大舒服。他的头痛楚着，他的口中有股坏气味。起初，他只能回想起欢叫，玻璃杯的叮当以及在黎明时微弱下去的灯光。然后他记忆起，如何的，夏夫洛夫和彼得·伊里契踬跌而呻吟地退休去了，而他和伊凡诺夫——伊凡诺夫脸色虽因喝了酒而苍白着，但他的足步还稳定着——站在阳台上谈着。他们没有眼去看那光辉的晨天，这晨天映在地平线上是苍苍绿绿的，在头上便变了青色了；他们并没有看见美丽的草场与田野，也没有看见躺在他们下面的闪闪发光的河流。

他们仍然地在辩论着。伊凡诺夫胜利的对犹里证明，像他这一类的人是没有价值的，因为他们怕从生活中取得生活所给予他们的东西。他们最好是死了，被人忘记了。他带着恶意的高兴，引了彼得，伊里契的话来说："我当然不称这种东西为人。"当下他大笑起来，自以为他已以这种的一个字句毁坏了犹里了。然而，说来奇怪，犹里并不因这句话发恼，他所注意的，仅是伊凡诺夫所说的，他的生活乃是一个可怜的生活。那是因为，他说道"他一类的人"是格外的富于感觉，格外的有高尚的头脑的；他同意于，他们最好是离了世界。然后，极端地感到沮丧，他几乎要哭了起来。他现在带着羞耻的回忆起来，怎样的他在那个地

沙 宁

方,曾将他和西娜的恋爱故事告诉给伊凡诺夫听,几乎要将那位纯洁可爱的女郎的名誉抛在这个残忍的酒徒的足下。当最后,伊凡诺夫呻吟着,走出了天井中时,在犹里看来,房间中似是可怕荒寂。

有一层雾幕于一切东西之上;只有龌龊的桌布及它的绿色的莱菔茎,空空的玻璃杯,以及香烟头在他的眼前跳舞着,当下他坐在那里纷乱而困苦。

他又回忆着,过了一会,伊凡诺夫回来了,和他同来的是沙宁。沙宁似乎是快乐,健谈,而且完全清醒。他以一种奇异的情绪望着犹里,半友谊的,半讥嘲的。随后在记忆里是一个空白的斑点,随后犹里又忆起小船,水,一种从未见过的玫瑰乳色的雾。他们在冰冷明透的水里行船,又在太阳照着的平铺的沙上行路,仿佛在走下坡路似的。头剧烈地痛着,打着恶心。

"真不知道是这样的讨厌!"犹里想,"喝了酒还不够……"

他厌恶地把这些回忆洒开,像洒开黏在脚上的污泥一般,开始深沉地想起在树林中发生的那件事来了。

第一刹那间显在他面前的是一个不平常的神秘的树林,树下深沉而不动的阴黑,月亮的奇光,女人雪白冰冷的躯体,她那紧闭的眼睛,迷人的浓厚的气味,与疯气相邻近的剧烈的欲望。

这回忆使他的整个身躯充满了倦洋洋的、甜蜜的颤悚,但是有什么东西针扎他的太阳穴,握紧他的心脏,于是那幅零乱而不堪的图画详晰地记到他心上来,他记得他并未带着任何的愿望,把女郎摔在草地上面,她并不愿意,却直在推开,挣脱,他看见自己已不能而且不愿做这事了,却还是爬到她身上去。

犹里羞惭得抖索了一下。他想走到黑暗里去,钻到地洞里去,不愿意自己看见自己的羞辱事情。但是过了一刹那间,犹里无论觉得如何痛苦,总是使自己相信,可嫌恶的并不是他损坏了

第四十一章

情欲的有力的冲动，却是那他在一时间内曾和女郎近于发生肉体接近的事。

犹里用了一种近乎肉体上的努力，就等于他把比他力大好几倍的人打胜时所用的那种力量一样，顿时把自己的情感反转过来，看出自己的行为是应该那样做的。

"我如果利用了她的冲动，那就未免太卑陋了！"但是他面前发生了一个新的，更痛苦的问题，"往后怎么办呢？"于是在各种不同的、零乱的思想和愿望之中，结晶成一个思想：——

"应该抛弃一切！……占有她，然后将她抛了开去么？不，我永远不能么办。我是太好心了。别人的痛苦我感到远比自己受它为甚。唔，那么，怎么样？娶了她么？"

结婚！在犹里看来，这个字儿正是可惊的、平凡的。任何像他的复杂性格的人怎么能忍耐得下一个庸俗的眷属的观念呢？这是不可能的。犹里简直脸红起来，仿佛一发生他能有一刹那间的，对于这结果的悬揣的念头，就是受侮辱一般。"如此说来，是推开她，走开么？"越离越远的女郎的倩影在他面前晃过，成为永去不复挽回的极大的幸福，等于丧失自己的生命一般。他拒却了她，好像把她从心里掏出来，跟着拉出无数的血筋，显露出致命的创洞。四周黑暗起来，心里感到空虚和痛苦，连身体都仿佛衰弱下来。"然而我却爱着她。"他想道，"为什么我要将她离开了我，而走去呢？为什么我要毁坏了我自己的幸福呢？这是可怕的！这是荒谬的！"

"怎么样？……娶她么？……"

他对于想到此事的可能又感到羞惭，使沉入痛苦而疑虑的烦恼中去了。他停止了见太阳，停止了认识自己的生命，与失了视听的愿望。

在到了家时，为了要将他的思路离开了一个完全占据的题材

沙 宁

上，他坐下在书桌边，开始去读他新近所写的几段多警句的文字。

"在这个世界上，既没有好，也没有坏。"

"有的人说道：自然的东西乃是好的，而人在实现他的欲望时是不错的。"

"但那是虚伪的，因为一切都是自然的。在黑暗与空虚是没有东西存在着的；一切都是出于同一的来源。"

"然而有的人又说：一切出之于上帝的都是好的。然而那也是一样的虚伪；因为，如果上帝存在着，则一切东西都出之于他，即使是讪谤。"

"再者，还有些人说：善是存在于对别人做善事之时。"

"但那怎么能够？为这一个人是善的，为别一个人便是恶的了。"

"奴隶希求他的自由，而他的主人则要他仍为一个奴隶。有钱的人要保守他的金钱，而穷人则要毁坏了富者；被压迫的人，想要解放；得胜利者则又要维持着不失败；没有爱的，希求被爱；生的，希求不死。人希求毁灭了野兽，正如野兽之想要毁灭了人。这是如此的开始，这也将如此的永久下去；也没有任何人有一个特别的权利去得到善，那是仅仅适于他自己的善。"

"人常常地说，爱的仁慈是比之憎忌好些的。然而那是虚伪的，因为如果有一个报酬在着，那么，一个人当然的最好去做一个仁慈而不自私的人了，但如果没有的话，那么，一个人最好是去取了在太阳底下的他的一份快乐。"

"又是虚伪的一个例子：在社会里有某种人为别人而毒害自己的生命。但是人家对他说：你的精神使你自身幻灭，却保存在人们的事业里面，作为永久的种子。但这是虚伪的，因为都知道在时间的锁链里创造的精神和毁灭的精神同样的生存着，不知道

第四十一章

何者将兴,何者将败。"

"又有一例:人们在思想他们死后将有如何生活,自对自说这是好的,他们的子孙可以享受他们所种植的果子。但是我们不知道我们死后如何情形,也不能设想关于后人在我们的道上行走的题目是何种的黑暗。我们不能爱他们,或憎他们,和对于在我们以前的人同样的不能有所憎爱。时间的相互关系切断了。"

"人们如此说:在快乐和忧愁的源泉前面予人类以同样的平等,给予同量的一切。但是没有一个人能领受比他自己还大的哀乐悲喜的;人的成分不平均,它们也不平均;人的尺度得到了平均,他们的心是永远不会平均的。"

"骄傲在那里说话:无论是大人或小人。但是在每人里有升和落,有树巅和深渊,有原子和宇宙。"

"有人说:人类的智慧真大呀!但还是虚伪的,因为视觉有限,在这意识和无意识像浓厚的空气一般交流着的无穷尽的宇宙内,人看不见自己的意识或无意识。"

"人知道什么?亚当会知道如何饮食,如何按着需要穿衣,于是保存了自己的种族;我们也知道这个,也可以保存自己的种族于将来。但是亚当不知道如何去不死,不惧怕,我们也不知道这个。想出了许多的知识,都没有想出生命和幸福,以作补充。"

"人身上从皮靴到皇冠,全都具有一种救自己身体于痛苦与死亡的目的。我们看:卡因把阿魏里打倒,既是用的普通的棍棒,也不就是可以用同样的棍棒毁除站在知识的最末阶级的人么?玛福萨不是比大家活得很长久么?但是他死了!约夫不是比大家都有幸福么?但忧愁蚀死了他!不是每个人在一生里感到如许的悲哀和快乐,抬起肩膀撑持着,却也要同样地死去,和他的祖宗一般么?……但是现在人竟把知识的神戴上慈冠,又大声呼号,又妄自夸大起来了!"

沙 宁

"一样是要被微虫侵食的!"

一阵寒冷的感觉在犹里的背上滑过,他仿佛看见许多许多白虫在整个的大地上营营扰扰个不住,这景象使他异常的惊悸。

犹里读了下去,觉得他所写的这些默想录,乃是惊人的深刻的。

"这些话都是如何的真切呀!"他对他自己说道,在他的悲伤中,有了一抹的光荣。

他走到窗边,眼看着花园,那里,小径为黄叶所铺满。触目都是死色——死叶与死虫,他们的生命是靠着热和光的。

犹里不能感到这个恬静,将死的夏天的陈列物,充满了他的灵魂以说不出的愤怒。

第四十二章

　　醉鬼，歌唱者，彼得·伊里契，在路上走着。

　　秋日已届，避暑的所在渐渐地空虚寂静起来，成为过去快乐的小坟地，发现出一种特别秀丽的美来：刻花的细薄的栅栏，像花边一般，衬在树的中间；枫红的花枝上悬着一阵薄醉；玩具般的别墅的房屋在疏稀的金花的树枝丛中摇曳不定；几朵红菊孤傲地在空虚的图画上竖立着，好像寻思什么，频频摇着美丽的小头；平台和绿色长椅还保存着逝去的快乐和喧哗生活的痕迹，觉得这生活是充满喜乐愉快的，特别美丽的生活。有时候在空旷的林荫道上发现一个孤独的、凝想的女人的身形，像失群的孤鸟一般，看来特别的美丽、愁虑和神秘。关住的门窗产生出一种寂静，使人觉得就是它，那秋日的寂静，现在独自过着谜样的神秘的生活。

　　彼得·伊里契在零乱的小道上慢慢地走着，用棍棒在深黄的落叶上面搅着。在人声喧闹，喜气盈天的时候，他不会来的。也许他本能上感到自己的衰老、鄙陋和难看，那些带着笑声和喜容的人阻碍他听见他一人能听见的东西。

　　他在别墅旁边走着，坐在被遗弃的椅上，许久地直望前面，直到寒秋的天色发黑时为止，大概是在感触在人们快乐游戏的所在上面无形通过的永久的气息。

沙 宁

后来他走到河边，靠在潮气极重，黄绿相交的橡树旁边，望着静谧的水晶般的水。他躺到疏稀而干枯的草上，躺了好几分钟，头伏在地上，听着它无声地说话，沉重而安然地呼吸着。

他走到最荒野的地方去，那边河靠近着山，山想压死河，却又不能。河在嘲笑山，发出蔚蓝而带银光色的笑声，全身颤索着，山却皱紧眉峰，群树也在喧闹不止。巨大的橡树有时候从邻险的岸上投到水里去，把垂头丧气的枝叶沉没在清水悠悠、嬉笑不止的深渊里面。

河在戏弄着涟波，天上照成蔚蓝色，地上映为葱绿色，仿佛有人在迅速地写些不易了解的，神秘的文字。一壁写，一壁擦去，又在迅速地写和擦。这些文字写些什么，永远不会有人读到的，但是显然能达到彼得·伊里契的心底里，因为他整整数小时在侦察着，使他变成十分的安静，像已将烧完的人生的薄暮一般。

树林、河流、田地和天地所给予他的，是酗酒、畸形的生活所不能给予的。它能使他的心灵充满到极低的深处。这老唱歌人的神色在这样出行时总是带着胜利的凝想，而且非常的郑重。

他回家时，遇见几个朋友，总要叙述些什么，用郑重其事的态度，努力传达那不能传达的一切。而且永远是末了说出同样的话来：

"在冬天……哪里也好！……真寂静……小雪珠跳跃着、跳跃着……小雪鸟歌唱着！……"

他的嗓音转为高大的粗声，在空气里消沉下去，使人觉得这人虽然瑰奇，却会特别的感应到生活之美的最柔细处，如能解脱了为挣面包吃而做的工作，屏除了酗酒和疾病，必能很好，很完善地充实自己的生命，使他的心灵成为十分快乐的呢。

第四十三章

"秋天已经到了;那么,冬天与雪。那么春天,夏天,又是秋天!这一切都是永久的单调!在那些时候我将做什么事呢?正如我现在所做一般无二。最好的是,我将成了无知识者,不顾虑到任何东西。然后老年,然后死亡。"

同一的思想,那么常使他的烦恼的,现在又冲过他的脑中了。生命,他这样地说着,已经在他身边走过了;总之,像一个例外的生存者的一种东西是没有的;即一个英雄的生活,其开头也是充满了倦厌与悲哀的,其结局也是没有快乐的。他记起他的生活永远是在期待些什么新的,看在这时候内所做事是临时的;可是这"临时"在拉长着,正和蚕一样,不住地发展出新的身段,而蚕的尾端却渐渐地在老死中隐消下去了。

"一个成功!一个某一种的胜利!"犹里绝望地扭绞着他的双手,"去显名一时,然后死了,没有恐怖,没有痛苦。那是唯一真实的生活!"

一千种的冒险,一种比一种更为英雄的,皆自现于他的心上,每一种都像冷笑的死亡的头颅。犹里闭了他的眼,能够清清楚楚地看见一个灰色的彼得堡的清晨,潮湿的砖墙,及一具绞架朦胧现于铅色的天空。他幻想有一把手枪的铁管压在他的额前;他想象他能够听见皮鞭咝咝地打在他的无抵抗的脸上及赤裸的

沙　宁

背上。

"那便是为一个人而储待着的东西了！一个人必定到那里去的！"他叫道，烦恼地挥着手。

英雄的行为消失了，代替他们而生的，乃是：他自己的无助，像一个讥嘲的面具似的对他冷笑着。他觉得，所有他的胜利的梦想以及勇气，都不过是孩提的幻想而已。

"我为什么要牺牲了我自己的性命或投服与侮辱与死亡，为的是要使第三十二世纪的工人阶级不会因乏食或缺少性的满足而受苦呢？鬼把这个世界上的一切工人与非工人都取了去！"

犹里重又感到一种无力的恶毒，无目的而且使他自身痛苦的侵将过来。他全身盘踞着一种抛弃一切，脱身世外的不可抑止的需要。但是不可见的爪牙紧紧地握住，完全的疲倦之感冲到他脑里、心里，活的躯体充满了死的幻灭。

"我愿意有人枪杀我。"他想道，"杀死我，一下子，一粒子弹从后面射来，那么我不会感觉到什么。这是如何的无意识？为什么必须别的人去做这事呢？我自己不能么？难道我真的是如此的一个怯者，竟不能鼓动起了勇气以了结这个除了悲苦便不知他物的生命么？迟或早，一个人必须死，所以……"

他走近了他放手枪的抽屉，偷偷地取它出来。

"假如我试一试看？不是真的因为我……只不过为了玩玩！"

他滑落了手枪在他的衣袋里，走出通到花园中去的游廊上。在石阶上满撒着黄色的败叶。他四面八方地捡拾了它们起来，同时他吹啸着一个悲调。

"你吹啸的什么呢？"丽莱亚快乐地问道，当她走过花园时，"这如一首悲悼你的逝去的青春的挽歌。"

丽莱亚到河边去同勒森且夫幽会，回来时受到亲吻，感到非常的畅快和幸福。谁也不禁阻他们相见，无论在什么地方，什么

第四十三章

时候都行,但是在荒园的空处和静默里,在秘密里可以有一种尖锐的刺激,因此亲吻更加地显得急昂,使丽莱亚触到新的愿望。

"不要说无意识的话!"犹里恼怒地答道;从那个时候起,他觉得将近的某事,已不是他的能力所可阻止的了。像一只知道死期将近的兽,他不休不停地这里那里地漫走着,要找一个清静的地方。天井只能使他憎恶,所以他便走下了河边,黄叶在水面上浮着,他抛了一枝枯枝进河。有好一会儿他凝望着水面上的晕圈,而浮叶则在圈里跳舞着。他回转来,向屋子走去,停步去看荒芜的花床,在那里,最后的红花还淹留着。然后他又回到花园中去。

在棕色与黄色的树叶之间,一株橡树挺立在那里,独有它的树叶是绿色的。在树下的长凳上,一只黄猫躺在那里晒太阳。犹里轻轻地拍着它的柔软的毛背,他的眼中有了眼泪。

"这是完结了!这是完结了!"他自己不断地念着。这些句语对于他虽似无意义,他们却如一支箭似的刺着他的心。

"不,不!什么无意识!我的全生躺在我的面前。我只有二十四岁呢!这不是那样的。那么,是怎么样的呢?"

他突然地想到了西娜,在林中的一幕暴行之后,再去会见她是如何的不可能。然而他怎么能设法不与她相遇呢?这场羞辱浸没了他。最好还是死了吧。

猫弓了它的背,快乐地鸣叫着,其声如一个嘟嘟作响的茶缸。犹里注意地望着它,然后开始走来走去。

"我的生活是如此的疲厌,如此的可怕的凄惨……并且,我不能说,如果……不,不,我宁愿死,比再看见我还好些!"

西娜已经永远地走出他的生活中了。将来是冰冷、灰色、虚空地躺在他的面前,一长链的无爱情、无希望的日子。

"不,我宁愿死去!"

沙 宁

正在那个时候，马车夫步伐沉重地走了过去，携着一桶的水，水中浮着树叶，黄色的死叶。女仆出现于门口，向犹里叫着。有好一会儿，他不能够明白她说什么话。

"是的，是的，知道了！"当他最后明白了她是来告诉他午饭已经预备好了时答道。

"午饭么？"他恐怖地对他自己说道，"进去吃午饭！每一件事都和前一般无二；活下去，忧虑着，去计划我应该如何地对待西娜，如何地对付我自己的生活以及我自己的行为么？所以我最好要赶快，否则，如果我去吃午饭了，以后便没有时间了。"

一个要赶快的愿望占有了他，而他全身的一肢一节都颤抖着。他心上自觉，没有事情要发生，然而他又有一个将死的清楚的预警；因敏锐的恐怖，他双耳中有一种嗡嗡的鸣声。

女仆双手塞在她的白长衣里，仍然站在游廊上不动，在欣赏着柔和的秋气。

犹里像一个贼一样走到橡树后面去，如此，便没有人会从游廊上看见他了，他以可惊的突然，在胸前打了一枪。

"走火了！"他快活地想道，希望活着，而惧怕死去。但在他之上，他看见橡树的最高顶衬着蔚蓝的天空，而黄猫惊骇地逃了开去。

女仆惊喊了一声，冲进屋内。即刻之后，在犹里看来，似乎他身边环立了一大群的人。有人将冷水倾在他的头上，一片黄叶贴在他的额前，很使他不舒服。他听见各方面来的激动的声音，有一个人在啜泣着，叫道：

"犹拉，犹拉！唉！为什么，为什么？"

"那是丽莱亚！"犹里想道。他睁大了他的眼，开始激烈地挣扎着，仿佛在冰结之中似的，他呻吟道：

"去叫医生来——快点！"

第四十三章

　　但在他的恐怖中,他觉得一切都完了——现在没有东西能够救全他了。死叶贴在他的额上觉得更重、更重了,压榨着他的脑。他无效地伸出他的头颈,要看得更清楚些,但那黄叶长得更大了、更大了,直至它们掩蔽了一切东西;以后所发生的关于他的事,犹里便永远的不会知道了。

第四十四章

那些认识犹里，史瓦洛格契的人以及那些不认识他的，那些喜欢他的人以及那些憎忌他的，更有那些从不曾想到他的人都悲戚着，现在他是死了。

没有人能够明白他为什么自杀的；虽然他们都以为他们是明白的，而在他们的内在的灵魂里，他们也分受着他的思想的一部分。关于自杀，似乎有点那么美丽的东西，继于其后的乃是眼泪；鲜花及悲壮的话。他自己的亲属没有一个人参与葬礼。他的父亲犯着疯瘫病，丽莱亚一刻也不能离开他。只有勒森且夫一人代表了家属，负责办理一切葬事。死者的孤寂，使观者更特别的觉得悲惨，而给一种悲哀的宏伟于死者的人格上。

许多鲜花，美丽无香的秋花，送来放在棺材车上；而在它们的红白缤纷之中，犹里的脸，恬静而和平地躺着，一点也表示不出争斗或受苦的痕迹。

当棺材经过西娜的门前时，她和她的朋友杜博娃便加入了送葬队中。西娜看来完全的沮丧与麻木，仿佛她是被引去羞耻的行刑一样。虽然她坚信的觉得，犹里没有闻见她的不名誉的事，然而，在她看来，似乎在那事与他的自杀之间，总有一点关联，他的自杀将常留为一种神秘。说不出的羞耻的负担，是她一个人独自负戴着的。她视她自己为绝对的可怜与污坏。

第四十四章

她整夜地哭泣着，同时在幻想中，她亲爱地吻着她已死的情人的脸。当早晨来到时，她的心中充满了对于犹里的无望的爱情以及对于沙宁的深恨。她的不意地和沙宁的奸通，有如一场恶梦。所有沙宁告诉她的话，她在那时相信着的，如今在她看来都是不对的。她跌落到一片危岩之下，无法可救。当沙宁走近她时，她在猝然转身开去之前，恐怖地憎恨地注视着他。

当她的冰冷的手指轻轻地接触着他的热烈的伸出欢迎她的手时，沙宁立刻便全知道她所想的与所感的了。自此以后，他们只能彼此如陌生的人一样了。他咬着他的唇，加入了伊凡诺夫，他跟在后面几步远，摇着他的平滑的美发。

"听听彼得·伊里契！"沙宁说道，"他是如何迫出他的声音来呀！"

前面好远的路，紧跟着棺材之后，他们都在唱着一个挽歌，而彼得·伊里契的曼长而颤抖的声调充满了空中。

"好不可笑，嗳？"伊凡诺夫开始道，"一种柔弱的人，然而他却在一时间用枪自杀了，像那样的！"

"我相信。"沙宁答道，"他在手枪开放出去的三秒钟之前，还是不决定要否自杀的。如他之活着一样，他也那样地死了。"

"啊！好的。"伊凡诺夫说道，"无论如何，他是为他自己找到一个地方了。"

在伊凡诺夫看来，这乃是解释这个悲剧的事故的最后的话了，当下他掠回了他的黄发，高兴起来，显然已捉获到他一人明白而且能安慰他一人的地方了。

在坟地上，景物格外地显得秋意，在那里，株株的树都似溅以沉闷的金红色，而这里那里的，绿草从败叶堆中显出绿色来。墓石与十字架在这个沉郁的背景中更见得白了。

黑土如此的收受了犹里。

沙 宁

正当棺材看不见了，而大地成了生者与死者间的永久的间隔的严肃的当儿，西娜刺耳地锐叫了一声。她的哭声反响于沉寂的墓地之中，痛苦的感应于一小群的沉默的送葬者。她不顾到将她的秘密对别人瞒着了，他们现在全都猜出来，恐怖着死亡已将这个美丽的少妇和她的情人分离了开去，她本想将她的一切青春与美丽都给了他，而现在他却躺在坟中死了。

他们领了她开去，她的哭声渐渐地低下了。坟墓匆匆地填满了，一堆的泥土坟出于其上，植着几株绿色的小松树。

夏夫洛夫变得不安起来。

"我说，应该有人演说一场。先生们，那是不行的！应该有一场演说。"他说道，匆促地逐一地请着旁立的人。

"去问问沙宁。"伊凡诺夫恶意地提议道。夏夫洛夫诧异地望着这个说话者，他的脸上带着一种难测的表情。

"沙宁？沙宁？沙宁在哪里？"他叫道，"嗳！法拉狄麦·彼得洛威慈，你将说几句话么？我们不能没有一个演说便走开了。"

"你自己演说一番，那么。"沙宁愠然地答道，他正静听着西娜在远处啜泣着。

"如果我能说我便说了。他真的是一个非……常……的人，你不是么？请说一两句话！"

沙宁狠狠地视着他，几乎愤怒地答道：

"要说什么话呢？世界上少了一个傻子。那就完了！"

这峻语可惊地清晰地落在那些参与葬礼者的耳中。他们是那么诧异着，竟说不出一句答语来，但杜博娃却尖声地叫道：

"如何的侮辱！"

"为什么？"沙宁问道，耸着肩。

杜博娃想要对着他喊骂着，以拳吓他，但为立于她身边的几个女郎所牵住了。这团体秩序混乱地散了，如一堆的败叶为风所

第四十四章

吹散一样,群众都分散了。夏夫洛夫起初在前排奔着,但不久以后,他又走回来了。勒森且夫和别的几个人站在一边,手舞足蹈着。

沙宁沉入他的思想中,凝望着一个戴眼镜的人的怒脸,然后转身加入伊凡诺夫,他显得迷乱着。当他对夏夫洛夫说起沙宁时,他原已预见了某一种的意外的事,但没有想到是性质那么严重的一个。这虽使他有趣,然而他也觉得忧欷,这已发生了。不知道说什么话好,视线转了开去,由墓石与十字架而转到远远的田野上。

一位年轻的学生站在他旁边,正在热烈地谈着。伊凡诺夫用冰冷的眼睛直望他的脸。

"我想你视你自己为装饰品吧?"他说道。

这孩子脸红了。

"那是一点也不可笑的。"他答道。

"可笑是死——了!你走开去!"

伊凡诺夫的眼中有那么一道恶光,竟使那个不知所措的少年立刻便走开了。

沙宁望着这小小的一幕,微笑了。

"他们是如何的傻呆呀!"他叫道。

伊凡诺夫立刻觉得羞耻,竟有一会儿,他是狐疑着。

"来吧。"他说道,"鬼取了他们这班人去!"

"很好!我们走吧!"

他们走过了勒森且夫的身边,他怒视着他们,当他们向门口走去时。在不远的路,沙宁又见到别一群的少年人,他所不认识的,站在那里,如一群羊,他们的头颅紧靠在一块儿。在他们的中间,站着夏夫洛夫,谈着,做着手势,但他一眼看见沙宁时,便默默不言了。他们全都回头望着沙宁。他们的脸上全都表现出

沙 宁

恳挚的愤怒和一种羞怯的好奇心。

"他们在计议着反对你呢。"伊凡诺夫说道，他看见沙宁眼中的悲伤之色，觉得有点奇怪。夏夫洛夫红得如一只大虾，走向前来，瞬闪他的眼睑，走近了沙宁，沙宁疾忙地转了他的足跟，仿佛他预备要打第一个人打他一样。

夏夫洛夫也许见到了这，因为他的脸色白了，停在相当的远处，学生们和女学生们紧紧地跟在他的足跟之后，好像一群的羊跟在颈上系铃的阉羊之后一样。

"你们还想要什么？"沙宁问道，并不扬起他的声音。

"我们并不要什么。"夏夫洛夫纷乱地答道，"但所有我的同志们，要我来表示他们的不悦，对于——"

"我很注意到你们的不悦呢！"沙宁从他的紧咬着的牙齿中咝咝地说道，"你们要我说几句关于死者的话，我说了我所想说的话之后，你们又来对我表示你们的不悦了！你们非常的客气，我敢说！如果你们不是一堆愚蠢而易感的孩子的话，我便要对你们表白出我是对的，而史瓦洛格契的生活乃是一个绝对的愚蠢的生活了，因为他自己忧虑着各种的无益的事，而死于一个愚人的死法，但是你们——唔，你们全都是太蠢笨了，心胸太狭了，听不进话！鬼带了你们一班人去！走开，我说！"

他说着，便直向前走，迫着群众让开了一条路给他。

"不要推，请你！"夏夫洛夫叫道，轻微地反抗着。

"一切的无礼——"有人叫道，但他并不说完他的话。

"你怎么像那样的惊吓人家呢？"当他们走下街时，"你是一个彻头彻尾的恐怖者！"

"如果这种带着发狂的求自由的观念的少年们常来烦扰你时。"沙宁答道，"我希望你对待他们以一种更粗暴的方法。让他们全都到地狱中去！"

第四十四章

"振作精神，我的朋友！"伊凡诺夫说道，半调笑半认真的，"你知道我们将怎么办么？买些啤酒来，为了纪念犹里·史瓦洛格契而喝着，好不好？"

"假如你高兴。"沙宁随意地答道。

"在我们回去的时候，所有别的人都要走了。"伊凡诺夫续说道，"我们在墓边喝着，给死者以光荣，也使我们得到自己的享乐。"

"很好。"

当他们回去时，已经没有一个人可见了。墓石与十字架，挺直而坚硬，仿佛在默默地希望着地站在那里。一条可怕的黑蛇从一堆败叶中突然地冲过路去。

"蛇！"伊凡诺夫耸耸肩，叫道。

然后，在融合了湿泥与绿松的新坟之旁的草地上，他们抛下他们的空酒瓶。

第四十五章

"听我说。"沙宁说道,当他们在黄昏中走下街时。

"唔,什么事?"

"和我同到车站上来,我要走了。"

伊凡诺夫立定了。

"为什么?"

"因为这个地方使我厌烦。"

"有事使你惊吓么,嗳?"

"使我惊吓么?我走,因为我想要走。"

"是的,但理由呢?"

"我的好朋友,不要傻问什么。我想要走,那就完了。当一个人没有看穿了人们时,便常觉得他们可以给予些什么。……这里有很有意思的人。西娜·卡莎委娜成了新的人,西米诺夫死了,丽达本是可以避免了平凡的。但是,唉!他们现在使我厌烦了。我厌了他们。我要尽我所能的愈长久地忘了他们一班人便好;我不能再忍耐下去了。"

伊凡诺夫望了他好一会。

"来,来!"他说道,"你一定要对你的家人说声再会吧?"

"我不!这正是他们使我最厌烦。"

"但是行李怎么样?"

第四十五章

"我没有多少行李。如果你停在花园中,我将走进我的房间将我的手提包从窗口递给你。否则,他们会看见我,而腻烦地把为什么去,及到什么地方去的许多问题问我了。并且,说什么话好呢?"

"啊!我知道了!"伊凡诺夫嗫嚅道,当下他做着一个姿势,仿佛要和沙宁说再会,"你走了我很难过,我的朋友,但……我怎么办呢?"

"和我同走。"

"到什么地方去?"

"不必管什么地方。对于这,以后,我们能知道的。"

"但是我没有钱?"

沙宁笑起来。

"我也没有。"

"不,不,你最好自己走吧。两个礼拜之后,学校要开学了,我仍将回到老沟中去了。"

他们彼此直视着彼此的眼中,伊凡诺夫纷乱地转开眼去,仿佛他在镜中看见他自己的脸的扭曲的影子一样。

走过了院子,沙宁进了门,伊凡诺夫则等在黑漆漆的园中,园中有的是阴郁的影子与腐败的气味。当他走近沙宁卧房的窗下时,落叶在他足下簌簌地作响。当沙宁经过了客室时,他听见游廊里有说话的声音,他停步静听着。

"但你所要求于我的是什么?"他能够听见丽达在说话。她的恼怒疲弱的声音使他惊骇。

"我并不要求什么。"诺委加夫恼恼地答道,"不过这似乎很可怪,你乃以为你是为我而牺牲了你自己的,而实则——"

"是的,是的,我知道了。"丽达说道,与她的眼泪挣扎着。

"这不是我,但这乃是你,牺牲了你自己。是的,这乃是你!

沙　宁

你还更要些什么呢？"

诺委加夫发了恼。

"你如何的不很懂得我的意思呀！"他说道，"我爱你，因此，无所谓牺牲。但你如果觉得我们的结合需要你这一方面或我这一方面的牺牲的话，则我们将来怎么能在世上共同生活下去呢？请你努力地明白我。我们仅能够在一个条件之下共同生活着，那就是，无论我们哪一个人都不以为对于此事有任何的牺牲。或者我们彼此相爱，我们的结合是一个合理而自然的结合，或者我们并不彼此相爱，那么——"

丽达突然地开始哭了。

"怎么一回事？"诺委加夫叫道，惊骇而且烦恼，"我不能明白你。我并不曾说过什么触犯你的话。不要像那样地哭着！真的，人家连一句话都不能说！"

"我……不知道。"丽达啜泣道，"但……"

沙宁皱着眉头，走进了他的房间。

"那便是丽达所得的前途了！"他想道，"也许，如果她投水自杀了，总之要比这更好些。"

伊凡诺夫在窗下，能够听见沙宁匆匆地包扎他的东西。纸张簌簌地作响，还有什么东西跌在地上的声音。

"你来了么？"他不耐烦地问道。

"一会儿工夫就来了。"沙宁答道，当下他的灰白的脸出现于窗口。

"捉住！"

手提包随即递出给了伊凡诺夫，沙宁也跟了跳下去。

"来吧！"

他们迅快地走过园中，这园朦胧而荒旷的留于暝色之中。夕阳的红光已经在闪闪的河流之外淡下去了。

第四十五章

在车站中,一切的符号灯都已亮了。一辆机关车正在轧轧地喷着气。人四处地跑着,嘭地关了门,彼此互相招呼。一群的农人带了巨大的行李,塞满了月台的一部分。

在餐室中,沙宁和伊凡诺夫喝了一次别酒。

"这里是好运与一个愉快的旅行!"伊凡诺夫说道。

沙宁微笑着。

"我们的旅程都常是一个样子的。"他说道,"我不希望从生命中得到些什么,我也不向它要求些什么。至于好运呢,在结局时是没有多少的。老年与死,那就完了。"

他们走出了月台,找一个清静点的地方告别。

"好,再会!"

"再会!"

几乎不知道什么缘故,他们俩互吻着。

长笛叫了一声,火车开始移动了。

"啊!我的孩子。我是那么喜欢你。"伊凡诺夫突然地叫道,"你是我所曾遇见的唯一的真实的人。"

"也就只有你一个人爱我呢。"沙宁说道,当下,他笑着跳上了一辆移转过来的车的踏脚板上。

"我们走!"他叫道,"再会!"

车辆匆速地从伊凡诺夫经过,仿佛,如沙宁一样,他们突然地决意要离开。红光现于黑暗中,然后似乎成为静止了。伊凡诺夫悲戚地望着它消失不见了,然后经过了灯光暗淡的街道而懒散地回了家。

"喝起酒来,如何?"他想道。当他走进了旅馆时,他自己的灰色而厌倦的生活的印象也和一个鬼魂一样地偕了他一同进去。

第四十六章

灯光在拥挤的火车的窒闷空气中朦胧地照着，投射他们以不定的光于狞视、敝衣的身上，他们挤在一处，被围于烟中。沙宁坐在三个客人的旁边。当他进去时，他们正在谈话，一个半为黑暗所蔽的人说道：

"事情不很好，你说？"

"不能够再坏的了。"沙宁的邻座，一个头发灰白的老农夫，以一种高而弱的声音说道，"他们仅会想到他们自己，他们并不顾到我们，你高兴怎么说都可以，但当在为你的同胞而争斗着时，较强的人便常能喝到血的。"

"那么，你们等待着做什么？"沙宁问道，他已经猜出他们所谈的是什么题目了。

老人向着他，他的手做一个疑问的挥动。

"我们还能做什么别的事呢？"

沙宁站了起来，换了他的座位。他非常地明白这些农人们，他们如野兽似的生活，既不能与他们的压迫相抗，也不能去毁灭他们的压迫者。他们只是朦朦胧胧地希望着会有一个奇迹发生，在等待着这个奇迹时，已有他们的同伴农奴几百万、几百万的死灭了，而他们还继续过着他们兽类似的生活。

黑夜来了。大家都睡了，只有一个坐在沙宁对面的小商人，

第四十六章

正在和他的妻吵着。她不说一句话，但以她的恐惧的眼光四面望着。

"等一会儿，你母牛，我不久便要给你颜色看看！"他呧呧道。

沙宁已经入睡了，忽然这妇人的一声哭叫惊醒了他。这东西迅快地移开了他的手，但并不在沙宁能够看见他在虐待他的妻之前。

"你是一个什么禽兽！"沙宁愤怒地叫道。

那人惊骇地退缩了，当下他瞬闪着他的小恶眼，冷笑着。

沙宁憎恶地走去，到了车后的月台上。当他经过走廊的车时，他看见拥拥挤挤的旅客们平身的彼此交压地躺着。这是天亮的时候，他们的倦脸在灰色的晨光中看来都是青白色的，这晨光给他们以一种无助、痛苦的表情。

沙宁站在月台上，吸了一下清凉的晨间空气。

"人是一个如何坏的东西呀！"他想道。离开他的一切的同行的人，离开火车与车中的恶空气与烟与喧哗，只要一会儿工夫——这乃是他所希望着的。

东方黎明，现出红光来。黑夜的最后的灰色病状的阴影散了，没入草原之外的青灰色的地平线中去了。沙宁并不费时间去反省，但留下了他的手提包不顾，跳下了踏脚板。

火车如雷似的响着，冲过了他身边，当下他落在轨道基的柔软的湿沙之上。最后一节火车上的红光已经在很远的地方了，当下他站了起来，笑着。

沙宁发出了一声欢呼。"那是不坏！"他叫道。

一切围绕于他四周的是如此的自由，如此的广漠。两边都是宽阔平衍的草地，直伸到朦雾的地平线。沙宁深深地呼吸了一下，当下他以光亮的眼睛察看这广大的景色。然后他向前走去，

沙 宁

面向着愉快、光辉的黎明；当平原之醒了过来，恢复了在广大的穹天之下的青与绿的魔术的色彩；当第一线的东方的光明，照射在他的眩晕的视线之上时，在沙宁看来，他似乎是向前而进，迎着朝阳而进。

后　记

　　发愿译《沙宁》，已在六年之前。仅成数章，便因事辍笔。去年，为友人所督促，复行续译。竟得于暑假时，将全书译毕。原系依据 G. Cannan 的英译本重译。但我知道英译本多所顾忌，未必便是全译本；便请耿济之君替我用俄文原本校对一下。耿君校对的结果，果然发现英译本的许多脱落及故意不译之处。他一一地将那些脱落未译的地方为我补译出来。但他那时正住在西伯利亚，邮件往返不便。所以我在《小说月报》上所发表的，仍是我自己的译文，竟来不及采用他的校改本。——直到了去年秋天，他回国的时候，方才很便利地在《小说月报》第二十卷第十号至第十二号中（《沙宁》的最后几章）完全改用了他的校译本。在这里读者如将它与英译本一对，便可发现第四十一章，多了一千四百余字，又第四十二章全章，也是英译本所不曾有的。其他英译本漏译的地方，读者只要取这个本子与《小说月报》第二十卷第十号以前所刊的一为校对，便可完全明白。《沙宁》之有这部全译本出现，当然要完全归功于耿济之君；这真不独我个人要向他慎重道谢而已的！

　　在我这部译本在《小说月报》上快要刊毕时，突然又有了两种《沙宁》的中译本出现。《沙宁》这样的为国人所重视，真是我们所十分高兴的事，为了时间及排印上的关系，我竟未能将那

沙 宁

两种译本与我所译的再细校一过。但他们似都系根据于 G. Cannan 的英译本而重译的。我的译文,既为耿君所校译,根本上已与 Cannan 的一本不同,所以便也不必再取他们的译本来校阅,便这样的付印了。

郑振铎

十九年三月二十四日